王作龙 著

悬壶大风歌

——关彦斌二十年光大国粹构筑葵花中药王国风云录

黑龙江人民出版社

图书在版编目（CIP）数据

悬壶大风歌：关彦斌二十年光大国粹构筑葵花中药王国风云录 / 王作龙著 . —哈尔滨：黑龙江人民出版社，2018.4（2020.6重印）
ISBN 978-7-207-11307-8

Ⅰ.①悬… Ⅱ.①王… Ⅲ.①长篇小说—中国—当代 Ⅳ.① I247.5

中国版本图书馆 CIP 数据核字 (2018) 第 060302 号

责任编辑：李春兰　姜新宇
装帧设计：吴　刚　傅广武

悬壶大风歌
——关彦斌二十年光大国粹构筑葵花中药王国风云录

王作龙　著

出版发行	黑龙江人民出版社
地　　址	哈尔滨市南岗区宣庆小区 1 号楼
邮　　编	150008
网　　址	www.longpress.com
电子邮箱	hljrmcbs@yeah.net
制版印刷	北京一鑫印务有限责任公司
开　　本	787×1092　1/16
印　　张	28
字　　数	350 千字
版　　次	2018 年 4 月第 1 版　2020 年 6 月第 2 次印刷
书　　号	ISBN 978-7-207-11307-8
定　　价	88.00 元

版权所有　侵权必究
法律顾问：北京市大成律师事务所哈尔滨分所律师赵学利、赵景波

大风起兮云飞扬，
威加海内兮归故乡，
安得猛士兮守四方！
面对英雄的浩歌，
时至今日，
仍没有人能破解
"到底是时势造英雄，还是英雄造时势"
这一千古命题。

——题记

这一片灿烂的葵花
这一曲激越的长歌
——《悬壶大风歌》序

贾宏图

　　如果有人问我，在这百花千卉中，你最喜欢什么花？我会毫不迟疑地告诉你，我喜欢葵花，就是向日葵。如果在初夏的某一天，你走进长满向日葵的田野，面对一株株像礼兵一样挺立的杆茎，面对一轮轮向太阳旋转的圆盘形的花朵，不禁一阵激动，这多像一队标准仪仗队伍。向日葵是俄罗斯的国花，那一株株向日葵多像俄国仪仗队中仰面苍穹的礼兵。

　　向日葵原产于北美洲，大约在明朝时引入中国，如今所知最早记载向日葵的文献为明朝人王象晋所著《群芳谱》，原文如下："丈菊一名本番菊，一名迎阳花，茎长丈余，秆坚粗如竹，叶类麻，多直生，虽有分枝，只生一花大如盘盂，单瓣色黄心皆作窠如蜂房状，至秋渐紫黑而坚，取其子中之甚易生。"北宋司马光在《客中初夏》的诗中云："四月清和雨乍晴，南山当户转分明。更无柳絮因风起，惟有葵花向日倾。"这是对葵花的最早的礼赞。

　　也许是爱屋及乌吧，听说本省五常市有一个叫葵花的药业我很向往。大约二十年前的一个夏日，正是葵花初放的时节，在哈尔滨日报供职的我到五常的这个药厂采访，真看到了满院灿烂的葵花，还参观了正在生产葵花牌护肝片的车间，此药已誉满全国，是本省少有的国家级名牌。当天还参观了五常塑料厂，认识了年轻的厂长关彦斌，他满脸笑意，像葵花一样可亲可爱。这个由小砖厂转产而生的塑料厂，已经是全省的明星企业了。1998年春天从五常传来爆炸式的消息，关彦斌带领的原本是大集体的塑料厂买下了濒临倒闭的国营五常药厂！这"老鼠吃大象"的奇迹，引起了我极大的兴趣，可惜我当时已调省文化厅工作，无法为关彦斌和新生的葵花药厂唱一首赞歌。

没想到在我古稀之年居南海边颐养天年的时候，收到了作家朋友王作龙发来的关于关彦斌和葵花药业的长篇报告文学，这让我大喜过望，立刻打开电脑连夜拜读。一时间，我的心和南海滔滔波浪一起激荡。

这些年由于电子传媒的发达，人们更喜欢通过手机获得快捷的信息。这样一来，文学式微，看书的人越来越少。当年报告文学以"轻骑兵"的优势曾获得众多读者。可惜，现在也少有问津了。特别是写企业家的报告文学，更不为人待见。一是中国个别的企业家信誉不高，道德水准不高，不招人喜欢；二是写企业家的报告文学，都是"穷小子的发家史""冒险家的创业史"，千篇一律，如此这般。

志高才丰的王作龙的这部作品却震撼了我，他用20世纪改革开放初期的激情，用21世纪丰富的语言写了一位跨世纪的现代的企业家。20世纪80年代，黑龙江的报告文学作家，是一支文学劲旅，他们曾以为初露锋芒的企业家立传为全国文学界瞩目。程树榛写宫本言的《励精图治》、蒋巍写邵奇惠的《在大时代的弯弓上》和我写陈秀云、安振东的《她在丛中笑》，都因影响深广而获全国最高的文学大奖。多少年来，我们一直企盼后起之秀重振黑龙江报告文学的雄风。这回，王作龙终于给了我们希望，他的这篇写关彦斌和葵花药业的报告文学是可以和那些已经镌刻在黑龙江文学史的文学名篇媲美的。

王作龙为我们展示了一个大时代里小人物崛起的传奇故事。关彦斌，这个在"文革"中结业的16岁的农家子弟，意外地获得了五常县石人沟供销社营业员的工作，他却辞工去当兵了。四年后入党又立功的他，却又回到了家乡。刚刚在县二轻局当上了团委书记，他又辞职，去到只有四十几个人和三条驴的瓦盆寒窑当砖瓦厂厂长了。是因为穷困，把他逼上梁山吗？不，是改革的阳光点燃了他胸中的激情。生逢盛世，他不安于平庸。他生长的土地是满族祖先金戈铁马打下的江山，他最崇拜的英雄是在这片土地流尽鲜血的抗联英雄。他不甘心自己家乡水稻多、工厂小、财政穷的现状。安稳的公务员不是他向往的生活，以工兴农，是他的志向，源于先贤产业救国的梦想。小小的砖厂有了起色，他又转产塑料，因为农业生产急需。1980年，他用全厂工人一分一角集资的5 000元，从哈尔滨买了一台被人淘汰的塑料挤出机，为稻田育秧提供源源不断的塑料薄膜。1984年，他的激情点燃了他更大野心，他竟争取1 000万元的贷款，跑到意大利进口了世界一流塑料生产设备，神话般把他领导的塑料厂变成了龙江的行业老大。永不满足的他又走出家乡，石破天惊地在改革开放的前沿深圳合资办厂。羽翼刚刚丰满，他又杀回家乡，冲破重重阻力，买下了濒临绝境的国有药厂，又开始了他历经磨难走向辉煌的创业之路。

　　王作龙用颤抖的手记下了这个日子：2014年12月30日9时58分，葵花药业集团所持002737号股票在深圳成功上市！奇迹就这样发生了：17年披肝沥胆，17年苦心孤诣，17年风雨兼程，当年这颗撒在冻土上的葵花种子，如今已经化作葵花的海洋，开遍塞北江南、中原大地。葵花药业从一个亏损的国有企业起步改制，到如今已经是一个拥有20多家子公司，具有八大品类的药业及多元化经济托拉斯。2016年的销售收入已经超过了40亿元，固定资产已经达到了50亿元，累计为国家纳税36亿元，已经成为黑龙江省的中药企业龙头、全国医药百强企业。

　　窥一斑而见全豹。一滴水折射出太阳的光辉。关彦斌和他的葵花药业走过的路程是整个中国企业改革的缩影。起步的艰辛，发展的曲折，转产的坎坷，转制的险阻，都是王作龙的笔下有声有色的故事。是喜剧，是悲剧，又是闹剧；是言情剧，是侦探剧，又是武打剧。王作龙为我们展示的二十多年关于关彦斌和葵花药业的传奇，远比一部长篇电视剧更生动、更深刻、更感人。有意探询葵花发展史的，你尽管展卷一睹，相信，定会把你带到那个激情燃烧的岁月！

我之所以看重作龙的这部作品，不仅是因为作家非凡的文笔让作品有诗一样的激情和小说一样的情节，还因为作家站在思想的高峰上，俯瞰一个企业的改革路程，剖析了一个企业家的心路历程，最终向我们揭示了一个企业的灵魂和企业文化的底蕴。

回顾葵花的发展历程，关彦斌这样说："我们当年从3 000万元做到1亿，用了3年时间；从1亿做到10亿，用了8年时间；而从10亿做到30亿，我们仅仅用了5年时间，这些是怎么来的？是因为我们把忠诚之根扎在了消费者的心中。我们可以相信，心系客户，植根于中华民族生命沃土的葵花，永远不会凋谢！"

我理解葵花企业文化的核心，是他们的"葵花精神"，那就是对祖国和人民永恒的忠诚。"葵花向阳，始终如一"，是他们的企业理念；传承中华医药文化的传统，为人民生产最放心最有效的药品是他们的宗旨。

作为一名共产党员，关彦斌铭记习近平新时代中国特色社会主义思想的实质是：坚持以人民为中心，把人民对美好生活的向往作为奋斗目标。他认为自己的最高职责，就是用这个思想建设发展自己的企业。

王作龙是这样认识的，"企业与企业家的强大不在于积累了多少资本，而在于你的爱国情怀有多深，你的企业家社会责任感有多强，对社会精神道德的影响有多重，对国家的奉献有多大。探索一个企业与一位企业家的成败，必须从奉献社会创造价值的角度与保卫精神家园的角度探索,否则,再多的文字亦会没有些许的社会意义。这绝不是作家的矫情,因为我看了太多的作家和媒体人津津乐道企业家如何赚钱,将社会与人们引向了关注攫取金钱的手段上。这是社会的悲哀,这是文化的悲哀,这是创作的悲哀,这同样也是中国经济的悲哀。改革开放的冲击力体现在众多的企业高速生长与高速积累财富上,但是,如果他们忘了参与社会精神道德为根基的社会生态链条的构建,如果他们忘了积累财富是为了解救社会精神滑坡,将无法实现对中国企业家与生俱来的原罪救赎。如果这样的企业家多如牛毛,等于向社会打开了可怕的潘多拉魔盒"。

在这部作品的后记中,王作龙自豪地说:"我发现了一位注重精神的锻造者,一位从未推卸社会责任者,一位挽救国粹的真正爱国者;一位为了民族的精神强大而奔走呼号的人,一位为了民族文化而殚精竭虑的人,一位为了减轻社会的负担而不畏艰险的人。面对国宝中药被日本窃取的现实,曾经痛心疾首而立志抢救的,正是这位两届全国人大代表关彦斌,他把做企业植入了热忱的爱国情怀之中,在拜金主义盛行的今天,尤其难能可贵。这种赤子之情,常常感动得我夜不成寐。我不是大作家,但我有大志向,同样也有大是非和大情怀。"

江山代有才人出。作龙作为省内新闻界的名将,以写人物著称。代表作长篇通讯《榜样的力量》在《人民日报》发表后,作为范文选入全国高中二年级语文教材,在全省还绝无仅有。这些年他发表的多篇报告文学与纪实文学,更显积淀厚重,文笔挥洒自如,激情不减当年。经过对葵花药业多年的观察与探索,他以媒体人独特的视角、细腻的笔触与饱满的激情,生动再现了关彦斌产业报国、悬壶济世的赤子情怀;再现了风雨沧桑二十年,关彦斌如何在一个濒临倒闭的国有企业废墟上,播下一粒希望的种子,演绎出了神奇的"葵花现象"。葵花药业的发展史,就是中国改革开放的风云史；关彦斌的奋斗路，就是中国经济振兴路的典范；这部报告文学，就是一首激越壮美的人生之歌。我为作龙的笔耕不辍、硕果累累而赞赏与祝福！

在遥远的南海我捧起一掬浪花，权当献给作龙和他笔下的葵花吧！

2017 年 11 月 27 日夜于三亚桃花岛

贾宏图(1946—)，黑龙江绥化人。中共党员。1985 年毕业于哈尔滨师范大学政教系。

1968 年上山下乡到北大荒。1970 年到黑龙江生产建设兵团报社任记者。1976 年任哈尔滨日报记者。曾任哈尔滨日报副总编辑；哈尔滨市委办公厅副主任；黑龙江省作家协会主席、文化厅厅长；黑龙江日报报业集团社长。1986 年加入中国作家协会。中国作协第五届、第六届、第七届全委会委员，中国新闻工作者协会第六届、第七届常务理事。文学创作一级。曾任第二届、第三届中国鲁迅文学奖评委。出版报告文学集、散文集十余部。所著报告文学《大洋的此岸和彼岸》(合作)、《她在丛中笑》和《大森林的回声》获中国作家协会报告文学奖，所著报告文学《解冻》获"当代文学奖"，多次获东北和省文学大奖。黑龙江省文学界、新闻界知名专家，1992 年起享受政府津贴。中共黑龙江省委第八届、第九届委员。黑龙江省第九届人大代表。

目录

Contents

引 子   1

上篇　时势造英雄

第一章　|第一笔学费| 5

第二章　|两个沉重的思索| 13

第三章　|三次命运的选择| 25

第四章　|破瓦寒窑的蛰伏| 35

第五章　|莫道前路无知己| 47

第六章　|黑土何处觅白金| 61

第七章　|一条大路通米兰| 75

第八章　|围魏救赵| 97

第九章　|谁是企业的主人？| 109

第十章　|多情自古伤离别| 117

中　篇　　英雄造时势

第十一章	良机如逝水	137
第十二章	运筹帷幄	149
第十三章	历史性公决	161
第十四章	重整河山	175
第十五章	葵花战略	183
第十六章	义不容辞	217
第十七章	金色的梦想	227

下　篇　　英雄唱大风

第十八章	北上摘红叶	249
第十九章	南下取"御一"	269
第二十章	挺进中原	289

第二十一章	葵花模式	299
第二十二章	深圳的钟声	323
第二十三章	隆中对	339
第二十四章	临危受命	347
第二十五章	于无声处	367
第二十六章	旗舰出海	385
第二十七章	文化的生命张力	409
第二十八章	关于英雄的尾声	419

何以写葵花　　　　　　　　　　　425
　　——《悬壶大风歌》跋

| 引子 |

2 200多年前，刘邦统领20万大军挥师亲征，击溃了先期忠诚而后叛变的诸侯淮南王英布。当他鞭敲金镫凯旋途经故乡沛县，邀集父老乡亲饮酒时，成就天下霸业的激情使他豪气干云，把酒临风，击筑高歌："大风起兮云飞扬，威加海内兮归故乡，安得猛士兮守四方！"叱咤风云的英雄留下了千古绝唱，同时也留下了英雄难觅的千古苍凉。

2 200多年以后的2001年，关彦斌到日本考察。他获知日本不仅中药萃取率高于国内数倍，而且还占据了全世界90%中药市场销售份额。令人尴尬的是，作为中草药的发源地，今天中国大陆拿到的份额，只是世界草药销量的2%。而更加可怕的是，曾获得日本医师会授予"最高功勋奖"的日本医学权威大冢敬节，1980年去世前，曾叮嘱弟子："现在我们向中国学习中医，十年后让中国向我们学习。"不幸言中。关彦斌的心不由一紧：中国的国粹经过数千年的沉淀与传承，何以为国人弃如敝屣？是什么力量让日本把中药提炼利用到了极致？一个弹丸之地何以有这么大的购买力？那一刻，他真切地感到了莫名的痛楚与羞辱，数千年的中华国粹为何在异族生辉？老祖宗留下的财富我们为什么守不住？

是夜，关彦斌彻夜难眠。这位周身流淌着马背英雄热血的王者血脉贲张，激情难抑，仰天悲歌：商海浪涌兮云飞扬，何日国粹兮归故乡？多得猛士兮守四方！

从那个时刻起，关彦斌心中萌发了一个悲壮的祈愿，就是拼尽毕生精力，也要把数千年老祖宗留下的中医药文化遗产保护传承、发扬光大。

如果不知道这个切肤之痛的故事，就没有人真正理解关彦斌为什么要把葵花中药王国的营盘向天下屯扎的隐衷；如果不理解一个伤怀泣血引发的宏愿，就无法摆脱企业就是为了赚钱的肤浅价值观。

想深入了解一个人，必须走进他的灵魂深处。

上篇 时势造英雄

第一笔学费

第一章 第一笔学费

1996年孟春。

深圳宝安国际机场。

关彦斌慢慢抬起那颗有如藏獒的、从未认输的硕大头颅，用那双噙着泪水的虎目，静静地望着略显灰暗的天空，又低头看了看盛开得鲜红的市花簕杜鹃，轻轻地发出只有他自己才能听到的一声叹息。

这并非乌江边上那位"力拔山兮气盖世"的英雄穷途末路的叹息，亦非滑铁卢旁那位常胜英雄因为贻误战机的惋然叹息，更非"廉颇老矣，尚能饭否"的爱国英雄生不逢时的叹息，而是胸怀满族英雄情结、壮志未酬于爱恨情仇之间、深深地爱着又不得不离开、创业的成功与情感的失败交织在一起的五味杂陈的那声无奈的叹息。

1978年末，世界上所有政要的眼睛几乎在同一时间紧紧地盯着东方大陆上一个叫"中南海"的地方。因为那里有一头雄狮在酣睡了多年之后猛醒了。一位在政坛上数次东山再起的中国老人,挥了挥他那宽厚的手掌,把深邃的目光投向了中国的南海,然后,有力地画了一个圈子。这个圈子里除了装满改革开放、发展经济、改善民生的睿智思索,还有饱含着心系百姓的一腔爱民情怀。

深冬的大地,仿佛响起了隆隆的春雷。

中国不走改革之路,只有死路一条。这是世界公认的一条发展之路,为什么新中国成立30年之后才走?就是因为中国政治经济体制不同于任何一个国家,必须走一条与国情相适应的道路,才能使中国得到发展。

时年,中国的经济满面菜色,酷似百姓的面容。计划经济的樊笼之所以让老百姓饿肚子,是因为僵化了那些决定政治命运与经济命脉的人的观念。两千多年前的那位公孙鞅,就是因为体制改革而被自己创制的刑法车裂的。作为一记警钟,宁可让政治的闪电风雷激荡,编织着一个虚幻而又阴森的神话,饿瘪了亿万人的肚子,也不愿经行"冒死"的经济改革。这是中国自甲午海战之后仍不能觉醒且讳疾忌医的一个通病,以致人们把渴望看到的"文景之治""康乾盛世",都一次次地写进了电视剧里。

关彦斌属于那种英雄不甘寂寞的人,他这一辈子注定得折腾,不折腾个天翻地覆他不会罢休。因为,他血管里流淌着马背民族的热血,骨子里浸透了血与火熔炼的桀骜,精神里充满了进取、占有与一战成名的热忱。这是先祖赋予的基因,并非后天的恩惠与施舍。在平淡的世界里不会产生英雄,因为那里所有的人都是平淡地活着。

当他在黑龙江的塑料产业里徜徉,向前一看再没有一个人了,他感到了一种莫名的寂寥。这是英雄的寂寥。于是,他就把目光投向了深圳。是啊,是骡子是马得拉上大场子遛遛!黑龙江这座边陲小镇,毕竟太小了——他那颗愿意折腾的心又耐不住寂寥了。

这是一座怎样的城市?火热的当年,中国令世界瞩目的速度是"深圳速度"。这也是中国改革开放的"总设计师"把改革实验区设在这里的主要原因。那么,到底有多少人知道"深圳速度"是一位双城人创造的?时任中建三局局长张恩沛,1932年生于双城,在指挥建造全国标志性建筑深圳国贸大厦时采取"滑模"施工法,创造了三天一层楼的历史纪录。新华社曾向全世界发表消息称,"这是中国高层建筑历史上的奇迹,标志着中国建筑行业的实力步入了国际先进行列"。1992年春天,中南海里的那位老人来检验他的改革成果,指着深圳国贸大厦意味深长地说:"深圳发展这么快,是靠实干干出来的,不是靠讲话讲出来的,不是靠写文章写出来的。"深圳的经验就是敢闯。就是这个速度,震撼了多少人,也吸引了多少人!

关彦斌能出现在深圳,仅仅是一次好奇的天涯孤旅吗?

平生第一次合作,关彦斌遇到了C小姐——香港的商人,一位女强人。其时,香港的资金与商人,尤其是女商人,更加令人信服。而这位合作者往往语出惊人:"彦斌,等你成为亿

关彦斌1992年1月31日于深圳

万富翁，我们还要继续合作；如果离开我，你就会付出巨大的代价。"C小姐语调显得很平淡，但却有些斩钉截铁，不容置疑。这不啻一声炸雷，激荡着关彦斌的心。他一双异常硕大的环眼惊异地看着这位熟悉而又陌生的强势女人，心里掠上的惊异掺杂着迷茫：我能成为亿万富翁？看着C小姐平淡而又坚毅的表情，令人不能不想起当年"青梅煮酒"的场面和曹孟德的宏论："天下英雄，唯使君与操耳！"关彦斌倒是没有吃惊到"说破英雄惊煞人"把筷子掉到地上的地步，只能报以淡淡的一笑，这微笑里蕴含着的只有几分自信。因为，一个亿万富翁离一个只身闯荡江湖的求索者，不知道要距离多少光年。而正是这次醍醐灌顶般的提醒，激活了他上下求索的所有细胞与雄怀。

殊不知，这是第一个发现他人生价值与经济价值的女人。

女人，并非都"头发长、见识短"。

女人第六感的敏锐度，异乎寻常，甚至惊人地准确。

女人，有些可以打造英雄。当然，也可以断送英雄。

当涉及铜锈的合作不能不出现裂痕时，英雄必须选择离开。这位在他成功的路上曾经辅佐过他的女人，当合作不能再继续下去的时候，他必然要选择离开，就是说必须付出巨大的代价。这个代价，就是必须交上2 000万元的学费。数年的打拼，使他选择了没有带走分文。

女人制裁与惩罚男人选择切断经济命脉，自以为是首选的上策，其实这显得多么苍白与无奈！因为对于一位英雄，自然就成了下策。"千金散尽还复来"，自古便是英雄的史诗。世上没有一个英雄永远和金钱搅和在一起。于是，他选择了"壮士断腕"，笑着离开，把在这里五年打拼的2 000万元轻轻地一掷，又成了他来时的样子：身无分文。

吃一堑，长一智。明王阳明《与薛尚谦书》有语："经一蹶者长一智，今日之失，未必不为后日之得。"问题是，你不缴纳学费，智慧恐怕就不会增长；缴了学费不汲取教训，智慧恐怕亦不会增长。关彦斌此次缴纳了一笔巨额学费，2 000万元，这或许是人生最昂贵的一笔学费吧？想成为亿万富翁，这个价码，高吗？

银鹰呼啸而起，像一只搏击北溟的鲲鹏，直刺青天。只留下脚下那片显得异常悲壮的仿佛志士血汗染红的簕杜鹃。

别了，深圳。当那片充满了浪漫情调的红树林公园与蛇口半岛城邦的情人码头逐渐缩小的时候，当深圳湾大桥与七娘山融为一体的时候，他的眼睛湿润了，心底里油然生出了一股前所未有的离愁。他知道他并非是为大海而生的，必须离开这里，却不知为什么这一次的别离，对这片土地是如此的眷恋。面对舷窗外那片越来越模糊的土地，他挥了挥手，眼泪却慢慢地向心中流去……

这里到底是他的成功之地还是失败之地？在这里，他倾其所有，带走的除了离愁，就是那一股英雄浩气。作为一位男人，一个顶天立地的男人，不能遮蔽于女人的卵翼之下。

> 请在这最后的一滴泪水里，
> 收回吧，作为噩梦一场。
> 你诚意的教导使我感激，
> 你牺牲的培植使我钦佩，
> 但这不能留住我不向你告别，
> 我不能不向别方转变。
> ……
> 别了，哥哥，别了，
> 此后各走前途，
> 再见的机会是在，
> 当我们和你隶属着的阶级交了战火。

这是左联五烈士之一殷夫的《别了，哥哥》，此情此景，与关彦斌的心境何其丝丝入扣！

昨晚，他喝得酩酊大醉。坐在马路牙子上，袒露着胸膛，望着深邃的夜空和闪烁不定的繁星喃喃自语："苍天啊！今生还会有我关彦斌的出头之日吗？"

蓦然，一双有力的臂膀把他紧紧地抱住："大哥，被眼前的困境击倒的不该是你。在我心中，你永远是老大！"

打仗亲兄弟，上阵父子兵。为了哥哥的事业，四弟彦明告别家乡，与兄长一起来深圳打拼。经历了一次次酸甜苦辣，目睹了一番番成败荣辱，当所有的拼争都付诸东流，当所有的付出都回到了原点，当所有的积蓄都打了水漂儿，作为一向崇拜大哥的四弟，他岂能忍心怨怼兄长的一场情感豪赌？正是：下马饮君酒，问君何所之。君言不得意，归卧南山陲。但去莫复问，白云无尽时。

"走，大哥，咱们大不了从头再来！"如今，他不想看到兄长有丝毫落魄的神情。留得青山在，不愁没柴烧。他扶起大哥，穿越了诡异的黑暗，坚定地向着晨曦走去。

什么叫兄弟？就是在你人生遭逢重大灾难之际，能够挺身扶将而不惜一切，纵生死而不渝。"凡此五官之于将也，犹身之有股肱手足也！"

真正的英雄，会有末路吗？

望着感慨万千的关彦斌，到机场送行的袁乐平，亦是激情不能自已。他是被关彦斌请来收拾"残局"的，作为"留守老总"，他知道肩上的担子有多重，也知道信任的分量有多重，更知道国破山河在的意义有多重，但是他却不知道怎样安慰关彦斌。因为，他知道，关彦斌绝不是服输的人，绝不会一蹶不振。所以，斯时的沉默或许正是送别的气氛。到了安检口，关彦斌一双大手紧紧握住袁乐平的双手，此时，他们才互相看清，两人的眼里全都含着泪花。男儿有泪不轻弹，尤其是大庭广众之下。

沉默有顷，关彦斌低沉但坚毅地说：“这里拜托大哥了，我回去重整旗鼓，将来一定会杀回来的！”

袁乐平相信关彦斌的话，因为他深知关彦斌的性格，为了收复失地，他绝对能卧薪尝胆，这正是男儿本色。此时，两人都不约而同地昂起头来：“你放心地走吧，愿早日归来痛饮鹏城！”

关彦斌重重地拍了一下袁乐平的肩膀，头也不回地跃入茫茫人海！

别了，深圳！别了，第一次合作！别了，我的好兄弟！

没有人能够预测，今日的穷途一别，再见的机会竟然是在弘扬中华医药国粹的英雄榜上！

命运之于人生，真的是注定的吗？真有那么多偶然吗？

回顾他的离去，当时对于深圳似乎可以忽略不计，丝毫没有表现出损失与缺憾，而他更没有显露出丝毫主宰未来的迹象，仿佛一位战败的将军落荒而逃。而历史却必须为此承担责任，必须惋惜与反思。在经济大潮中被淹没的男人，仅仅是因为金钱与女人吗？然而，令深圳始料不及的是，当年离开深圳的那个血气刚毅的中年汉子，如今已经成了葵花药业集团的掌门人。当他20年后重返鹏城的时候，一阵阵悠扬而雄浑的钟声，像一阵滚雷夹着暴雨，荡涤着那段曾经屈辱的历史。

历史，此时再发出沉重的感叹是否已经为时过晚？

两个沉重的思索

第二章 两个沉重的思索

2013 年 3 月 5 日。

北京。乍暖还寒。

紫禁城墙下朝阳的一面，小草钻出了地面，像一颗颗绿色的钉头。长安街上的迎春花，在风雪中沉睡了一个冬天，终于摇摆着深黛色的虬枝，在一夜之间怒放了。那一枚枚可以和向日葵媲美的黄色花朵，可以在早春的风雪中飘摇，以其柔嫩的身躯，显示着无与伦比的刚毅品性。她除了向世人报春，终究会给这座充满霸气的千年古都平添几许温婉与祥和。是以，引历朝历代无数诗人都来吟咏迎春花的侠骨柔肠。正是"稼李繁桃刮眼明，东风先入九重城。黄花翠蔓无人愿，浪得迎春世上名。"有多少人为了争得一世英名而处心积虑。其实，随遇而安的淡然又哪如这报得春来可以伴着冰雪敞开胸襟的小小黄花呢？

只是，更多的人不这么想。英雄，多以寒梅自居。在他们眼中，这小小的花朵，无非是春天的点缀。

矗立于天安门广场的人民大会堂，在这个不寻常的春天里，显得益发庄严。

每年的3月初，这座古老而又现代的建筑，都会吸引来全球的目光。这不仅仅是因为这座建筑冠以"人民"的前缀，而且因为代表着人民崇高利益的"两会"每年都要在这里召开。3 000多位代表着人民利益的代表，怀揣着沉甸甸的议案，怀着不同的心境，从祖国的四面八方纷至沓来，聚集在这座最高权力象征的殿堂。每个人都试图向最高权力机关阐述自己所代表着的那部分人民的利益。人民的利益能不能得到真正的体现，每次隶属着的人民都拭目以待。

本届人民代表大会非同寻常，将开启这个国家人民期盼的春天。因为，本届人民代表大会要完成一次历史的交割。自古不患寡而患不均，社会分配的不公是最大的不公，利益集团瓜分国民的资源是令人切齿痛恨的。当人民亲眼见到众望所归的亲民领袖接替了国家元首，无不欢呼雀跃。人民群众的眼睛是雪亮的：亲民是伪装不来的。领导人的个人品质、信念与操守决定了其作风是否正派和敢于担当，没有与人民血肉相连的情感，怎能代表人民群众的根本利益？

人们用审视的目光关注着代表与委员的构成。走进这座殿堂的，大多数都是政治经济文化大鳄与富翁们，但并不一定都是民族的脊梁。在一个社会分配不公的时代，在一个市场秩序被权力打碎用以寻租的时代，仇富的人们普遍认为巨额财富上都沾染着不可饶恕的原罪。激进的偏颇令人深刻思索，公平与正义的尺度是请你晒出第一桶金的攫取方式。在诸多的代表与委员兼富翁中，有卖水起家的，有卖辣椒酱起家的，有卖药起家的。而最卑鄙的，莫过于攫取了财富之后，用金钱买得了委员与代表的头衔，招摇于代表着人民利益的殿堂之中，装模作样地代表着人民的利益，其实是用自己的黑金亵渎着人民的期冀。

如果，我们把"两会"形象地比作一场大型演奏会，不可能

2008年3月,关彦斌出席第十一届全国人民代表大会

不筛除一批混迹于此的南郭先生。

2014年的"两会",中国最大的代表着党的声音的官方媒体《人民日报》在其微博上向整个世界明示:"'两会'召开在即,代表委员纷纷抵京。在人民大会堂共商国是,这是荣誉,更是责任。如果只知道热烈鼓掌、点头称是,人民民主如何体现?质询政府,请动真格;会场讨论,何惧观点交锋?代表委员当铭记:你沉默,就是人民失语;你认真,民主才能运转起来!"

这,或许是新中国有史以来新闻媒体最大胆与最民主的一次"两会"宣言。这,或许会载入中国的新闻史。至少,是中国即将走向民主与法制的一个风向标。

荡漾的春风里,一位身着黑地儿金色中国龙满族剑袖马褂、满脸刚毅之色的全国人大代表迈着稳健的步履从正门进入人民大会堂东大厅。那踌躇满志的神情,就是葵花药业集团总裁关彦斌的标志。这是他第六年迈进这座为民请命的殿堂,而且脚步一年比一年坚实。一个人对于社会的价值,在于创造与奉献。比之其他,制造医疗人类病痛的药品是不是更有价值?当然,我们无意贬损他人的社会存在与创业历程,只是感叹于这位当年从深圳铩羽而归的"流浪汉",20年后以悬壶济世的情怀,将一个濒临倒闭的国营医药企业,打造成黑龙江乃至全国的著名中药企业,同诸多国内富翁荣耀比肩,走进这座与国家最高领导人共商国是的殿堂,去谏言陈述民众的疾苦与诉求,自当别有一番滋味在心头吧!

离开了道德与诚信,所有的商业繁荣只能是昙花一现;背离了法律与伦理,再明亮的明星也会如流星陨落。为富不仁者比比皆是,把国家的资源漂白到自己的腰包里的,可说不胜枚举。当然,历史前进的大潮绝对不会倒行逆施,逆历史潮流而动,必然会为历史的潮流所荡涤。不然,当年和关彦斌一起首次成为黑龙江省十大优秀企业家的名人们,为何大多都随着岁月的流逝而风飘云散，以致湮灭无闻在历史的深处呢？

企业家与企业老板，永远都是无法等同的两个概念。因为，前者以社会责任为己任，后者以效益最大化为目的。不同的价值观，尽管起点相同，但永远也不能殊途同归。

当人们以同样的企业家身份、以同样的步伐走进这座象征着尊严的宏伟建筑时，可曾体味到企业老板与企业家的品位有着天差地远的迥异吗？

令人瞩目的首先是关彦斌那套别致而吸人眼球的民族服装。

服饰，代表着一个人的性格，代表着一个民族的文化，更代表着这个民族的历史。所有的少数民族人大代表或是政协委员，都会在这个最庄严的盛会上，以一袭服饰最直接地展示自己民族的历史与尊荣。

关彦斌的服装本身就是一种荣耀，满族与这座京城有着血脉的关联。在这个千年古都里，有数百年曾是满族统治天下。曾几何时，有多少人谈"满"色变，似乎满族人就是一个好勇斗狠、嗜杀成性的民族。殊不知，海陵王完颜亮迁都扩建北京城，其实是完成了一次重要的民族融合。我们不能穿越历史，更不应苛求历史。一个历史人物的功过，应该历史地去评价。爱屋及乌的本身，就充满了宠爱的味道。从更长远来看，此次迁都最大的亮点，在于南北融合、混一天下的政治制度，为中华民族的长远发展奠定了基础。其中特别是一个统一的国家版图，使得长城内外均成为中华的故乡，通过人口在南北的自然流动，更是解决了中原地区严重的自然、生态危机，使辽阔富饶的黑土地，成为中原移民的栖息地，他们从此在这里安居乐业，生生不息。

在一个民族大融合的时代，在一个抛却了民族歧视的时代，关彦斌不止一次来拜谒当年的"朝帽胡同"遗址，这里是先祖镶蓝旗瓜尔佳氏当年离开京畿北上的辞行之地。这是满族人的骄傲，也是中华民族的骄傲。200多年前，他的先祖追随努尔哈赤征战于白山黑水之间，以浴血厮杀"懋建功勋"而位居五大元勋之首。在沉湎于赫赫战功的陶醉中，从安逸的北京四合院，又回到了当年浴血征战的黑龙江屯垦戍边，从而把满族文化回炉锻造，再度创建功勋。故而，在第十一届全国人民代表大会上，当一些委员代表们创造着一个个哗众取宠的搞笑版，无关痛痒地亵渎着自己身份的时候，作为满族英雄后裔的关彦斌，斗胆提出关于满族非物质文化遗产的抢救与保护的议案。

他在大会上疾呼：湮灭文化就是湮灭历史。

这是他的第一个沉重思索。

他向最高权力机构阐述的理由是：黑龙江作为满族的发祥之地，居然没有设置一个满族自治县。在20世纪的70年代，在黑龙江省百万满族子孙的强烈呼吁下，黑龙江试图将位于五常县的拉林镇定为满族自治县。因为，那里当年曾经是清政府设置的副都统衙门所在地，相当于现在的副省级建制！从乾隆九年（1744

2011年3月5日，关彦斌参加第十一届全国人民代表大会，接受黑龙江电视台记者采访

年）开始，清政府为了巩固东北边疆，先后派 3 000 户旗人到拉林地区屯垦戍边，建立了 32 个旗屯。关彦斌的先祖，就是那个时候从北京迁到拉林的。为了对京旗移民进行有效管理，把拉林协领衙门晋升为副都统衙门（相当于副省级治所），当时管辖五常、阿城、双城、宾县及哈尔滨的部分地区。就是这样一个具有历史文化积淀的地区，为什么就不能成为一个满族自治县呢？纵观国内的 13 个满族自治县，又有哪一个能比与大金的发祥与肇兴之地阿拉楚喀比邻的拉林仓更有历史意义呢？40 年后，面对满族文化的逐渐淹没与灭失，关彦斌痛心疾首，含泪发出了历史的诘问。然而，没有人提出对这段历史负责。地名的建制更迭是民政部门的事，我们究竟能不能抓一把黄土便掩盖了一段几百年辉煌的历史？当我们处在一个即将登上月球的时代，还有必要避讳冷兵器时代先贤们创造的历史吗？

满语是中华文化的瑰宝，然而在即将灭失的历史关头，我们为何要熟视无睹、置若罔闻呢？

关彦斌不是一个狭隘的民族主义者，尽管他曾经为了自己那个已经不在少数的少数民族呼吁抢救民族文化。至少，作为一位满族代表，他没有辱没先祖对于民族融合的牺牲与现代族胞的希冀。

一位没有血性的代表，不可能捧上一份充满血性的议案。我们不怕诉求石沉大海，就怕永远淡忘了自己民族那段浴血奋战的历史。

作为第十一届和第十二届全国人大代表的关彦斌，如果说他肩上担着沉甸甸的历史责任与使命的话，请看他的第二个沉重的思索。

曾几何时，中国的医药市场群雄割据、鱼龙混杂。治病救命的药品中，竟然充斥着伪劣假冒的东西。如果我们能容忍地沟油的不能直接致命的话，那么用淀粉制成的治疗肝病的药品为什么能走进千家万户呢？而且还是政府给发放的"准入证"？假如，我们可以容忍在食品中加入一些添加剂算作坏了良心的话，那么，在药品上作假，残害本来就贫病交加的人们，就是天良丧尽，天理不容！

那么，一些假药是怎样流入民间的呢？政府的监管失责有不可推卸的责任！有的时候不仅仅是监管不力，而且是不折不扣地成了始作俑者。既然人大代表是来履行责任的，关彦斌自然就开诚布公、当仁不让。他大声疾呼，将矛头直接对准了政府基药招标的"双信封"制。或许有人会说，关彦斌的议案，只是为了保护自己企业的利益。那么，作为堂堂全国人大代表，连自己企业的利益都不能保护，又何谈其他？作为奉公守法的企业，作为社会的经济组织，保护自己的权益，天经地义。只有保家，才能卫国。若非如此，岂不是滑天下之大稽？

应该说，国家的诸多政策制定的初衷都是好的，关键是一部好"经"由谁来念。由歪嘴的和尚念出来的经文，其禅意必定会是斜的。至于这些"经文"别人念得如何，实际效果如何，有些人又懒得倾听，也懒得过问。政治体制改革不彻底的最大弊病，就在于庞大的官僚机构，豢养了一批高高在上、尸位素餐、不问苍生疾苦的老爷。

让我们来认识一下这个"双信封"制度。

"双信封"是国家医改之后推行的基本药物招标制度，主要是为了解决老百姓的"看病贵"问题。为何叫"双信封"呢？顾名思义，无非是必经两个标准。第一个信封：涉及技术层面，但只要是正规厂家生产的药物基本都可过关；第二个信封：谁的价格低谁的中标。看看，国家多替百姓着想啊！你说药品贵，我就给你用价格来调控，这是多么顺从民意啊！问题是，第一个门槛低，谁都可以进。第二个门槛看着低，但实质却很高，高到门槛的底下全是空洞的。它用过低的价格挡住了价格高的真药和好药；

一些伪劣的药品从狗洞子里乘虚钻进了医药市场。

面对两个薄薄的"信封",关彦斌显得很无奈:负责任的企业要么选择退出,要么选择底线投料,但这会造成药品质量的下降,丧失商品与企业的信誉。尤其是对于肩负着光大中国国粹使命的中药企业,等于饮鸩止渴、慢性自杀。凡此两种,无论哪种都是非常危险的。作为有着良好信誉与社会责任感的企业,只能忍痛割爱。而后果呢?自然由企业与患者来承担。因为,你的好药如果进不了这个基药目录,就意味着不能进入医院。真正治病的药物进不了医院,老百姓想买,对不起:没有。自己到药店去买,对不起:不给你报销!

这个政策如同儿戏。以护肝片为例。作为原研首产单位,葵花护肝片以精品投料著称,占据全国OTC市场70%的份额,年销售额3亿多元;但是,全国的药品销售,医院又占据了70%的份额。成本在10元左右一瓶的葵花牌护肝片,却被某省的2.5元一瓶的护肝片中标了,这个结果值得深思。

关彦斌感慨万千:按照现行制度通过这种招标,300年的同仁堂一定是招一处败一处,败一处退出一处。为什么?因为它遵循着诚信的店训:炮制虽繁必不敢省人工,品味虽贵必不敢减物料。它到底贵在哪儿?贵在了质量上,贵在了工艺上,贵在了疗效上。如果我们一味用价格衡量,结果会是什么呢?后果自然无法想象。难道还不算严重吗?我们的政府职能部门司的是什么职能?到底是为百姓负责还是为百姓添堵?作为以"产业报国、贡献社会""复兴国粹"为己任的企业家,作为以悬壶济世为归宿的慈善家,自己研制的解救数万苍生的优质药物,却被一群以形式主义著称的政策设计者们排斥于大门之外,怎能不令他仰天浩叹?

他不愿意做一个传声筒,也不愿意做一个摆设,因为,他肩上担着复兴中华国粹的重任呢!他永远都不会忘记在日本大阪得到的那一组中药被人家利用的数据，那永远是刺向他胸口的利刃，那永远是对他的羞辱和对中华民族的文化掠夺。只是，我们政府的一些人，根本就没有意识到这一点。因为，他们是为人民"服务"的，不是为企业服务的，只要老百姓得到了"物美价廉"的药物，他们便会心安理得。作为一种特殊的商品，请问，世上会不会有"物美价廉"、治病救命的药物？我们的医院，竟然会把一个价值几百元的"心脏支架"放到患者的血管里，瞬间变成了几万元。请问，这是哪个部门、哪个"信封"招的标呢？

"双信封"的合理性在于披着伪善的外衣；"双信封"的祸端在于放开了假药、劣药的闸门；"双信封"的宗旨在于把疗效无限降低；"双信封"的"历史贡献"在于扼杀了中华国粹传承与发展的信心与热情。

关彦斌仗义执言，为了一个行业，更是为了一个民族。为什么一些人会在庄严的时刻选择沉默？为什么本应慷慨激昂的时刻却噤若寒蝉？

一个追求社会公平正义的人，岂能对道德与规范的失衡装聋作哑？

关彦斌的思索，为什么总是那么沉重？

早在2010年，关彦斌在"两会"上第一个提出了儿童安全用药问题，使领导者与专家们为之一震。他的《关于在国家基本药物目录中增补儿科专用药物的建议》，从儿童用药的特殊性与安全性出发，在基本药物目录中增补长期应用于临床，并被证实稳定、安全、有效的儿科专用药物，特别是已经广泛安全应用的儿科中成药。要将儿科用药单独分离设类，制定专用标准，在新药研发、药品注册、临床应用等环节予以规范；国家有关药事管理专家委员会中应该设立儿科药品专家组。这一具有沉重的历史责任与关爱未来的呼吁，当即引起了国家卫生部的高度重视，曾派相关人员来到葵花药业调研，并为国家制定儿童药品相关政策提供了历史佐证。

不为人们关注的、不为人们趋之若鹜的利益纷争,但不一定不是老百姓最渴望的。曾几何时,利润菲薄的儿童药的生产与应用,被多少厂家抛弃;儿童用药安全何曾引起有良知的企业家的眷顾?而正是这种利如蝇头、被人弃如敝屣的小产业,未来却催生了以悬壶济世为己任的葵花药业持续发展的大战略——小葵花儿药战略。

更加振聋发聩的呼吁,是他联名二十几位代表与委员,呼吁国家继承和弘扬中医药,保障和促进中医药事业发展,保护人民健康,制定《中华人民共和国中医药法》,引起了国家的高度重视。《中华人民共和国中医药法》由全国人民代表大会常务委员会于2016年12月25日发布,自2017年7月1日起施行。

天下兴亡,匹夫有责。为了祖国中医药事业的发展,关彦斌未辱使命。那部关于中华国粹的厚重大法之中,浸润着这位人民代表的期冀与心血。

2011年3月10日,关彦斌参加第十一届全国人民代表大会

人民，不会忘记那泣血的声声呼吁；法律，尊重的是殷殷民意！

第三章 三次命运的选择

1970年早春，融化的冰雪中露出了垄台儿，远看，呼呼儿冒着地气儿。"三月十三，苣荬菜钻天。"无论严冬是怎样的漫长，春天总是会来临。当她度过了玉门之后，蛰伏了一冬天的各种生命，终究都慢慢地在期盼中苏醒了。

五常县双桥子公社石人沟供销合作分社里聚拢了所有乡民的惊奇目光：供销社来了个小伙计。连在这里二十几年的那位老店员都感到惊奇，这个除了眼睛异常明亮略显笨拙的小店员，不会超过16岁！这该是多硬的门子啊？"啧啧啧，这么点儿的孩子，都来供销社上班了！"不管是大人还是孩子，都用惊羡的目光看着这个新来的小伙计。老店员为了让这个小店员尽快"精通业务"，便让他做起比较单一、繁重，又比较好算账的工作，给顾客称起了大粒咸盐。

在计划经济的年代，买什么东西都得凭票。买布得布票，买棉花得棉花票，买饼干、炉果、面包得用粮票，而粮票又分全国粮票和地方粮票。但是，商品的短缺莫过于就业岗位的短缺。那时候在农村的毕业生能不去修理地球，该是怎样地令人羡慕呢？农村有三不错：老师（民办教员）、机手（开拖拉机的）、供销社（供销社店员）。县里更高的层次则是：亲家班子驸马团（县委县政府班子成员基本都是亲家，女婿们都上团委），小姐太太打字员（领导的女儿、夫人在机关打字），公子王孙小车班（领导的孩子当小车司机），七姑八姨上妇联（领导的女眷去妇联供职）。你看，没有裙带关系，想要找到一份合适的工作，纯粹是一个光怪陆离的梦幻。当然，如果把时光推移到今天，我们会惊奇地发现，那个时候，作为领导干部该是怎样的廉洁啊！老婆孩子、直系亲属，安排的位置根本就不足挂齿。或许，会被现在的某些领导们嗤之以鼻呢！真是三十年河东，三十年河西！

　　石人沟供销分社新来的那个稚气未消的小店员就是关彦斌。那个年代，早已取消了高考。初中毕业后，父亲看着瘦弱的小彦斌，一种爱惜之情涌上心头。于是，找到在县里掌握实权的老朋友，给彦斌安排到了供销社当店员。关彦斌看着那张盖着大红戳子的报到介绍信，久久无法入睡。难道，这就是要走上社会的前夜吗？难道今生就要在一间房子里给人家搬弄油盐酱醋和用算盘子算账吗？

　　可怜天下父母心，面对这种爱子之情，彦斌怎能没有孺慕之意？然而，在这里工作了整整一天，第二天彦斌死活不干了。父亲问他："为什么？"他只是淡淡地说："不为什么，我还想接着念书。"知子莫若父，在公社当干部的父亲知道彦斌的性格，只要是彦斌认准的事情，就是十头老牛也拉不转。只是，倒是可惜了这样一桩美差。若干年之后，当人们提及当年辞掉这份令人眼红的"美差"的考虑时，彦斌略加思索，爽朗地一笑："一个年轻人，怎么能像猴一样被人们围着观赏呢？"

　　卖了一天咸盐，在那个所有村民都会光顾的屋子里，只留下了他一天的身影。或许这是关彦斌的人生履历中最短暂的就业时

1973年，当空降兵时的关彦斌

光。没有一个常人能真正理解这位少年当时的心境，只是因为，在一个幼小的心灵里，埋下了一颗常人无法萌发的、成为英雄的希望的种子——接着读高中，要用知识去打造属于自己的理想前程！

这是关彦斌平生毅然辞掉的第一份多少人可望而不可即的工作。

那一年，他才16岁。

1972年12月，一阵紧密的锣鼓声伴着仿佛喜报的漫天大雪，震撼着人们的心旌。关彦斌告别了生他养他的北土城村和父老乡亲，登上了驶往湖北的运兵车。

瓦罐不离井上破，将军难免阵中亡。血管里流淌着马背民族英悍血液的关彦斌，在告别了卖盐店员的工作之后，又在村中学读了两年书，之后，毅然走上了从军路，梦想成为一名英雄。"不想当将军的士兵不是好士兵"，当年法兰西那位英雄激励着多少热血青年，献身于民族解放的疆场。

每个男儿都有一个英雄的情结，都有一个自己心目中的英雄。

说到英雄，人们自然想起一幕幕场景：

黄沙莽莽，大漠烽烟，身先士卒，出生入死，不畏青山埋忠骨，此乃英雄。

经天纬地，安邦定国，出将为相，辅佐君王，何吝马革裹尸还，此乃英雄。

聪明秀出，谓之英；胆力过人，谓之雄。中国历来不乏英雄。因而，铸就了一个崇尚英雄的国度。

当关彦斌成为一名空降兵在800米高空闭着眼睛一跃而下的那一刻；当他的双腿经过多次跳伞之后被反弹成了两条肿胀的"烧火棍"的时候；当他忍辱负重多次立功、从军四年仅仅当了一名班长，只能统领十二个兵的时候；当他统率千军万马的"将军梦"被残酷的现实击碎之后，他毅然告别了军旅。

有多少有志青年幻想着在戎马倥偬的战火中，成为令人景仰的一代豪强。其实，这又是多少人的一个个泡影呢？

关彦斌的心里非常清楚。

一个人的明智之处，在于置身命运转折的井泾口，并非只能选择背水一战。

他要选择一个没有硝烟的战场。

这是关彦斌的第二次选择。

1979年初春，北国仍然春寒料峭。春风到底过没过玉门不得而知，但是中国共产党第十一届三中全会提出的"把全党的工作重点转移到社会主义现代化建设上来"的壮烈宣言，不啻一阵春风，温暖和煦，吹拂着冰封的大地；不啻一声春雷，振聋发聩，激荡着久旱渴盼春雨的心田。

人们知道1992年邓小平的"南方谈话"者居多，在十一届三中全会召开之前的9月13日到20日，从朝鲜访问归来在东北三省以及唐山、天津的重要讲话，被称为"邓小平理论的开篇之作"，却很少被人提及。在最后一天即20日总结此行谈话时，这位伟人首次提出："先让一部分人富裕起来。"三个月之后，中国进入了以改革开放为标志的社会主义现代化建设新时期。又过了三十多年，当年首先觉醒的人们成了富翁，后觉醒的家境殷实，没觉醒的仍在温饱线上挣扎。

个人的命运，与国家命运相连。你是一位真正的觉醒者吗？历史何止一次这样发问。可惜，不是每一个中国人都能响亮地回答。

就是在这样的背景下，关彦斌做出了一个惊世骇俗的选择：下海！

下海，在中国30年前的社会词典里还是一个极其时髦的潮词，就是毁誉参半的"经商"之意。毁者，意为不会水的旱鸭子会被海水呛死；誉者，意为宁可弄潮而死，也不像贫穷的乞丐那

老塑料厂里的年轻厂长

样活得没有尊严。但是无论怎么说,在今天看来,当年的"下海"毕竟充满了悲壮的色彩。

"笃!笃!笃!"五常县第二轻工业局局长张斌的办公室,响起了轻轻的叩门声。

这听起来极为轻微的叩击声,意味着一种叛逆、一种挑战、一种牺牲,或许无异于一种涅槃。

"请进。"张斌的语调很平静。平静得就像那个计划经济时期的机构运行态势，不紧不慢的。尤其是二轻局，只是负责当地的轻工业产品的生产、统计、调拨、市场分配，等等。而地方产品在当时又是屈指可数。

"局长，有个事想跟您请示。"进门的是团委书记关彦斌，虽然是商量的口吻，但是语调却很坚定。

张斌是个干事的人，虽然二轻局不如工业局牌子亮、有实权，但是干起工作来绝不含糊。尤其是在对人才的培养和爱惜上，他一直为人称道。两年前，他想挑选一个团委书记，就亲自跑到军人转业安置办公室，在几百个档案里扒拉来扒拉去，最终选中了在部队里入党、立过功的关彦斌。两年下来，二轻局团委的工作风风火火、颇有起色。有时候，他常常感慨自己的"人才战略"，颇有几分沾沾自喜的味道。要知道，选用一个优秀的人才应该具有宽阔的胸襟与无私的品行。

"有啥事儿，说吧！"张斌局长用非常赏识的目光望着关彦斌，心里想这个小伙子说不定工作上又有创新的思路了。

"我想辞职……"关彦斌看着张斌的眼睛，真诚地说。

"什么？"张斌没听清。

"我想去企业。"关彦斌直截了当地说。

"团委书记你不干了？"张斌声音有些发抖。

"是，我想到企业去锻炼锻炼。"关彦斌的语调愈加坚定。

张斌不说话，脸上诧异的表情告诉关彦斌，他还没有完全理解面前这位年轻人。机关干部，这是多少青年梦寐以求的职业？虽然谈不上光宗耀祖，至少可以光大门楣，说不定将来还能弄个县长、书记干干。哪个将军不是从士兵干起？况且关彦斌现在根本就不是士兵。再说了，二轻系统下边哪有好的企业呢？就算有好的企业，一个萝卜一个坑，人家干得好好的，还能给你倒地方吗？有些要关门，有的已经倒闭的企业，你关彦斌能去吗？这个青年是受了什么刺激呢？怎么突然冒出了这么不靠谱的想法？

每个人都有眼睛，但不一定有眼光；每个人都有脑袋，但不一定有脑力；每个人都有负担，但不一定有抱负；每个人都有意见，但不一定有远见。

英雄的言行，常常出人意料之外。

许久的沉默，令关彦斌焦灼不安起来。从来的那天起，他把张斌局长看作是自己的恩人，一位慈祥的长者，一位知疼知热的兄长。是张斌局长，在数百名转业兵里把他挑出来，这是莫大的信任，所以来了之后他以一片火热的情怀投入工作，以喷涌的激情报答点水之恩。他知道张斌局长不能发火，可是，汗，还是顺着额头流了下来。

沉默终究会爆发。

关彦斌看着张斌变幻不定的表情，揣测着他的内心斗争的激烈程度与吃惊的程度，以及没有好的地方安置他的那种苦衷。于是，他开门见山地说："张局长，我想去砖瓦厂当厂长。"

张斌还是没吱声，用半信半疑的目光望着这个不安分的小伙子。砖瓦厂是二轻局下属的一个小型企业，在县城的东北角，俗称"瓦盆窑"，生产的红砖俗称"核桃酥"，销路也不好，一年闲半年，带死不活的。没想到关彦斌竟然相中了这个破地方，放着好好的团委书记不当。但是，作为一个饱经官场磨砺的老江湖，他深深感到这个年轻人身上那种非凡的器量与气度，反正有一种说不出来的感觉，因此他没有立即反驳，觉得关彦斌提出来的意见，总会有他提出来的道理。于是，长长地出了一口气，语重心长地说："你再认真考虑一下吧！"

是的，他已经考虑好了，而且是深思熟虑。他感到，青年团虽然号称"党的后备力量"，但是，这个"后备"不知道什么时候能"备"上，就好像车上的备胎，那几个不坏，你就得闲着。问题是你不能总是"青年"，岁月不饶人哪！有多少人就是在这种后备的情势下，消磨着意志与锐气，变得老化了、没用了、下岗了。常言道，自古英雄出少年。等待，永远等不来英雄。

入夜，关彦斌呼呼大睡。这是他"认真考虑"之后的放松，而父母却彻夜未眠，他们为彦斌的未来担忧。但知子莫若父，父亲关金凯胸中有数，他知道儿子的放弃一定是为了追求，因为他们的骨子里都流淌着桀骜求胜的血。

从此，在五常的官场上，流传着一个年轻的团委书记辞官的故事。关彦斌尽管官不大，或许现在会被看不上眼。但是，请你告诉我，38年前谁会舍得这样一个令人艳羡的位子？一个二十几岁的青年谁会有这种一去不还的勇气？在"官本位"盛行的年代里，辞官，向来是一件非常难且不被理解的事情。不出问题而主动辞官的，古往今来到底能有几人？

这是关彦斌的第三次放弃性选择。

三次非主动选择与三次主动放弃，不仅仅来自于他执拗的性格，更主要的是，他学会了将自己的命运紧紧地攥在自己的手里。

被别人决定的命运，一定是脆弱的。

如果他是一个善于满足的人，他如果满足于第一份工作，我们有理由相信，他或许能成为一名供销系统优秀的店员，给来购买咸盐与杂货的乡亲们一个温暖的笑脸，得到乡亲们对他足斤足两的信任与赞誉。而中国的医药界就不会有现在关于他创造的精彩故事，以及对中华国粹发扬光大的记载。当中国的中医药界杀出一匹黑马之后，我们是不是会在他的身上印证韩愈老先生一千多年前关于千里马的精辟论述："故虽有名马，只辱于奴隶人之手，骈死于槽枥之间，不以千里称也。"

如果他满足于第二份工作，我们当然有理由相信，他会成为一位指挥千军万马的将军。但是，和平年代，没有在疆场厮杀，没有闻过硝烟的味道，身上没有溅满敌人的鲜血，请你告诉我：将军的将星是怎么镶嵌在双肩上的？

如果他满足于第三份工作,他或许会成为一位优秀的公务员。

但是，我们实在是不缺少公务员，尤其是廉洁奉公的公务员。经过了商品经济大潮与拜金主义的洗礼，关于"廉洁奉公"的标准，在今天是不是需要重新定义呢？我们看到多少公务员膜拜于金钱的膝下而被囚禁于阶下？

英雄的履历，不适于种种假设。

应该引起我们关注的倒是他的三次选择，每次既非主动选择，但放弃却是主动放弃。被动的选择和被动的放弃，使多少人沦为了常人。我们在探究一位成功者或者说是一位英雄的成长历程时看到，在选择与放弃的生死攸关之时，只是一念之差，而致使多少英雄流产。

英雄，常常是自己命运的主宰者。

"给我一个支点，我将撬动整个地球。"古希腊那位在利剑刺到咽喉时警告对方不要弄坏了他在地上画的几何图形的阿基米德的名言，流传了数千年，令多少人激情澎湃心驰神往。但是人们忘了，谁会给你这个支点？

当名言成为谎言，你只能徘徊于命运的原点。

第四章 破瓦寒窑的蛰伏

打春阳气转，雨水沿河边。

被冻了一冬的太阳一旦露出笑脸，杏花山上的冰雪便成了桃花水，汩汩地流下山来，慢慢地滋润着干渴的土地，然后就淙淙地流入了拉林河。河床上，一丛丛蓝紫色的勿忘我恣意地开，金黄的蒲公英慢慢撑起一把小伞，淡雅的草香弥漫着一种诗意，仿佛在春天的稿纸上书写着一行行缠绵的情诗。布谷声声，催促着人们埋下一颗颗希望的种子。勤劳的农家整地、泡田、浸种，把收获全部寄托在了这暖融融的春天里。

希望，必须在春天播种。

关彦斌骑着他那辆没有瓦盖儿的自行车，走马上任了。

十一届三中全会的余温，使他敏锐地嗅到了春天的气息。迟钝的人们还沉浸在猫冬的惬意里，"老婆孩子热炕头"这句民谣唱了多少年，也是最容易让北方人满足的向往与追求。所以，关彦斌离开"团座"，到破瓦寒窑"受穷风"，没有人能理解，甚至还冒出了诸多无端的猜测。

人穷志短，但舌头不短。东方的嫉妒的显著特点是，不希望超越。普遍奉行"宁可都爬着行走，也不希望谁能站起来行走的'猴子哲学'"。悲哀的是，猴子们生生世世只能拖着那条尾巴爬着行走；三十年还在河东的人们，不知道自己为什么一辈子都在受穷。

这是一个啥企业呢？

在五常县城东北角有一片杨树林，旁边是一块坟地。呱呱的乌鸦叫和刮起的纸灰，盘旋着，在春天的气息里显得极不协调。一个个黄土坑或深或浅，生锈的制砖机像一条僵死的蟒蛇，直挺挺地躺在那里已经半年多了。两间歪歪扭扭的砖瓦房摇摇欲坠，没有玻璃的窗户上钉的塑料布被风一吹，呼嗒呼嗒地响，抽打得人心烦意乱。只有"嘎嘎"的驴叫声，才使人感到有一些生气。砖厂养的三头驴，用来拉炉灰烧砖和接送客人，驴车呢，就被人们戏称为"驴吉普"，到底是揶揄还是希冀，当时没有人能说得清楚。

中国的制造业根基不好，尤其是农村的制造业。砖瓦窑，这种千百年来留下的原始企业，用黄土与煤炭养育了千千万万的农民。只是，有多少泥瓦匠还住在土坯房里啊！黑土地上，曾经栽植了他们世世代代的期望；黄土坑里，曾经挖掘出一个个贫穷的故事。它的唯一贡献，就是使不少草泥房变成了砖瓦房。而有谁能够想到，就是这样一个贫瘠与荒凉得近于恐怖的地方，成为一位优秀企业家的摇篮，曾经孕育了一位五常的知名精英、一位中国医药业的翘楚？

围着这座"著名"的企业，关彦斌迈开大步一圈一圈地走，这是他的第一个企业，也正是在此，留下了他的一个习惯，在后来大江南北大肆兼并企业的时候，他都要在企业里一圈一圈地走着、思索着。有谁能知道，他是用脚步丈量这座企业的方圆四至，是思索辞官后会不会走上不归路，还是设计着自己与企业未来的

当年砖瓦厂简陋的老厂房

前途与命运？

当"视察"完这座企业来到办公室的时候，他的心彻底凉了。一张三条腿的办公桌上，放着一个木头匣子，大概是企业的"保险柜"吧？因为上边挂着一把不大的弹子锁。几条类似学生坐的长条凳上，挤满了一脸忧郁、期盼、不屑、疑虑各种表情的四十几个人。这是砖瓦厂的大多数员工，听说关彦斌来当厂长，他们是等着听关厂长的就职演说的，看看这位年轻的厂长到底用什么招数给他们那空了半年的饭碗里填满了饭。当人们无法抵御饥饿的时候，首先想到的是食物而非金钱，尽管金钱能够换来食物。但是，金钱在当时距离人们实在太过于遥远。

他想听听大家的。这是他的另一个习惯，因为人多出韩信。

"我说吧，应该开炉！"一位工友先说话了。这，等于没说，砖瓦厂不开工，怎么生存？如果能开炉，还能等到今天吗？

"得提高质量，谁愿意买咱们的'核桃酥'？"这也等于没说，产品质量好哪能混到现在的地步？

"要么咱们转产，干点别的？"若是有新项目好项目，何至

上篇 时势造英雄

于到了今天的穷途末路？

"要么就散伙！"这话，像油锅里撒了一把盐，炸开了。顿时，人们七嘴八舌地仿佛开锅了，憋了多少年的话，如今一吐为快，此起彼伏的声浪，震荡着那两间摇摇欲坠的房子，冲出窗口，在这颓唐的北方原野上飘散。

其实，有多少人曾经想说这句话，也多少次生出过这个念头，只是，有谁能愿意接受这个现实呢？

天降大任于斯人，如今，关彦斌来了。只是，这些在炎热的几十度的高温里"出窑"的烧砖人，能瞧得上这位初出茅庐、嘴上没毛的年轻人吗？

他们在继续吵，吵得火热，简直有些肆无忌惮、旁若无人。

关彦斌静静地听，想从这喧闹的噪声中听出关于生存的弦外之音。

"都别吵吵了！散伙，吃啥？"有人高声呐喊着。

关彦斌定睛一看，是驾驶"驴吉普"的何建国。虽然个头不高，但声音洪亮。因为何建国的职业太过特殊，他在砖瓦厂既当毛驴的饲养员，还当驴车的司机，平时拉运炉灰供烧砖之用，有的时候接送来砖厂联系业务的客户。所以，当关彦斌进入砖厂上任时，第一个记住的就是他。

就这一句话，仿佛当头棒喝，当然也是四十几号人的共同心声。如果能散得起，岂不早就散了？对生活至少是养家糊口的渴望，让这些东北汉子蜷缩在这逼仄的生活空间里挣扎，任谁都会憋着一肚子的话。今天，就当着新来的厂长的面儿，说出"散伙"这句话来，似乎真的不合时宜。老实厚道又直率的何建国，为了维护一种对于厂长也对自己的尊严，含着眼泪发出了心灵的呐喊。

关彦斌的鼻子发酸，本来，他要到企业来时的一腔热望，被何建国的这句发自肺腑的话点燃，男子汉的热血在胸中鼓荡：不干出个样来，真的对不住这些黄土坑里刨食的弟兄！因为，此时破瓦房里静寂得只能听到那些沉重的男子的呼吸声和把手捏得咔咔的响声。不是人们有劲不使，而是有劲没处使啊！这是一群多么朴实的人啊！

就在人们都在酝酿着如何走出眼前的困境的当口，突然，一个不和谐的声音从一个沙哑的嗓子憋出来："关厂长，我家揭不开锅了，我要借钱！"

一听声音，人们就知道这是于希文。

除了他，没有第二个人会在这样的场合说出这样的话。于希文家穷，可是话说回来，那个时候，谁家富呢？就是堂堂的一厂之长关彦斌也就挣三十几块钱，无非是拥有一个薄薄的铁饭碗而已。所谓"穷酸"，穷就得脾气暴躁？穷就穷得有理？穷就得借给你钱？穷就得出去抢？毛主席说"穷则思变"，但好像说的不是求借与抢劫。于希文除了家穷，主要是精神穷。在瓦盆窑，所有的人都不在他话下，在农村就是常说的"高草"，总是用"我光脚的还怕你穿鞋的"来不以为耻地威胁别人，好像他的穷是因为谁欠他的债造成的。用现在的话说，就是"沾点社会"。当过去的一些历史片段现在能拿出来当故事讲的时候，或多或少地都会有一些历史意义。其实，在当时的场合，于希文除了无理取闹，更大的目的是给新来的厂长一个下马威，以哗众取宠、秀一秀自己的"高草"身份而已。

关彦斌斜睨了一眼于希文，突然感到这个一贫如洗的"高草"，是那样的可怜。

出纳员许庆芬沉不住气了，大声地喊着："于希文，咱们厂子啥样你不知道吗？根本就没钱！"

许庆芬出于对关彦斌的感激之情，才出头呵斥于希文。她的父亲原来是五常镇镇长、五常运输公司经理，"文化大革命"期间被迫害致死。许庆芬接了父亲的班，到运输公司当了一个乘务员。可是，弟弟大了之后上山下乡，无法返城。许庆芬眼看着弟弟没有工作就要陷在农村，于是一咬牙，把自己的"班"让给了弟弟，自己去工厂当了学徒，学了车工。后来恋爱结婚没有住房，就在关彦斌的对面屋居住。后来到砖瓦厂工作，在窑台付砖，因为工作认真、坚持原则当了出纳。面对咄咄逼人的于希文，许庆芬的语调带着哭音儿。

"没钱？糊弄鬼呢？没钱为啥钱匣子锁着？"于希文劈手抢过办公桌上的钱匣子，一晃，只听里边哗啦哗啦地响。于是，咄咄逼人地说："这里根本就有钱！关厂长，这钱到底借不借？"

关彦斌眉头一皱，一字一顿地说："有没有钱是一回事，借不借给你又是一回事！"关彦斌声音不高，但却掷地有声。

喂呀，这不是和我叫板呢吗？于希文一愣，别说，新来的厂长这语言还挺咬木头！但是，一向豪横惯了的于希文哪里受过这样的窝扁？只见他脖子一梗，牙一咬，从牙缝里挤出几个字："这钱今天我借定了！"

"啪"的一声，于希文把钱匣子摔到地上，随手拿起一根铁条，三下五除二，就把钱匣子给撬开了，往地下一倒，从里边滚出了两枚五分的硬币。于希文见状，一脸的窘迫但是却不甘示弱，顺手捡起这两枚硬币紧紧捏在手里，讪讪地说："没钱？这是什么？这钱，我一定要借！"

全屋人的眼睛慢慢离开于希文，齐刷刷地转向关彦斌。那是他们改变命运的唯一支柱。多少年来，已经换了多少茬厂长，可是没有一人像关彦斌这样可依靠。尽管他刚刚踏进这座破败的企业，尽管他只是在院子里走了两圈，尽管他面对着于希文的挑衅仅仅说了一句话，人们在潜意识里感觉到，这个年轻人就是他们的救星，是他们迷航的灯火，是他们摆脱贫困的仗恃。

关彦斌的眼睛里喷着怒火，但是转瞬之间，便变得坚定、宽容、深邃与柔和。是人们支持的目光给了他慰藉与信心，那一刻，他在心里发誓：这些人就是我的兄弟，就是我的未来，就是我的股肱！于希文，无非一个可怜到穷横的主儿，一个不堪一击的对手，关彦斌不屑出手。而于希文今天的举动，正好让他做一次反面教员。他的教育意义在于：贫穷与豪横，永远没有出路。

关彦斌，从来不放过用反面教员教育人的机会。

"你叫什么名字？"关彦斌平静地问。

"我，我叫于希文。"于希文低声地答。

"那好吧，这笔钱我同意借给你！"这种语调里含着揶揄与嘲讽，谁都听得出来。一毛钱能买来什么呢？除了一个被人讥笑的笑柄，还有什么呢？关键是，人们没有笑，内心在流泪。一个只剩下一毛钱的企业，一个即将破碎的企业，一个需要重新点亮炉火的企业，一个只有神人才能救活的企业，一个泰山压在一个年轻人头上的企业——我们，愿意与你一起上路！

关彦斌轻蔑地扫视了一眼于希文，挥了一挥他那宽厚的大手，一字一板地说："企业最后的一笔钱我借给了于希文，这已经说明我们已经没有一分钱的流动资金了。对于一个企业，这是一种耻辱，也是一个危险的信号；但对于我们，它又是一种激励，我就不相信，凭着我们四十几位勤劳的双手与智慧，我不相信命运永远对我们那样不公平！"

"哗——"一阵掌声从这破败的房子里传出，飘荡在一片春天的原野，像一片不可遏制的春潮在涌动。

这座企业，已经好久听不到掌声了。

"这种没钱的日子谁都不愿意过，我也不是来和大家过苦日子来了，我是来和大家改变这种局面来的。我和别的厂长不一样，别人是派来的，我是自己要求来的。难道我不知道这里的艰难吗？有人反对我来，当然也包括我的家人，甚至我的父母，就是说，这里连着我的身家性命！他们担心我干不了这个厂长，他们担心我辞职之后收拾不了这个烂摊子！这种担心不是没有原因，就砖瓦厂的现状，要改变这种面貌确实很难，只靠我一个人肯定不行，好铁能捻几根钉？兄弟齐心，其利断金！只要大家齐心协力，就没有过不去的火焰山！只要大家能努力拼搏，就一定能杀出一条血路来！"

"哗——"又是一阵掌声。这掌声，仿佛决堤的洪水，冲刷着这塞外几近蛮荒的原野。说它"蛮荒"，是因为中国农村企业在发挥了一定的创造力的同时也产生了一定的破坏力。当30年之后，中国的农村企业杀出了一条血路的时候，中国的农村资源也遭到了严重破坏，没有治理污染的企业还比比皆是，一些地方官还在为了那些断送子孙后代资源的GDP和自己升迁的路而处心积虑，这是中国农村企业给我们留下的不尽的沉重思索。

"可是——"关彦斌话锋一转，指了指于希文："从此之后，我永远不希望见到今天于希文这个举动。永远不希望谁干出这种不符合章法的事情！厂有厂规，国有国法，这种近于无赖、近于触犯法律的事，我希望这是第一次，也是最后一次！"

"哗——"又是一阵掌声。这掌声，仿佛一种凝聚的力量，仿佛一种正义的呐喊，在这寒冷、破败的企业里，震撼着人们的心旌，释放着一种巨大的正能量。从这个厂子建成的那一天起，这是从来都没有出现过的一个场面。

洪流，一旦汇聚便不可阻挡。

人的力量到底有多大？在生命攸关的时刻，人们或可举起千斤重物；而在意志消沉之际，或许无法拿起一羽鸿毛。

这，就是潜在的能量。人间并不缺乏能量，关键在于你用什么样的力量来调动与挖掘潜能量。

"从明天起，筹备开炉！"关彦斌仿佛一位将军，挥手之间，仿佛有风雷之声。

半年之后，关彦斌领导的砖瓦厂出现了另一番景象：昔日门庭冷落鞍马稀的场面，被车水马龙所取代。不就是把黄土烧成砖头吗？连这种中国最原始的烧窑技术都不能继承，烧出来的是用手指一拧就是一个眼儿的"核桃酥",可以说是一种愚人的创造。关彦斌请了一位烧窑的技师,把黏土与炉灰的配方经过调整,把砖坯的密度与晾晒时间经过多次试验,把制砖机加以技术改造,把炉温掌握在一个不牺牲一卡热量而又烧出最坚固的红砖的指数上,要知道,中国的烧砖术已经有了几千年的历史了,可以追溯到春秋战国时代。而到了秦汉时期已经具有相当的规模与技术,史称"秦砖汉瓦"。民国以降,国人逐渐将老祖宗的烧砖术简化,以致将一座座青砖青瓦房,逐渐变成了红砖红瓦或白瓦房。从颜色到质量,中国的烧砖术可以说是一个退化,现代人为了提高生产速度,将青砖变红,缺乏了古气,涂上了诸多现代气息。为了讲求速度和利润,将练泥和烧制的过程简化,以致传统的烧砖术也即将失传。

如果一个连现代砖瓦都烧不好的人,想管理和兴旺一个现代企业,无异于天方夜谭。

半年,只是半年,关彦斌辞官之后的最大权威就是:谁想买到砖瓦厂的红砖,必须得有厂长关彦斌的"批条"!否则,得有二轻局领导以上县领导的指令。否则,想买到这里的红砖,就得多少天之前来预订或是在大门口排上几天号儿。从"核桃酥"到紧俏货,红砖,作为关彦斌步入企业界的"敲门砖",叩开了作为一位中国优秀企业家的心扉,也成了关彦斌一位亿万富翁的敲门砖。我们唯物得不相信宿命,但是,没有人能解释关彦斌的企业生涯为何从一块"砖"开始,让人很容易联想到"金砖"来。他的辞官那一刻的决断,决定了他这种金砖般坚固与贵重的宿命,是不可抗拒的。

而意志,则是一块永不生锈的试金石。

一位拥有金砖的人,在于眼睛从来不是盯在一个出钱的地方。红砖再挣钱,黄土总有挖掘完结的时候,世界三大黑土带能赋予黑龙江一块,绝对不是用来烧砖的。但是,奇妙的是老天的赐予并非皇天后土,黑土的下边为什么是黄土?那就是告诫人们,资源总有枯竭之时。

这是一座极其普通的烧砖厂,并不是一座可资开发的富矿。但是,无论如何,关彦斌必须去进一步开发,除了拯救那些与他历经风险的弟兄,也应该去开发自己的命运。或许,他觉得这座极其寻常的砖瓦厂,与自己的命运与发达血脉相连,或是生死攸关。

其实,人不必总是感慨生不逢时,只是在你应该改变命运的时刻而没有抓住时机而已。或许,当时机叩响了你的房门的时候,你没有意识到改变命运的时刻已经来临,因而漫不经心地采取了拒绝的态度。

"咱们厂里有没有会开车的?"关彦斌问副厂长。

"有,洛自安学会了开车却没车开。"副厂长答。

"好吧,让他跟我走一趟。"关彦斌若有所思。

"好的,我去通知他。"副厂长只是知道关彦斌要出门,可是却不知道他的居安思危与深谋远虑。

当他在砖瓦厂复兴之后走进局长张斌的办公室时,张斌的眼

当年砖瓦厂破旧的老砖窑

睛里流露的是会心的钦佩与喜悦。

两双大手，紧紧地握在一起。

"局长，给我点儿时间，我想出去考察。"关彦斌的眼神里充满了恳请。

"考察什么？现在砖厂不是挺好了吗？"张斌的话里话外充满了认可与满足。

"我是想，砖厂不可能总好，竞争又这样激烈，企业要有后劲，必须在市场上站稳脚跟。烧几窑红砖怎能在市场上立足？又怎能实现长足的发展？我是想去考察考察市场，看看什么项目能让咱们的企业经久不衰。"关彦斌的前瞻性令张斌大喜过望，这可真是一块办企业的好料，怪不得他要离开那把办公室里人人羡慕的凳子！

自古英雄不问出处，这句民间常用的关于英雄的评述，并不失理解与宽容，意在说明英雄的既平凡又卓尔不群。而真正英雄的出现绝非偶然。英雄，一定要有不凡的基因。当年刘玄德曾经"织席贩履"，只是平凡的出身更能反衬其作为的伟大罢了。

"市场宽大无边，关键是得服五常的水土。"张斌对关彦斌的市场考察"点题"，其实，关彦斌的考察并非茫无边际、满山下夹子。市场？适合五常的市场到底在哪里？适合黑龙江的市场到底在哪里？与其提出这样的设问，倒不如说"适合关彦斌的市场，到底在哪里"？

他必须找到真实的答案。

而美景常常寓于险远，世人常常见不到美景，往往是不愿涉险寻求而终究半途而废。

关彦斌找到当派出所所长的老朋友钟艺文："想和你借点东西。"

钟艺文看着不像开玩笑的关彦斌："你这个当厂长的能管我借啥？只要是我这有的，只管拿走！"

上篇 时势造英雄 ·45·

"好，还是老朋友侃快！把你的车借我用一段时间！"

"我们那台 2020 京吉普虽然破点儿，但还是比架步量要快一些。有司机吗？"

"有，放心！"

关彦斌带着洛自安，把吉普紧紧螺丝，加满油箱，上路了。

他要去寻找一条告别烧砖的路，一条通往市场的路，一条拯救企业与自身的路。

甚至，一条布满荆棘的路。

第五章 莫道前路无知己

秋老虎肆虐，又是一个白老山。

秋天的画布，偏重于金子的颜色。

金子，对人的诱惑力极强。渴望获取，自古使然。

飒飒金风，裹着稻菽的香气，弥漫于山川大地之间。钻进人们鼻孔时让人沉醉，又使人神清气爽。

收获是人们的渴求，但是，没有春耕，哪有秋获？

坐在京吉普上的关彦斌，看着车窗外的景色，物我两忘。

为了寻求走进市场的路，他冥思苦索，望眼欲穿。市场，其实就是一双看不见的手。找到了，尊重其规律，它就会携起你的双手；如果违背了它的情感或是规则，它就会扼住你的咽喉。

这双手，是远在天边，还是近在眼前？

凭着一个企业家的敏感触觉与嗅觉，关彦斌意识到，在五常悠久的历史与广袤的大地之间，必然有一条河山任我行的阳关大道。

"厂长，咱们往哪走？"洛自安小心翼翼地问道。

"往前走……"沉思的关彦斌显得漫不经心。

洛自安知道厂长是在思考问题，只得漫无目的地往前开。

关彦斌在思索。

五常，适合你的广阔市场，到底在哪里？你的优秀子孙在为你的繁荣昌盛而寻觅一条走出困境的路！难道，你真的会那么吝啬，或者真的故意深藏不露吗？

五常，原名欢喜岭，清咸丰四年（1854年），设举仁、由义、崇礼、尚智、诚信五个甲社作为行政管理机构，定名五常，取义"三纲五常"。

这是黑龙江省最儒雅的县城名字，这是一个最有儒家文化代表性的地域，这是黑龙江最大的一个县份，是唯一人口突破百万的县城。

一个满族集聚的地区，居然用儒家精神内核命名，是不是民族融合最有力的历史见证？

五常有人类活动的历史，经考证追溯到35 000年前。夏至周时，公元前21世纪至前771年，为肃慎。西汉时为扶余。北魏时属勿吉。隋唐时期，五常称莫颉府，辖宾县、呼兰等地，归渤海国管辖。辽金时代称裴满部、甲骨部，归金上京管辖。元朝称刺邻，是元大都通往黑河的最大驿站。明朝年间在五常建立纳林河卫所和摩琳河卫所，隶属于努尔干都司。清雍正三年（1725年），在拉林设立协领；乾隆九年（1744年），改设拉林副都统，相当于今天的副省级建制；乾隆三十四年（1769年）降为协领；到光绪六年（1880年），改设五常厅；宣统元年（1909年）改五常府。民国二年（1913年），改为五常县。1947年先后成立山河、拉林两县，同年山河县撤销，并入五常。1956年3月，拉林县撤销，并入五常。至1993年8月28日，五常撤县设市。

放眼五常的河山，关彦斌心潮起伏。五常有两座碑，一座是将军功德碑，一座是洁玉贞节碑。将军功德碑是光绪十三年(1887年)

为感谢时任吉林将军"世袭一等继勇侯"希元轻税减征而立,"风清棠荫"四个大字,记载着当年的爱民之举。清乾隆九年(1744年)农历八月二十八日,京城1 000户闲散旗人,离开自己居住百年的老宅——顺天府宛平县朝帽胡同里的一座座四合院,穿燕山、过隘关,逶迤北行,又沿松花江平原东上,经过四个多月跋涉,到达长白山张广才岭西麓的拉林阿勒楚喀地区(今五常与阿城两市),建旗立屯,开始他们自食其力、屯垦戍边的生活。"贞节牌坊"矗立于背荫河镇蓝旗村西南200米处,用10块花岗岩雕刻筑成。牌坊高、宽均为4米,分三门,顶部雕出斗拱飞檐。正门有道光皇帝御书"旌表贞节"四个字,右门横书"精金"两个字,下书"正黄旗已故甲兵特胡里乌兰保之娄孀妇守节五十四岁以照真义"。左门横书"洁玉"两个字,下书"正蓝旗已故甲兵额勒德木保之女乌扎拉氏二十二岁时持信守节"。牌坊的背面,则用满文书写着同样的内容。据史料记载,额勒德木保之女乌扎拉氏出嫁当日,战事突起,新婚丈夫还未来得及入洞房,就随军出征了。经过了三年的日思夜盼,乌扎拉氏收到了一封来自军营的信函,展开发现,里面包着一根发辫。信中说,乌扎拉氏的丈夫已经战死沙场,为国捐躯,因而将他的辫子寄回,作为信物让乌扎拉氏保存。自此,年仅22岁的乌扎拉氏将辫子放入匣中,抱匣枕边,每日以泪洗面,哀叹自己凄惨的命运,终老一生未再嫁。至道光年间,乌扎拉氏宗族显赫时,多次上书道光帝为其旗中的贞女乌扎拉氏请表。道光帝感于乌氏宗族战功卓著,于道光十三年五月谕旨为乌扎拉氏立贞节碑记,赐号"洁玉",予以表彰。

　　五常的历史,可圈可点。

　　关彦斌最崇拜的一位五常的著名英雄,就是东北抗日联军第十军军长汪亚臣,他与日寇进行了八年殊死奋战,于1941年1月29日在五常县石头亮子河畔,因叛徒出卖,被敌军团团围住。在激战中弹尽粮绝,身负重伤而光荣殉国。英雄与烈女的英气与节操，激励着一代代五常的精英们不舍昼夜地求索。

一阵微风吹来，金黄的稻浪向着远方蜿蜒流去，关彦斌的心潮随之涌动。

五常，最大的优势是全国著名的水稻之乡。在五常民间流传着一个故事，对饮食挑剔到极致的慈禧太后曾多次提起五常大米。"非此米不能进食"是否属实现在已经无法考证，但史志可考的是清朝道光十五年（1835年），吉林将军富俊组织少数朝鲜族居民在沙河镇的亮甸子、王家街一带引水种稻，所产稻谷用石头碾子碾成大米，其后成为清朝后期历代皇帝的贡米却是不争的事实。改革开放以后，五常大米更是屡获殊荣，凭借"绿色食品""有机食品""中国名牌""美国食品营养协会认证产品""中国原产地域保护产品"等桂冠享誉华夏。"五常米，帝王粮"的民谚在中国的大地上广为传诵。

这漫山遍野的水稻，能和他的砖厂有什么联系呢？能不能从水稻上找到通往市场的路呢？关彦斌并非一个迷路的人，为什么茫茫大地唯独缺少一条他所期待的阳关道？

"突突突——"一声声农用车的引擎，打断了他的思绪，关彦斌灵机一动：怎么在这一路上遇到不少拉着塑料薄膜的农用车呢？

"到那里停下。"关彦斌随手指了指路边的一座加油站，因为那里有一辆拉着塑料薄膜的农用车正在加油。

"这塑料薄膜是干什么用的呀？"关彦斌谦恭地与农用车司机搭讪。

"哎呀，这膜用处可老大了——扣棚、育秧、种菜、种瓜……"农用车司机仿佛一位市场导购解说员，喋喋不休地历数着农膜与水稻、蔬菜、瓜果之间的血肉联系。看着这两位缺乏农膜知识的过路人，"解说员"的热情大增。

"那不得来年春天才用吗？为啥这么早就往回拉呀？"关彦

斌刨根问底。

"来年春天？那不黄瓜菜都凉了？现在买还得排号儿呢，一排就是好几天……"农用车司机眼睛瞪得老大，满嘴喷着唾沫星子，"这农膜都得疯抢，你以为有钱就能买着呢？"

"那么，你这是在哪儿买的呀？"关彦斌对农用车司机的明白市场行情露出赞赏的表情，进一步追问道。

"吉林市呀！咱们五常的农膜都得到吉林去买呀！"司机一脸的疑惑：你是不是五常人啊？连这最简单的销售渠道都不懂呀？

"谢谢啦！谢谢啦！"关彦斌的眼睛一亮，紧紧抓住农用车司机的手，摇晃着一再道谢，把个农用车司机弄得直发蒙：这人，啥意思？谢我？谢我干吗？

关彦斌抓住的仿佛不是农用车夫的手，仿佛抓住了那双看不见的市场的手：这不就是抢手货吗？正是：踏破铁鞋无觅处，得来全不费工夫！

"啪！"车门一关，大手一挥："去吉林！"关彦斌欣喜若狂，他的眼前一片光明。

吉普车一声惊呼，穿过杏花山，直取山河屯，一溜烟地向着吉林的舒兰驶去。

中国式的考察，从未有过的欣喜，从未有过的充满希望，从未有过的苦苦寻觅，不一定自关彦斌始，但那种即将找到生存与发展之路的苦心孤诣，却在关彦斌的此次吉林之行的考察路上永远定格。

作为有百万亩水稻种植面积的全国产稻第一县，最大的市场到底应该是什么？市场，显而易见是卖东西的地方，自古以来易买易卖，善变的是价格，不变的是价值。只有有价值的东西，才能追求到永恒的价格。农民们之所以从吉林往回"抢"地膜，是不是意味着五常最大的市场应该是那薄如蝉翼的银箔呢？

关彦斌的脸上，露出了会心而自信的微笑……

简陋的办公室里却做出了决定五塑命运的决策

1979年10月5日。

一个极普通的日子，每年都有的日子，一生需要经历几十个的日子。

一个关彦斌终生难忘的日子。

一个砖瓦厂人永远难忘的日子。

一个改变了无数人命运的日子。

这是关彦斌来到砖瓦厂之后，召开的第一个有全体职工参加的大会。会议的内容只有两个字：集资。

集资？集资！

砖瓦厂的人从未听过的词汇。

他们又哪来的"资"呀？

1979年9月20日，邓小平对东北三省和天津的北方之行进行总结时，深有感触地说："我走了几个地方，一再讲就是要解放思想，开动机器，不要当懒汉，从实际出发。……实际上毛主席是真正讲实事求是的。我们过去是吃大锅饭，管理水平、生活水平都提不高。现在不能搞平均主义。毛主席讲过先让一部分人富裕起来。管理人员好的也应该把待遇提高一点，鼓励大家想办法。"邓小平此行是为党的十一届三中全会确立实事求是的思想路线吹风，三个月之后，三中全会召开，从此，中国进入了以改革开放为标志的社会主义建设的新时期。

顺应历史潮流，与时代的潮流同呼吸共命运的人，自然是时代的弄潮儿。

关彦斌当时的集资，就是他第一次试行的"股份制"，引进民间资本。数额的大小并不能代表一种解放思想的全部意义。能够走在历史前面的人，必将成为一个新的体制的先驱。

这，就是先行者对于社会进步的示范意义。

难道，亿万富翁的产生真的是那样偶然吗？

面对着大多持观望态度的员工，关彦斌拿出了200元钱，郑重地交到了会计的手上，郑重地记载到了筹资的账本上，也记到了他的人生的履历表上。

这是母亲为他积攒的结婚彩礼钱，为了儿子的事业："拿去吧，谁让你是当厂长的，一定要带个头！"可怜天下父母心，慈母之心向来为儿子而柔弱，为儿子不惜牺牲自己的一切。

这是他人生的第一笔集资，为了一个破败工厂的兴盛，为了四十几位同甘共苦兄弟姐妹过上好日子，为了实现自己的远大抱负——成为一位名副其实的企业家。

两个月来，为了这座工厂的命运，为了自己辞官时的那种激情，为了对所有职工的承诺，他已经被绑在了命运的战车上，开弓没有回头箭，只有一往无前、到达胜利的彼岸，除此，别无选择。

怀着求索者的憧憬与寻觅者的执着，他走遍了吉林所有生产塑料以及塑料制品的工厂，走了数十个使用这些产品的乡村，接触了无数的农民，了解了市场需求、产品的质量、价格和消费者的愿望，他欣喜若狂，偌大的五常，水稻与蔬菜生产形成的无与伦比的巨大市场，令他激动得彻夜难寐。别人能做的，他一定能做；别人能成功，他也一定能成功！

这一定是苍天的眷顾吧？这是故乡的赐予吧？这个市场空白真的是留给他来填补吧？

机遇，不会眷顾没有准备的人。

自信人生二百年，会当水击三千里。满怀豪情，方能赢得同侪共赴。他坚信，那些在温饱线上挣扎的人们，一定会与他风雨同舟，患难与共！

关彦斌站在那个被挤得水泄不通、歪歪扭扭的砖瓦房里，洪亮的嗓音，仿佛向旧的体制宣战："各位兄弟姐妹，我们共同渡过了砖瓦厂的危机，我们被证明了是一群能够战胜任何困难的人，砖瓦厂是我们美好的家园。我们为了自己的将来，不能满足于出产这几车砖头瓦块上！我们要想改变现状，每个人的腰包都鼓起来，我们要走进市场，用智慧和汗水开创我们美好的未来！我们这次集资是为了转产，上塑料农膜、塑料管材，厂里没钱，我们是工厂的主人，只要我们拧成一股绳，多有多出，少有少出，没有的挪一挪借一借，人心齐，泰山移，我们的塑料厂的开工之日，就是我们的胜利之时！"

当他激情满怀讲完此次集资的重要意义，当他郑重地交上第一笔集资款，当他用充满期盼的目光扫视所有的人，场面顿时沸腾了。

不少手里捏着票子的人，不少持观望态度的人，不少置身事外的人，或往前挤，或坚定信心，或感到羞愧，像一堆干柴被烈火点燃。

"我集 100 元！"

"我集 80 元！"

"我集 50 元！"

"我集 30 元！"

……

人们围着记账的会计和出纳，把一线以及全部的希望都集中在了那个账本上，把心也同时交给了企业，穷则思变的信念得以充分释放。

持观望态度的人，终于把手伸向了自己的口袋；没有准备的人离开了会场，回家或找亲戚朋友拆借。还有一时拆借不到的多次发问："明天还来不来得及？"

一次短暂的凝聚人心，远远超过了集资本身的单纯意义。

人心往往是用金钱买不到的。

集资两天。

集资额 5 000 元。

5 000 元，相当于每个人平均 100 多元，这是一个非常可观的数字。

这是一个历史的数字，这是一个今天看起来近于可笑的数字。但不可遗忘的是，这个数字已经随着时光，转过了将近 39 个春秋。

因而，这是一个令人尊重的数字。

39 年前，这是一笔巨款，这是一种抗争，这是四十多个捆在一起的希望。

一种无形的精神力量，就包含在这区区可数的钱币之中。

那时候，谁家有个几百元钱，就是令人赞叹的殷实之家，后来的千元户、万元户、百万富翁这些名词，是那样地令人震惊，令人向往，令人梦寐以求。

一次看似简单的集资，包含了多少成功的因素。

胆量和胆识毕竟是两个概念。有人或许遇到过机会，但是没有抓住的原因，基本都和胆识有关。有胆无识，是为莽汉；有识无胆，是为懦夫。两者不能完美结合，就不可能成为一个领域的翘楚。

当年关彦斌发起的"集资",被多少人视为"儿戏"。然而,有多少人熟知"不积跬步,无以至千里;不积小流,无以成江海"的训诫呢?即便知晓,又如何体验"积土成山,风雨兴焉;积水成渊,蛟龙生焉;积善成德,而神明自得,圣心备焉"的高妙呢?

领袖群伦,是因为戮力同心,心中怀有一个共同的目标与信念。

哈尔滨,黑龙江省的政治、经济、文化中心。高楼林立,商贾云集,车水马龙。鳞次栉比的巴洛克建筑,承载一片欧陆风情。笙歌阵阵,一派歌舞升平景象。当年为了掠夺东北的财富,洋人修了"中东铁路",促进了哈尔滨开埠。但是,每块"中国大街"的方石上,莫不镌刻上了列强的侵略掠夺印记。

关彦斌无心欣赏这"东方小巴黎"的秀丽与繁华,不时地用眼角瞟一瞟出纳员背着的帆布兜子,里边装着那5 000元集资巨款连同全厂人的心。

那是全厂员工的希望所在,也是他背水一战的资本。当他带着副厂长与出纳员踏上哈尔滨的列车,大有"风萧萧兮易水寒,壮士一去兮不复还"的悲壮与苍凉。想用5 000元买一台生产塑料制品的机械,这是不是有些异想天开呢?

但是,除了经济文化高度发达的省城,哪里能够满足他的经济发展遐想呢?

他一家一家塑料厂地走,一位一位厂长地求,恳求人家把废弃的机器卖给他们厂子,而大多换来的是冷遇与讥笑。人们看着这个不知天高地厚的家伙,仿佛天外来客。5 000元钱想买设备:这人是不是疯了呀?不屑的眼神,让关彦斌蒙受了巨大的屈辱,曾无数次仰天长叹人情冷暖、世态炎凉。他根本不知道这种讥笑到底来源于何处?

天上飘来一朵云,悠闲而自如。关彦斌心驰神往,什么时候能随意订购设备,而且是厂家主动来找自己?

这到底是不是幻想呢？他不知道，只把拳头攥得嘎嘎响。

英雄的秉性，在于百折不挠。叹息，换不来怜悯。英雄，不需要怜悯。

昔日淮阴侯尝受胯下之辱，终成一代英豪。大丈夫能忍天下之不能忍，故能为天下之不能为之事。当你一旦成为强者的时候，当鲜花与掌声包围着你的时候，还会生出"穷在街头无人问"的感慨吗？

只是，这一天实在太遥远了。

在哈尔滨市太平区（现道外区）西树街8号——哈尔滨塑料六厂的门前，关彦斌和门卫老头攀谈起来："大叔，我是五常砖瓦厂的厂长，和您打听点儿事儿呗？"

关彦斌改变了打法。你费了半天的劲儿，好容易见到了厂长，人家三句两句就把你给打发了。想要淘来实情，不妨折节屈下，先和"下人"打交道。都说官多大奴多大，看不起下人做醋也酸。

老头一看这小伙儿自报家门，心里犯了琢磨：一个年轻的厂长，跟咱说话挺客气，咱也别端着："小伙子，有啥事儿，说吧，只要是我知道的……"老门卫格外热情。

"您肯定知道。我是想买一台废旧的塑料挤出机，不知咱们厂子有没有啊？"关彦斌声调平缓又透着迫切。

"废旧的机器……"老头边说边琢磨，然后笑了笑说，"好像够呛。就算是有，也早让'五七厂'给弄去了。你那样吧，到'五七厂'去问问，他们兴许有淘汰下来的……"

老门卫顺手指了指厂子对面的一个小厂。

"五七厂"是"文化大革命"的产物。黑龙江省委把被改造的各类"走资派"送到庆安的柳河"五七干校"的经验被全国推广，后来演变成了全国的各类"五七工厂"。这类工厂不正规，属于集体企业，但是厂子里安置的基本是本厂职工的子女或亲属，与母厂息息相通，因为血脉相连。

"五七厂"厂长是个侃快人,可能也与关彦斌年龄相仿的缘故,年轻人喜欢直来直去:"废旧挤出机我们倒是有一台,但是早就不能用了。你可以看看,至于价格嘛,好说——"

在工厂的角落里,一台废旧的机器灰尘满面、锈迹斑斑。关彦斌仔细地看了这台机器,心里有数了:这台机器修理修理肯定能用,但是却是淘汰的机型。于是,试探着说:"说心里话,这种淘汰的破烂儿你们肯定不能用了,放在这还占地方,卖给我们或许能派上用场,放你这就是废铁一堆!"

"五七厂"厂长一听,好家伙,对方不是门外汉。就算废铁一堆,也不能仨瓜俩枣卖了,于是有些不容置疑:"如果卖废铁,我们不是早就卖了,还能等到今天吗?"

关彦斌态度诚恳:"我们如果有钱还能买废旧设备吗?咱们都是干工厂的,你难道不希望你的设备再重新转起来,为社会再做贡献吗?"

"五七厂"厂长为关彦斌的言辞所动:"那你给个价吧!"

关厂长经常深入车间了解情况(摄于1985年)

"5 000元，怎么样？"关彦斌满腔诚恳，一脸热望。

"5 000元？不就是个废铁价吗？""五七厂"厂长脸上明显露出不悦之色。

关彦斌一看这场面，从出纳手里拿过那个帆布兜子，刺啦一下拉开拉链，指了指里边装着的十几种面值的零零碎碎的钱币，动情地说："厂长，你看看这钱，这是我们全厂职工勒紧裤带筹集的5 000元钱。你知道，拿出这些钱之后，有多少人家都得出去借米借面才能吃上饭？我们全厂的希望全在这，我们全厂的心意全在这。等什么时候我们工厂好了，也不会忘了今天你对我们的无私援助。我代表全厂职工向你表示感谢……"

关彦斌声音哽咽，眼角湿润了。

"五七厂"厂长见状，也不免鼻子发酸，手一挥："兄弟，啥也别说了，把机器拉走吧！"

有钱没钱，永远是相对的；有情无情，永远是绝对的。人生可以没钱，却不可以无情。因为，金钱永远不是人生的全部，用金钱买不来的，只有真情。

所谓患难见真情。

有话说给知人，有饭送给饥人。世人皆愿锦上添花，谁人肯于雪中送炭？在他人看来是一堆废铁，在关彦斌看来却是一块财富。

友情和支援比什么都重要，在人生的坎坷路上，总会有知己出现，甚至终身相随。

黒土何処
兄自金

第六章 黑土何处觅白金

废物和宝贝没有严格的分野，只有时空的颠倒。富人和穷人之间，没有固定的队形。富人的废物，可能就是穷人的宝贝；穷人的奋斗，可能是向富裕的宣战。

一台锈迹斑斑、被当作废铁卖掉的塑料挤出机，变成了瓦盆窑的宝贝。关彦斌请出五常能给机械起死回生的机械修理师，又是诊病根儿，又是加配件，这台仿佛僵死的废旧挤出机，真的隆隆地转起来了！它仿佛一个初生的宠儿，一夜之间使破败的砖瓦厂充满了生机，只因有了接续香烟之人。

孩子有了，却没有奶吃。这台挤出机，只能生产塑料管材。若想占领五常的农膜市场，必须得购进塑料吹膜机。

喜悦了一阵儿的人们冷静了，山重水复的艰险，渐渐浮上心头，继而演变成一脸的愁云。

砖瓦厂转产会不会夭折？

集资款会不会打水漂儿？

新上吹膜机会不会吹出肥皂泡？

1983年，年轻的塑料厂厂长关彦斌

资金从哪来？

原料从哪来？

技术从哪来？

这三座大山压在人们心头，他们纷纷把目光投向年轻的厂长关彦斌。

纵然铁打的关彦斌，如何面对这些压力？

难道，砖瓦厂的转产真的是一个无法圆了的梦吗？

关彦斌仰望苍穹，脸色愈来愈平和，一声声叹息他根本就没有听到。他不会想到放着好好的团委书记不当，跑到这个穷得叮当山响、人心涣散的破败企业来遭罪，而是设想眼前的局面如何扭转。如果为这么一点小小的困难所屈服，连海边还没到呢就回头折返，还下的什么海、创的什么业？

登山不以艰险而止，则必臻于峻岭。

当你仰望山巅，没有勇气登临，只是一味地叹息与退缩，你将永远成为大山鄙睨的一介懦夫。

荡胸生层云，决眦入归鸟。

只有征服了峻岭的英雄，才能领略一览众山小的快意，才能体味人生能有几回搏的豪情。

站在峻岭之巅眺望，油黑的土壤被田埂切割成千千万万块碧玉，一片片洁白如云的银片，镶嵌在广袤无垠的原野，闪着耀眼的光芒，把他的前程照得雪亮。

不同的高度，看到的是不同的世界、不同的景色。当你心情愉悦豪情满怀，纵然阴云密布，眼中永远都是一望无际的晴朗天空。

关彦斌从来不会叹息，只有燃烧的激情。

多少人创业未成，或是出师未捷身先死，皆因缺少激越的情怀与拼争的勇气。

人活着，其实就是一口气。只要有三寸气在，绝不叹息！

当关彦斌怀着忐忑的心情初次走进五常的银行的时候，当银行的领导得知砖瓦厂根本就无力偿还贷款的时候，当他们得知眼前这位年轻人就是五常县有史以来辞官下海的第一位吃螃蟹的人的时候，他们的心情也异常复杂。放贷吧？还不上，责任由谁来负？不放吧？又面临着一位激情满怀的事业者。作为银行，支持地方经济的发展责无旁贷；而"嫌贫爱富"又是当时银行的通病。就是人们形容的"越渴越吃盐，越胖越添膘"。有钱的人家，他追着给人家贷；缺钱的人家，找上门来却一副冰冷的面孔。正是，穷在街头无人问，富在深山有远亲。马瘦必然毛长，但是，人穷不一定志短。为了几万元的贷款，至于三拜九叩吗？

但是，关彦斌为了几十号人的饭碗啊！为了征得辞官下海的那份见证啊！为了证明自己的人生价值啊！

真是一个大钱憋倒英雄汉。

昔年宋太祖赵匡胤年轻时战败为敌兵追杀，又饥又渴之际，路过一片瓜地。囊中分文皆无，于是心生一计，问人家瓜甜不甜。卖瓜人忙说"不甜不要钱"。赵匡胤咬了一口说"不甜"，再咬下一个，还说"不甜"，一直咬下去，直至吃饱为止。卖瓜人说："看你相貌堂堂，将来前程无限，可惜聪明反被聪明误，没钱就没钱，只要说清楚，难道我还舍不出几个瓜吗？何必出此下策？"老赵又羞又佩，后来坐了江山，赏赐这位农民千顷良田作为回报。

正是，大英雄手中枪，翻江倒海，抵不住饥寒穷三个字。有钱男子汉，没钱汉子难。英雄至此，未必英雄。当年秦琼卖马、杨志卖刀，如今，关彦斌有什么可卖？除了语言，一无所有。他向人家陈说，他们的转产项目对五常农业发展如何有划时代意义，他们的项目启动之后会有如何广阔的前景，他们有了钱之后会如何分文不差地连本带利一并偿还……但是，谁都听得出来，这毕竟是前景，现在又叫"愿景"。

当年"愚公"就是因为每天挖山不止才感动了上帝，今天关彦斌能不能感动银行这个上帝，就看他是否执着与虔诚，就像善男信女拜佛一样。

银行就是银行，任你巧舌如簧，我自岿然不动。

没有人能看到或者相信，十几年之后，多少家银行跟在关彦斌屁股后，希望关彦斌到他们那里去贷款，以扩大自己的生存空间。

后来有明白人实在看不过去，就泄露了"天机"：你到地区银行找找人，让上边的人说句话，或许能行。

一句话点醒迷途人。

其实，就是有权的人一句话的事儿，和原则根本没关系。官家的钱扶持地方企业，本来天经地义。可是，你不去疏通，不去"叫油"，凭啥顺顺当当地给你办？人家有那个义务吗？

关彦斌拜托二轻局的领导，二轻的领导拜托五常县的领导，五常县的领导拜托松花江地区的领导，松花江地区的领导找到银行的领导，地区银行的领导又找到五常银行的领导："五常砖瓦厂转产上塑料，项目不错，支持一下嘛！"

"是呀，项目很有发展，我们也在论证准备支持，请领导放心！"五常银行的领导毕恭毕敬地说。

同样是一个项目，领导支持与否判若云泥，态度马上一百八十度大转弯。

显示出了"权力至高无上"的作用。

关彦斌原来提心吊胆地提出贷款5万元，结果，五常的银行支持了8万元，除了买设备，还不得有流动资金吗？你看，人家为企业着想得多周到！

不数日，一台崭新的塑料吹膜机安装在了砖瓦厂内。

人们眉头的疙瘩刚刚舒展开，突然想到，光有机器空转，原料从哪来？

20世纪70年代末至80年代初期，一种叫"聚乙烯"的化工原料身价倍增，其产品塑料以其抗腐蚀、透光、防水、绝缘成为新型的农业生产资料而广受青睐，迅疾引发了黑土地上的一次"白色革命"。聚乙烯树脂原料使生产厂家大庆石化总厂窗户眼儿吹喇叭——名声在外。有亲属在"大化"当头头的，批了几十吨原料，转手一卖顿时成为富翁。好在，那时候的腐败大潮还没有全面掀起，否则，世界第一需求塑料制品的国度，就会由聚乙烯的利益链条上生发出成千上万的贪腐者。由此，塑料产品原料的稀缺可见一斑。

"笃，笃，笃！"黑龙江省化轻公司化工科张科长的办公室，响起了轻轻的叩门声。

"请进！"张科长的语调充满了自信。因为凡是进他这道门槛的，都是有求于他，基本都是老主顾。

"科长好！"来人的一声问候充满了恭谨。

半晌，当张科长忙完了手里的活计，一抬头，不由吃了一惊。眼前的这个年轻人他绝对是第一次见到，只见他浓浓的眉毛下一双环眼，鼻直口阔，国字脸上挂着青春的光彩与质朴，但是也不乏求恳。

来人正是五常砖瓦厂厂长关彦斌，为了那两台机器有"饭"吃，也为了他那四十几位兄弟姐妹有饭吃，他只身闯进省城的省化工轻工材料公司，幻想能弄到10吨原料，使转产塑料的梦想成为现实。

梦想与现实之间的距离到底有多远？只有天知道。

天意不可违。

但是，天意亦愿意眷顾上下求索者。

张科长惊异之余，生硬地问道："你是谁？有什么事吗？"

关彦斌恭恭敬敬地答道："我是五常塑料厂的厂长⋯⋯"

话音未落就被张科长打断了："我怎么没听说五常有个塑料厂？"

"啊，是这样——"关彦斌动之以情，这是他求人的一个撒手锏，意在引起别人的同情。他以最快的语速，介绍他们如何从一个破败的砖瓦厂企图转产塑料拯救没有饭吃的几十号人，想如何打开通往农业生产资料这扇大门⋯⋯

"算了，你到底想要干啥？"张科长没有那么多时间和耐心听关彦斌的动之以情，因为他没有拯救工厂的义务与责任。换句话说，他不愿意和穷得揭不开锅的企业打交道。况且，多年的主顾早已经形成了，紧俏的原料，养肥了一层层的资源控制者们。

"我想求科长体谅我们的难处,批给我们一点儿原料。"关彦斌只得说明来意。其实,他原本要诱发科长的怜悯之心,来同情一群吃不上饭的人。但是,科长的态度使他的心逐渐凉了。

张科长眼睛紧紧盯住关彦斌的眼睛,他好像听到了世界上最不可思议的要求,最荒诞的想法。于是,他斩钉截铁地说:"我们的原料都是计划内的,计划外的没有!""计划"两个字,被他咬得十分沉重。

"科长,您看能不能给我们挤点儿,哪怕几吨都行。"关彦斌不死心,继续软缠硬磨。

"计划外的一粒儿没有,听明白了吗?"科长的声调提高了,手掌一伸向门口一抬,做逐客状。

计划,作为计划经济的标签,紧紧地粘贴在经济模式的白皮书封面上。原料有计划,生产有计划,销售有计划。其实,是用计划这个笼子,把商品经济这只斑斓猛虎禁锢在里边,把人民的生活水平锁在了里边。中国的经济模式完全是从苏联搬过来的,这一模式一直延续了30年,弗拉基米尔·伊里奇先生在1906年写的《土地问题和争取自由的斗争》中说道:"只要存在着市场

1993年的老塑料厂

经济，只要还保持着货币权力和资本力量，世界上任何法律也无力消灭不平等和剥削。只有实行巨大的社会化的计划经济制度，同时把所有的土地、工厂、工具的所有权转交给工人阶级，才能消灭一切剥削。"

这话说了两层意思。第一层意思表达了一个残酷的现实；第二层意思表达了一个辉煌的梦想。计划经济的最大优点是大家同吃一锅饭，最大的弊端是吃不饱、饿不死。

关彦斌被"计划"隔在门外，并非是张科长一人之力，是被一个体制所拦阻。

那么，这个体制有没有缝隙呢？计划经济的铁门真的固若金汤吗？难道，人们都是铁石心肠吗？计划经济就是不让人们吃上饱饭吗？

关彦斌不死心。在省化轻公司大楼里转了几圈，终于咬咬牙，敲响了公司任经理的门。只要还有一丝希望，他也要挺身一试，不然，留下个功亏一篑的遗憾呢？

没有这个韧劲，不可能成为一位企业家。

英雄，皆有百折不挠的性格。

俗话说"阎王好见，小鬼难搪"。任经理静静地倾听关彦斌关于破败的砖瓦厂企图转产的故事，静静地倾听关于一场救赎的社会意义，静静地倾听一个年轻人关于对实现人生价值的宏伟志向的一片激情。

关彦斌动情的述说，让任经理动容："好样的年轻人，看来，我就算犯点儿错误，也得帮你了！"

"那样吧，我给你协调协调，过几天你听信儿……"就是这几句话，令关彦斌终生难忘。

受人点水之恩，定当涌泉相报。人生，有多少人情需要报答？

三天之后，像怀里揣着兔子的关彦斌再次走进省化轻公司的办公室，任经理递给了他一张批条：

"这是从几个大户的碗里扒出来的——"

经理很幽默,彦斌很激动。因为,那张批条上清楚地写着"100吨"!

"去找化工科办吧!"任经理三天前已经被这位责任感异常强烈的小伙子的精神所感动。其实,任经理当时也能协调个十吨八吨的,但是,他发自内心想帮帮这个年轻又有志向的小厂长,才协调够了这100吨,看来,任经理还真是下了一番大功夫啊!

正可谓,精诚所至,金石为开。

一位英雄的成功,需要多少真诚的辅佐啊!

关彦斌拿着仅有三寸宽却重若千斤的批条,揉了揉眼睛,清晰地看到"批给原料100吨"时,激动的泪水涌上眼眶,深深地鞠了一躬:"经理,请您放心,我们一定不会让您失望的!"

就是这张批条,开启了关彦斌改变人生道路的第一扇门,因为,它的意义要比贷款重要得多,钱可以借来,但有钱却难买不卖,尤其是紧俏的化工原料。

当他走到化工科长的门前时,伸出的手迟疑了。三天前,那副冰冷的面孔与不屑的神情以及决绝的言辞,使他望而却步。他直接去找经理的事不知科长是否知情?若是,他该是怎样地记恨呢?不论在官场还是民间,演杂技惯用的"油锤灌顶",大概是最不受欢迎的。在下级那不好使,就去找上司,各种手段无所不用其极,尽管不择手段达到了目的,但是却永远地得罪了那位上司。得罪了山神,难养小猪。县官不如现管。这位科长不就是山神吗?不就是现管吗?而砖瓦厂根本还谈不上是一只小猪,因为连猪羔子还没抓呢!关彦斌看了看手里的条子,一咬牙,打定了主意:丑媳妇难免见公婆,以后打交道的事情多着呢,必须先打通这道关口!于是,他毅然叩响了那扇紧闭的房门。

岂料,张科长冰冷的面孔仿佛温和了许多,指了指办公桌旁边的一把椅子,示意关彦斌坐下来说。三天前关彦斌是站着说话的，求人就得矮三分啊！

"没看出来，你还真的挺有道。"一边看着经理批的条子，张科长喃喃地说。他心里想的一定是不知这小子是经理的亲戚还是朋友，再不就是给经理送了什么，总之肯定是托了门子而且还是挺硬的门子。他根本就想不到是关彦斌为了企业的一片诚心打动了经理。

世间原本推崇仁人之心，但是，小人之心往往多于君子之腹。世道历来如此。

在这个奇妙的世界上，有的事对有些人，有时就是举手之劳，或可弃若敝履；但是对于一些人，或许重若九鼎，贵若金山。这100吨塑料原料，当年对于省塑料制品公司的经理来说，或许打一个电话写一张条子；可对于关彦斌来说，或许就是这个破败的砖瓦厂的救命稻草，是关彦斌走上企业家之路的通行证，是未来改变关彦斌命运以及五常市经济社会发展速度，改变若干人命运的一道光明的路标。

100吨聚乙烯，能量重千钧。

叩拜了山神，抓回了猪崽。

当关彦斌把这100吨聚乙烯拉回五常砖瓦厂的时候，所有的职工都为之一震。欢呼雀跃，奔走相告。在砖瓦厂的历史上，从来没有的庆幸场面令人如此终生难以忘怀。

群情沸腾了。

泪水，并不都是悲伤的时候流的，喜极而泣，生命的光辉在充满希望的时候最为耀眼。

泪水，是顶级的欢乐。关彦斌的泪水，和几十位兄弟姐妹的泪水，流在了一起。一年多的疲惫与委屈、郁闷与焦躁，随着铿锵的鼓点与炸响的鞭炮，烟消云散。

20世纪80年代的第一个春天，属于关彦斌和五常砖瓦厂的所有职工，因为春风在他们的心头荡漾。五常镇东北角那块荒凉的杨树林，枯槁的枝丫上，钻出了一颗颗黑绿色的芽孢，逐渐伸展成肥硕的叶片，油亮油亮的。

转产塑料开始试车。

当洁白、匀称的塑料管材和地膜在无数次试验后成功时，人们抱住关彦斌，把他抬起来，他是他们的救世主，也是他们的主宰。厂门口，一块醒目的"五常县五常塑料厂"的牌子挂了出来，那块经过风雨剥蚀几乎见不到字迹的砖瓦厂的牌子，被摘了下来，送进了人们心中的历史博物馆。毕竟，那是承载着多少人希望的一块碑石，一个与贫穷搏斗的沧桑历史见证，一段希望与失望交织的艰难岁月。

塑料，这个被称为20世纪最重要的发明，推动了全世界的经济发展。1907年7月14日，比利时人列奥·亨德里克·贝克兰首次注册了酚醛塑料的专利之后，因获得了"塑料之父"的称谓而一举登上世界最重要发明科学家行列的时候，他根本无法预想，他的伟大发明在70多年之后，拯救了中国北方一个集体小厂的四十余位贫苦的工人，同时成就了一位在商品经济的海洋里劈波斩浪、一往无前的弄潮儿，一位指挥千军万马的杰出领军人物。

当关彦斌领着四十几位职工把生产的塑料管材、薄膜送到了五常的千家万户并铺在了广袤的原野，掀起一场蓬勃的白色革命的时候，把生活与生产向前推进了一大步的时候，其中的辛苦与甘甜究竟有多少人能够真实地品味？

1980年的12月31日，五常塑料厂向全社会宣布，这一年，他们工厂纯盈利达到1万元！

这个今天看起来似乎近于可笑的数字，没有人细想，在30多年前它的特定历史意义是什么。

讥笑历史，不会珍重今天，无法筹谋未来。

当年为了挂上"五常县五常塑料厂"的牌子，关彦斌曾经跑了好几个单位，内心的冷笑人们无法直观，但是现实的讥诮却随处可闻：旗杆顶上绑鸡毛——胆（掸）子可不小。一个眼看关门的砖瓦厂，整了两台机器，出了点儿塑料，就想把"五常县"写到牌子上，是不是玩儿得太大了？

我们今天若用"鼠目寸光"和"井底之蛙"来形容三十多年前的思想行为，未免失之偏颇。但是，每一个历史关头，都有时代的落伍者，这一点儿都不奇怪。因为，推动历史前进的，毕竟是少数人。如果草头百姓的管窥蠡测可以原谅的话，作为当权者的刚愎自用、狭隘自私而阻碍经济社会发展的言行与浅陋，则是不可饶恕的。

经过关彦斌的多方奔走陈说力争，"五常县"这三个字终于可以用到"塑料厂"的前边了。正是这次"网开一面"，仅仅用了这三个字，才使后来的五常市获得了关彦斌创造的数十亿元的财政收入；也正是这三个字，把关彦斌的心紧紧地拴在了生他养他的这片土地上，把根也深深地扎在这片浸润着英雄情结的土地上。

转年，五常县五常塑料厂盈利30万元。

第三年，获利40万元。

第四年，获利50万元。

新添了设备，还清了贷款，连年盈利，关彦斌和他领导的五常塑料厂，高高地昂起了头颅。虽然利税还不足以与一些大的国营企业抗衡，但是，发展的趋势与进取精神、透出的勃勃生机，令人不敢小觑，也让那些持怀疑者闭上了嘴巴。

井泾口背水一战，原是一群哀兵，而恢宏的搏击源于置之死地而后生的无畏的牺牲精神与凛然的浩气。

1985年元旦，漫天瑞雪像片片捷报，挥洒在北国这片春风迟来的土地上。五常县文化宫前一片欢腾，锣鼓震天，秧歌欢快，表彰工业战线先进企业的大会即将隆重召开。坐在头一排的是准备登台获奖的企业家们，各个踌躇满志，意气风发，纷纷互致问候，无不额手称庆。

看着有些得意忘形的获奖者们，身处其中的关彦斌非但没有显得如何激动，反倒感觉全身不自在，因为他是这个行列中的"小老弟"。虽然他也披着鲜红的花朵与刺绣着"立县企业"字样的绶带，以二轻系统一颗耀眼的新星身份登上五常县"立县企业"字样的群英会的舞台，与五常国营制药厂厂长于树春并肩站在一起的时候，他诚惶诚恐。毕竟，人家是几百万元的利税，而塑料厂才几十万元，相形见绌的感觉，让他那颗不甘屈居人下的心受到了冲击。尽管，没有上台之前，主管工业的副县长张权曾经对他赞赏有加；于树春也称赞他们企业是一个"助农企业，有着广阔的市场"，但是，这几十万元的菲薄数字，怎么能自立于"立县企业"之龙头行列？这是不是一种绝妙的讽刺？反正关彦斌如芒在背，这，根本不可能是他的手笔。

五常，80年代初期的工业发展差强人意，但是"大农业、小工业、穷财政"的经济发展格局始终无法破题，全县盈利企业屈指可数。国营企业的龙头作用并不明显，大而弱的纺织厂、后劲不足的古泉酒厂、以护肝片一柱擎天的制药厂、靠特种行业关系支撑的防火门厂，以至后来的所谓股份制企业甜菊糖集团和水稻加工的汇鑫米业，无不受发展战略、体制与原料的制约，以及管理水平的粗放与低下，不是精疲力竭就是折戟沉沙，消失于热火朝天与门庭冷落交替的历史深处，只在全县的工业发展史上，留下了淡淡的一笔，便极不情愿地退出了历史舞台。

土生土长的企业，为什么要愧对你的主人？

笼罩于政治卵翼之下的经济，无法破茧化蝶，是因为必须警惕资本主义侵蚀我们健康而瘦弱的肌体。

望着五常那块广袤的原野，关彦斌非常清醒地感觉到塑料厂的能量简直微乎其微，如果县里的财政是"吃饭财政"，塑料厂无非是刚刚能够填饱肚子而已。眼看着那碧绿的万顷稻田，得需要多少塑料农膜才能吃饱？这片巨大的市场，何时才能全部占领？我不去占领，别人会不会占领？

靠县里帮你走出困境？靠县里给你资金扶持？靠县里引你走进市场？这似乎都是遥远的梦想。翻开五常的工业档案，1985年全县工商各税仅有 2 000 万元，年初安排支持企业的资金 24.2 万元，曾经作为辉煌的历史载入工业史，可见财神爷的囊中是何等的羞涩？今日往事重提实在羞于启齿。

自己的命运，不能依靠别人，还是靠自己的奋斗改变吧！即便借钱，也要捷足先登，占领这块市场！

不找市场找市长的厂长，必将与企业家无缘。

没有鸿鹄之志，何以至辽远？不跳出井底，何以跃龙门？什么时候能真正成为龙头企业？在强烈的刺激之中，尴尬与煎熬，让关彦斌的激情无法自已，一股豪气在他的胸中升腾，矮别人三分，那不是关彦斌！

雄鹰，飞不得低空。

英雄，受不得屈辱。

第七章 一条大路通米兰

"什么？贷款1 000万？"

"什么？出国考察？"

"什么？上国外设备？"

"什么？抢占更大的市场？"

关彦斌一个惊世骇俗的设想，不亚于一场八级地震，让多少五常人既震惊又疑虑。人们把舌头伸得老长，久久地不能缩回去。

"他关彦斌的身价能值多少钱？"

"他小妖怎敢作这么大的孽？"

"他的破厂子成葫芦瘪葫芦还不知道呢，这不又疯了吗？"

"国内搁不下了，想上国外看西洋景了！"

如果这些议论出自百姓之口还好，可这些议论恰恰是出自手握重权的县里的科局长和某些县领导之口。

"平生不解藏人善，到处逢人说项斯。"人们大多喜欢锦上添花，自然也不会有太多的人雪中送炭。因为在那个被计划经济樊笼囚禁的年代，又能有几人能理解他的良苦用心呢？又有几人能洞彻他的那番为国为民的志向呢？要知道，许多人善于"马后炮"，最大的弱点就是缺乏英明而果断的前瞻。

我们不必苛求历史。我们不必苛求历史人物。

我们个别地方官的眼界有时真的不敢恭维，一些幼稚可笑的见解、一些如同儿戏的决策，狭隘的品性与假公济私的毫不掩饰，其身居显位的升迁途径常常令人生疑。我们不能不感慨社会的不公与人间的不平，尸位素餐的官员是对历史的无情嘲弄。因为，滥用权力可以扼杀他们不喜欢的新生事物，根本不容许能力超群的人站在他们前面，去推动历史的车轮向前运转。因为，他们就是在这个领地开店的武大郎。

塑料厂内部，就像一口沸腾的粥锅，咕嘟咕嘟地冒泡，热气扑面。

驴棚里，班子会正在激烈地交锋。

驴棚，是砖瓦厂以及塑料厂的"常委会议室"，有多少重大的决策都在这里生成。而今天，过去关彦斌一呼百应的场面没有出现，开始是一片沉默，继而是一片反对之声。

这有些出乎意料。

这也在意料之中。

满屋的烟雾，遮挡住了人们的视线；群众的期望，低得只要吃上饱饭就行。只有落后的领导，没有落后的群众，其悖论不是说群众要比领导高明，是说一般的群众思想不解放，只能影响他自己；但对于领导干部来说，思想解放不解放却直接影响一个单位、一个部门、一个地方。而领导与群众之间那种解放思想的距离用什么来缩短？如何说服那些执迷不悟的落后群众？领导班子必须统一思想，班子就是方向，班子就是桥梁。

关彦斌极力陈述自己关于发展与命运的唇亡齿寒的关系："我们不能满足现状，要谋求更大的发展。如果我们不上塑料还烧砖，会不会有今天的现状？如果我们维持现状，只能原地踏步。我们的眼光不能只看着五常，要看黑龙江、要看东三省，东北市场这么大，我们生产那点玩意就像撒芝麻盐儿，什么时候能够占领那片巨大的市场？你不抢着占领，总有一天别人会来占领。我们必须居安思危，要往前看、往远看。我们满足于企业这几十万元的利税，什么时候才能壮大？我们要想发展，就得敢于冒险，上一流的国外设备，制造一流的产品，创建一流的企业！我们的目标是上千万，上亿元，几十亿！"

有人说企业家是天生的，胆略也是与生俱来的。

关彦斌的话掷地有声，为未来描绘了一幅宏伟蓝图。

班子成员你看我我看你，他们开始相信关彦斌这番关于占领市场的理论。当初如果不是厂长力主转产，怎么能有今天？但是，他们为关彦斌这"贷款1 000万元"上国外设备的构想心惊胆战！如果要是整砸了，用什么填补这笔巨款砸出的窟窿？塑料厂将栽入万劫不复的地狱！到那时候，别说几百万、几千万，或许今天这几十万也会付诸东流！

"散会！"关彦斌一摆手，人们走出了驴棚。

让所有的人都理解，没有那么多时间。他想静下心好好再梳理一下大家的意见，"吱嘎"一声，门开了，驴倌何建国蹩进了驴棚。

"厂长，你听没听到大家怎么议论你要买国外设备的事儿？"何建国刚说了一句话，就拉着哭腔，眼泪在眼圈里打转。

"怎么说？"关彦斌急于听听职工的意见。自打到了砖瓦厂，他很喜欢这位老成持重且又有几分精明的驴倌。

质朴的员工是企业的基石，爱厂的员工是企业的中坚。

"他们说你……"何建国欲言又止。

"说我什么，但说无妨。"关彦斌握住何建国的手。

"他们说得难听……"何建国面有难色。

"我非常想听。"关彦斌攥紧了他的手。

上篇　时势造英雄　　·77·

"他们说你碟子里扎猛子，不知深浅……"

"……"

"还说你挣点儿钱就想借机出国溜达……"

"……"

"还说厂子小恐怕让你折腾黄了……"

说到这，何建国眼泪夺眶而出！他不想让这些风言风语刺痛厂长的心；厂长就是他们的主心骨，他把年轻的厂长奉若神明；没有关彦斌，就没有他何建国的今天。但是，企业的兴衰荣辱，与他个人的命运紧密相连。没有企业，何以家为？企业黄了，他就会失业饿肚子，回到原来砖瓦厂的一片凄凉的境况之中。

看着涕泪交流的何建国，关彦斌感慨万千。为了这四十几号人的寒暖温饱，他夙兴夜寐、殚精竭虑，就差没有把心掏出来给大伙看看。而在跨越发展与保持现状的生死抉择之时，"农耕文明"的返祖现象是那样固执地显现出来。最显著的特征就是眼睛不是向外而是向内，满足于碗里那点剩饭。当年"甲午海战"之所以失败，就是因为清朝的军事改革没有从根本上摆脱农耕文明的桎梏。北洋水师虽然拥有世界上最先进的铁甲舰，但却是一支不堪一击的满足于温饱的"农民海军"。

现在的塑料厂就是一支农民海军。满足于温饱不算，更悲哀的是拒绝购买坚船利炮。

"那么，你是怎么看待购买进口设备的呢？"关彦斌心意已决，不过仍然给了何建国最后的陈述机会。因为，这是一个最淳朴的职工代表，他不忍拒绝他那颗善良的心。

"厂长，那进口设备也忒贵了，1 000多万啊，这也太吓人了！咱们得挣多少年才能还上啊？现在大伙好容易有饭吃了，真要是整砸了，咱们这辈子再也没有出头之日了。厂长，你真要冒险吗？"何建国一边擦着眼泪，一边走出了驴棚。

"厂长，你真要冒险吗？"清凉的晚风吹拂着关彦斌清醒的头脑，耳畔回响着何建国近于哀求的语声。他扪心自问：冒险？是冒险，但不是铤而走险。不走险棋，焉能出奇制胜？保险？按说烧砖保险，但是怎么就越来越没饭吃了？塑料农膜、管材让我们现在有饭吃了，但是到底还能吃多久？面对农民意识的保守与执拗，关彦斌的发展意志愈加坚定。

只有企业家才有这种百折不挠的意志。

意志成事，并非意气用事。"人有多大胆、地有多大产"的"大跃进"泡沫早已经破灭，给人间带来的警示早已深入人心。一位肩负着社会责任感的企业家，对于社会，对于企业，对于员工，早已将自身的荣辱置之度外。不是说胆子越大，成功的概率就越高。我们没有必要为"撑死胆大的、饿死胆小的"去搜寻关于这方面的案例，来为一句很多人激励追求欲望、鄙视平庸者的口头禅张目。

有胆有识的谓之胆略，盲目莽撞造成的损失令人胆寒。而恰恰后者却无人追究其咎，以致一处处的企业开工便倒闭，领导者换个企业接着开工，这是大多中国式的企业管理模式，也是国营企业长期不能壮大的病根。大农业、小工业、穷财政的循环往复，逐渐形成了长期遭人诟病却无药可医的积弊。其实质并非无药可医，而是无医下药。政府和企业的关系，就像婆婆和媳妇。政府是一个嘴碎又讨人厌恶的婆婆，平时拿个拄棍颐指气使，心里有气的媳妇敢怒不敢言，尽管时有龃龉，但是相互之间的默契使得关系长期稳固。打闹归打闹，毕竟一家人。官员与厂长的关系拴在一个利益链上，游戏规则是：你不惹我，我不换你。这就是80年代初国营工业的浮世绘、官企关系的风俗图。这种制度一年一年地延续下去，能人上不来，庸人下不去，加之计划经济的樊笼无法冲决，国营工业岂能发展壮大？

关彦斌的胆略来自于透辟的观察和缜密的思考，来自于嗷嗷待哺的市场需求。 黑龙江省上千万亩水稻育苗需要塑料，东北

1985年，关彦斌深入车间了解超宽幅吹膜机情况

三省上百万亩蔬菜生长需要塑料，农村改水工程让百姓吃上自来水需要塑料，而他的塑料厂的生产规模根本无法满足日益增大的市场需求，农民为了能买到地膜，起早贪黑在工厂的门口排队；而宽幅的棚膜又没有设备，无法生产，农民想扣大棚不得不买宽幅的农膜，回去用熨烫衣服的电熨斗自行黏结；农田灌溉和自来水管材更是供不应求，这块巨大的市场引力，搞得他心焦如焚，经常彻夜难眠。国产设备的质量实在不敢恭维，也没有超过10米宽的吹膜机械，从发展的角度看，进口设备至少10年至20年不落后——上，就上尖端的！

可是，前卫的思潮与落伍的观念，无时无刻不在交锋。即便是县里的领导者，也得一遍一遍地开导、请示、说明、解释，并且上交上尖端设备的可研报告，县里一遍遍地研究、讨论、听取汇报，关彦斌就得一次次地陈述上国外设备的重要性。

重要不重要，就看领导的心情好不好；批准不批准，就看企业的表现好不好。

不知不觉间，关彦斌竟信步走进了县政府，走进了还亮着灯光的副县长张权的办公室。一个特大喜讯冲走了所有的烦恼：县里终于批准了塑料厂引进国外设备的报告！

他知道，这位开明的主管领导鼎力支持的分量。

今晚的月光格外皎洁，就像一片片宽幅的大棚膜，笼罩着无垠的大地，上边还镀了一层银光……

当关彦斌把县里批复的引进外国先进设备的报告拿到省中行时，信贷处长付淑华仔细地审视着这份盖着鲜红政府大印的报告，在字里行间，在关彦斌坚毅的诉说中，看到了也听到了一位创业者的顽强追索。这位来自讷河县的满族女士，敢作敢为的性情被关彦斌的超前思维震撼，不但批复了支持意见，还协调多个领导与部门，使得1 000万元的贷款顺利下发。

追求，往往可以感化正义。

波音客机像一只巨大的苍鹰，一声呼啸掠过长空，冲出国门，向地中海飞去。关彦斌的心情，就像这遇到气流上下颠簸的机身

1985年，大门被拆除了上梁，它的"开放"迎来五塑新的历史时期

一样，既不平静又绷紧了神经。脚下是如絮的云团，尽管美丽且变幻奇诡，但总让人期盼尽快脚踏实地。此次出行，在他的企业经营生涯里，不啻踏上一次艰险的、孤注一掷的不归路。成功，他是一位五常工业史上的英雄；失败，他是砖瓦厂与塑料厂的罪人。

功臣与罪人，都在向他招手。

几年前由砖瓦厂向塑料厂转产，他是那样信心百倍地考察市场；如今，巨大的市场就摆在家门口，但是却别出心裁地去考察世界顶级设备。这到底是高瞻远瞩还是好高骛远？不能用国产设备先将就干吗？等有了实力以后再"贪大求洋"？"真要是整砸了，咱们这辈子再也没有出头之日了。厂长，你真要冒险吗？"驴倌何建国那句令人心胆俱裂的恳求，让他不寒而栗。那一张张兄弟姐妹们期盼而又忧郁的面庞，还有那一张张妒火中烧、幸灾乐祸的脸孔，无不在他的脑海中闪现。无形的压力，使他的北欧之行变成平生炼狱一般的煎熬，有多少成功的喜悦才能够补偿啊！他关彦斌的个人荣辱事小，企业的发展以及职工的命运改善就是他的全部。为什么要将就？为什么要降低标准？为什么看准的事情他却不敢做？他恨不得把那块巨大的市场，一夜之间揽入怀抱，把银箔铺遍东北大地。第一次转产，如果象征关彦斌到世界钥匙之城奥地利格拉茨城找到了开启企业发展锈锁的钥匙，那么，此次意大利之行，则是彻底打开了走向繁荣的那道沉重的思想铁门。

"黄沙百战穿金甲，不破楼兰终不还！"飞机越过黄沙漫漫的祁连山脉时，王昌龄《从军行》的豪迈诗句，是这位年轻的企业骁将北欧悲壮之行的写照。

米兰到了。

世界塑胶机械王国到了。

都说条条大路通罗马，关彦斌没有选择罗马而选择米兰，是象征他此行北欧只有一条路可走。至于罗马城中的米开朗琪罗的千年雕塑、雄伟威猛的斗兽场、摇摇欲坠的比萨斜塔，这些西方文化的经典标志，都没有使关彦斌的心略有所动，因为他真的不是来看"西洋景"的。

1905年，当"塑料之父"贝克兰以高温热压法使酚醛树脂第一次成为塑料之后，新生事物总是携带着改变世界的力量。欧洲人不失时机，使塑胶机械风生水起。精细而审慎的意大利人，迅速成为该产业的全球领跑者。无论数十个国家如何殊死拼争，都无法将其挤出三甲。尤其是技术力量雄厚的德国，多次较量也不得不甘拜下风。其塑料机械领域的辅助设备，更是无人能望其项背。其先进性并不神秘，就是它的不可或缺与不可替代性。意大利国际塑料橡胶工业展览会每三年一届在米兰召开，届时，全世界的供应商皆云集于此，争相朵颐这桌全球饕餮盛宴。

关彦斌来了，他也想分一杯羹。他并不因囊中羞涩而卑微，来到米兰，他就是上帝。来之前，他把全球的塑胶机械的信息详加比较，决定进军米兰。而同行的其他四位，一位是翻译，另二位是县领导和顶头上司，一位是副厂长。在当时穿西装都被非议的时代，不远万里去参加北欧订货会，不是去看"西洋景"还有什么更好的解释？

麻雀之所以在檐下絮窝，就是因为眼界太窄。

最大的差距，不是国家与国家的距离，而是观念与观念的差距。34年前，一个30岁的小伙子，跑到米兰去购买塑料机令人匪夷所思；34年后，当年那个小伙子成为身家30亿元的集团总裁，到底是三十年河东还是三十年河西？

你如今在河东还是在河西？

五位黑头发、黄皮肤的中国人在米兰的博览会上，成为一道独特的风景。当中意友协会长吉奥杰蒂先生把关彦斌一行介绍给诸位意大利塑胶机械的巨头们时，他们为中国北方的小企业主的来访无不瞠目结舌，继而投射过来钦佩的目光。他们不相信远隔重洋的积贫积弱的中国人，在刚刚蹒跚着走上改革之路，一个利税几十万元的集体小厂，会来光顾只有世界顶级金融大佬才能自由出入的凯旋门。

先进的塑胶机械在地中海掀起的震荡全球的激流，同样震撼着五位中国五常人的心。琳琅满目的先进机械，让他们看到了塑料产品的需求与前景，更让他们看到了五常塑料厂的未来。原本准备和关彦斌来看西洋景的二位领导，深深触动之余，真正感受到了关彦斌目光的深远，为了发展企业的一片痴心，为了塑料厂发展不惜身败名裂的一番苦心，不达目的绝不回头的一颗雄心。

关彦斌与米兰班德拉公司签订了一个大单，以680万元人民币买下一台宽幅吹膜机，这是现有企业利润10年的总和。当他把"关彦斌"三个字签在信用至上的合同书上时，不由血脉贲张、激情难抑，两行热泪滚滚而下！

胜败在此一役，输赢在此一掷！

1985年7月，在哈尔滨举行的国际机械展销会上，关彦斌再次出手，以240万元的价格，订购了一台4 000克注射机，以填补注塑成型的空白。两台设备，总计920万元，这根本不像一个小小塑料厂的手笔，按照现有的盈利水平，光是贷款的本金就得偿还18年！

贷款？利息很高吧？工业贷款利息更高吧？

不要以为贷款就像你家后园的茄子，想什么时候吃就什么时候摘。正当关彦斌踌躇满志、职工们忧心忡忡之际，突然传来了一个"噩耗"：省某银行的计划贷款泡汤了！原来经过多方努力才获准的放贷计划，一夜之间取消了！

关彦斌顿时方寸大乱，两眼通红，一嘴大泡：银行怎么能如此不讲信誉？他和国外的两笔订单面临丧失信誉的危机！

失信原因只有很简单的八个字："抽紧银根，压缩规模"。"国家的政策在那儿明摆着，赶在这个当当上了，谁也没办法呀！"

银行的人劝说着满面风尘、一脸急切的关彦斌。

"难道就一点通融的余地也没有吗？"关彦斌的语调近于哀求，多次打交道，他经常惯用的招数就是软缠硬磨。那时候的经济发展环境就是不宽松，不像现在。

"什么样的企业、什么条件可以例外呢？"国家政策的高压线不能触碰，就得看有没有"原则上"的法外开恩。最多的时候，关彦斌曾经一天之内三进省银行的大门，差点儿踏平了银行的门槛。门头越高，顶礼膜拜的神态就应该越虔诚，才能赢得各路神仙的怜悯与施舍。

所有的人必须为它负责，而它绝不会对任何人负责，只会对自己有经济利益的人负责，这是当时银行的痼疾，也是多年公开的不宣之密。在没有因其他银行的进入使自己感受到失业的威胁之前，在国家没有下狠心改革之前，固有计划经济把它惯出来的秉性，不会轻易改变。

经过认真研究，关彦斌提出了几种可能争取贷款的理由：其一，本企业申请贷款的时间是在国家出台抽紧银根的政策之前；其二，本企业与银行合作的信誉度高，几次都是提前还贷；其三，本企业与国外签订了合同，一旦违约，既要承担名誉损失，还要承担违约的经济损失。言外之意是，当初银行如果没有贷款的意向，企业也不会签订购货合同，如果造成损失，银行是否也有责任呢？

再充分的理由也无法说服傲慢与私心，而唯一能使人屈服的，只有权力。

一天三遍地到银行"报到"，无数次地陈说这笔贷款关乎企业与几十人的命运，恳求县领导找到一位与银行领导有关系的省里领导过问，终于感动了上帝，在"对五常塑料厂新上项目再次论证前景"之后，终于在僵持了三个月之后，获准820万元贷款！

1985年10月，经过马拉松式的贷款之后，4 000克注射机

上篇 时势造英雄 ·85·

和米兰班德拉公司的宽幅吹膜机放下高傲的身价，运抵五常这座曾经烧过砖头、在死亡线上挣扎的集体小厂。

这是一个童话，也是一个神话，当幻想成为现实，人们心里清楚，是关彦斌矢志不移的执着，讲述了一个前人从来不敢想象的故事。

4 000克注射机很快便安装调试，经模具注塑，生产出啤酒箱子、各种塑料桶等数十种成品。但是，米兰班德拉宽幅吹膜机的安装却出现了大难题。在省城聘请的一家大型设备安装公司来人了，在察看设备和阅读完所有的产品说明书之后，提出了两个令关彦斌无法接受的条件：一笔令人咋舌的安装费用，安装工期为半年时间。

工厂的经济条件无法满足狮子大开口；半年之后不能赶在春耕之前，产品卖不出等于设备闲置了一年，这不行！

"三个月时间能不能安装完毕？"关彦斌给出了最低时限。

"这是洋设备，根本完不成！"安装公司没有商量余地。

关彦斌一摆手，辞退了对方，他根本不相信人家能生产出来设备，咱们安都安不上。

安装公司一甩手："如果有什么技术难题，请再通知我们，会随时光临贵厂。"那种表情关彦斌明白，你们迟早会来找我们，没有我们看你们找谁能整明白！

他们过分相信自己的实力，他们过分低估了对方的耐力。

关彦斌在五常县发出"英雄帖"，挨家挨户拜访，把十几位全县机械设备的行家与技术高手请到厂里，组成了技术安装小组，必须在三个月之内安装完毕，在四个月之内投产，赶在春耕之前，宽幅大棚膜进入东北市场。

各路武林高手济济一堂，面对着洋设备与撤走的省城专家，人人摩拳擦掌，渴望一展身手，来证明自己的存在价值。这是知识分子的"通病"，英雄从来不惧对手，英雄的寂寥在于无用武

1986年春，第一次引进设备时参与调试的人员

之地。

自古惺惺相惜，关彦斌理解他们的心。

面对着土生土长的"土专家"，关彦斌高举酒杯慷慨激昂："各位家乡的专家，我们五常现在进来了第一台洋设备，可是省里的专家声称必须半年才能安装完毕，那样就什么都来不及了；我把各位请来是相信大家的实力，希望在三个月之内攻克难关，创造一个历史的记录，让他们知道我们五常藏龙卧虎！"

人们热血沸腾，多少年了，听不到的真心褒扬出自关彦斌之口，听来是那样的亲切。有的时候，有的人心，并非必须用金钱来打动。知识分子，有句认可的话，够了！

大隐隐于野。从来高手在民间。关彦斌和各路土专家夜以继日，一道道难题被攻克。一个奇迹的发生，往往令人难以置信，但却是活生生的事实——只用了两个月的时间，一套100多吨重、20多米高的意大利设备，愣是被中国北方一座县城的十几位土专家像玩积木一样，拼凑在了一起，且环环相扣，枘凿严谨。24吨重的机头，愣是用临时安装轨道的办法，牵引进了新建的车间。

奇迹终于发生了，这是五常工业史上的奇迹，是关彦斌和一

上篇 时势造英雄 ·87·

群土专家创造的，已经载入五常工业经济发展的史册。

两个月，打破省城专家必须六个月才能完成的预言，打破了土专家无法安装洋设备的禁区，打破了集体企业进口国外先进设备的先例。

当关彦斌电告米兰班德拉公司派员来检测设备时，对方似乎听到一个不实的信息，怎么可能在这么短的时间内安装完毕呢？当关彦斌亲自再三确定之后，米兰才迅速派出专家飞赴中国五常检测设备！专家昼夜兼程，用三天时间检测了安装近于完美的设备，频频伸出拇指："五常，了不起！"而更了不起的，这是关彦斌带领一群当地的土专家安装起来的。

是呀，五常，了不起！五常，因为关彦斌的敢想敢干而被几近苛刻的意大利专家所称道。

名副其实与浪得虚名，在实至名归之后，意义却是那样地判若云泥。一个人，往往使他的家乡名扬在外。

当米兰专家摁下那枚闪着绿色光泽的按钮，一幅宽阔的银色

1986年，几经调试的国外注塑机交出"鸡蛋"

瀑布飞流直下之际，关彦斌和安装小组以及全体职工无不欢呼雀跃，流出了激动的泪水。

五常，请记住这感人的一幕吧！历史的潮流永远不会倒流！因为，这象征着一场白色革命如期到来！

当这一片片银色的瀑布化作涓涓溪流，流进五常、东北三省的千千万万个农家的时候，滋润着无数块焦渴的心田。关彦斌远走北欧制造宽幅膜的社会意义，在于把五常老百姓的水稻育苗从炕头上移到庭院，继而移到野外。正是关彦斌把东三省的蔬菜种植所用棚膜由原来的农民自行黏结，变成了一次成型的革命，从小棚到大中棚育秧，完成了一次历史的绿色嬗变。

当一队队乡民在五常塑料厂前排起长长的队伍，当不少乡党委书记、县委书记托门子挖窗户找关彦斌走后门购买棚膜的时候，当黑龙江乃至五常的一季蔬菜变成了好几季的时候，当一茬瓜变成了两季瓜的时候，当这些绿色的瓜与菜迅速变成人民币揣进了农民的腰包并且变成了砖瓦房与"四大件"的时候，五常塑料厂的两栋歪歪扭扭的破砖房，也换成了崭新的厂房。世上的产业千千万，世上的富翁千千万，但是，又有多少是能直接让老百姓的腰包鼓起来的呢？我们总愿意说的一句话就是"君子爱财，取之有道"，能够取之于民而馈之于民的又有多少人呢？世界上卖什么最值钱？美国最大的军火商洛克希德·马丁公司，目前销售额已经达到了4 000多亿美元，但是，他们每年卖出的武器，将来可以杀死多少人，可曾有人统计过？

五常塑料厂生产的宽幅棚膜，就是农民的白金，令多少人梦寐以求、趋之若鹜。尽管意大利设备整天整夜地转动，但是仍然无法满足巨大的市场需求。最紧缺的时候，县里领导的一个条子只能卖给300公斤；一个科长的条子，就值200公斤。产品卖不出去愁，供不上卖仍然是愁。心急火燎的关彦斌带领各部门的头头，24小时人歇机不停，昼夜转动的意大利机械，把白花花的银子铺在五常的大地上。1986年底,塑料厂纯利润超过300万元;转年,利润超过600万元。

堵住悠悠众人之口的不是激昂而苍白的豪言壮语,而是5年期的贷款只用18个月就连本带利全部偿还完毕的事实。钱,当然来自购买先进设备使产品提档升级的盈利。胜者为王败者寇,这是中国人的英雄史观。

当关彦斌贷款1 000万元购进国外先进设备的时候,人们争相议论着一个个关于胆大妄为的故事;当关彦斌历经艰险成功之时,人们又会传送着一位英雄的传奇。关键是,一个英雄的传奇到底能够讲多久。

而这个故事的主人公关彦斌不负众望,使这个故事越来越精彩。就是他带领着47位"大集体"和3头毛驴草创的塑料制品厂,一跃成为全省同行业的排头兵,国家二级企业和国家定点农膜生产企业。尽管对于这第一个吃螃蟹者的神勇之举仍然心有余悸,但人们逐渐被关彦斌坚毅果敢的性格和杰出的企业经营才能所征服。1989年,他被授予"黑龙江省首届优秀企业家"光荣称号。当他健步走上领奖台的时候,他的眼眶湿润了,人生得意之时,总不能忘了那些被岁月的风雨打湿了人生的日子。这是全省首次认可关彦斌的企业经营才能,卓尔不群者得到社会的承认,要比无所作为者不被社会的认同要艰难得多。与其说对他进行可贵的精神褒扬,毋宁说是给他成为一位成功企业家加装了助推器。

1989年,在企业获得了空前成功的关彦斌,为了使县里的工业企业有一个长足的发展,他竟然去竞争主管工业的副县长,因为他可以把自己的企业经营才能发挥到更多的企业去,让五常的工业企业为社会和人民创造更大的财富。然而,严酷的事实让他大失所望,县里主要领导对这个初出茅庐的"愣头青"不太托底;有流言蜚语说他"得意忘形";更有的领导毫不掩饰他们的所谓担心:"让他管全县的工业,还不得把天捅漏了?"

"木秀于林，风必摧之。"关彦斌仰天长叹，想要为社会做更大的贡献，却不为人所接受。苍天啊！你的公正与宽宏何在？故乡啊！难道你就真的不能让你的优秀儿子大显身手吗？

关彦斌与他的塑料厂迅疾走红，门庭若市，车水马龙，各路神仙批条子买农膜棚膜，往企业里边塞人，搞得关彦斌疲于应付。当年关彦斌南下考察市场的吉林长春、辽宁沈阳、大连的客户也纷至沓来，因为，五塑的农膜棚膜可以满足用户的各种规格，在国内质量领先。

当然，各种荣誉也接踵而至，松花江地区优秀企业家、黑龙江省优秀企业家、黑龙江省特等劳动模范、全国"五一劳动奖章"获得者。

一个人为社会做出了贡献，社会就会张开双臂，拥抱着新时代的宠儿，然后慷慨地捧出奖掖与赏赐，去馈赠在改革的路上勇于探索的人。

一位哲人说过，成功的人，活着就是为了赞赏。

为了别人赞赏而活着，就是人生的悲剧。

于是，关于关彦斌的各种版本的故事，也就在五常的大地上传播开来，简直神乎其神。

当然，各路诸侯也都在这个成功的故事里，坦陈自己的功德。县里和局里领导们说，没有我们的英明决策，他能成功吗？银行说，没有我们的贷款，他能成功吗？塑料公司说，没有我们的原料供给，他能成功吗？

在欣赏一台音乐会的时候，很少有人能听出不和谐的音符。

只有班德拉公司不说，还有职工们不说，还有农民上帝不说。在功绩面前，能检验出轻浮与厚重、深沉与浅薄。

是的，关彦斌成功了。当年他走出二轻局团委书记的办公室的时候，他曾经回过头，扫视着屋里的一切，仿佛当年易水边上那位"一去不复还"的壮士。此去可说吉凶未卜，成败难以预料。

但是，骨子里那种桀骜不驯的秉性，让他果敢地跨出了这个房间。当鲜花和掌声将他团团包围的时候，那颗年轻的心在热捧面前反倒异常冷静起来。厂里班子人员缺少决策的高度，职工们文化素质偏低，职工队伍的增大带来的思想庞杂，产品品种单一缺乏竞争力，产品市场由热转冷的规律，这些阻碍企业发展的瓶颈，无一不让他感到危机四伏。

他对未来充满了好奇，这种好奇中更大的比例是成功的引诱，他的成功来源于不断的思索与探索，实现再次成功，必须接受新的挑战。一个人如此，一个时代亦如此。

而一个人的力量毕竟有限。

关彦斌清楚地意识到，能人关乎企业的生死存亡。

他必须去请一位能人出山。

县经委，是他经常问计的地方。

关作章，是他经常问计的人。

关作章是经委综合组组长，善于做企业的文章，堪称五常工业的"活地图"、经济策略的执笔人、企业走向的分析师，得此一人，可定三分天下。

"作章大哥，想跟你说个事儿。"一大早，关彦斌就把关作章堵在了县经委大门口。

"是彦斌呀，走吧，有事到办公室说吧！"关作章抬手肃客，他非常敬重关彦斌的企业才干。

"不，屋里说话不方便。"他把作章拉到院子当中的一个煤堆旁。

"什么事，这么神秘？"关作章一脸茫然。

"好事，我想请你出山！"关彦斌开门见山。

"什么？出山？"关作章挠了挠后脑勺。

"我们塑料厂你知道，发展特快；但是现在缺人手，我想请你去给我当副厂长，帮我抓企业管理和职工思想工作。怎么样？"

关彦斌一脸殷切。

"可是，可是我一点儿思想准备都没有……"关作章竭力想象到大集体企业意味着什么。

"不用想，到企业总比在机关蹲着强吧？"关彦斌态度明朗，极力引导。

"那我端了二十几年的铁饭碗不是丢了？"关作章说到根本上了。

"没了铁饭碗，端的是金饭碗，哪个更好？"关彦斌用材质说明分量。

"那，我还是得好好想想……"关作章期期艾艾。

"作章大哥，你是明白人，企业才是社会的未来。机关是浪费人才的地方，好钢要用在刀刃上；再混几年，就老了，后悔就来不及了。何不趁着年富力强真正地去干一番事业，要做文章就往大了做！"关彦斌动之以情、晓之以理。

关作章沉默了，眼睛一眨不眨地望着天边。

关彦斌在五常第一个离开机关，轰轰烈烈地干了一番事业，他亲眼看见。但是自己在机关熬了二十多年，倒是挺有面子，但兜里溜瘪；混到岁数回家和一帮老头儿站在墙根晒太阳论朝政，实在是无聊得紧。既然彦斌瞧得起，这把椅子又有什么可以留恋的？

看着目光逐渐坚定的关作章，关彦斌拍拍他的肩膀："作章大哥，识时务者为俊杰，只要你答应，上边的工作我去做！"关彦斌深知关作章的顾虑，怕上边不放，马上堵住了后路。

"好吧！"两双大手紧紧地握在了一起。

男人，就该有血性。

1988年，是人们正拼命往机关里挤的时候，而关作章却被关彦斌拉下了"水"，摔掉了铁饭碗，端上了泥饭碗，向着端起金饭碗的道路走去。

仅仅出于对关彦斌的信任，关作章与懒散的机关诀别，"净身出户"了，完成了一次人生与人事制度的对撞。激起的生命火花，划出了人生一道绚烂的彩虹。

流光容易把人抛，红了樱桃，绿了芭蕉。机遇，往往在流光中错失，当你看清楚了以后，早已时过境迁。

一个先进的理念，必将颠覆一个陈旧的观念，使新风拂面而至。

或许，关作章并不懂得现代企业管理；或许，关彦斌煞费苦心挖出一位机关干部会得不偿失。但是，我们应该历史地看待这个事件。在三十多年前，作为刚过而立之年的关彦斌，不啻一位远见卓识者。至少，他懂得人才对于企业兴衰的重要意义，这或许就是关彦斌人才观念的萌芽时期，抑或正是这种前卫的精神、宽阔的胸怀、阔绰的度量，铸成了奔向成功之路的不传之秘。

观念的颠覆，等同于浴火涅槃。

被关彦斌认同的关作章，无时无刻不是在关注着企业的命运。天下具有八斗之才者，到底能有几许？或许没人能考察这个关于人才的古老话题，但是一个不争的事实却是，所谓人才在于适用。曹子建七步成诗，在于罗贯中老先生的传播；而其才高八斗，在于谢灵运"天下才共一石，曹子建独得八斗，我得一斗，自古及今共用一斗"的一句狂言。才华在于为人赏识，而为人赏识又因其具有相同的价值观。

关作章是关彦斌的高级参谋，因为关彦斌的高度，使得关作章时刻不敢轻忽。关彦斌最关注的，就是企业的走向，或为企业的生命线。于是，关作章每天都会勘察政策的走向与市场的走向。

这就是默契。

"彦斌，市场与产品就像一道抛物线，当达到一定高度的时候，必将下滑。这是经济规律，也是市场法则。"关作章善意地提醒着踌躇满志的关彦斌。

"是呀，波谲云诡的市场，时刻挑战我们的企业与产品。市场这只看不见的手，时刻会把我们拖入深水区，我们一刻也不能放松警惕！"关彦斌长出了一口气，回复关作章的同时，也在告诫自己。防范市场变化这根弦，他一刻也没有放松。

几片树叶落下来——

起风了。

围魏救赵

第八章 围魏救赵

风云突变。

风暴寒流，必有成因。

群雄逐鹿，到底鹿死谁手？

脆弱的中国式市场经济，到底能不能夭折？一俟巨浪压顶，我们还能不能摸着石头过河？

人们挖空心思地追求利益最大化，杀鸡取卵式的掠夺与攫取，一窝蜂式的重复建设，尔虞我诈的心机，掺杂使假的恶行，必然使大多数企业在拥挤的独木桥上落入水中而溺亡。

经济是文化的物质表现形式，缺乏诚信与道德的经济，必然严重侵蚀人们的灵魂。封闭了数十年的国门一旦打开，先进的成熟的产品竞相涌入，又会给刚刚蹒跚学步的中国市场经济带来致命的威胁。

这就是改革与开放的矛盾，改革与开放同步进行，不可能并行不悖。一方面要发展自己的汽车工业，一方面又引进国外先进车辆生产线，以致自己的汽车工业被冲击得体无完肤。这就是中国商品经济出笼之后的无序，一边卖矛，一边卖盾。当日本车铺满了中国大地之后，自己的汽车技术还行走于20世纪50年代，请问，国民怎么抵制日货？

一夜之间，惨淡经营了几十年的国有企业被这股开放大潮冲决，一个刚刚在市场的浅水里没游出多远的集体企业，又怎么能幸免？正当关彦斌领着全厂职工开足马力将农膜棚膜产量达到历史最高峰时，突然，门庭冷落鞍马稀了，一向门庭若市、车水马龙的景象戛然而止，变得一片死寂！

800余万元的地膜一下子压在库里，像一块千钧巨石压在所有人的心头，随时都有窒息的危险。

这是怎么了？

黑龙江，祖国的北大门。东与朝鲜一江之隔，北与俄罗斯有数千公里的边防线。绥芬河、黑河两大口岸的放开，中国与俄罗斯的易货贸易出现了历史的高潮。中国的新鲜蔬菜与水果源源不断地运抵俄罗斯，甚或大量农民技术人员涌入广袤的远东地区，为其种菜。而以塑胶工业强国的俄罗斯的塑料地膜则以洪水荡涤平原之势，进入黑龙江腹地。

五常塑料厂严重告急，省内订户纷纷退货，省外订户纷纷爽约。当一己私利当先之际，诚信便会退避三舍。一向坐在家里便被客户包围、产品被抢购的日子一去不复返了。

人无千日好，花无百日红。再好的产品，在市场经济的海洋里，也会有沉浮与兴衰，就像人的生命一样。

五塑在叹息，五塑在战栗，五塑在流泪。

五塑，路在何方？

人们把目光纷纷落在关彦斌的身上。

"厂长，咱们的塑料怎么才能卖出去？"人们焦急的眼神之中，充满了询问。

他是五塑的主心骨，他是五塑的定海针，他是五塑的精神领袖。一个国家、一个家庭，当大难临头之际，方显主人镇定自若的沉稳与临危不惧的气度。

作为三军主帅，战阵骁勇自不待言，但是，制胜的首要似乎不在于勇，而在于稳定军心的镇定如恒。"为将之道，当先治心，泰山崩于前而色不变，麋鹿兴于左而目不瞬。然后可以制厉害，可以待敌。"当年敌机轰炸，毛泽东坐在坑道边看《楚辞》，炸弹溅起的尘土落在书上，毛泽东把尘土抖掉，继续饶有兴致地看起来，对盘旋的敌机视若无物。

关彦斌没有回答"怎样才能把塑料卖掉"，而是思考为什么卖不掉？怎样才能卖掉？生产什么能卖掉？

关彦斌自己静静地待在屋里"闭关"三天，静静地反思，静静地分析，静静地远望。

他知道，他的决策，将决定着五塑的生死存亡。

当他一身轻松地召集中层以上会议的时候，他的一个大胆设想让人们瞠目结舌：上新产品！上塑料编织袋！

此言一出，嘘声一片。

怎么越是卖不出去还越要生产呢？

塑料产品是不是已经成为夕阳产业？

继续上塑料产品是饮鸩止渴呢，还是作茧自缚？

业内业外，认同者寡。

被多数人理解的，就不叫战略。

只有被历史证明的，才是经得住推敲的战略。

因为，世上根本就没有人能预测未来。即便诺查·丹玛斯，也多了多少后人演绎的成分。

成功的案例，无论是暗渡陈仓，还是围魏救赵，或是背水一战，很少有人透辟悉知领导者的原旨。

即便是美人计，也无关是否英雄小丑之宏旨。只是，失败者非阴柔之器利也，乃意志不坚也。

上篇　时势造英雄

关彦斌想好的事，没有商量的余地，只有去做。对于一位孤独的演奏者，缺少高山流水的知音，并不使人感到惊奇。因为，卓尔不群的成功者毕竟寥若晨星。

当关彦斌提出新上塑料编织袋项目，申请500万元贷款之后，他要去找一个人。

一个能人。

在哈尔滨市动力区和平桥旁，曾经演绎过一段辉煌的行政区划变迁史，因为松花江地区的"首府"就坐落在这里。松花江地区是介于省县之间的行政区，始称专区，后改称地区。1958年专区设立之初，管辖的范围曾经北至伊春、绥化、明水、肇州等地。1967年正式更名为松花江地区，地区革委会驻哈尔滨。1969年迁往阿城县。1972年再迁哈尔滨。1979年改为松花江地区行政公署。1996年并入哈尔滨，以其支离破碎地湮灭于历史的深处，黯然神伤地完成了38年的历史使命。松花江作为哈尔滨城市千年流淌的血脉，这个具有魅力名字的区划的消亡，不能不令人扼腕长叹。

尽管松花江地区被哈尔滨人戏称为"山炮司令部"，但是，作为省政府的派出机构，尤其是在对所属各县的县域经济的发展，对哈尔滨的城市发展与供给，都起到了不可替代的作用。在这个机构里，可谓藏龙卧虎，大多数干部基本来源于周边各县，没有个三抓五挠，不可能进入这里当差。最大的动荡莫过于与哈尔滨即将合并的消息传出，在这里干了将近10年的还没有解决哈市户籍与住房的人们，惶惶然感觉大势已去。地区行署大门口的一家饭店毫不掩饰这种颓丧的心情，竟然贴出了极具挑拨神经的一副对联颇耐人寻味："天不管地不管酒馆；分也罢和也罢喝吧。"表现出行将瓦解之前的悲观与无奈。

关彦斌一大清早就在行署院里找到了经委副主任袁乐平。

袁乐平副主任不是经济系的高才生，然而却是松花江地区的经济权威，尤其是县域经济的"活地图"。这与他的坎坷经历有关。在"文化大革命"中风生水起的他，由"造反派"到被发配黄土高原，到落实政策回到家乡呼兰而进入工厂，后来一步步地走上领导岗位。只是，当一位领导提议要发展他加入中国共产党的时候，他说："有你这样的人在党内，我真的不会加入。"80年代中期，他在报刊上发表的论文《工业企业流动资金紧张的问题的症结与对策》，被副省长批示，引起全省金融系统的重视，成为分析全省金融形势与改进的理论依据。80年代末期的论文《工业企业流动资金核算科目设置应予改革》受到国家有关部门的重视，几年后，国家出台的有关资金核算科目设置方面的规定，与他论文中的观点基本一致。他的生活与履历，无不记载着这位经济天才的传奇人生和他桀骜不驯的书生傲气。其实，他的所有关于经济的才干，均是在实践中磨砺出来的。用他的话说："松花江所有的企业，没有没留下我的脚印的"。所以，对于区属企业，他完全可以"如数家珍"，这也绝非夸张。

  一个人的才能不在于他读了万卷书，而在于他走了万里路。

  袁乐平在人生的旅途上，走过的坎坷之路何止万里？

  小有名气之后，作为松花江工业方面的代表，袁乐平成为省政协常委，参加全省的参政议政。

  听到关彦斌谈起要新上塑料编织袋来挽救颓局，袁乐平马上眼睛一亮，他深深感到这是一步高棋。五常塑料厂的发展史，袁乐平是见证者也是参与者，关彦斌经营企业的非凡才能，袁乐平也是推崇备至。两人一拍即合，越谈越是投机，大有惺惺相惜之意。在争取500万元新项目贷款的问题上，袁乐平深感责无旁贷，极尽相帮之能事。也正是此次的诚挚交往，使袁乐平成为推动关彦斌事业发展的重要力量，成为后来葵花药业的元老，这均来自一种历史的机遇。

  关彦斌在哈尔滨与袁乐平定下新产品救市大计之后，就一头扎往深圳。

深圳，多少年来在华夏大国芥芥无名，只是属于宝安县的一个小渔村。正像井泾口与滑铁卢一样，即便当年只是一个村镇，其鹊起的声名，均与一个标志性的战役有关。当深圳突然被中国的一位伟人用红笔在地图上圈上以后，一夜之间的声名，就载入了中国经济与社会发展的史册之中。

因为这是中国经济与社会变迁的一个重要标志，没有那位伟人的南方之行，一个社会主义阵营中伟大而贫穷的中国仍然会继续挣扎于世界民族之林。因为，总路线、"大跃进"、人民公社，都没有解决温饱这一生存的基本问题。农村改革的成功，促使那位老人决心进行城市与工业体制的改革，走出一条具有中国特色的社会主义富强道路。

而关彦斌呢，每当遇到阻滞的时候，就会想到怎样才能接接改革的地气，换换清新的空气。

这难道是一种偶然吗？

当偶然寓于必然之中，关彦斌的深圳之行，仅仅是为了寻觅打开企业锈锁的金钥匙吗？

之于他的人生，是否也是一种历史的必然呢？尽管我们不相信宿命。每当他的事业出现转折的时候，他总愿意到深圳去寻找答案。毕竟，这里是中国改革开放的实验区，到这里寻觅治理企业的良方，当是一种明智之举。

在深圳，关彦斌听到了诸如春雷般撼人心魄的消息，尝到了春雨浸润心田般的滋味，一个关于塑料的信息令他心花怒放——五塑真的有救了。

这个新信息，就是当时在深圳风靡一时一直到今天仍风行市场的"改性塑料"。

改性塑料，是指在通用塑料和工程塑料的基础上，经过填充、共混、增强等方法加工，提高了阻燃性、强度、抗冲击性、韧性等方面的性能的塑料制品。通过改性的塑料部件不仅能够达到一些钢材的强度性能，还具有质轻、色彩丰富、易成型等一系列优点，因此"以塑代钢"的趋势在很多行业都显现出来，而要找出一种大规模替代塑料制品的材料几乎是不可能的。作为工程塑料中最大最重要的品种，具有很强的生命力，主要在于它改性后实现高性能化，其次是汽车、电器、电讯、电子、机械等产业自身对产品高性能的要求越来越强烈，相关产业飞速发展，促进了工程塑料高性能化的进程，使其扮演着越来越重要的角色。换句话说，如果塑料地膜、棚膜、啤酒箱子、塑料袋子这些产品算作公鸡的话，那么改性塑料就是塑料中的战斗机。

关彦斌最大的特点就是喜新厌旧。新，生命力强；旧，腐朽没落。太阳还是那个太阳，但每天都是新的。一个人能够成为一位企业家，如果不是每天都有迎接新的太阳的心境，是不可能实现这种质的飞跃的。

失去了追求新的变革的激情，精神的退缩必然导致行动的滑坡。深圳的太阳绝不是五常的太阳，或者哈尔滨的太阳。如是，为什么那位老人要把那个红圈画在深圳？

在深圳办厂！关彦斌感觉自己的想法近于匪夷所思，但又是那样的合情合理。思想的火花不是永不熄灭的火焰，只有转瞬即逝，但是，点燃的一定是如火的激情。世上有多少事情，都是在近于荒诞的情势下神奇地变为现实。

关键是看你敢不敢想。

改性塑料市场的大本营在珠江三角洲，而且炙手可热，且如火如荼。把工厂建在深圳，北可解除五常之围，南可构建进军广深之桥头堡，便于形成掎角之势，勇立不败之地，可谓一石三鸟。

将，在谋而不在勇。站在山头上俯瞰战阵，战局自然一清二楚。可惜，有多少将军找不到山头。

当关彦斌的战略思想与移师珠江的战术通过五常县委传到松

上篇 时势造英雄

花江地区行署时,听说要把上新产品的 500 万元贷款改到深圳建厂,主管工业的行署副专员一脸的不悦:"怎么,这么大的松花江和哈尔滨,还搁不下他关彦斌的一个工厂吗?"

这位副帅,眼中没有山头。

围魏救赵,中途搁浅。赵括的失败,在于纸上谈兵。我们的一些官员,在于无兵可谈。但是,扼杀的理由却是那样地充分:松花江的钱怎么能到深圳去花?

格局决定了疆界,思维限定了樊笼。光说这是一个春风不度的地方,寒冷的气候决定了僵化的程度,开化向晚定是一种必然。

善于斡旋的袁乐平开始斡旋:行不行还是去深圳看看,说不定会出现一线曙光呢!

袁乐平历来持阳光的心态,因为,他知道企业必须走出死局;甚或,他知道围魏救赵的故事。

当关彦斌再次南下为在深圳建厂奔走之际,黑龙江省委副书记马国良到松花江地区考察,闻听五常的塑料厂搞得不错,就莅临考察。五常县委书记高洪吉在汇报的时候,就把关彦斌试图到深圳办厂的想法向这位熟悉企业情况的书记披露了。马书记听后点点头竖起了拇指:"我赞成,到发达地区去,那里有成熟的路。看来,我还真得见见这位前卫的关彦斌厂长啊!"

看看这格局,副省和副地的见识竟然判若云泥,令人不能不感慨我们的吏治之缺陷。让不懂得经济的人抓经济,就是最大的浪费;让破坏经济的人抓经济,就是间接的犯罪。

当袁乐平带领的松花江地区考察团踏上深圳的热土后,他们马上意识到了关彦斌力排众议的理由。俯拾即是的商机,令人眼界洞开。不是我们眼睛小,是我们的眼界窄;不是我们的口袋瘪,是我们的胸襟狭。

500 万元能办企业吗?在五常是钱,在深圳是纸。

关彦斌悄悄告诉袁乐平,想在深圳借一只母鸡,借来的母鸡同样下蛋。等蛋多了，自己多买鸡，蛋就会越来越多。

袁乐平兴奋地一拍关彦斌的肩膀："划算！"

刘备卖草鞋的时候，没想当英雄。只有桃园结义之后，才去三顾茅庐。之于六出祁山、九伐中原的历史意义，皆无法与前两个故事相提并论。

当袁乐平返回哈市向行署副专员汇报此行考察组的"收获"时，对方只是淡淡地说："不去深圳办厂。"

权力，是历史的制动阀。集团利益、部门利益、个人利益当前，是绝不会踩下刹车的。反之，它不会轻易抬起它那高贵的大脚。

袁乐平的考察结论被驳回；高洪吉的请示报告被驳回；关彦斌的解释与说明被驳回。

关彦斌又开始"闭关"，在办公室里闭门谢客，苦苦思索对策。一个思想僵化、刚愎自用的环节，应该怎样才能打通？他也想到了"油锤灌顶"，但是，他筛遍了人脉中的所有名字，还没有比副专员官大的"油锤"。

这时，门慢慢开了一道缝儿，关彦斌知道这一定是关作章。因为关作章从没有敲门的习惯；换个人也不会在他闹心的时候出现。

"彦斌，告诉你一个大事儿，你没在家的时候，省委副书记马国良来咱们企业的时候，听说你要到深圳办厂，还特别表示赞赏呢！"关作章把当时的场面向关彦斌详细复述了一遍。

关彦斌一双厚厚的大手用力一拍："成了！"又使劲地拍在了关作章的肩头。

第二天早晨，关彦斌出现在了行署副专员的办公室里。

"专员，我们一次次地麻烦您，真的过意不去。"关彦斌谦恭地说。

副专员一边倒水，一边和蔼地说："都是工作，有事就说吧！还是想说去深圳办厂的事吗？"

关彦斌好像底气足了许多，因为在他的心中，有一柄重磅的"油锤"。

"专员，我们经过了缜密的考察和详细的分析，觉得要上改性塑料，就应该在深圳办厂，因为市场在那里；如果办在我们的家门口，就等于失去了市场。而我们在深圳办厂的初衷，主要是为了救活五常塑料厂，并没有转移的意思。至于风险……"

"叮零零……"桌上的电话铃声，打断了关彦斌的汇报。他的脸上，掠过了一丝得意而神秘的笑容。

"是吗？啊，这么重要的事呀？"副专员的脸上的肌肉在抖动，五常县委书记高洪吉在电话中把省委马国良副书记赞同去深圳办厂的意见一说，那位副专员马上尴尬地一笑："你们怎么不早说？！"

你们不说，我的拒绝有什么错？你们说了我不再拒绝，当然也不会错！

副专员大笔一挥：同意！

哈哈！有时候看似难以上青天的事，却简单得像一层薄薄的纸，一捅就破。

历史，长长地松了一口气。

1992年4月18日，关彦斌在深圳与香港的一家公司正式签约联合办厂，5月开始建设，10月开始投产。在深圳办厂，一定是深圳速度。4月签约，距离邓小平南方谈话仅仅二十几天的时间。

1992年3月26日，《深圳特区报》率先发表了《东方风来满眼春——邓小平同志在深圳纪实》的重大社论报道，集中阐述南方谈话的重要内容，其核心是坚定不移地贯彻执行党的"一个中心、两个基本点"的基本路线，集中走中国特色的社会主义道路，加快改革开放的步伐，集中精力把经济建设搞上去。第一次公开提到了"共同富裕""一百年不动摇"这样新颖与铿锵的词句。邓小平南方谈话的发表,标志着邓小平理论的形成和成熟,"南方谈话"及时深刻地回答了我国改革开放中"什么是社会主义,怎样建设社会主义"的重大问题,极大地解放了人们的思想和坚定了人们的社会主义信念,极大地推动了我国改革开放的进程,是建设有中国特色的社会主义道路上的又一座里程碑。成为继十一届三中全会以来的第二份宣言书,指引了中华民族沿着中国特色社会主义道路前进的正确航向。从此,一个快速发展的中国屹立于世界的东方。

10月18日,深圳常荣塑胶有限公司正式挂牌投产。关彦斌的步伐,始终踩着改革的鼓点。没有一位成功者,会游离于社会的发展之外。

这一天,正是中国共产党十四大闭幕的日子。

深圳的塑胶一炮走红,为广受产品积压困扰的五常塑料厂注入了血液与活力,在风雨飘摇之中站稳了脚跟,继而练硬了筋骨,在市场中纵横驰骋,很快成为黑龙江乃至东北三省的塑料棚膜的龙头老大。

1993年5月1日,深圳常荣塑胶有限公司开业

人们觉醒了。从此知道了关彦斌讲述的现代版"围魏救赵"的故事。

当战局处于胶着状态、战场的中心处于真空状态，要善于在边角寻找"活气"，才能实现"共活"，达到完美收官。

人们普遍感觉该松口气了。

然而，在关彦斌的人生词典里，从来就没有载入"松气"的词条。

第九章 谁是企业的主人？

20世纪90年代初期，中国经济体制改革的焦点就是生产资料与剩余价值应该归谁所有的问题。从计划经济到商品经济的过渡阶段，是一个犹抱琵琶半遮面的阶段。

农村改革的成功，在于利益归属的清楚表述："交够国家的，给够集体的，剩下都是自己的。"农民占有生产资料非常单一，无非几亩或几十亩土地。而随着国力的增强，为了反哺农业与农民，国家非但取消了缴纳几千年的皇粮国税，种田还给钱，使工业无产阶级的心头涌上了几丝嫉妒与羡慕，幻想着什么时候自己也拥有几颗螺丝疙瘩的主权。

在期盼与迷茫之中，一声雄浑的晨钟敲响了——中共十四大报告向全世界宣示，这个传统的社会主义国度，要彻底告别困扰了四十余年的经济体制。

关彦斌抱着十四大报告，在那字里行间搜寻着发展的信息，在那充满着改革的阳光雨露中，吸吮与享用着从未有过的幸福与喜悦。

"我国经济体制改革确定什么样的目标模式,是关系整个社会主义现代化建设全局的一个重大问题,其核心是正确认识和处理计划与市场的关系。"

"我国经济体制改革的目标是建立社会主义市场经济体制。我们要建立的社会主义市场经济体制,就是要使市场在社会主义国家宏观调控下对资源配置起基础性作用,使经济活动遵循价值规律的要求,适应供求关系的变化;要通过价格杠杆和竞争机制的功能,把资源配置到效益较好的环节中去,并给企业以压力和动力,实现优胜劣汰;要运用市场对各种经济信号反应比较灵敏的优点,促进生产和需求的及时调节。同时也要看到市场有其自身的弱点和消极方面,必须加强和改善国家对经济的宏观调控。"

"社会主义市场经济体制是同社会主义基本制度结合在一起的。在所有制结构上,以公有制包括全民所有制和集体所有制经济为主体,个体经济、私营经济、外资经济为补充,多种经济成分长期共同发展,不同经济成分还可以自愿实行多种形式的联合

1994年11月11日,庆祝五塑有限公司成立(改制)

经营。"

"国有企业、集体企业和其他企业都进入市场,通过平等竞争发挥国有企业的主导作用。在分配制度上,以按劳分配为主体,其他分配方式为补充,兼顾效率与公平。在宏观调控上,我们社会主义国家能够把人民的当前利益与长远利益、局部利益与整体利益结合起来,更好地发挥计划和市场两种手段的长处。"

改革的方式方法,如醍醐灌顶,在迷蒙的海面点亮了一座灯塔。一片改革的宏图,如海面的旭日,在关彦斌的心头冉冉升起。

天亮了。

绚烂的曙色,染红了半边天,周围还镶着金色的光晕。晨风,吹拂着塞外的大地,北国的春天,终于来了。

谁是企业的主人?这个困扰了人们多少年的疑问,答案终于揭晓。

关彦斌从来也没有这么高兴过。凭着他的聪慧与敏感,他强烈地感觉到,党的十四大释放出的最强信号就是产权要明晰,就是说,要把企业归还给它的主人。尤其是关于市场经济是姓"社"还是姓"资"的问题,"计划经济不等于社会主义,资本主义也有计划;市场经济不等于资本主义,社会主义也有市场。计划和市场都是经济手段,计划多一点,还是市场多一点,不是社会主义和资本主义的本质区别。"伟人的伟大,在于开辟了具有中国特色的社会主义道路,使中国逐步走向强盛。

五常和深圳两个塑料厂的成功,在于抓住了历史机遇。但是,企业的经营机制与企业的活力,在市场经济中保持强有力的竞争机制,必须建立现代企业制度。企业就像一条船,只有所有职工同舟共济、生死与共,才能在市场经济的海洋扬帆远航。怎么才能把所有人都绑在一个战车上?只有改变体制!

说得再明白一点,就是谁应该是企业的主人?或者说得再明白一点,就是企业的生产资料应该归谁所有。

这是否会改变企业的属性呢？

1956年，国家进行了企业的产权改造，国家要没收"帝国主义、封建主义、官僚资本主义"的资产，把所有资本主义的企业实行"社会主义改造"，变成了"公私合营"。对资本主义的私股的赎买改行"定息制度"，统一规定年息五厘。生产资料由国家统一调配使用，资本家除定息外，不再以其身份行使职权，并在劳动中逐渐改造为自食其力的劳动者。1966年9月，定息年限期满，公私合营企业最终转变成为社会主义全民所有制。

如今，企业的归属出现模糊概念。像关彦斌带领着几十人发展到数百人的两个塑料企业，国家基本没有投入，集体投入的所有生产资料，归还银行的贷款，以及产品销售，全部自己的梦自己圆，一切的痛苦与为难全部由自己承受。

十四大，是中国正式走向市场经济的伟大里程碑，将永远载入中华民族伟大复兴的史册。

产权制度改革，就是要改革那些产权不清、经营机制不灵活、管理落后的企业，具体的改革措施就是实行公司制的改革，建立现代企业制度，即法人治理结构。

1994年初春，冰雪消融。自然法则周而复始，一阵阵暖风传递着春的讯息。

一个思忖已久的设想，在关彦斌的胸中逐渐成熟。产权制度改革，关乎企业的发展与生死存亡，决不能等闲视之。塑料厂的体制虽然是大集体，但是也是属于"国有"，严重地约束着它的创造力，如果不挣脱这个枷锁，生存与发展仍然是镜花水月。不改制，无异于慢性自杀。关彦斌深深懂得这个道理，他对这个体制仿佛有着天然的洞悉力。他多次与县委副书记张权和县经委主任赵杰沟通，陈说利害，取得了两位的大力支持。

关彦斌带上关作章，跑到松花江地区行署，又跑到双城和阿城，再回到哈尔滨，终于追上了进行产权制度改革调研的经委副主任袁乐平。每逢重大的决策与转折，关彦斌都会问计于袁乐平。因为，袁乐平对企业与政策的把握是全地区的绝对权威。

"彦斌，有事吗？"袁乐平脸上挂着标志性的笑容，仿佛每天都是那样的开心。

"何止是有事，是有非常重要的事。主要是找你探讨探讨企业改制的事。"关彦斌急迫的心情溢于言表。

"不是探讨吧？是不是马上想干哪？"鉴貌辨色，袁乐平一句便说到了关彦斌的心里。

"是呀，只是不得要领。"关彦斌试探着说。

"事实上很简单，上边有精神，下边有意愿，这是两相情愿的事。"袁乐平深入浅出。

"那么，我就来求你，请把我们企业划入首批试点；再尽快帮助我们搞个企业改制工作方案吧！"关彦斌急不可耐。

袁乐平知道，关彦斌想干的事，便是急如星火、雷厉风行，认准的事从不拖泥带水。看来，这位企业的"参谋长"这回得当一次"秘书长"了。

"那就把作章留下，给你打下手。"关彦斌给袁乐平留下关作章，跑回企业做股份制改造的准备去了。

袁乐平果然是信人，几天之后，他率领的地区股份制改造领导小组进驻五常市。就像一股清新的风，吹进了这座渴望改变命运的塞外城廓。

这是在五常第一个转制的企业，经过两个多月的紧锣密鼓的预演，一个全新的企业试图脱胎换骨。

但是，世事难测，人心难料，在"股东"的问题上人们认识不足，不知道干得好好的，关彦斌起什么"高调"？再说，股东的股金怎么筹措？

"大姐，愁什么呢？"关彦斌微笑着问吴淑华。吴淑华，塑料厂的元老，1986年塑料厂成立之初，便来到工厂当会计，精通国家各项财务政策，为企业的发展立下了汗马功劳。企业改制，不少人唯她马首是瞻。只要是打通了她的思想，就会影响一大片。

"愁股金呢呗！"吴淑华满面愁容。

"别愁，我借给你两万元，但是得保密……"关彦斌笑着说，"都来找我借，我可没有那么多……"

吴淑华大喜过望，多少天的愁容一下变成了笑容。从对股份制"有想法"到变成了企业改制的带头人。

至今，每当提起改制那一幕，吴淑华还为当年关彦斌慷慨解囊使她成为股东而感念不已。正是这次解囊相助，换来了32年追随。在后来的药厂改制、GMP认证、谋划上市，吴淑华都是谋划者与参与者，一直忙到深圳上市敲钟，才从副总裁的岗位上退下来，是葵花发展路上的忠诚履行者与见证者。

星星还是那颗星星，月亮也还是那个月亮。企业的规模、人员、产品什么都没变，只是变了一块牌子：原来的"五常塑料厂"变成了"五常塑料股份有限公司"；关彦斌由"厂长"变成了"董

外国商人也经常来谈生意

事长兼总经理"。这看似一种物理变化，实则不然，这是一帧恢宏壮美的画卷。

人们的腰杆明显挺直了，这是自己的企业了。把资产量化到每个人的头上，责任就落到每个人的身上。

历史，没有必要羞答答地偷情，干脆明媒正娶算了。

把企业还给主人，完成了一次国有资产的最大救赎。

这是一次历史的嬗变，化蝶，需要痛苦的过程。就像分娩一样，痛苦过后就是无边的幸福。而成长，则需要经历千辛万苦。回首前尘，当年多少改制的企业，现在早已"一片汪洋都不见，知向谁边"？

不是好的体制就能挽救所有企业的生命。因为，谋事在人，成事也在人。

多情自古
伤离别

第十章 多情自古伤离别

中国的老百姓崇尚讲义气，尤其是东北人常以豪爽而自诩。然而，中国的所有的义气凝炼于一炉，也莫过桃园结义的久远与受众。无论是陈寿还是罗贯中，对于关羽，皆将之奉为忠义之化身。他之所以被民间神话，永远立于庙堂而饱受香火，为后世江湖游子、金兰之交所仰拜，皆源于两位大家书写的一个个感人肺腑、荡气回肠的故事。要知道，中国的老百姓也不是谁都任意参拜的。

当年刘皇叔的三分天下，是一个个任人唯贤的故事累积而成，是知人善任的结果。而高山流水之所以千年不朽，实为感慨人生知音难遇也。

古今英雄，不可无股肱。

"袁乐平下海了！"

"袁乐平下海了？"

"袁乐平下海了？！"

1996年的春雷，裹挟着一个震惊人心的消息，在松花江的工业圈里迅速传播、发酵。

　　松花江地区工业会议即将召开，关彦斌的发言，在会上是重头戏，他要向与会代表报告南北互补、共创繁荣的壮阔与波澜。早一天，他来到哈尔滨，想见见两个多月没有见面的袁乐平。一是多日不见，二是也让他提前分享一下胜利的喜悦。往来于五常与深圳之间，老朋友之间，疏隔总是难免的；但是，内心中相互牵挂的纽带，从来也没有崩断过。

　　这就是真正的朋友。

　　他在袁乐平的办公室的铁锁前和人们异样的眼神中察觉出，可能是意想不到的事情发生了。

　　果然，人们冷冷的口吻证明了他的预感与猜测：

　　"没当上一把手，和领导闹别扭，调走了！"

　　"老袁吗？退休了！"

　　"老袁吗？听说下海发财去了！"

　　这个消息，让人将信将疑。

　　然而，揶揄的神情和冷漠的回答，符合人情的冷暖和炎凉的世态。

　　这些说法，令人生疑。

　　疑点不在于袁乐平有没有经商之才，而在于一位46岁的副处级干部、工业系统的干将、省政协常委，多年与上下级和谐相处，精通业务无有出其右者，尽管不是中共党员，但也是非党后备干部，怎么可能毅然退职离岗，告别了曾浸润心血与汗水的工业战线，委身屈下于一个与工业毫无瓜葛的房地产公司？

　　这到底是为什么？

　　这社会到底怎么了？

　　在哈尔滨市道里区通达街建国公园附近，关彦斌走街串巷，料峭的寒风不能阻止他寻亲的脚步，到处打听一个在哈尔滨也就是二流的房地产公司。东打听西问、七拐八拐了半天，关彦斌终于在一座小楼里，找到了久违的袁乐平。从门口挂着的"副总经理"的牌子上，关彦斌终于相信袁乐平真的下海了！

两双大手紧紧地握在一起，两双眼睛紧紧地盯着对方，好像素昧平生，又好似久别重逢。

仅仅两个多月的时间，为什么仿佛过了二十年？

在关彦斌的眼中，闪动的复杂表情，虽然转瞬即逝，但却令袁乐平动容。往日，关彦斌求袁乐平的时候多，因为他太需要帮助了。他的工厂，他的职工，他的产品，他的贷款，他的改制……这一切一切，袁乐平可以如数家珍，可以叫出班子和若干中层干部的名字。同吃同住，同悲同喜，同甘共苦，同舟共济，他是五塑和常荣的设计者、襄助者与建设者，堪称两个企业的功臣。可是，如今，这一切仿佛离袁乐平愈来愈远，遥远得恍如隔世。一种莫名的失落袭上关彦斌的心头，只见他的表情逐渐庄重起来，一字一板地问："袁大哥，你为啥下来的？你下来为啥不告诉我？"这声音近于哽咽。

袁乐平经常为关彦斌出谋划策

上篇 时势造英雄

这两个"为啥",让袁乐平如鲠在喉,但却欲言又止。

这里面包含了太多的内容:牵挂、埋怨、不解、怜惜、期冀,五味杂陈,心旌摇荡。

对于这两问,袁乐平可以如实相告,可以推心置腹,也可以彻夜长谈。但是,当时他却一句话也说不出来。这里的隐情、隐衷、隐痛,真的不是只言片语能说得清的。

由于袁乐平人脉比较广,经过朋友搭桥,"退休"半个月之后,便来到了眼前这家房地产公司。

这家公司非常器重袁乐平的才能,工资待遇是原来在机关的好几倍,并给了三室一厅的楼房。多年没有解决的住房问题,无非谈笑之间,便轻而易举地解决了。

"人嘛,总应该有骨气!"袁乐平一边讲述着这两个多月来发生的故事,一边愤愤不平,一边为自己的行为正名。

"这不,房子还没来得及装修呢。"袁乐平从写字台的抽屉里摸出一串钥匙,一脸满足的神色。

关彦斌静静地听完,长长地出了一口气,然后试探着说:"袁大哥。"他从今天开始,就把"袁主任"变成了"袁大哥",因为,他觉得这个称谓既亲切也合理。"袁大哥,你干了大半辈子工业,现在虎了巴地干上了房地产,你不觉得生疏和别扭吗?"

"咳,隔行不隔理吧?"袁乐平寻找借口。

"嗨,隔行如隔山哪!"关彦斌直戳痛处。

一片沉默。

两颗心并未沉默。

这一句发自肺腑的话,使袁乐平仿佛听出了弦外有音。要知道,多年的交往,一颦一笑、举手投足之间,皆会产生相知的感应。但是,无论怎样辉煌的历史,毕竟已经成为过去的岁月。

往事,是用来追忆的。

"袁大哥,那你就不想回工业干了吗?"关彦斌单刀直入。

"想过，但哪有合适的机会呀！"袁乐平喃喃地说。既是回答关彦斌，也仿佛反问自己。

"那就上我那儿去干吧，我那儿需要你！"关彦斌盯着袁乐平的眼睛，斩钉截铁地说。

"不行，不行，我和人家签了五年的工作合同呢！"袁乐平两手一摊，做无可奈何状。

"嗨，合同？撕了不就完了？"关彦斌拳头两下一分，做撕扯状。

"毁约是要受罚的，再说，我才刚刚来半个月呀！"袁乐平额头上沁出了汗珠。

"袁大哥，你来我这干吧！毁约造成的所有损失由我来处理；你的所有待遇只能比这儿高不能比这儿低！"关彦斌的口吻，没有商量的余地。仿佛，袁乐平已经属于他们公司。

沉默，煎熬着两颗期待的心。

真诚，检验着友情的真伪。

"人生若只如初见，何事秋风悲画扇。"故人之心到底变没变？在考量使用价值之际，尤其是处在商品经济时代，患得患失也是特别正常的。之于关彦斌，对于人才可说如饥似渴。袁乐平，一位几十年的工业通，数度工业改革的见证者与参与者，全区的翘楚，多年的默契配合，实在是企业发展的上上之选。关彦斌志在必得。

而袁乐平，他需要做出抉择。关彦斌的胆识与魄力、果敢与刚毅、豪爽与豁达、对待朋友的古道热肠，都是他非常钦敬的；五常和深圳两个企业的发展潜力与前景，他也是非常肯定的；为了朋友的事业，竭尽全力地襄助也是天经地义的。况且，那浸润了他几十年心血的工业战线，真的是他遨游的海洋，实在是一种巨大的诱惑。但是，撕毁合同不就意味着撕毁信义吗？

看着袁乐平脸上变幻不定的表情，关彦斌深深理解袁乐平的

上篇　时势造英雄

难处。俗话说"人各有志，不能强勉"，对于袁乐平绝对不是不愿意解友之难，拂了盛情聘请之意，实在处于难违信义的两难境地。

看来，他需要时间。

"那样吧，你把公司现在交给你的任务处理一下，我回去等你。如果必要，我可以找你们的领导去谈。"关彦斌的诚意不可动摇，留下这几句话，回去等了。

其间，关彦斌访房地产公司，以坚袁乐平之志。

当袁乐平向房地产公司老总请辞的时候，那位老板十分惊诧：难道我们公司的待遇不好吗？而当袁乐平讲起与关彦斌的友情，与五常塑料厂、深圳常荣的感情，以及关彦斌着实无法推却，老板思索有顷，一声长叹："看来，关彦斌更适合您啊！"

留人留不住心，与离去何异？不是袁乐平起了异心，而是关彦斌真诚的惜才之意。

当袁乐平告别房地产老总之时，他把一次没有用过的房门钥匙交了出来。然而，老板却坚决不收："说好了房子是给您的，就是在我们公司干了一天，这房子我也不能收！"

第二天，袁乐平把房门钥匙连同一封短信，装在信封里，让儿子送回公司交给房地产老板："无功不受禄，原房奉还；愧不能为公司效力，实为平生憾事也……"

封金挂印无所动，去留肝胆两昆仑。一只脚不能踩两只船，投靠企业首先应懂得忠诚的分量。

天生我材必有用，人间不乏识玉人。一个"退休"的"老头儿"，被几家争着抢着，在今天看来，似乎不可思议，或多或少有些矫情的成分在内。殊不知，那是二十几年前啊！昔日徐元直走马荐诸葛曾预言，卧龙、凤雏得一人可安天下。先帝然之，果创六出祁山、九伐中原之伟业。尽管功亏一篑，当"蜀中无大将，廖化做先锋"的局面形成之时，再去招聘人才还来得及吗？刘禅的昏庸无能，岂能再有五虎上将？作为民营企业的老板，挖走了袁乐平，企业兴旺了。

人才，是民族的脊梁。一个没有人才的企业，永远会沦为手工作坊；一个鄙弃人才的单位，终究会被人兼并。

一个人被抽走了脊梁，唯余血肉而已；一个民族没有精英，必为外夷所侵。此乃千古铁律，已为历史悲剧无数次验证。

春雨贵如油。

淅淅沥沥的细雨，滋润着刚刚缓过神儿来的大地，冰凌流过山溪叮咚作响，仿若高山流水的余音缭绕。人生流年有限，感叹知音难逢。矢志不移的琴心剑胆，总归为了一个"义"字。当关彦斌夫妇来到袁乐平家，把20万元现金捧到他的眼前时："袁大哥，企业现在实力还不强，这点钱实在拿不出手，你先买个房子住着，等以后公司好了再说；你的工资每个月先发5 000元……"

这该不是做梦吧？袁乐平在松花江工作14年，他听说过20万元，也见过20万元，然而，都不属于他。每个月只有600多元工资，得多少年才能挣来呢？住房，是压在每个人心头的一座大山，可是，就是这样如梦如幻地变为了现实！这，怎能不令他感激涕零！

对人才的奖赏，就是对江山的巩固。任何一个企业的灭失，均来自人才的凋零。

关彦斌请来的袁乐平，第一次出山不是火烧新野，而是处理常兴泰与香港的纠纷。

袁乐平到了深圳，身份是公司的副总，事实是关彦斌的全权代表，代表关彦斌来处理常荣与香港公司的经济合作纠纷。这是一桩非常棘手也非常离奇的纠纷案。常荣有着非常独特的经营方式，同样都是50%的股份，原料采购与结算却由香港公司大包大揽、一手遮天。常荣只是负责采购、生产、销售，香港公司收款。但是，收来收去，所有的收入都进了香港公司的囊中。至于

1992年"五一",关彦斌荣获黑龙江省首批企业家称号

盈利多少，常荣则一无所知。

利用四个月时间，袁乐平抽丝剥茧般地快刀斩乱麻，或者说斩断了一条藕断丝连的情丝。当情感与事业不再纠葛在一起，纷乱的思绪就将摆脱沉重的翅膀，一切将变得轻松自如。四年的旧债，袁乐平仅用了四个月，就使香港公司退出了股份，深圳常荣塑胶有限公司成了五常塑料有限公司的独资企业。当关彦斌再次来到深圳，看到常荣的机器轻松转动之后，完全没有被笼罩在别人的卵翼之下的感觉，他深深地吸了一口气，仿佛卸掉了一副沉重的负担，仿佛去了一块心病。

心病得需心药医，但是，情感的创伤将无药可医。只会留下一块永久的疤痕，留给未来的回忆。

如果说袁乐平是关彦斌在创业的路上请来的一位"实战派"的话，那么，谁是他请来的第一位"学院派"？

在关彦斌半生的创业历程中，使他感到最难堪的，莫过于缺乏资金之时向人家求借。男人最不愿意的事、最羞于开口的，莫过于此。但是，经商怎能绕过缺钱的关口？

与其借钱，莫若借几个能人，化作财富。

当年五常县有一个"集资办"，是修建"哈五路"时的一个临时机构，人员来自财政、交通等部门。关彦斌每逢资金周转不开时，就得求助于县里的一些领导。但是，多数时候，县领导也爱莫能助，因为，这是一个"吃饭财政"，有时候经常"断炊"。但是，县领导给他出个主意，可以到"集资办"临时"串"点钱，因为那里掌管着几千万的筑路资金。和这里经常打交道，就发现了这里边的一个"独特"的年轻人。

他叫刘天威，27岁。说他独特，是说他有独特的身份。出身于徽钦二帝被囚禁的五国头城依兰，毕业于哈尔滨建筑工程学院，以其优异的成绩考取了五常的公务员，在财政局工作，临时抽调集资办当会计。说他独特，是说他有独特的个性，敢于拿青春豪赌的个性。在五常工作那几年，关彦斌的名字如雷贯耳，通过几次交往，两人便产生了惺惺相惜之意。有一天，听说关彦斌要招聘一位总经理助理，他便慨然应聘。

笔试就免了吧，人家可是大学毕业又考上公务员的人物。

此举令关彦斌异常惊愕，因为这件事本身就够惊世骇俗了。他仔细地审视眼前这位年轻人，仿佛再现自己当年走出机关的壮举。这家伙能不能是年轻人不谙世事、一时头脑发热？

于是，关彦斌一边相劝，一边试探："天威，你和我当年不同，你是大学毕业生，又是考上的公务员，捧的是铁饭碗，一旦来到我们这个已经改制的大集体股份制企业，那可是意味着退却了多少光环？"

"所谓的'光环'是何等的虚幻？人生为何不趁着青春豪赌？关总，难道您当年的壮举不足以唤醒在机关饱食终日、浪费青春时光的年轻人吗？"刘天威的对答带着一股英气与诗意，不能不令关彦斌刮目相看。

"那样吧，你先来公司，别办关系。用三个月时间试试看，一旦不行，还有退路。"关彦斌不是不相信刘天威，而实在是替他着想，替他的人生着想。

"我倒真想尽快地把关系办了，也好切断退路；但是，既然关总如此关照，那就恭敬不如从命……"刘天威感念这股兄长般的暖意。

可是，当刘天威来到公司"上任"之后，却发现关彦斌"食言"了，根本不是让他当"总经理助理"，而是让他当一个"销售员"。

看着红头涨脸的刘天威，关彦斌淡淡一笑："天威，我们公司起家在于销售，看一个人的真本事，就看看他能不能把产品卖出去。你在销售上一窍不通，请问，你怎么给我当'助理'？你用什么来'助'我？你用什么来'理'我？"

刘天威、关彦斌、杨阳研究销售策略

刘天威一怔，稍加思索，即便释然。虽然自己应聘的是"总经理助理"，但到企业寸功未立，确实受之有愧；而关彦斌说的也确是实情，一尺塑料没卖，一次市场没走，怎么能当好这个"助理"？但他也必须将关彦斌一军："关总，您说的我认同，当一个销售员似乎没什么了不起。至于什么级别之类，我从想扔掉铁饭碗的那天起，就彻底割舍掉了这个念头。因为，如果是想当官，我不可能舍弃所有的荣耀，来到一个民营企业，只是认准了您一个人。我虽然很穷，但是骨气还是有的。至于级别和工资我没什么要求，只请求您把您认为最具潜力但又没做起来的市场给我！但是，我唯一的一个条件是，和您直接对话！"

关彦斌再次审视了刘天威良久，吐出了两个字："可以！"

刘天威被委以"科级销售员"，工资暂定月720元（待有了业绩之后再调整），被委派到关彦斌觊觎已久而不得、始终也没做起来的河北市场，因为东北三省已经没有硬骨头好啃了。河北市场几次都没有攻克，成了南下的一块梗阻。

是骡子是马，拉出来遛遛。

刘天威带着一种复杂的情绪直奔燕赵大地，那是怎样的一种感受呢？说来倒有些像林冲初上梁山，去取"投名状"的心境。而从不服输的刘天威，在关彦斌委任的"科级销售员"的"试用期"，只身南下，既有踌躇满志的豪迈，亦有不为重用或信任的羞辱。都说不见兔子不撒鹰，到底是鹰还是麻雀还两说着呢！

关彦斌用人从不听谁怎样说自己有多厉害，总是要亲眼见到谁有多厉害。

燕赵大地就是古之易水，刘天威此行更多的赋予了悲壮的色彩，沿着荆轲当年走过的路前行，作为唯有自尊不可以侵犯的刘天威，心里只有一个念头：不成功则成仁！

滦县，古为滦州，地处河北北部、滦河之西，历来为兵家必争之地。"老马识途"的典故与"杨三姐告状"的故事，皆出于此。刘天威之所以奔到这里，是因为五常塑料厂有四位销售大员关彦君、张静涛、那矛、郝德文正在此地攻坚。之所以锁定此地，是因为有亲属在滦县建委当党委书记。县里有人好办事，所以，几位销售大员一头扎在这里。

作为"实习销售员"，刘天威在里屋听着几位销售大员和滦县供销社主任、林业局局长、生产资料公司经理谈判，越听越着急，他奇怪的是，这几位大员为什么就是不往"正题"上唠？眼看对方已经极不耐烦，谈判就要泡汤，刘天威从里屋杀了出来，以"销售总经理助理"的身份坐在了谈判桌旁。他的谈判议题简单明了：一、我们企业的优势是什么；二、我们的产品优势是什么；三、能给对方带来的利益是什么。尤其是第三点，刘天威详尽地为他们算了一笔账，这一算，算出了可以给对方的县里以及农民带来不可估量的利益。就这三点，令对方几位实权派兴趣大增。晚上，主管农业的李副县长宴请五常塑料厂的"副总"以及销售大员们。李副县长当场拍板，订货40万元！刘天威一看县长高兴了，马上乘胜追击："李县长，明天把您的小车借我用一天可以吗？我要跑一趟乐亭、丰南。"李副县长满口应承，他打心里佩服这位"总助"的口才与魄力。乐亭、丰南一行，又订货60万元。正在他志得意满给自己放假一天游览唐山凤凰山和地震纪念馆的时候，接到郝德文的求救告急电话：在昌黎推广地膜遇阻，生产资料公司老总在里屋睡觉，根本不接待他！一筹莫展的郝德文，向刘天威哭诉被冷遇的情景。刘天威火速赶往昌黎，"啪啪啪"一阵猛拍生产资料公司曹总办公室的房门！

"怎么着，不是告诉他们在外屋吗？"被巨大的砸门声惊醒的曹总睡眼惺忪，嘴里不干不净地嘟囔着，一脸不屑地从套间里走出来。听说来推销地膜的敢于不等他睡够就拍门，厉声喝问手下是怎么搞的。曹总在当地谁都知道不是好惹的主儿，黑白两道左右逢源。

刘天威年少气盛，词锋咄咄逼人："曹总，实在对不起，没让你在工作时间睡好觉。一个人不怕有气，就怕无理。再大的官也不打送礼的，我们来给你们'送礼'，你竟然把客人拒之门外，是不是不合适啊？"

"请坐，对不起，我有上班睡觉的习惯。不知你们想给我们怎么'送礼'呀？"曹总上班睡觉本就理亏，加之被天威的气势所夺，于是讪讪地解嘲。

刘天威把在滦县、丰南、乐亭的故伎重演，帮着老总算了一笔收入账，公司能赚多少、农民能赚多少，并且告诉他滦县的副县长都出来请他们吃饭，还订了他们的货，言外之意是卖东西的也是有身份的人，不能瞧不起人，更主要的这是一笔送上门来的赚钱买卖，你一个生资公司的"总"，还比县长大吗？是不是得搂着点儿，总不能狗咬吕洞宾吧？

刘天威的主动出击十分奏效，曹总终于露出了笑脸，"嘿嘿"地笑着，以弥补对来"送礼"者的不敬。

昌黎的市场被刘天威强力打开，居然订货 80 万元！

一周之后，关彦斌接到刘天威打来的电话："关总，河北要三车货，货款 180 万！您敢发货吗？"

"签了合同没有？"

"签了。"

"发！"

其实，信任就是这么简单。简单得只有几个字，甚至心照不宣。关彦斌相信刘天威，他没有看错人。一个企业之所以发达，是因为状如四梁八柱的能人在支撑着王国的大厦。人才移动飘零，再坚固的大厦也难以稳定。

刘天威的特点是善于思索，善于找到解决问题的门径。为了杜绝呆死账，曾经创造了抵押供货无风险销售的变革。他是关彦斌的"消防队员"，辽宁黑山发生了韩氏叔侄携款潜逃案，关彦斌急调刘天威进驻辽西，任辽宁地区经理，这是关彦斌对刘天威的第一次正式任命。为了不辱使命，尽早扭转败局，把损失减少到最低程度，刘天威风餐露宿，一头扎到农户里。只有真正了解用户的需求，才能做到雪中送炭、大宗销售自己的产品。走锦州，越新民，下黑山，走遍了 18 个乡镇的村村屯屯，40 天磨坏了两双皮鞋，为了农户的需求，他到各户去给量尺定做，按照需求的尺寸来生产，曾经在总经理办公会上被诘问"有没有成本意识"。但是，你可以节约成本，没人买你的货，该是多大的浪费？而定尺生产，其实正是为了节约成本。关彦斌支持他，在农户田地和棚室里亲手量出来的数据，是最有说服力的。销售，就是为了满足需求。在新民县，一次"定尺销售"资金高达 400 万元，创了公司的历史记录。刘天威在沈阳开了全公司第一个销售订货大会，使辽宁市场由此旺销，产品美誉度持久不败。转年 6 月，刘天威被关彦斌正式任命为"总经理助理"，正是他进入公司的一年之后。

关彦斌没有食言，当然是在检验了刘天威的能力之后。有为才有位，为自己的位置怨天尤人的人，就是能力没有征服总经理。难道，一个老总还没有掂量出下属的半斤八两的能力吗？

刘天威如鱼得水，制造出了更大的动静，策划了"常兴与绿色同在"的全国性宣传销售活动，打出绿色品牌，产品行销全国。后来，葵花药业成立之后，他仍是销售悍将。曾经"空降"江苏，也曾驰援广东。第一年销售283万元，第二年的销售任务就是1 000万元，一下子就翻了几番！到底是鞭打快牛呢，是检验勇气与能量呢，还是要使他急流勇退呢？这些都限于当时的气候与人事问题，同室操戈也不足为奇。而他却神话般地完成了1 223万元，创造了葵花药业史上之最，在众多销售大员之中脱颖而出，打了98分，从而成为葵花的排头兵，成为关彦斌的勇悍销售先锋。

刘天威，是关彦斌请来的第一个名牌大学生。

关彦斌请来的另一个人就是他们曾无数次共同登上领奖台，被千千万万人青睐过、羡慕过、赞赏过的五常国营制药有限公司董事长——于树春。

于树春失踪了！

于树春辞职了！

于树春回老家了！

一条条爆炸性新闻震惊五常，让人无法置信。

于树春执意要离开五常，原因是家里被扔进了一颗炸弹！

曾几何时，五常制药厂辉煌得像天上的启明星，可与日月同辉。在五常县的工业史上，没有一家企业能超过制药厂对县里财政的贡献。

能够让五常制药厂在松花江地区、黑龙江省乃至全国驰名的不是于树春，而是于树春潜心研究的葵花牌护肝片。1985年获得国家银质奖章（金奖空缺），成为中国中药的无冕之王。1990年国家药品质量奖项复评，护肝片仍然获得银奖（金奖空缺），稳坐头把交椅，牢牢居于霸主地位。这个品种，曾经创造了肝病治疗药品单品种全国第一的纪录。

这是于树春的成名作，也是他的代表作，1989年被评为全国劳动模范，1990年获得全国"五一劳动奖章"，1992年获得国家制药专家称号，享受国务院津贴。就是这样一位为五常做出重大贡献的人物，为何要辞去五常药厂董事长的职务，回到阔别三十年的老家吉林？

当关彦斌一大早来到于树春家，眼前的一幕令他十分伤感：打好的大包小卷正往车上装，运往火车站发货；屋里屋外空荡荡、乱糟糟的，清锅冷灶一副散伙的模样。

"树春大哥，你为啥要走呀？"当关彦斌紧紧握住于树春的双手的时候，这位风尘硬汉两行热泪滚滚而下。都说男儿有泪不轻弹，看来他真的是到了伤心之处。

1966年，吉林医学院药用植物系毕业的高才生于树春，怀着一腔建设边疆的激情，背着行李，离开家乡只身来到黑龙江省五常县。30年的艰苦岁月，将青春与汗水挥洒在了这座北疆的城市，把五味子与茵陈的配伍发挥到了极致，使成千上万的肝病患者获得了新生，为五常创造了物质财富与精神财富。护肝片的成分载入《中华人民共和国药典》，为国家做出了重大的贡献。然而，一颗炸弹炸伤了他的赤子情感，炸碎了那颗报效第二故乡的忠心。

去年刚入冬一个月黑风高的深夜，劳碌了一天的于树春刚刚躺在床上，忽然"哗啦""轰隆"两声巨响，震得他弹簧般地从床上跳到地上。玻璃坏了一个大洞，嗖嗖往屋里灌着冷风，客厅地上的瓷砖碎裂，顶棚的吊灯也震得掉到了地上，摔得粉碎，屋内一片狼藉，浓烈的硝烟呛得人喘不上气来。经过公安部门验证，是有人投进了一枚自制炸弹。

这是明目张胆的威胁，也是对于树春的报复。于树春心里非常清楚，厂里一些人把持多年的原料采购渠道被他堵死了，这就等于断了人家的财路。明知道是这帮家伙干的，但是又没有证据。

于树春不敢在家里住了，也不敢在五常住了，领着老婆孩子住进哈尔滨的宾馆。

于是，有人说于树春失踪了。

有人说于树春辞职了。

有人说于树春回老家了。

县里的领导们熟视无睹，有关部门漠然置之，公安部门查来查去，竟然把案子悬了起来。

迫于重重压力，于树春万念俱灰，他决定辞职归乡，只求过上安生的日子。

一位曾经把青春奉献给了五常的高级知识分子，一位曾经登上科研高峰的制药专家，一位曾经获得共和国最高荣誉的企业家，竟然被他付出青春与汗水的地方弃若敝履，这个社会到底怎么了？五常县到底怎么了？

1994年4月29日，关彦斌与于树春

与其说是经济环境，倒不如说是政治环境。在一个县城的一亩三分地上，在手眼通天的官场上，这样一个非常明显的案子破不了不算，一个优秀人才被逼出走，而且竟然能通得过，欣然放行，怎能不令人生出一番感慨与愤懑？就是这样的政治气候，还整天喋喋不休地喊着招商引资，喊出创造良好的经济发展环境。连自己的企业家都被逼走了，还能引来什么样的企业家，能适应这种恶劣的环境？

只有鬼才相信！

"那你回吉林打算干什么？"关彦斌眼圈发红，他不知道于树春的今天，是否就是他的明天。鸟尽弓藏、兔死狗烹的故事，随时都可能发生！

于树春声音颤抖着说："家乡的制药厂等我回去呢，放心吧！"得知于树春无法在五常继续干下去的消息后，于树春家乡吉林市的一个制药厂很高兴，给他留出了技术副厂长的位子。是金子，到哪儿都发光。

当然没有人能意料到，工业战线上的两员干将，竟然是在这种悲壮的气氛中洒泪而别。望着于树春的背影逐渐消失在视野中，关彦斌忘情地招手。

关彦斌，何时我们还能再见？

于树春，今生还能回五常吗？

两声叹息，在晨风中飘荡……

| **中篇** | 英雄造时势

良机
如逝水

第十一章 良机如逝水

英雄不问出处。

但是,英雄必有来路。

很多人愿意在"撑死胆大的、饿死胆小的"的俗语中寻找英雄的成因。仿佛英雄必须胆力过人、叱咤风云。

胆力和胆略有本质之别,眼力与眼界有纵横之分,英雄与懦夫何以判若云泥?此二者之差异也!

英雄者,有凌云之壮志,气吞山河之势,腹纳九州之量,包藏四海之胸襟!肩扛正义,救黎民于水火,解百姓于倒悬。

英雄者,拥有藐视一切之能力,傲视群雄之气势,世人对其不但敬畏,而且难以捉摸。

在国家出现危难之时,总有一些人挺身而出,为国效力,这样的人,称为英雄。懂得畏惧的可怕,还能超越它、征服它,最终成为它的主人的人,就是英雄。

所以,英雄这个称号,并不单单属于那些建功立业、名留青史的人,事实上,所有懂得畏惧并最后战胜畏惧的人都是英雄。

都说时势造英雄，英雄的产生到底有没有偶然性？

有几多英雄诞生的偶然性。人们放眼大英雄的叱咤风云，蔑视小英雄的引领时代作用，未免令人感到遗憾。

英雄的产生到底是偶然还是必然？

如果说 1956 年的中国工业革命，是对资本主义工商业进行了一次社会主义改造的话，那么，1996 年的工业革命，则是对社会主义企业进行了一次资本主义改造。

我们没有必要谈"资"色变，没有必要对资本主义讳莫如深。因为，中国共产党的思想路线就是四个字：实事求是。

中国的革命是从土地革命开始的，对工业革命是那样的陌生与极不情愿。当把资本主义赶出中国之后，在对其遗留的资产经营了 40 年之后，不得不公开承认：我们不会管理企业。既然腐朽没落的资本主义在逐渐富强，既然我们的社会主义始终不能摆脱贫穷，那么，我们只能自创一条具有中国特色的社会主义道路，彻底改造我们那些日趋没落的社会主义企业。

这就是"十四大"精神的实质。

于树春的出走，深层意义绝不仅仅因为扔到屋里那枚恫吓意味十足的自制炸弹，而是因为他所经营了二十几年的五常制药厂已经是四面楚歌，走向了没落的边缘，对于他的出路仅剩垓下拔剑一刎。

社会主义的工业废墟，不是于树春们制造的，而是那个制度，以及无法逃离制度樊笼的于树春们。

走了一个于树春，还有张树春或是李树春。要么，就是刘树春。再朴素的无产阶级情感，革不了制度的命，同样也救不了制度的命。与其到了病入膏肓的苟延残喘，还不如实施安乐死亡。这就是于树春事件给我们的启示。

一群猫悠闲地在嬉戏，当然有黑猫也有白猫，只是谁都不去抓老鼠。于是，越来越猖獗的老鼠们就变本加厉、明目张胆地偷吃与啃噬国有资产，而大方的主人还在不断地补充食物，养着那些猫和老鼠们整天在一起玩儿。

国有企业的黑洞越来越大，主人们逐渐清醒了。如果任由猫和老鼠的游戏继续玩儿下去，不消多久，社会主义经济的千里之堤，必将崩溃于遍体鳞伤的蚁穴。

江山代有才人出，各领风骚数百年。风雷激荡的故事，不仅仅在春天讲述。在国有企业的废墟上，谁能来播下一颗希望的种子？

这是时代的呼唤。

时代呼唤英雄。

正当全国都在尝试"摸着石头过河"，在具有中国特色的社会主义道路上大胆前行的时候，1997年2月19日，中国改革开放和现代化建设的总设计师邓小平与世长辞。一时间，全世界的目光就像20年前的那次变革引起的震惊一样，纷纷聚焦于中国的北京。那些犹疑而探询的目光在询问：社会主义中国将举什么旗帜？将走怎样的道路？

1997年9月12日至18日，中国共产党十五大在北京向全世界宣告：党的十五大是在中国改革开放和社会主义现代化建设发展的关键时刻召开的一次承前启后、继往开来的大会；是高举邓小平理论伟大旗帜，保证全党继承邓小平遗志，坚定不移地沿着十一届三中全会以来正确路线胜利前进的大会。它对于动员全党和全国各族人民团结奋斗，把建设有中国特色社会主义事业全面推向21世纪具有重大意义。

关彦斌敏锐地感到，一场史无前例的伟大社会变革已经到来。他坚信，中国改革开放的步伐只能加大与加快。

果然，当他从深圳告别了C返回五常之后，听到的第一个爆炸性新闻，就是五常制药有限公司要整体出卖！

关彦斌脸上掠过惊喜的神色，关作章心有灵犀，凭着多年对关彦斌的了解，马上意识到关彦斌已经对这个消息产生了极其浓厚的兴趣。

"都谁要买呀？"关彦斌问。

"听说有贵州神奇和哈尔滨三乐源，而市里倾向于哈尔滨的三乐源。"关作章早已探听明白了。

"五常自己的企业，怎么能卖给外人？"关彦斌似乎是回答关作章，也好像是问自己。

"那么……"关作章试探着关彦斌。

"咱们买！"关彦斌斩钉截铁。

"那么，明天去问问，看有没有可能？"关作章望着关彦斌凝重的神色，期期艾艾地说。

"明天？等不到明天了。今晚必须找到市委张书记！"说完，他的身影消失在深深的夜色中。

五常制药有限公司的风光不再了，日薄西山，气息奄奄，一副行将就木的模样。其实，我们有多少这样的国有企业，所谓的

2008年4月29日，关彦斌和关作章

辉煌也无非是徒有虚名的假象，掩耳盗铃地自己欺骗自己而已。或者说，压根儿就没有真正辉煌过。或者用虚假的繁荣，掩盖自己的平庸与无能。从1966年建成投产，一直到1998年改换门庭，这个曾经辉煌的国企给国家的贡献实在少得可怜。

当那位老人在南海坚定地画了一个圈之后，就意味着一些不抓老鼠的猫将被赶走，但是，最应该更换的并不是某个具体的猫，也不是改变那些猫的性格，而是改变豢养各种猫的体制。

五常国营制药厂是中国千千万万个国有企业的一个缩影，客观公正地说，我们不能归咎于那些于树春们。作为一位"文化大革命"前毕业的优秀人才、一位共产党员、一位赤诚的企业管理者，多年来他为了党的事业与企业的发展忠心耿耿，但是，尽管使尽浑身解数，出于知识分子的清正与善良、古板与懦弱，仍然无法填满一些婆婆的欲壑，无法满足一些老鼠的贪心。更主要的是，他无法更改那个落后的计划经济体制所带来的积弊与沉疴。于是，不得不含泪退出那座他深深爱着的工厂，以及他奉献了30年轻春年华的五常。

一颗流星的陨落，只能牺牲了自己，用生命划破瞬间黑暗的夜空，留给人们一段耀眼与痛苦的记忆。

于树春辞职归乡之后，总经理顺理成章地接替了董事长的职务。当省里把五常制药厂定为改制发行内部职工股票的企业之后，一时间，钞票就像雪片一样飞到了五常制药厂的三联单上。这是一次近乎荒唐的改制，这是一次近乎可耻的改制，这是一次夭折的改制。那时节，黑龙江发生了一次有史以来最强烈的地震，"震中"就在五常国营制药厂。一排排小汽车奔走于省城与五常之间，从来没有发生过这样壮观的下基层潮流。听说这里要发行"内部职工股票"了，于是，省里的、市里的、地（区）里的，一些有头有脸的人物，连同他们的三亲六故，全都成了五常国营制药厂的"职工"，都来参与购买内部"股票"。一双双血红的眼睛，紧紧盯着那肥硕的内部股，仿佛自己一夜之间就成为富翁。

当一个小集团的生产资料被一个大集团占有，这不仅产生了阶级，也产生了资产阶级。

五常制药厂呢，从来也没有今天这样"大度"，只要是领导有话或者有条子，一概来者不拒。在给这些"内部职工"交的钱款开具的三联单的右上角，大大地写上"股票"两个字，就算入股成功。

看看，我们一些企业的改制发生的一些故事，就是这样如同儿戏！就是这样成为一个工业改制的笑柄，从而载入工业史上耻辱的一页。

一个濒临死亡的病人，缺乏大量的血浆，可在一夜之间有无数新鲜的血液输入了他的动脉，流遍了周身，马上就从一个回光返照的躯壳，变回到一条鲜活的生命。

国营五常制药厂活了！活得很光彩，活得很荣耀，活得很威严，连省里市里地区里那么多领导同志都成了这里的职工，成了这里的股东，成了这里的后盾！

这回八成真的有救了！

给病入膏肓的人输血，所有衰竭的器官，便会马上恢复生机吗？利欲熏心与利令智昏是一对孪生兄弟，这是"五常股票"背后折射出的丑陋的社会利益取向与腐败的政治现实。

这个令人今天都忍俊不禁的事件，当时感觉是那样的自然，而当我们认真追溯历史，就会发现这个扭曲的种因，必将造成一个国有企业走向灭亡命运的恶果。社会上"入股"的资金，反倒成了企业走向灭亡的催化剂。

五常制药厂有了"股票"这笔意外之财，立马像注入了一针强心剂，购入大批西洋参，生产新品"记忆神"，试图用这个神奇的圣水，激活那些久远的记忆，激活那些无垠的灵感，救活那个已经近于枯槁的国企魂灵。有了新宠，原来赖以起家的护肝片却被打入了冷宫。董事长曾经预言,只要全国的中小学生每人喝一盒他们的"记忆神",企业的生产总值就会翻两番,"股民"们各个都会成为百万富翁!

他或许说得不错,"记忆神"或许也是一个很好的项目。但是问题是,谁能让全国的中小学生都来喝五常药厂生产的"记忆神"?怎么能让数以亿计的孩子知道五常的"记忆神"?什么力量能让人们相信被吹得神乎其神的"记忆神"?生产者的悲剧在于,这个神、那个神,所有的神,最终都会败给市场这个神。

没有市场这个神,再好的产品只能变成一个幽灵。上百吨的记忆神从流水线上流进了库房,"股民"们的"股金"意识到要打水漂时,这些未来的"百万富翁"们慌了手脚,马上"撤股",追讨"股金"。五常制药厂顿时门庭若市,来的全都不是买药的,都是往回讨要股金的。

这只股票发行得很神奇,这或许是中国所有股市中最牛市的,牛得只能赚钱、不能赔钱。赚了就分红,赔了就往回要。别忘了,我们这些股东可都是红顶子的,亏了谁的,也不能亏了他们的!是谁,培育了这么一批铁杆股东?

这个发生在企业改制之初的真实故事,向我们展现了政企之间生动而悲哀的故事情节。这个情节,回答了国有企业必将走向衰败与灭亡的命运,是因为一个强大的利益集团中的蛀虫们的巧取与豪夺。当国有企业成了"大酱缸",我们完全理解了那位发怒的老人,为何要把那些不捉老鼠专门偷油的猫赶下灯台。

凡是来讨要股金的,时间一长,和门卫都混了个脸熟。一俟有来要钱的,门卫就一边假装询问,一边给董事长发传呼:"要股票钱的又来了,快跑啊!"

董事长在熟悉的环境里,很容易躲避起来。偌大的药厂,要藏起个把人来,岂不是轻而易举的事?

原来靠着生产护肝片还能勉强度日,现在把所有的资金都押

中篇 英雄造时势　·143·

在了"记忆神"上，只要一有点儿回款，就得还红顶股民们的股金，一个曾经辉煌的老国有企业，终于走到了生命的终点。企图靠改制救活生命的一只股票，反倒加速了企业的灭亡。

第二任董事长去国外谈判试图救活企业，在去机场的路上遭遇车祸，险些丧命。

第三任董事长被职工踢断了三根肋骨，被迫辞职。

在一个失却了一切秩序的社会主义的国营工厂里，所发生的一切是那样的不可思议，又是那样的顺理成章。"干部搂，工人偷"，就连车间里的25台电机和化验室里的两台冰箱都被人"搬"回了家，提前把"国有"的企业性质变成了"民营"。

老鼠们的胆子，其实是猫们给练大的。

国企变成了废墟，到底谁是罪人？

职工们几个月不发工资了，就集体跑到省政府门前"请愿"，向省长们高声呼喊着"下岗工人要吃饭"的口号，昔日企业主人的高大形象，便在几个月的饥饿之中轰然倒下了。于是，一大批警察、一大批大客车，把这些集体闹事的昔日企业主人翁塞进去，"押解"回了五常。省里的领导们恼羞成怒，强烈警告五常：如果再出现集体上访这样影响极坏的群体事件，就要小心头上的乌纱帽！

你可以拿青春赌明天，但却不可以拿纱帽赌前程。聪明的五常市领导，集纳起集体的智慧，孩子哭，抱他娘：把倒闭破产企业向社会出卖！

这是一着高棋，也是逼上梁山。孙子不听话，婆婆一发怒，要把儿媳妇卖了！

夜色，越来越深，喧嚣的五常镇终于恢复了宁静。只有习习的春风轻轻抚弄路旁的枝条，使柳树吐出了鹅黄的毛毛狗，让人们不经意地想起"侵陵雪色还萱草，漏泄春光有柳条"的诗句来。关彦斌无心欣赏这早春的夜色，大步流星穿街过巷，急急地摁响了市委张书记家的门铃。

穿着睡衣的市委张书记第一次接待了一位星夜"上访"的不速之客。刚刚上任才几个月的张书记，被五常制药厂的乱象弄得焦头烂额。于是，咬紧牙关，决定忍痛割爱。经过多次常委会议讨论决定，将这个食之无味、弃之可惜的"鸡肋"，抛向市场经济的火海，任其涅槃重生。

国有的企业要挂牌出售了！这是一个令人痛心的消息！在"国有"了30年之后，即将变为"民有"！这是一个令人耻辱的消息，难道我们真的不能办企业吗？这是一个振奋人心的消息，志在商海的人们摩拳擦掌跃跃欲试。

当决定五常制药厂出售的消息一经公布，想要购买企业的单位或个人顿时趋之若鹜。昔日的"鸡肋"，变成了"鸡胸脯"，各类商人济济一堂，试图饕餮一顿国有资产的大餐。在报名收购的十几家中，五常市委、市政府筛选出了三家，根据三家的实力以及综合情况，暂定哈尔滨三乐源为最佳人选，只待择日宣布与办理购买手续。

关彦斌的出现，令张书记始料不及。深夜来访，必有要事。看着关彦斌脸上的急切之情，张书记微笑着问："彦斌，这么晚了，啥事这么急呀？"

关彦斌单刀直入："张书记，听说药厂要卖？我今天才从深圳回来，刚刚听说这个消息。"

张书记不紧不慢地说："是呀，都张罗挺长时间了，已经定了。"

"定了？定的哪一家呀？"关彦斌腾地从沙发上站起来。

"决定卖给哈尔滨三乐源了。"张书记挥手示意他坐下来。

"交钱了吗？"关彦斌急切地问。

"还没有，但是日子定了。"书记语气坚定。

"不交钱就不算数！我们塑料厂的股东也要买！"关彦斌长

中篇 英雄造时势　　·145·

出了一口气，稳定了一下紧张的情绪。

"但是，常委会议已经通过了，不好再改了。"书记的话里似乎已经没有转圜的余地，也似乎还有几丝惋惜的意味。

"张书记。"刚才站起来的关彦斌并没有随着书记优雅的挥手坐下来，反倒挺直了腰身，坚定地挥着手臂。"张书记，我们塑料厂这些年的发展和前年改制成民营股份制的情况你是清楚的，我的能力和为人你也是清楚的，我们完全有能力兼并药厂。五常药厂毕竟是五常的企业，如果要出售，也应该是五常的本地买主优先吧？肥水不流外人田嘛！再说，一旦哈尔滨三乐源给的价格不合理，或是压得过低，我们还可以和他们竞竞价，使国有资产少受些损失！"

这话，有力有理有节，不容辩驳。

然而，常委会的决定令张书记显得十分为难："如果你们半道插一杠子，会让三乐源产生疑虑，显得我们没有诚意。"

看着书记面露难色，但是关彦斌很真切地听出口吻已经不像原来那样坚定了，于是，进一步敲钉转角："张书记，那样吧，三乐源可以作为第一人选；而我们也必须参与竞争，哪怕垫底儿也行。一家女百家求，说不定药厂的职工欢迎我们呢？卖给谁市里可以说了算；但是，到底卖给谁，好像应该职工说了算！弄不好一旦'鼓包'了怎么办？我是五常生五常长的，从小的志向就是回馈生我养我的家乡那片土地，请张书记能相信我！"

张书记沉默了，从沙发上站起来，慢慢地在客厅里踱着步子，仔细地回味着关彦斌的话。五常制药厂是他的一块心病，破产出售至少能先扔下这个烫手的山芋。权衡五常所有的企业，既能扛动这个包袱，又能开动机器的，似乎屈指可数。他并非没有想过关彦斌，但是，五常制药厂已经乱得不可收拾，谁家的好孩子往庙上舍？他的顾虑就像一个溺水之人，去营救的反倒被拖入了水中，一起溺亡。怕一个没救活，又搭上一个。所以决定引来外资，引来省城的先进管理理念。

而半路上杀出这个程咬金，正是以企业经营著称的关彦斌，他是五常工业改制的一面旗帜、一个成功的范例。作为五常的最高权力执掌者，没有理由拒却一位为了五常经济崛起的应征者。关彦斌掷地有声的话语、有理有据的争辩，深深地打动了他的心。但是，关彦斌的性格他们太熟悉了，企业一旦到了他的手上，市委、市政府还能在他的眼里吗？

在重要的历史关头，决策者的失误，就会延缓当地的经济社会发展进程。是功臣还是罪人，往往在于领导者的一念之间。

良知，是检验为官者的试金石。

公正，可以检验决策者的公信力。

关彦斌的要求，他无法拒却。拒绝没有理由，也意味着失职。能否成功，那就看你的造化！

张书记紧拧的浓眉渐渐舒展，抬起手腕看了看表，时间已是子夜时分。原定早晨8点钟张榜公布三乐源购买五常制药厂的公

关彦斌坐镇指挥（摄于1988年）

告，看来，公告内容必须更改——关彦斌和他的五常塑料股份有限公司的部分股东应该成为三乐源的竞争对手！

他顺手抄起电话机，把市委办公室主任从梦中叫醒："通知所有常委，一个小时之后召开常委会！"

然后，张书记握着关彦斌的手："祝你成功！"

非常时期，必有非常的举措。当断则断，就是政治家；当断不断，就是政客。身在庙堂，评价就是这样简单。

夜，很静。仿佛可以听得见两个人内心的声音。

无论历史如何评价，五常都应该记住这两个人，在一个普通的春天夜晚，签订了一个利于五常的千秋君子协定，为未来五常的经济社会发展立下了军令状。

历史不该忘记这个夜晚。

时机，在不同的时段质量不同。

抓住了，就是黄金；错过了，就是流水。

关彦斌，真的不应该等到来日。如果真的等了一个晚上，历史或许就会重新书写。

诚如是，在国有工业的废墟上，还会诞生关于葵花的一个个精彩故事吗？

第十二章 运筹帷幄

　　五常市的市委常委会，没有人能知道一共开了多少次。

　　但是，人们最难忘记的，大概就属1998年3月份凌晨2时召开的那次决定关彦斌和五常塑料厂的部分股东作为替补，购买五常制药厂的那次。

　　从睡梦中惊醒的市委常委们，纷纷赶往市委。他们根本不知道发生了什么事，哪有三更半夜开常委会的？

　　到底是什么突发事件？

　　而当得知议题仅有一个，且又是涉及关彦斌和他的五常塑料股份公司的部分股东参与购买药厂事宜，莫不感到有些小题大做。几个小时之前开的常委会，几个小时之后又变卦，似有不严肃之嫌。

　　他们不会知道，就是这次常委会，改变了五常未来的经济社会发展。

　　这是一次具有重要意义的会议。

　　"关彦斌想买药厂，为什么早不提出来？"

"关彦斌是搞塑料的，能干得了制药吗？"

"关彦斌胃口太大，能不能被拖垮？"

"关彦斌半道插一杠子，能不能把三乐源弄走了？"

反对者不断质疑。

"早提晚提重要吗？这不是提出来了吗？"

"于树春懂得制药，但药厂为啥倒闭？"

"关彦斌难道不会想到被拖垮吗？"

"三乐源如果走了，能说明他们心诚吗？"

赞同者针锋相对。

张书记力排众议："既然关彦斌要参与竞争，我们就没理由将其排除在外。参与进来至少不能让三乐源在价格等各方面牵着我们的鼻子走；再说，本地的企业理应优先！"

常委会一般都是书记一锤定音，没有了杂音，就意味着集体通过。一个地方的主要领导，在决定地方经济社会发展的关键时刻，敢于拍板、敢于对历史负责，受益的人们会永远感念他。

历史之庄严，就在于它会真实地记录官员的功过，供后人评说。

当各位常委们在市委门口"巧遇"等待消息的关彦斌，顿时领略了一种虔诚与热切。把企业放到这样的人手上，会有怎样的奇迹发生？

人们拭目以待。

闯过了五常市委常委这一关，似乎是最简单的一关。有三个更加险峻的关隘，横亘在关彦斌的眼前。

一是塑料厂班子及股东这一关。

二是制药厂班子及所有职工这一关。

三是购买制药厂上千万资金这一关。

第一关，是眼界问题。班子成员基本没有响应者，塑料厂现在的场景，基本是衣食无忧了，一旦把饭碗弄碎了，由谁来承担责任呢？

那么，原来没饭吃的时候，又有谁承担了责任呢？不是关彦斌的数次改革，大家吃什么？喝什么？一亩地，两头牛，老婆孩子热炕头，还要啥自行车呀？一叶障目，不见泰山。真理往往掌握在少数人手中。其实，塑料厂的真理就掌握在关彦斌一个人的手中。每一次的"胆大妄为"，都证实了一个真理，凡是关彦斌认为可行的，结果都成功了。不过，这一次的动静似乎太大了，关乎全体职工的命运啊！当小农意识渗透到一个群体的时候，这里的阻力甚于千难万险。

是不是过了几天好日子就开始穷折腾了？

你总不能拿着全体职工的饭碗当儿戏吧？

你不能拿着工厂的命运沽名钓誉吧？

你总不能将自己的意志强加于人吧？

关彦斌的鼻子发酸，一起摸爬滚打渡过无数艰难险阻的兄弟姐妹，竟然将改革发展的机遇视为自己沽名钓誉的噱头，竟然将为了股东谋求更大的发展视为个人英雄主义，他扫视了一眼在座的所有班子成员，朗声宣示自己的心扉："从我当年辞职下海的那一刻起，就是为了寻找一个人的人生价值的。只要是一个人，就会有私心，而最大的私心是侵害别人的利益。那么，请问各位，我从当上砖瓦厂厂长那天起，什么时候有过私心？什么时候侵害过别人的利益？但是，仅仅是为了自己吃得饱、穿得暖，这样的人活着究竟能有多大的价值呢？如果仅仅是为了个人的荣辱，我关彦斌岂能做出那么大的牺牲？当我第一天走进那座满目疮痍的砖瓦厂时，就已经做好了和大家同甘共苦、荣辱与共的准备，我做梦都想让大家的日子好起来。我们的塑料现在被市场挤兑得举步艰难，可资开发的前景越来越暗淡，固守着眼前的局面可以有饭吃，但是想要大富大贵根本就不可能。购买药厂是一个千载难逢的良机，我们一定不能错过。我们不能只把眼睛盯在眼前的一点儿蝇头小利上,我们要谋求更大的发展,小富即安的想法要不得,况且我们还没有真正地富起来。为了我们这一代的幸福,也为了我们子孙后代的幸福……"

人们分明看到他满眼都是泪水,但是,却没有落下来。对于一个硬汉,还有什么能有不被一起战斗的战友所认同更痛苦的呢?

真情,会让冰山融化;真情,会让铁石动容。

来自心灵的默契,需要水乳交融。一番掏心窝子的话,一片携手共进的真诚,一段披肝沥胆的奋斗情景,激荡着一颗颗渴求改变贫穷面貌的心。

"理解的要执行,不理解的也要执行,希望大家能够理解我的一片苦心!"看着大家面面相觑,关彦斌力排众议,一锤定音。

这第一关就算过了。

人生到底要过多少关呢?作为普通人,或许不必过关,因为不必追求或来不及追求那种轰轰烈烈的过程,便已与世长辞;作为志向高远者,不愿骈死于槽枥之间,才有了一生的悸动与挣扎,这是苍天赋予的个性,终其一生也无从改变。而后者的成功,必将影响时势,这就是必须冲决人生的一道道关口的真正意义。

这个过程和赚多少钱没有任何关系,只是用一种不懈的追索去享受人生的成功而已。

关彦斌随即电告在深圳的袁乐平:明天必须返回五常,要待在公司的招待所里,不许与任何人接触!

关彦斌找来刘天威面授机宜:赶紧下市场催收欠款,去哪儿不管,但 10 天之内必须拿回 200 万元现金!

在产生购买药厂的想法之后,关彦斌打电话给在深圳的袁乐平,咨询五常药厂要整体出售的消息,看看有没有购买的价值。袁乐平一听这消息,马上给关彦斌献策:药厂的购买权决不能旁落,必须由你收购!那看似一片工业废墟,其实掩埋着一块巨大的宝藏，那就是葵花牌护肝片这枝中国医药界的奇葩。只要有这块金字招牌，就不愁在废墟上建起摩天大厦。袁乐平对五常药厂的情况了如指掌，改制的时候他是主要的策划者和参与者。他深知五药的价值，他也深知关彦斌的魄力。

纵然一个沉重的金饭碗，可给一个婴儿是拿不动的。

关彦斌又把电话打给原药厂董事长、辞职出走吉林药厂的于树春。老于一听关彦斌要购买五常制药厂，马上表示反对。他善意地告诉关彦斌，五药是一个病入膏肓的老人，根本就无药可医，到哪去找回春的圣手？

"那么，五常制药厂的病根儿在哪？"关彦斌并不死心。

"管理。"于树春声音颤抖地说出了两个字，这两个字正是他的短板，也是他败走滑铁卢的劲敌。

"一旦我把药厂买下来，我想请你回来。"关彦斌向于树春试探着伸出了橄榄枝。

"不，这辈子绝不回五常！"于树春被五常伤透了心。

"如果我是你，在哪儿跌倒就在哪儿站起来！"关彦斌给于树春留下了一个伏笔，也留下了一个人生的态度。

在关彦斌的家里，关彦斌和两个人在喝酒。一位是五常制药厂的财务科长敬喜林，一位是主管生产的经理任景尚。

酒酣耳热，两位给关彦斌吃了定心丸。"虽然财务状况极其不堪，但是，一个葵花牌护肝片的品牌，可以说价值连城。"敬喜林的话，正是说中了要害，也是关彦斌认为五药的价值所在。"虽然工厂处于停产状态，但是，只要再投入20万元，不消20天，生产车间马上就会启动！"任景尚的话，消解了关彦斌的胸中块垒。摸清了药厂的"老底儿"，关彦斌成竹在胸，"当！"三人的酒杯撞在了一起。

第二关，是塑料厂的股东们这一关。经过改制之后的50位股东，力挺关彦斌。因为，他们跟着关彦斌走了十几年，一道打拼、

中篇 英雄造时势 ·153·

一道发展，目睹了关彦斌的一个个决策的正确，既是参与者，也是见证者。但是，要拿出1 000多万元，仍然是可望而不可即的。再说，一涉及个人集资，总是心里打鼓：这笔钱能不能打了水漂儿？

关彦斌理解股东们的心情，为了调动股东的积极性，关彦斌请来了省中行主管信贷的副行长付正辉，到塑料厂现场办公。付正辉当着50位股东的面说："彦斌，你干的是正事，也是一件大事，我支持你！"并当场答应给予1 000万元的贷款支持。

这个场面令人感慨，这个场面令人动容。一个人的事业，需要众多人的支持，因为人心向背，是追求价值的试金石。

然而，关彦斌的缜密布局，被药厂的职工们打破了！

在五常制药有限公司的公告牌前，全厂职工里三层外三层地将工厂即将出售的公告围得水泄不通，争相阅读他们未来的命运。当看到购买单位哈尔滨三乐源后边多了一个"五常塑料股份有限公司股东"之后，人们顿时炸了锅：

"说好了卖给哈尔滨三乐源，人家多有实力呀？"

"做塑料的能做药吗？没听说什么药是塑料做的！"

"他老姨嫁给谁还不喝喜酒？"

"不行，我们是企业的主人，卖给谁我们说了算！"

"走，到市里去，我们的工厂不卖了！"

呼啦啦，一群即将失业的无产者，像潮水一般涌向了市委市政府。他们要像上省城示威那样，逼得市里领导就范。

在他们看来，哈尔滨的企业才是正统的，一定是有钱的人家。工厂的出售，就像改嫁，为啥不选一个有钱的人家？但是他们忘了，与其找一个城里的普通人，莫不如找一个敦厚的正经过日子的良家子弟。虽然穷，但不坠青云之志，未来一定会过上好时光。

浩浩荡荡的400多名企业主人涌进了市委市政府，他们向市里领导要工资、要饭吃、要工厂。时任主管工业的副市长郭景友和工人"对话",解释为何要出售药厂,为何有两家购买单位。

然而,工人的坚定立场无法动摇。他们到了今天吃不上饭的境地,仿佛都是市里造成的,他们一点责任都没有。尽管工厂快被他们偷黄了,但是,"穷则思变",岂能厚非?

一连三天,数百名工人到市委市政府讨说法,最终的城下之盟一共达成三款:

第一款:企业必须卖给三乐源。

第二款:购买资金必须一次到位。

第三款:购买企业必须对职工工资、待遇做出承诺。

这三款,缺一不可!这三款,就是要把关彦斌排斥在大门之外。

这些企业的主人,是不可以穷途末路的。如果早有这种失业的激情与危机感,也不会沦落到现在这般田地。"生于忧患,死于安乐",往往成了失去家园者们的耳旁风。当灾难真的降临,竟是那样的惊慌失措。

连家园都守不住的人,还配当主人吗?

而当有优秀的主人出现的时候,极尽阻挠之能事,遵循着宁可大家都向前爬着,也不许谁站立起来行走的猴子哲学。所以,猴子的一生都没有穿上裤子。

看着听着企业主人们的主观诉求,拒绝与摒弃的冷酷无情,关彦斌不禁仰天长叹。但是,凄风冷雨并没有浇灭他燃烧心头的普济苍生的希望之火。因为,这一切一切,均在他的意料之中。作为一个即将破产的企业,一步一步地走到死亡的边缘,岂止一日?经济的衰落掩盖着一种文化现象,如果人人都有向上与向善的自觉,根本就不会日薄西山。冷酷来源于自私,拒绝来源于狭隘。连我们相当一部分官员都无法跳出自私与狭隘的怪圈,让那些普通工人胸中怀有大格局,是不是太强人所难了?

您不觉得这是一个神话吗?

中篇 英雄造时势

近于苛刻的三条硬杠，使三乐源望而却步了。一次拿出 1 000 多万元现金，作为一个组建不足两年的生物科技企业，绝非轻而易举。就像一盆冷水，浇灭了急于收购的渴望。于是，收购签约的日期被一拖再拖。

终于，偃旗息鼓。

什么叫置之死地而后生？

只要有一分可能，就要付出百倍的努力。关彦斌得到三乐源的信息之后，凭着直觉，他觉得历史的机遇正在悄悄地向他靠拢。他匆匆来到公司招待所，与在这里"潜藏"数日的袁乐平精心运筹，探讨形成了一个《关于收购五常制药项目的可行性研究报告》。

当他们走进"五药"的历史，二人唏嘘不已。这是一段五常工业盛衰史的真实写照，也是一曲计划经济的挽歌。1966 年，隶属于五常药材公司的五常制药厂成立，职工 65 人，只生产蜜丸 1 个剂型、5 个品种，年销售额 45 万元，利润 1 万元，税金 3.8 万元。10 年后，职工达 238 人，品种增加到 41 个，年销售额 250 万元，利润 10 万元，税金 1.85 万元。十一届三中全会之后，市场经济的浪潮汹涌澎湃，活力骤增。到了 1992 年，企业固定资产达 700 多万元，拥有提取、片剂、蜜丸、水丸、胶囊、软膏 6 条生产线，可以生产各种剂型 67 个品种，年销售额达到 3 000 万元，缴纳税金 400 多万元。企业自主开发的葵花牌护肝片获得国家优质产品银质奖，并获得国家科技进步奖。

这就是曾经的辉煌，这是计划经济的时代宠儿。

1992 年下半年，五常药厂实行股份制改造，当各路神仙都来入股当了"股东"之后，当大量的社会资金流进工厂的账户之后，企业领导者的膨胀率急剧上升，一代新药"记忆神"的问世，使这个企业积攒了近 30 年的元气大伤。到了 1993 年，在销售额只增长 3.8% 的情况下，流动负债增长 55%，利润总额下降 32%，税金下降 65%。到了 1997 年，销售额仅剩 1 300 万元，品种仅剩 16 个，利润已经 4 年为零。

那么，这个悲剧到底是怎样上演的？

关彦斌与袁乐平细细地抽茧剥丝，客观而公正地梳理"五药"江河日下的前因后果。

既然有过曾经的辉煌，是何种因由使其日暮途穷的？

"五药"的破败，在于进料的慷慨与大方，豪爽得像一位仗义疏财的江湖侠士。

先说煤炭，令人感叹。每年耗量在 3 000 吨以上，别的企业进价 200 元，药厂的进价为 350 元，多支出 45 万元。

次说柴胡，令人糊涂。河北安国药材市场进价为 22 元，药厂的进价最低 26 元，年用量 70 多吨，多支出近 30 万元。

再说五味子，令人五味杂陈。市场价为每公斤 14 元，药厂进价为 22 元，年用量 30 吨，多支出 24 万元。

这些本来应该是利润的钱，竟然流入了个人的腰包。

当然，领导者不是没管过。于树春就管过，结果是家里被人家投进了"手雷"，被逼败归吉林。

"五药"的破败，在于无单生产，领导人拍拍脑袋就开机。1992 年销售最好的年份，库存额达 2 500 万元，1993 年达到 3 100 万元。

仓储压货再寻常不过，不是领导者的脑袋不好使，是市场这个家伙也太变化莫测。

"五药"的破败，在于财务管理"倒挂"，其他应收款急剧攀升。1992 年为 365 万元，相当于销售额的 12%；1993 年为 1 900 万元，相当于同期销售额的 66%；1994 年，奇迹发生了，销售额为 1 500 万元，其他应收款为 2 680 万元，是销售额的 1.76 倍；到了 1997 年，其他应收款为 3 400 万元，是销售额的 2.5 倍。

倒挂的金钟，压得企业只能苟延残喘，如何奋然前行？

"五药"的破败，在于盲目的技改。90 年代初上的饮片生产线，土建完成后市场已经发生变化，只得上衣改背心，用作片剂生产线，等于设备大量闲置；后来上马的"记忆神"项目，生产线不是专项设备，工期拖长，无力开发市场，以致压死了全部资金，走上了死亡之路。

走出"五药"的破败史，关彦斌感慨万端。

出售，是再次改制。前车之鉴，后事之师。

历史的悲剧会不会重演？

一种莫名的悲凉，袭扰着关彦斌的心。如今，天降大任于斯人，面对着满目疮痍的乱摊子，面对着满腔怨恨的企业职工，面对着改制将带来身败名裂的危难，面对着具有示范效应的社会期待，这需要壮士断腕的决断。他非常清楚，选择购买药厂，从此，将把自己未来的命运与前程，紧紧地捆绑在塑料与制药的联合战车上，在中国医药界的疆场，金戈铁马，半生厮杀，气吞万里如虎，为了普济饱受疾病折磨的亿万苍生，为了播撒悬壶大爱，不啻那只涅槃的凤凰，义无反顾投身熊熊的烈火。

英雄造出时势，无非一个不畏牺牲的抉择。

《报告》，是把着"五药"之脉开的良方。这不仅仅是对"五药" 30 年乃至近 10 年生产经营、利税、盛衰原因的分析与研讨，更是对购买企业的评估与改制之后的战略与战术。还包括对职工的安置，以及发展前景的预测。历史的，就让历史去叩问；现实的，就让现实来承担。没有推诿的承诺，最接近真实。

一位重荷历史责任的人，必须尊重真实的历史，踏着历史的残血走向新生。

凡事预则立，不预则废。这是一份考卷，也是一份宣言，更是一份投名状。同时也是一颗定心丸，既定市委领导的心，也定药厂职工的心。

精诚所至，金石为开。只有打不开的铁门，没有叩不开的心扉。

当市委张书记把这份《报告》详阅之后，兴奋得拍案而起：

"五药"非关彦斌莫属！当他刚刚拿起了电话，要找关彦斌时，关彦斌已经叩响了他的房门，出现在他的面前。

如果说夜闯书记居所为了争得一个"候补"的名分，此次再闯书记官邸，就是志在必得的坚定宣示。看着关彦斌坚定的目光和那份详尽阐述购买药厂之后的发展纲要，张书记多日的焦灼一扫而光。

"那么，怎么才能征得药厂职工的理解与信任呢？"张书记面前闪动着药厂职工那些疑虑与幽怨的目光。

"我要面对面地去和他们讲，让他们知道美好的发展前景，让他们都过上好时光。我相信，人心都还是向善的，都还是向往幸福的！"关彦斌坚定的面容上挂着诚朴与憧憬，给人以力量与鼓舞。

"五药"的主人们，能够接受关彦斌这一片苦心吗？

决战之前的静寂，令人窒息。

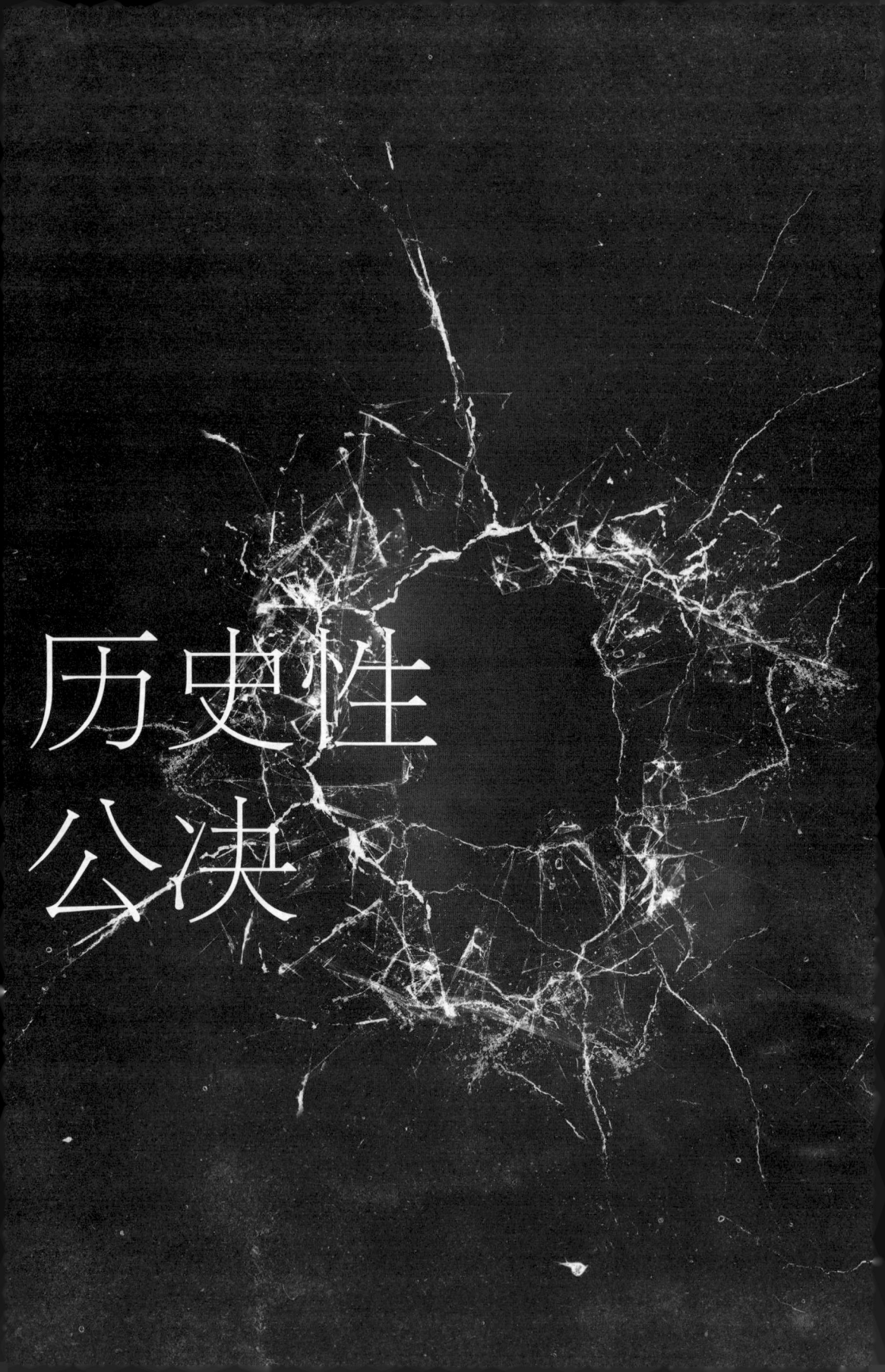

历史性
公决

第十三章　历史性公决

1998年3月18日,这是一个不能再普通的日子。

但是,作为关彦斌,多少年之后仍然刻骨铭心。或者说,今生他永远都无法忘怀。

这一天,他走上了人生拐点的严峻考场,必须向着数百位企业的主人袒露胸襟,说明自己将运转了32年的五常制药厂买入手中,并不是投机取巧;说明购买了企业之后的经营方略与前瞻;说明如何将职工的工资待遇增到一个惊喜的高度。这是他第几次参加关于人生的考试已经数不清了,比如到供销社卖盐,比如到军队磨炼,比如辞职下海,比如走进砖瓦窑,比如创办塑料厂,比如南下深圳特区。但是,这一次无疑是最重要的一次。

他不是普罗米修斯,没有偷来照耀人间的圣火,无法拯救苦难深渊里挣扎的人们,但是,将一个小小的、混乱的制药厂盘活,把那里的职工们空空的碗里装满米饭,让他们吃得饱饱的,过上正常人的生活,还是有雄心和把握的。而一个最大的难题是,这些挑剔而又苛刻的"考官",能买他的账吗?

而数百名"考官"内心的折磨,并不亚于关彦斌。一个个满面忧愁。空虚,失落,惆怅,担心,焦虑,犹疑,沮丧,彷徨,何止五味杂陈?端了三十几年的铁饭碗,尽管是空的,一朝要变成泥饭碗,也会心疼胆跳。在过去的日子里,他们可以随意丢来丢去,那毕竟是在自己的家里,而现在一旦被别人买走,尽管在饥饿之中,反倒加倍怜惜起来。作为普通的工人,怎能生出"国破山河在"的豪气?更多的则是怀着"留得青山在,不怕没柴烧"的念头。

那是一个阴冷而又燥热的五常制药厂礼堂,一声振聋发聩的改革号角,能够在这凄清的早春吹响吗?

当关彦斌迈着他那标志性的稳健步伐走上主席台时,台下一片嘈杂,飘荡着五花八门的情绪。从那间或传出的一声声口哨与尖叫,关彦斌预感到这是一个野蛮的考场。

按照原来的计划,参加者是产权改革领导小组成员和药厂的30位代表,可是,一大早,药厂的所有职工蜂拥而至,他们要亲耳谛听关于他们命运的决断。面对近于失控的局面,市领导和来购买药厂的买主,有什么理由制止吗?

这是一次悲壮的对决。

历史,在一次次撞击中变得愈加坚实。

"药厂的领导与各位职工同志……"

"对于五常制药厂的产权改造,自提出之日起,我们就很关心,并且开始探讨有关问题。因此,我们可以负责地告诉大家,我们现在的决定既不是出于一时扩张欲望的冲动,也不是想买壳上市做投机生意借机捞一把,更不是替某人担名购买,为他人作嫁衣裳,我们是要选一个好的产品,找一个好对象,组成一个新的家庭,靠勤劳致富过日子,创造幸福美好的生活。我们的这一决定,是经过认真的调查研究和科学论证的。我们既要对药厂兄弟姐妹的前程负责,更要对我们自身的利益负责,因而我们的这一决定是严肃的、认真的、慎重的、负责的。"

关于收购的宗旨，关彦斌开诚布公。两个"负责"，忠诚之志袒露无余。

而谈及"五药"的现状时，关彦斌更是如数家珍，用"五个好"来高度概括：

"一是产品结构好。贵厂是我省中药行业的骨干企业，在全国中药行业中也小有名气。护肝片为贵厂首先开发，获国家银奖已有十余年的历史，1988年上海甲肝暴发时，贵厂的护肝片曾立下汗马功劳。近几年，治肝药层出不穷，肝药大战，烽烟四起，对护肝片的市场虽有冲击，但贵厂的护肝片雄风尚在，在消费者的心目中仍占有相当的位置。沿海的渔民叫它'醒酒丸'，五常人用过后说它'真治病'。以护肝片为龙头，贵厂还拥有如胃康灵、熊胆痔灵膏、脑立清、海马三肾丸、回天再造丸等60多个产品，而且片剂、蜜丸、水丸、软膏、水针、胶囊剂型齐全，几乎占领了中成药品种的所有领域。

"二是生产设备好。80年代中期以来，贵厂进行了几次大规模的技术改造。填平补齐了传统的蜜丸生产线，新上了提取线、片剂线、胶囊线和口服液线，在国家的支持下，还立项了饮片生产线，虽未最终完成，但形成的土建工程也为贵厂的发展创造了条件。历年的改造起点都比较高，设备的年代水平都较先进，基本达到了国家关于制药行业的GMP标准。

"三是管理基础好。80年代以来，贵厂扎扎实实地开展了企业管理工作的基础性建设，曾经形成了较为完整的领导体系、规章体系、管理体系和执行体系，并且曾经发挥了很好的作用。近两年，由于特殊的历史情况，其作用受到了影响，但基础尚在，其在贵厂职工心目中的影响仍深刻存在，只要把规章制度落到实处，工厂的管理很快会重新上路。

"四是市场关系好。多年来，贵厂在全国各地建立了广泛的营销网络,在省内外建立了较好的融资渠道,在各级政府和有关部门树立了良好的形象和声誉,为企业积累了宝贵的财富。近两年虽然受到了一定程度的影响,但是我们认为,这些关系仍然是贵厂的潜在财富,只要加以开发,仍将为企业的发展发挥巨大的推动作用。

"五是职工队伍好。五常制药厂的辉煌历史是贵厂的广大职工用辛勤的汗水书写的,葵花牌护肝片获国家银奖,这朵葵花是五药员工用血汗浇灌出来的,没有广大职工的艰苦努力,任何英雄好汉凭单枪匹马也难以一展身手。这一点已被贵厂当年的繁荣所证明。在工厂困难的日子里,更是我们广大职工支撑了危局,尽管连续几个月不开工资,生活困难,广大职工仍然把自己的命运和工厂连在一起,不是离厂而去,而是忍耐、坚持,为工厂苦苦寻找出路。家贫出孝子,国难显忠臣。如果没有广大职工的努力支撑,五常制药厂的今日将不堪设想。这充分说明五常制药厂的广大职工的政治素质是好的、是可靠的。从业务素质上来说,五常制药厂的职工也是优秀的。在生产第一线,各个岗位上都有一批技能优秀的技术工人;贵厂的工程技术人员是出色的,很多的当家产品都是由他们亲手开发出来的;在管理部门,五常制药厂也有一批在五常工业战线来说都堪称一流的业务骨干;在销售战线,'五药'的销售员,活跃于全国各地,是连接工厂和市场、消费者的纽带和桥梁,为全厂职工劳动价值的实现,为当年工厂创造的辉煌和护肝片获银奖都立下了不可磨灭的功劳。'五药'的职工家属也是优秀的,无论是繁荣的时候,还是企业困难的时候,广大家属都是一如既往地支持职工,实际也是支持了企业。可以说,企业的每一个成功都是有职工的一半,也有家属的一半。"

谈到"第五好"时,关彦斌提高了语调,以示对职工队伍的倚重。

关彦斌天生具有演讲的禀赋与富有磁性的膛音,更奇异的是缜密的逻辑思维与富有煽动力的语调,将引领着你的思绪在恣意想象的空间里纵横驰骋。

他尽量把语调放得平和,尽量减少那种居高临下的强势。在一个不需要呐喊的场合,没有必要趾高气扬。因为他面对的"考官"们是一群即将失去家园的弱者。

他极其坦诚地阐述他来购买药厂,既不是出于扩张的冲动,亦不是乘人之危来捞一把,而是为了通过一个优秀的品牌,救活一个濒临倒闭的企业。

关彦斌演讲最善于运用比喻的手法。说到塑料与制药的结合,就好像两个正经过日子人家,要结成秦晋之好,好好地过日子,共同奔向红火的未来。我们既要对药厂的几百号兄弟姐妹负责,还要对我们塑料厂的所有股东负责。

"哎,请问关厂长,你说要对我们负责,你们一个大集体企业,怎么对我们的国营企业负责?"一个类似夜猫子的声音,尖利地冲击着所有人的耳鼓,也充满了戏谑的味道。

关彦斌循着声音,在人群中搜索着。他并非是要找到"出难题"的人,而是要借题发挥,解除所有人的疑虑。既然有人提出这个问题,说明这是对方最关心的问题,也是最重要的问题。

"这位兄弟问得好,但是,有一个问题说差了。我们现在已经不是什么大集体企业,而是民营股份制企业了。国营企业之所以要改制,就是因为经营机制的落后。我们多年前甩掉了落后的机制,现在已经跻身全省先进企业的行列。公司资产由20万元发展到6 832万元,员工由几十人发展到近500人,由濒临倒闭发展到现在销售额8 000万元,由名不见经传到现在成为全国农地膜行业的佼佼者、黑龙江省塑料行业的骨干企业,是国家轻工总会定点的农膜生产企业。我们职工的工资在五常是最高的,人均月收入提高240元,三年的福利人均890元。请问这位兄弟,就凭这几点,我们有没有资格和能力为药厂负责呀?"关彦斌侃侃而谈，语义中蕴含着咄咄逼人的机锋。凡是能提出问题的，不是工人的头头，就是混子与刺头。购买药厂凭的是实力，没必要低三下四地求恳。

"嘿嘿，说到工资了，好！请问关厂长，说说怎么给我们发工资吧！"夜猫子的声音再次响起。

是呀，这是台下数百人最关心的问题，因为他们已经近一年没得到一分钱的工资了。

关彦斌环视着台下，慢慢地平息了一下情绪，尽量放缓一下节奏，也是为了引起全部注意力之后，发布最重要也是最引人关注的信息。然后，一字一板掷地有声："请大家听好了，也记住我今天说的话。从砖厂的厂长到五常塑料公司的总经理，这些年我没欠过职工一分钱的工资。我保证，收购药厂之后，职工的工资必保翻一番！"

"大伙别听他瞎吹！咱们'国营'的就是不能听'民营'的！他们凭什么管我们？！"夜猫子叫洪人良，是药厂有名的"高草"，药厂的领导和职工都惧他三分。药厂一出个什么政策，只要是不合乎他的利益，想方设法都给你推翻。这是国营企业的特征，而这种人只有国营企业才能滋生，而且活得还挺滋润。洪人良，一个多么漂亮的名字！从字面分析，为其命名的人，多么希望他长大以后，做个善良的好人。可惜，他有负家庭与社会的托付，将这些美好的期望摔得粉碎，让社会与善良的人们蒙受灾难。

这是社会的扭曲，亦是社会的悲哀。当善意被踩踏，人性就会沦落。令人不解的是，这样的人能够横行乡里，且经常挑战法律，竟然能在五常的地界上招摇过市，这是五常的特产，也是民间挑战政府的典范。

如今，这个混子竟然在大庭广众之下，代表五常制药厂诘问关彦斌"凭什么"来收购与管理企业，竟然成了国营企业的代言人，不能不说是一种对社会的羞辱。

"凭什么？就凭我们1 300万元购买企业的现金！就凭我们先进灵活的管理体制！就凭我们超过所有企业的工资！就凭我们不让一个人下岗！我今天说的话一定算数，请大家不要错了主意！请大家为了你们自己的利益，投我们一票！"这洪亮的声音在五常制药厂的礼堂里久久回荡，也在五常药厂职工的心中久久回荡。关彦斌蔑视着洪人良，他能代表"五药"的所有希望企业生存与反战的意愿吗？

这是一个庄严的承诺，这是一个历史的宣言。

"请大家相信，我上面的发言态度是诚恳的、是负责任的。但是，既然是买卖，那么双方都是平等的主体，我们既不想占便宜，也不想搞无条件的施舍。之所以不想占便宜，一是因为贵厂职工是心中有数的，不会被人愚弄；二是买卖是公开的，而且有意购买的不是我们一家。之所以不想施舍，是因为在商场上就不存在施舍，只存在利益的实现。买卖双方都首先考虑自己的利益，然而，只有自己的利益不损害对方利益的时候，买卖才能成交。我们仅想以公平的条件，也就是双方既能接受，又都有利的条件，来达成这次合作。如果能有比我们的条件对贵厂的广大职工更有利的买方出现，我们只能承认我方的能力不及他方。

"最后，我们衷心地祝愿五常制药厂这次改制成功，使企业重振威风，使广大职工都过上幸福的日子！

"谢谢大家！"

说罢，关彦斌大踏步地走出礼堂，等待着五药全体职工的公决。他相信，人心是向善的，人心是向往光明的。尽管他们之后还有三乐源的演讲，他不相信他的真诚与承诺，不能打动在场所有的"五药"人。

然而，事与愿违。下午两点钟，传来了不好的消息：五常制药厂的全体职工不同意把药厂卖给关彦斌！

关彦斌眉头紧锁，他怎么也想不明白"五药"的职工会做出这样的选择，他们还在等待什么？

他们等待着三乐源这个"远来的和尚"。

等待着那篇普度众生的"经文"。

等待着省城信风吹来的滚滚财源。

等待着那个做了多年的一枕黄粱。

关彦斌喟然长叹，一片君子之腹，竟然变成小人之心；铿锵的誓言，竟然被认为是谎话；一腔热诚，灭于一盆冷水。狗咬吕洞宾，不识好人心。这是经历了失业、失去尊严与体面生活之后的一种守卫，企图以守卫所谓的固定资产来东山再起。其实这种心情不难体谅，一群即将失去家园的人，一群因自己的能力无法经营家园的人，一群即将把家园拱手让给别人来管理的人，内心应该承受着怎样的屈辱？

"五药"人到底有多大的胃口？

然而，"五药"人的硕大胃口，拒绝了关彦斌之后，他们期望的场面并没有出现：三乐源几次爽约！

哈尔滨三乐源为何望而却步？

作为生物工程企业，要兼并"五药"是一种不错的选择。

然而，作为一个县级工业企业，"五药"职工大闹省城、包围五常市政府、恶意拒绝"五药"收购等种种劣行，令三乐源的热心大打折扣。而关彦斌开出的条件，三乐源又远远不及。刚刚起步的企业，若一次拿出 1 000 多万元现金，只是收购了一个破烂的躯壳而继续上马，还得多少投入呢？而这些投入又得多少年能赚回来呢？那些输打硬要的企业主人，也都不是好管理的，若想让企业走上管理的正轨，又得投入多少精力啊！世界上最不好管理的，就是人啊！五常又远离省城，管理层大部来外县工作，亦存在一定困难。而若是遥控，势必鞭长莫及。

这是一个烫手的山芋。与其沾到手上，莫若原本就不捧。

与其在演讲中被轰下台，还不如先打退堂鼓。

热脸贴了冷屁股,"五药"愤怒了!

这种愤怒,加速了三乐源的逃离。

形势逆转,五常塑料的股东们应该振奋了吧?看来"五药"已经没有选择,归属关彦斌旗下已是水到渠成,绝无悬念,只是何时"揭盒"的问题。

袁乐平、关作章听到这一消息不免欢欣鼓舞,马上撺掇关彦斌赶紧乘势而上,而关彦斌却意外地按兵不动了。

人们疑惑地望着他:这是怎么了?

他在等什么呢?

在等一把尚方宝剑。

急事缓办,欲速不达,心急吃不得热豆腐。尤其是"五药"这块"热豆腐",必须晾凉了、炖透了再吃。

张书记倒是坐不住了,在办公室里焦急地转着圈子。

转着转着,他转出了答案:关彦斌一定是要待价而沽!看来,他一定是要"压等压价"!这下药厂的破大盆端耍圈儿了!如果关彦斌真的也"端"下去,恐怕这门亲事就要泡汤。问题一旦出在价格上,这笔买卖岂不做不成了?

张书记从政治家的角度分析关彦斌的商业行为,而关彦斌却从商业家的角度来思考政治。一次没有成功的"公决",令他再三思忖、细细考量,甚至连自己在演讲上说过的话,全部复盘,他发现,之所以"五药"人没有通过,是他的急于求成而承诺的条件过于优厚所致。一个在沙漠上行走数日、饥渴难耐的人,能喝上一口水都是非常奢侈的事,你说给他一桌上等酒席,他相信吗?

看来,"五药"需要冷处理。

解铃还须系铃人,政府不出头,这门亲事还是做不成。即便暂时做成了,以后的日子也不好过。

想到这里,豁然开朗,他笑了。

中篇 英雄造时势

不错，市场经济是一场微笑的战争。不过，有实力有手段，你才能微笑；没实力没手段，你只能哭泣。

他必须等待。

然而，张书记却等不起了。

他抄起了电话，接通了关彦斌："三乐源退出了，你们怎么还不赶紧上？"

关彦斌继续微笑："书记呀，不是我们不主动，是人家没'相中'我们呀！"

"相中也得相中，没相中也得相中！就剩你自己了，相中不相中也得卖给你了！你准备好，进行二次'公决'！"

关彦斌微笑着要条件："张书记，药厂的事必须市委和政府出头，这个产权改革，必须行政干预，因为药厂现在不是经济问题，而是政治问题。处理得不好，会产生意想不到的后果，不是两家的买卖，而是政府一手托两家。药厂我必须买，但是必须市委和政府同药厂的人说清楚，和工人们讲清楚改制是势在必行的，这样给我打开个场子，我也好捞回上次的面子！不然，以后怎么管理？"

"你是不是想降价呀？"张书记憋了好久的话，冲口而出。

"一切承诺不变！"关彦斌斩钉截铁。

征服这些人，最大的力量就是诚信。而且，他此后与之前，走的必须是一条诚信的路。

3月28日凌晨，距离二次"公决"仅剩几个小时的时间，可说万事俱备，但是，刘天威的200万元现金还没有回来。在公决期间，企业的资金必须到位，交由公证处验资，证明购买资金已经到位。这是一个非常时期，也是必须经过的一道手续。企业改制的本身，为了减少国有资产的流失，必须公开竞标，公开评估价格，公开买方的资质。关彦斌望着东方渐渐露出的鱼肚白，在办公室踱着步子，这是他的一个习惯，无论顺境还是逆境，都需要思索。刘天威是值得信赖的，在所有交办的任务中，没有一个出现问题，而且完成得非常完美。因为，这是一位唯美主义者。遵循"宁可身受苦，也不脸受热"的人生信条。可是，现在受命于危难之际，给他的200万元任务，将决定"五塑"的股东们能否成功兼并"五药"的命运。也许，现在提起200万元或许无足轻重，而20世纪90年代末，200万元还是接近天文数字的。

此际，刘天威音信杳然，他是应该知道这个节点的重要意义的，但是，毕竟人还没有回来，钱还没有消息。

遥岑远目，关彦斌望眼欲穿。

一阵汽车马达的声音，打破了黎明前的静谧，塑料厂的大门敞开了，昏黄的车灯显得异常疲惫。

"天威回来了！天威回来了！"人们纷纷跑向大门口，满怀期望欢迎着凯旋的勇士。

当关彦斌走到那辆嗒嗒作响的北京吉普前，就见面容憔悴、满脸灰尘的刘天威从车上拖下来一个麻袋，有气无力地说："大哥，这是200万元，没晚吧？"从这次之后，刘天威不知为什么，就不再称谓关彦斌的"官衔"，而以兄长待之。一个企业就是一个江湖，没有几位刎颈之交，无法抵御江湖上的腥风血雨。

关彦斌以疼惜的眼神望着这位十天往返三省区，拿回200万元的好兄弟。他不知道，刘天威的销售领地基本没有赊欠，现金早已回笼。此次到各个供应商家，全靠着往昔的诚信、往来的信任、酒桌上的豪饮拿回"预付款"。小小的年纪，过早涉足江湖，为了大哥的事业，哪怕喝得胃出血，也要不负大哥的托付。

当晨曦初露，关彦斌悬着的心落了地的时候，刘天威瘫倒在工厂招待所，鼾声大作，整整睡了一天一夜。

一个瞬间可能闪现一个人的全部历史，一个细节也许浓缩一个人的整个品性。

忠诚是骨子里就有的，后天只能使其磨损。男人与男人的交

五塑公司股东成功购买五常制药有限公司

往，往往是在互相认同的基础上铸就的友谊，尤其是患难之交愈加牢不可破。往往要比男人与女人的交往牢靠。因为，他们之间除了信任与友情，很少掺杂利益与欲望。

　　第二次"公决"要比第一次轻松得多，因为这几乎没有悬念。一个买家，一个卖家，加上市委书记张书记、市长乔树江、副市长郭景友、经委主任赵杰，这一驾马车的四员战将，将形成五常国有企业改制的最强领导阵容。在二次公决的动员会上，市委、市政府明确地告诉"五药"的每一位职工：改制，简言之就是要把国有企业通过赎买变成民营企业，而且是势在必行。言外之意是间接告诉这些企业的主人，自己守不住的家园，就得让别人来经营；自己不好好经营，主仆易位就是一种历史的必然。江山易主，政权更迭，是一种历史潮流。现代人得知的"文景之治""康乾盛世"，都源于历史的记载中，没有人会亲眼看见。而他们心目中那些圣明的帝王失了江山，无一不是因为无法跳出历史的局限。更何况，那些只知道做工与挣钱的普通人呢？改制，就是救活自己的最好选择，其他的幻想必须丢掉，能救活自己的只有这一次机会。

改制领导小组还告诉"五药"的职工,关彦斌已经将1 000多万元的购买资金,经过公证处的公证,暂时由领导小组监管。他们没有因为公决失败、三乐源退出而压等压价。至此,"五药"的职工为关彦斌的真诚所打动,心头无不涌上一种歉疚之意,十天前,确实不该拒绝这种诚意。

公决开始。

这是一次历史的公决。

83.6%的赞成票,结束了那些煞费苦心的博弈与纷争,一切都结束得那样偶然,也结束得那样必然。

逆转,是对自己命运的再认识。

1998年4月29日,在五常制药有限公司598名职工期待的目光中,关彦斌在产权转让合同书上郑重地签上了自己的名字。把自己的后半生,赌在了这片停产了11个月的国有企业废墟上。

一只折翼的雄鹰,还能再度搏击长空吗?

1998年4月29日,关彦斌在改制合同书上庄重签上自己的名字

重整河山

第十四章 ｜ 重整河山

　　五常历来被视为一个神奇的地方，神奇得连河水都向西流，这就是在关彦斌家门口穿越全境的拉林河。

　　拉林河古称涞流水，满语意为"欢乐的河流"。至于拉林河为何以"欢乐"名之，阅尽人间的苦难与征伐，到底何乐之有，只有900多年前的女真贵胄知道原委吧？令人不解的是，这泓江水一反"一江春水向东流"的规矩，逆流而上，穿过双城、松原滚滚向西流去，且义无反顾，最终汇入了松花江。逆天的河流是标志了漠北自古的叛逆呢，还是尽显卓立不群的豪迈性情呢？抑或兼而有之？

　　故老相传，河水西流，将有不世出的豪杰在河边诞生。

　　关彦斌的出生地红旗乡东部接壤的营城子，清代是驯养向皇帝进贡的猛禽猎鹰"海东青"之地，当时称为"鹰城"，岁月更迭，被后人简化成"营城"。这一字之变，到底蕴含了多少沧桑岁月的深意呢？20世纪80年代，五常曾将城市命名为"鹰城"，但是三十多年后，或许是不为当地人认同的缘故，"鹰城"这个

1998年4月，刚刚由国有五常制药厂改制而成的黑龙江省五常葵花药业有限公司，百废待兴

常常令人联想起猛鸷的别称，一直没有叫响。因为，人们讨厌阴鸷的鸟。抑或，作为仁义礼智信的故乡，不应出现残酷的杀伐。

1998年4月29日，关彦斌购买五常制药有限公司正式签署仪式召开，这意味着他入主制药行业的人生履历的开元。当关彦斌把办公室搬进五常制药有限公司的第一天，一件意想不到的事情发生了：对话时的"夜猫子"洪人良，把一间办公室的门砸坏了！一边砸还一边气势汹汹地怪叫："哼哼，民营的还要来管国营，看看谁敢管我？！"

人们纷纷跑出办公室，但是都敢怒不敢言。因为，人们都知道这是个惹不起的主儿。

洪人良的职业是供应部的采购员，但是，这个采购员的采购方式比较奇特。他先在社会上采购药材，然后以高价卖给企业。4万元一吨的猪胆粉，他卖给企业必须9万元；他采购来的五味子也得加上一倍的价钱，不买不行。其实，于树春的出走就与此人有关。或者进一步说，就是此人逼走的。他唆使社会上的地痞王某面授机宜，敲开了于树春的家门，声言有几十吨五味子要卖给药厂。当于树春严词拒绝时，这家伙掏出一把匕首，狠狠地扎在自己的腿上，然后再谈卖药材。于树春心惊肉跳，马上答应高价收购。王某面露狞笑，过后和洪人良分赃。至于于树春家里被扔进炸弹是不是他们所为，连公安人员都睁一眼闭一眼，只有鬼知道！

在一个出英雄的地方，同样会出产小丑。就像关彦斌的制药厂就在亚臣大街上一样，两位英雄聚会的地方，竟然有如此丑陋的事情发生。

想要做公司，老板不仅要动情，还要会动刀。

社会上的毒瘤，是社会纵容养大的。

关彦斌怒不可遏，当即报警。当警察赶到之后，竟没人敢为洪人良的恶行作证。关彦斌亲自作证，结果，洪人良被警察抓走了！

站在窗口，面对不法恶徒的公开挑战，关彦斌义愤填膺，这是整饬药厂秩序的第一次战役，更大的意义在于惩戒与震慑。

面对被行政拘留15天的处罚，洪人良的心理防线彻底崩溃了。这是他的奇耻大辱，在五常还没有人敢动他，没想到这回却栽到了关彦斌的手上。如果一旦被拘留，以后还怎么在社会上混？

强盗有强盗的逻辑。他捎出来话，请关彦斌去"解救"他，以"痛改前非"为条件。

杀人不过头点地。"洪人良事件"就像一记警钟，在关彦斌的耳边嗡嗡作响，提醒着关彦斌要恰切地处理这个案件。人们拭目以待对洪人良的处理，不"杀"不足以平民愤。

哲人说："当一个坏蛋力不从心时，他会干出世界上最卑劣的事情；而坏蛋破裂会变成炸弹。"洪人良其实是力不从心，关彦斌暂时不让他破裂。因为，他一旦破裂，炸坏的并不仅仅是自己。

对于洪人良之流，无非鲁达拳下的镇关西、杨志刀下的牛二。

汉代名将韩信可以钻地痞的裤裆，但并不妨碍其封将拜相。拘留15天，只能消停半个月，但是只能令仇恨加深，等于将其彻底推入敌对阵营，永远与企业作对。以拘代罚，岂不是便宜了他？损坏的公物，必须由他承担！药厂这么多年，是一个滋生强盗与惯偷的地方，是杀一儆百，还是"放"一儆百？与其永远治乱，莫若"乱治"，彻底匡正风气乃兴企之本。立法管人，方为上策。短期的拘留只是扬汤止沸，整章建制方为釜底抽薪。用充满正能量的企业文化引领，企业方能立于不败之地。

螳臂岂能当车？历史，一刻都不会停下前行的脚步，大浪淘沙，泥沙俱下，淘尽狂沙始到金。

关彦斌把洪人良从派出所领回来了！

人们瞠目结舌，关彦斌难道怕了洪人良不成？

关彦斌不是那种胆小怕事的人呀？

再看洪人良，找人把砸坏的门，一个一个地修好了。

这是一个反面教员，他的教育意义在于，兴风作浪，必然自食其果。

这个教员太反面了，反面教员的积极意义，在于催生剔除反面教员滋生的土壤。

反面教员往往会被法律所看中。洪人良这一反面教员，催生了制药厂的第一部法典。

七天之后，厂里的一个小仓库失火了。不管是不是蓄意破坏，责任人应该怎样处理？

一年前，一个车间曾经丢了 25 台电机。那时关彦斌还没有接管，这个案子只能既往不咎吗？

如今，一些职工仍然在偷盗。怎样处理这些监守自盗的老鼠？

一些诸侯还在"靠山吃山"，把持着自己的领地。

感谢洪人良，他的跳出来公开挑战，把立法建制推到了前台，把思想教育提上了日程，把企业文化催生到了眉睫。

十天之后，企业铁律出台，每一个人都在上面签上自己的大名，以示通晓，并意味着必须凛遵。

企业的法律就是红色的高压线，触碰者必须依法制裁、严惩不贷。因为，一个没有规矩的领地，再大也不会有方圆。

戏剧产生于人的过错，人要不犯错误，就不会有任何戏剧性。

一个公司如果只有某件事情处理不好，关键就是处理事；如果有一批事情处理不好，关键就是处理人、处理关键的人。关彦斌法网织完仅仅三天，就有人"触网"。有人偷了一桶刺五加膏，被门卫发现。有人问"怎么办"，关彦斌淡淡地说："按制度办。"一桶刺五加膏子价值200元，偷一罚十，2 000元罚款，没有一分钱的含糊。这可是将近半年的工资啊！没办法，既然敢于以身试法，就得勇于承担法律责任。有人偷了一台空气压缩机，价值460元，被拘留15天，还是罚了4 600元。只要你敢偷，工厂就敢罚。

法律，是专给犯错的人准备的。对于不犯错误的人，没有丝毫意义。

一位供应科的职工，进了原料之后，没有拉进厂子，而是拉到市场上卖了，把钱装进了腰包。

这比偷盗更恶劣。

被举报之后，有关部门问关彦斌该当如何处理。关彦斌还是淡淡地说："按制度办。"根据数额，按照制度，已经够了开除的"杠杠"，工厂除了追回非法所得之后，开出了有史以来第一张"开除厂籍"的罚单。

悔恨的泪水洗刷不净伸向企业的黑手。攫取了不义之财，必须用打破饭碗的代价来埋单。

那位职工离开厂子的时候，关彦斌告诉他："你是工厂开除的第一位职工，但愿也是最后一位。"他说出了内心与法律的无奈，作为一位企业的领导者，开除员工与其同时蒙羞，尽管境界天差地远。

他拿出1 000元钱给了对方："这点钱留作找工作时候的生活费，希望你今后走好自己的路。"

法律的严肃性，就在于执行。老鼠们偷盗的嗜好，是猫们姑息的结果。国营五常制药厂之所以能够走到现在的被人收购的地步，一点都不奇怪。这就是国有企业的皇粮，豢养了一批不作为的猫，豢养了一群偷盗的老鼠，还有就是走向灭亡的一种机制。

既然生产资料是公有的，那就可以随意损公肥私。

但是，多年形成的习惯使他们显然忘了，眼下已经改朝换代。

收购药厂时职工598名，关彦斌全部留用。而在工厂走上亏损之路时，一些另谋出路的人，一些对前景堪忧的人，还有一些不适应关彦斌管理方式的人，共有200多人自愿买断工龄，离开了药厂，买断资金开出500多万元。人各有志，不能强勉，但是，关彦斌恪守的信条是，只要愿意在工厂效力，只要遵守厂规厂法，一律视为同路人。

只有同路人，才能同舟共济。

所有的殉道者，皆因离经叛道。志不同，则道必不合。

可惜，多少人无法遵循这个异常浅显的道理。

关彦斌相信，洪人良之流一定不甘此次的失败，还会跳出来捣蛋。而关彦斌更相信，这样的不法之徒，一定会在法网的焚烧下灰飞烟灭。

果然，不久，洪人良又犯事了，竟然在光天化日之下，把公司的16吨煤炭拉到集市上卖了！

是可忍，孰不可忍？这回关彦斌决定剔除这个害群之马，很快做出了开除洪人良厂籍的决定。洪人良也真是个滚刀肉，竟然"扑通"一声跪在关彦斌的脚下。

关彦斌轻蔑地一笑："上次我已经给了你做人的机会，可惜你没能把握，希望你以后到社会上能够改过自新，做一个有益于社会的人……"

而令人奇异的是，人们普遍认为宣布开除洪人良厂籍，这家伙一定得大闹工厂，但他却很长时间没有动静。

是洪人良学好了吗？

正当人们纷纷猜测的时候，一个震惊人心的消息传来：洪人良因为杀人被抓了！

原来，上次洪人良和王某合伙倒卖五味子以后，20万元的赃款竟然要独吞。王某几次索要，洪人良恼羞成怒，竟雇凶将王某给活埋了！

多行不义必自毙，洪人良的覆灭，是人神共愤的结局。当然，也是自己给自己设的局。

其人可诛者，必其心可诛也。

五常葵花成立伊始的主要办公场所，现已被重新翻修粉刷作为大学生宿舍楼和员工食堂使用

葵花战略

第十五章 葵花战略

关彦斌理顺了人心之后，就把全部精力放在了开发"葵花牌"护肝片上。那是他复兴企业的一把利器，那是种在国有工业企业废墟上的一粒希望的种子，那是塞外平原上的一点星星之火，那是他成就人生辉煌的全部寄托。

1998年5月13日，任景尚带领200名工人，正式恢复生产葵花牌护肝片。隆隆的机声，标志着这座停产了11个月的国有药厂获得了新生。但是，性质已经发生了更迭，那就是，由原来的姓"国"，已经改为姓"民"了。关彦斌此际踌躇满志，将任景尚在短时间内恢复生产的功绩高兴地称为"景尚添花"（锦上添花）。

葵花牌护肝片的重新生产，人们无不会想到营销。然而，关彦斌要营销的不仅仅是葵花牌护肝片，他要营销的是他的全部"葵花战略"。

战略，是一个企业的灵魂。

没有战略的人，不能营销人生；没有战略的企业，只能营销失业。中国当代民营企业的平均寿命为 2.9 岁，美国为 40 岁，企业寿命的长短，在于企业领导者的战略设计，或者说在于企业家的视野与心胸。而成功的企业领导者要感谢那些倒在脚下的平庸的、目光短浅的企业老板，那是过早牺牲的先驱与探路者，做了后车之鉴的垫脚者。

这不是中国民营企业的不幸，这是一个没有战略者的必然归宿。关彦斌从辞职下海的 20 年里，一直到 1998 年，才找到了更大的施展战略的一块搏杀的疆场，一块英雄的用武之地。

1998年销售工作会议

其实，世界上本来就不缺少宝藏，只是缺少发现与发掘。

一颗战略的种子，废墟上也能生成宝藏。

这颗种子，就是他魂牵梦萦的"葵花"。

一颗已近枯槁的葵花籽，种在哪里才能发芽？到哪里去聚拢温暖和煦的阳光？哪里才是适合它生长的土壤？怎样给它输入养分与氧气？他把一切期望与情感，全部投诸这颗源于南美的忠诚于旭日的花朵。

当年于树春经过多少次煎熬，多少个日夜游弋于《本草纲目》中与医药学家李时珍对话，终于发现了柴胡、茵陈、板蓝根、五味子的最佳配伍，对于治疗与预防肝炎降低转氨酶的特殊疗效，给乙肝病毒携带者带来了福音，解除了病痛。而注册商标时，就选择了忠诚于太阳的葵花，象征着对于人类的祝福与告诫，要踏踏实实做人，诚诚实实做药。中国人注册商标喜欢花草树木，或是有名气的地名与人名，像红梅、青松、古柏、翠竹等不一而足，像茅台、杏花村等知名品牌，无不以输入具有中华文化色彩的元素而鹤立鸡群。当然，"葵花向阳"更能表明忠诚度，这就是这个商标的由来。

　　正是这个富有政治意义而又富有经济意义的花朵，被关彦斌充分挖掘，终于挖出了潜藏在废墟深处的宝藏，成就了一位驾驭改革开放机遇而声名鹊起的风云人物。

　　"更无柳絮因风起，惟有葵花向日倾。"

　　古往今来，有多少文学泰斗对葵花进行吟咏，皆然倾倒于其忠诚之本性。而梵高呢？在其穷困潦倒即将告别人世之际，仍然醉心于向日葵的画意之中，永生向阳之葵花的执着与忠诚，令他终生不敢忘怀。于是，他笔下的向日葵必将流芳百世且价值连城。

　　一种毫不起眼、遍布世界各地的植物，居然都存了与生俱来的忠诚本性，难道作为万物灵长的人类，却要时时面对忠诚的拷问么？这无须回答，假若关彦斌与葵花有着天然不可分割的缘分，那么，就是共同的自然天性将他们牢牢地捆在了一起，今生不可分离。关彦斌因葵花而风生水起，葵花因关彦斌而光华夺目。

　　"葵花"的绚烂多姿历经三部曲，主旋律就是浴火涅槃，总指挥正是深谙"交响乐"却从没学过音乐的关彦斌。

　　第一部的开篇之作，是葵花由来乐章，必须精彩绝伦，才能激荡人心。他力排众议，毅然将"五常制药有限公司"更名为"黑龙江省五常葵花药业有限公司"，让这朵蒙尘已久的葵花，重新在人们的心中绽放。因为，厂名"葵花"与注册商标"葵花"一统之后，企业与产品可谓珠联璧合、相得益彰。而葵花的形象又是那样的傲岸与挺拔，阳光而向上，有着坚强的生命力，一生追逐太阳，充满着希望与信念。

要更改一个沿用了三十几年的名字，仅仅是为了更改一个企业的称谓吗？人人皆有恋旧情结，然而，恋旧与守旧就是一对孪生兄弟。不打破一个旧世界，就不会迎来一个新世界。用葵花追逐太阳的温暖，融化失去家园的坚冰；用忠诚与执着的信念，赶走利欲与慵懒的思维。因为，五药的重要组成部分是一群"哀兵"，他们可以为企业的破败而伤心，而企业主人公的责任与尊严却永远也不会死灭，那么，他们的希望与理想将用什么去点燃？

把葵花的文章做大做透，把温暖洒向企业的所有角落，才能真正深入人心。企业文化来不得半点矫情，虚假的做作是文化的天敌。因为，人心都是肉长的。把国营更为民营，意味着必须同舟共济。抹去的不仅是陈旧的名称，关键是为了摒弃陈腐的观念，为了以全新的面貌，同心育葵花，合力创伟业，调动所有的音符，奏响一部一往无前的英雄史诗。

文化是怎样变成灵魂的？文化是"种"出来的，是企业命运的精神积淀。文化的生命力，在于在人们的脑中受孕，在血液中成长，在心灵中扎根。

当"葵花"的金字招牌在亚臣大街27号门口竖起的那一刻，标志着一个新的顽强生命在塞外的冻土带上诞生，多少人喜极而泣，多少人因惋生悲。有的庆幸一个新生儿的问世，有的悲悯原有家园的灭失。然而，五味杂陈、心绪复杂的他们，根本无法预测，十几年之后，这株生命力极强的花朵会在关彦斌的心血浇灌下，蜚声大江南北，使多少人彻底改变了命运。

这是关彦斌接手"五药"之后的第一个大手笔，是一次非同凡响的革命。雄浑激越的旋律，永远在葵花药业的历史上空鸣响。

一只狼很失落，因为他看不见肉，这是视力；另一只狼很兴奋，因为他知道有草就会有羊，这是视野。这就是视力和视野的区别。视野能超越现状，使人看到人生的目标。每个人都有眼睛，但不是每个人都有眼光；每个人都有脑袋，但不一定每个人都有智慧。人生，是一个不断改变提升的过程！

眼睛只能看到当下，眼光才能看到未来。

这并非一个寓言，而是一个哲理。

在关彦斌的视野中，这朵葵花的价值无法估量。盛开，千帆竞发；结实，万户受益。

做企业，其实就是做视野。

葵花第二乐章宛若高山流水，古道热肠的江湖义气，出于对价值观的高度认同，才能聚拢无数才俊于麾下。当年无法拆散的桃园之义，其固若金汤的基础，也不是用利益的混凝土铸就的。

在商品经济的时代，笼络人才的手段，仅仅靠江湖义气还管用吗？追求利益的最大化，还是追求人才队伍的最大化？两者包含本末倒置的悖论吗？

聚拢人才，是企业发展的最大战略。

关彦斌的"五药人治五药"的策略，必然实施人才战略。

焦永芳，是人才战略的一员猛将。

改制之初的道路是艰难而又坎坷的。那时，焦永芳主抓人资工作，一切从零开始，没有任何经验可以借鉴，组建队伍非常艰难。她至今仍清楚地记得起步之初，招兵买马、组建队伍的艰难。"当年的葵花，在业界几乎不为人知。人资工作是对外工作的窗口，关总裁也非常重视人才的引进和培养。为了成功地引进一名行业精英，为集团后续发展做出贡献，我从求职信中逐一筛选、反复对比。遇到合适的求职者，哪怕他暂时婉拒了我们的邀请，我也一直和他保持联系，不断打电话、发短信反复沟通，软磨硬泡，苦口婆心，甚至在夜深时分还在和候选人电话沟通，让求职者通过人资这个窗口看到了葵花对人才的重视。不分白天黑夜地工作，投入了大量的精力和感情。就这样，用热情和感情感召了一批优秀的业界精英加盟葵花。"

此外，她还利用休息时间反复研读《劳动法》等国家法律法规，在此基础上，操刀制定了各项人资管理制度，如招聘制度、绩效考核制度、内部竞聘管理制度、薪酬管理制度、档案管理制度等，逐字逐句地斟酌。就这样，她摸着石头过河，不断摸索，克服重重困难，搭建起人资系统最初的构架，构建了人资系统的雏形，为人资工作的顺利开展打下良好的基础。

苍天不负苦心人，通过几年的外引和内升，焦永芳为葵花培养出一批批销售精英，充实到各个销售岗位，如今这批精英人才多数已成为葵花发展的骨干和栋梁。

2005年10月，集团各项业务飞速发展，葵花品牌已深深根植于老百姓的心中。对人资工作早已轻车熟路的她做出了人生中另一个重要决定：转战销售市场。

刚做销售时，她给时任周边总监的王昆做助理。"当时真的是一点都不懂，是个纯粹的外行，做助理底气也不足，好多人都是我招聘来的，对我十分尊重，不懂的都告诉我。但打铁还需自身硬啊！我不能让大家说外行管内行，给大家添麻烦。"焦总笑着说。

为了搞懂里面的门道，她不怕辛苦，也不怕面子上过不去，和年轻人一起谈客户、布置堆头、设计促销方案……就这样，她一步一个脚印，顺利地完成了从外行到内行的转变。

2007年，普药模式刚刚起步，在重庆、黑龙江、湖北、山东四地搞试点，当时的总经理罗时璋非常欣赏她的工作，非常想和她合作。于是，焦总又来到试点地区，开始了全新的探索。面对全新的模式，她不怕失败，与罗时璋配合默契，边工作边总结边改进。普药模式取得了成功，在全国范围内进行了推广。

2008年，公司组建普药事业一部。焦永芳由于在组建队伍方面具有丰富的经验和敏锐的市场洞察力，给时任普药事业一部总经理李荣福做助理，两人合作颇为愉快，为大普药的落地生根赢得个开门红。

2010年，集团收购原得菲尔药业，组建了普药事业三部。焦永芳任普药事业三部总监，投入到事业部的组建中，与总经理孟凡巍搭班子，给孟凡巍许多中肯的意见。

2012年10月，公司人资工作临时无人接管，又是她临危受命，接过人资总监的重担，以高度的责任心系统梳理各项工作，为公司挽回经济损失90余万元。

2013年2月，公司欲实行大区管理，焦永芳冲锋在前，接下了大区试点的工作。

2014年，新组建普药事业四部，又是焦永芳冲在前面，与总经理曹海云合作，尽心扶持，创下了9个月完成销售额近亿元的神话，在业界被传为佳话。

可以说，葵花每个重大发展的历史时刻都凝聚了焦永芳的心血，她尽心尽力，冲锋陷阵，从不言败。

回忆起那段时光，焦永芳说："我非常庆幸当时奔赴销售前线，正因为这样一个决定，我有幸参与并见证了葵花普药从当初仅分得市场一杯羹，到如今占据葵花销售半壁江山；从当年的模式变革不被接受，到如今大普药落地生根，被业界追随和效仿。一路走来已有9个年头，虽历尽艰辛，但无怨无悔。"

焦永芳做起事来非常执着，做事就一定要做好。工作起来完全忘记了年龄，和年轻人一样工作到很晚，摸爬滚打，甚至比年轻人还能拼。

她的手机24小时开机，许多终端经理都知道她的手机号码。不管谁有困难，只要一个电话，能当面解决的当面解决，不能赶到现场的她都会尽心解答。有一次，她甚至忘记了锅灶上烧的饭菜，等放下电话时，屋子里已满是浓烟，差点着起火来。

2011年，普药事业三部河北唐山地区市场交接时出现问题，河北省总经理张军希望她能帮忙解决。当时，焦总正在北京开会，二话没说便与张军驱车赶往唐山。由于不熟悉道路，两人在高速上迷了路，车里又冷，适逢焦总身体不舒服，两人晚上12点多钟才到，第二天早晨不到6点她又起床工作，为此落下了腰疼的毛病。

2008年6月，在湖南开会时，她不慎跌倒，左脸猛地磕到门框上，脑部着地，当即昏了过去，不能动弹。同事见到慌忙叫救护车把她送到医院。经医生检查，她左侧脸部颌骨骨折，眼部充血，并发脑震荡。休息了近一个月才慢慢恢复，颌骨至今仍未痊愈。

她常常拿上几件衣服就下市场，一走就是大半个月，监督公司的各项政策是否执行到位，给销售人员鼓劲加油，帮助地区解决问题。从南方走到北方，从东边走到西边。南方酷暑难耐之时，北方却有了丝丝凉意，无奈只得匆忙买一件衣服御寒。

这些事儿还有很多，看似微不足道，但却能折射出她灵魂深处最闪光的一面。

或许是人资出身，焦永芳深深懂得甘当人梯的境界。她和刘光涛、赵志、曹海云都有过合作，是辅佐他们成功的身后的老大姐。不管和谁搭班子，她都尽心尽力，扶上马送一程。许多人劝她莫不如自己当事业部总经理，赚钱多不说，还轻车熟路，很容易开展工作。她总是笑着说："还是把机会留给年轻人吧！我是他们的老大姐，不为赚大钱，能在他们身后，默默地支持他们、帮助他们，能为葵花出一份力，我就心满意足了。"

普药事业四部总经理曹海云刚来葵花时，人生地不熟。她尽其所能，帮助他组建队伍、与各部门沟通对接、疏通各方面关系，解决了曹海云的后顾之忧，使他能大展拳脚，普药事业四部也快速崛起，成为普药队伍中的一匹黑马。

"与别人合作时，我都会总结一下自己和对方的长处、短处，发挥自己的优势，补对方的短处，形成优势互补，这样更容易开展工作。年轻人有冲劲、有干劲，集团也倡导人才的年轻化、专业化。看着他们快速成长起来，我很欣慰，我愿意当他们的铺路石。"焦永芳深情地说。

2015年，集团举行成立17年庆典大会，焦永芳被授予劳动模范、贡献奖等荣誉。她动情地说："我感恩葵花给我提供的广阔的人生舞台，这是一个令人梦想成真的绚丽舞台。葵花承载着我全部的青春与激情、光荣与梦想。葵花赋予我新的职业生命，让我焕发青春，重新起航。葵花又像是我的孩子，我为她倾注了全部的爱和心血，看着她从嗷嗷待哺，到蹒跚学步；从年少风华，到誉满华夏。我的心中有欣喜，也有欣慰，更多的是骄傲和自豪！"

焦永芳像一颗螺丝钉，哪里需要哪里顶。她是无数葵花儿女的代表，她以"向天再借五百年"的壮志豪情，以一颗年轻的心，带着青春、激情和梦想与葵花同行。她张开双翼，拥抱梦想，搏击在激动人心的伟大时代，把矫健的英姿书写成最动人的凯歌！

从葵花药业成立的那一天起，关彦斌就没有忘记要请回于树春，因为，推进"葵花战略"的征程中，缺少"葵花护肝片"发明人的战役，便与"遥知兄弟登高处，遍插茱萸少一人"的情景相若，是一种历史的缺憾。

关彦斌的葵花交响乐，少不得第一提琴手。

于树春是葵花保卫战的王牌。

一下吉林，于树春严词拒绝，因为五常这个"第二故乡"，给他的伤害太深。

二下吉林，于树春婉言谢绝，因为有多年的朋友之义，以及出走时的相送之情。

三下吉林，于树春无法拒绝，"三顾"之诚却之不恭，知识分子的孤傲，只是为了表现自己的价值而已。

当三春的和风吹拂了一冬的坚冰，铁石之心也化了。

而当于树春回到这块令他伤心的折戟之处，已经没有了立足之地的他，却收到关彦斌递过来的一把三室一厅的安家的钥匙。价值30万元的房产，在那个时候的县城，堪称一笔巨额财富。这把钥匙开启了他已经锈蚀的热忱，开启了已经灭失的情感，开启了已经冰冻的心扉。

知识分子的清高，凛然不可侵犯。然而，最缺的就是抬举，最怕的也是抬举。远离尘嚣的隐士，是出于对浊世的厌倦，还是出于怀才不遇的失望呢？而一旦机缘巧合，皆然不甘寂寞，莫不重入红尘，其状若飞蛾扑火，也在所不惜。

善战者非在修壕堑，而在掘人才洼地。经营聚拢之地，非兵戈可战而胜之者。昔垓下四面楚歌，非羽不能，皆因胯下小儿为高祖所用耳。

经营企业，就是经营人才。

关彦斌的人才方略是：士为知己者死，人为知己者用。

于树春的回归，使关彦斌的棋局实现完美收官。

第三部的乐章是葵花护肝交响曲，这是葵花赖以沁人心脾的绝响，荡漾着"春风杨柳万千条，六亿神州尽舜尧"的韵致。这是关彦斌的潜心之作，是他的希望之作，亦是至关兴衰之作。

因为他心里最清楚的就是，"葵花护肝片"的金子般的价值。这也是他购买"五药"的良苦用心之处。

20世纪80年代，我国是世界肝病高发地区，肝病病毒携带者达到了1.6亿人，每年死于肝病的患者多达500多万。预防和治疗肝病历来为党和政府所重视，各级科研院所与医药工作者潜心探索，护肝片正是在这种历史背景下问世，因而，其生命力与商业价值均不可估量。1988年春季，上海、江苏、浙江一带爆发甲型肝炎，引起极大的社会恐慌与动荡，各地医药公司、医疗机构的求购订单雪片般飞来，五常制药厂昼夜不息加班生产两个月，7 000箱护肝片终于扑灭了肆虐的病毒，在华东闯下了响当当的名号。但10年之后，尽管订单不断，催货者急如星火，可是，这个欠了职工9个月工资的国有企业，已因无力生产而使这一金字招牌蒙尘锈蚀，湮没在历史的深处。葵花牌护肝片先后获得包括两次国家银奖（金质奖空缺）在内的国内外大奖15项，被列入《国家基本药物目录》。但是在改制前，产品包装陈旧，而且还被仿冒。4.5万件的市场份额被掠走了3万余件。

30年前，人们向往国有的铁饭碗；30年后，人们端上了民企的泥饭碗。不怕打破的终将被打破，怕打破的反而越来越牢靠。

历史从来不愿意假设，也来不及假设。历史从来都有一个是最接近真实的，关键是由谁来书写。喧嚣掩盖着的真实，正是考验历史的公正之处。

关彦斌一生到底要有多少个惊世骇俗之举？改了厂名不算，他居然要冒天下之大不韪，更改产品包装！

一石击起千重浪，这可是生死存亡的大事，可不能由着性子胡来！真要是一改，人们都不认识了，尤其是仿冒的时代，厂名再变更，容易一下子就彻底死亡。

为了使关彦斌"就范"，有人竟然把状告到了关彦斌父亲那里，试图让老人阻止这个"莽撞"的举动。因为关彦斌是大孝子，只有老人才能制止这位天不怕地不怕的主儿。

然而，关彦斌这次真的就没听父亲的，这是他平生第一次违背父亲的意愿。

一个企业，产品被人仿冒，等于被抽走了灵魂。

与其坐以待毙，莫若置之死地而后生。

关彦斌何尝不知，更换产品包装要承受着多大的风险，但事实已经证明，原来的商标没改，企业何以灭亡？何以今日改标，企业必将灭亡？

不能自圆其说的逻辑，关彦斌向来不信。大家可以发表错误的意见，但是不可以错误地采纳。

不改，企业无法新生；不改，企业无路可走。这就是葵花当前走向新生的发展逻辑，而且是一条独木桥。

这就是灭亡与新生的拐点，容不得半分的犹疑与彷徨。

葵花第三乐章的启幕即非同凡响，关彦斌在全国的媒体上刊发征集葵花牌护肝片包装设计的启事。

这是一则浸润着英雄胆略的征集令，这是一块壮如丹书铁券的免死牌，这是一副拯救优秀品牌的护身符，这是一份公告天下的宣言书：葵花牌护肝片已经换了新的主人。

在上百件的应征作品中，一帧鹤立鸡群、浑然天成的佳构令关彦斌怦然心动，这正是，"梦里寻他千百度，蓦然回首，那人却在灯火阑珊处"！

这是一幅诠释忠诚于旭日的扛鼎之作，这是一幅中药空前深入的心灵坐标，这是一幅指点江山的风云际会图。让我们来还原关于葵花这一标志性的历史图标："由葵花、地球和药粒组合的时间构成"，向人们传输着"葵花向阳，始终如一"的经营理念；向消费者展示"咱老百姓的好药"的全新形象。这个药业的标识，崇高而深远，以葵花和地球为基本元素。在方形的轮廓中，地球与葵花互融渐变，最后，地球幻化成葵花，呼之欲出。方形轮廓体现医药行业的严谨和理性。地球幻化成葵花喻示着他们的药品集大地之精华而成，品质高贵；西半球阳光乍起，喻示着葵花人面向新世纪、面向全世界，放眼全球市场，为人类的健康服务的雄心与志向。

继而，这一全新的图标在全国数十家媒体上反复迭现，意在让天下人重新认识葵花，重新见证葵花。

等待，让人感觉时间凝固了。

然而，改换包装之后，好几个月不见起色。于是，风凉话就嗖嗖地刮：

"改了没人认识了吧？"

"搞药品可不是搞塑料，越新越好！"

"一意孤行早晚得栽跟头！"

本县一家也生产护肝片的老板断言："葵花因为更改包装，不出半年就得关门！"

关彦斌心里犹如打翻了五味瓶，他也觉着够不着底儿。难道，这真的是一次致命的失误决策？

自信，往往产生于成功之后。

他不愿意坐在屋里纳闷，他要让实践与经验做出回答。

他跑到北京，参加了中国医药营销方略培训班——业界的大腕会给他指点迷津。一个月时间虽短，却使关彦斌眼界大开。一个品牌、一个包装，从视觉到认可，应该给市场留出充裕的时间。南辕北辙，欲速不达。只要是方向对了，到达目的地只是时间问题。他相信，企业、产品、商标三位一体的包装，一定会深入人心！

惊世骇俗之举接踵而至。

关彦斌的举动往往不可预料。

而更令人不可思议的事情即将发生，在葵花牌护肝片刚刚投入生产不久，关彦斌却要把仓库里的十几吨原料销毁，这些原料包括柴胡、板蓝根和五味子。原因很简单，竟然是这些原料采摘的时间不对，而五味子又是"南五味子"。

人们把这位只生产过塑料的总经理看作"白帽子"，一位不熟读三百味的人，岂能懂得药性？

关彦斌不用懂得三百味，只要懂得一味——不可作假就够了。作为企业的领路人，必须把企业往正道上引。想当年，同仁堂的店训让关彦斌铭心刻骨：炮制虽繁必不敢省人工；品位虽贵必不敢减物力。其实，永葆美妙的人生也无非就需诚信这一服药，何况还要引领一个制药的企业呢？

在中国医药界，尽人皆知的是"南有胡庆余堂，北有同仁堂"，红顶商人胡雪岩的胡庆余堂就有"真不二价"和"戒欺"的店训。关于店训的来历，曾经有一桩往事：一次胡雪岩发现因为原料缺乏，店里有人用豹骨充当虎骨，胡一怒当众诘问"岂可自砸招牌"？遂将所有以次充好的药品付之一炬，此后店训永世不更，传为百年佳话。

关彦斌效仿胡庆余堂与同仁堂，是基于中药的制作讲求真材实料，药材要讲究产地、采摘季节、层次与部位。葵花护肝片中的主料五味子，具有降低转氨酶的功效当推北五味子，葵花历来都是用北五味子，而其他企业大多用南五味子来替代，南五味子当时每吨价格在1.5万元，而北五味子则为3.5万元，相差竟然如此悬殊！

如果中药减了物力，自然就减低了药效，这不就是欺诈吗？而一些人的论调让他无法容忍："一个中药本来就是慢功，缺一味还能咋的？何况还是五味子？"

这个论调和想法，绝不是少部分人的观点。这种观念持续下去，岂不是自毁长城吗？企业赖以生存发展的金字招牌，岂不要毁于一旦吗？

烧掉！必须烧掉！关彦斌下了一道严令，他要效仿张瑞敏怒砸"海尔"冰箱！

1985年，海尔从德国引进了世界一流的冰箱生产线。一年后，有的用户反映海尔冰箱存在质量问题。海尔公司在给用户换货后，对全厂冰箱进行了检查，发现库存的76台冰箱虽然不影响自身的制冷功能，但外观有划痕。时任厂长张瑞敏决定将这些冰箱当众砸毁，并提出"有缺陷的产品就是不合格产品"的观点，在社会上引起极大的震动。当时，冰箱还是紧俏高档商品，一些员工恳求张瑞敏把冰箱低价卖给他们，张瑞敏坚决不同意，结果在众目睽睽之下，将有问题的冰箱砸得粉碎！

这一砸，砸得好，不仅砸强了海尔员工的质量观念，为企业赢得了美誉，而且引发了中国企业质量竞争的局面，反映出中国企业质量意识的觉醒，对中国企业及全社会质量意识的提高产生了深远的影响。这一砸，将载入中国工业史，预示着质量商品将是千家万户的期待！

葵花，不能有一片不合格的药品流入市场！因为，药品是直接入口的，比起冰箱来，不知道要重要多少倍！

被浇上汽油的劣质药材熊熊燃烧，烧得人们心疼胆跳，烧得人们泪水直流，烧得人们心灵战栗，烧得人们眼前一片明亮：葵花，就是要用最地道的药材，做老百姓的好药，放心的药、疗效最佳的药。

当久违的机器轰鸣声再度响起，当那金色葵花再度盛开，一箱箱护肝片整装待发的时候，当那片僵死的厂区呈现一派生机的当口，人们的内心涌上了从未有过的踏实。而涌上人们心头的忧愁也随着机器的运转而日深：小山似的护肝片眼看着就把库房堆满了！

关彦斌找到财务部的经理敬喜林："最近财务状况如何？"这一问，使敬喜林变成丈二的和尚，挠了挠脑袋也没有想出总经理因何发问。工厂刚刚恢复生产，药品越积压越多，还没卖出去，难道总经理不知道吗？"护肝片卖不出去，财务状况可想而知。"敬喜林嗫嚅着说。

"卖不出去怎么办？我们就坐在家里等吗？"关彦斌接上了敬喜林的话茬儿。

敬喜林听出了弦外之音，马上说："不能等，得赶紧往出销！应该走出去销！"聪明的敬喜林马上领悟到了总经理话里的春秋之笔。

五常制药厂的坐商派头由来已久，因为人家原来是"皇帝的女儿"。护肝片火爆的那些年，基本是坐在炕头上就把药卖了。

若不是商品市场的闸门一开，人们争相涌入，看惯了明月秋风的国企，还悠闲地等着"驸马"临门来"迎娶公主"。市场如果不教训一下这些无知的人，或许他们一生也无缘认识一下这个温暖的市场、这个无情的市场、这个貌似温婉其实十分冷酷而又狰狞的市场。这些自视过高的人，自认为只要是公主，就不会成为明日黄花，永远不会不招人待见。而近于幼稚的可笑是，他们根本没有意识到人老珠黄时的落寞与无奈。

这些人不知道为何如此自负？

个别国企，养了一群慵懒的猫。

假如，一个懒汉幡然悔悟，必是浪子回头。

敬喜林"下海"了，从财务经理的宝座上下来，走进了遍布荆棘的市场，为葵花的生长开辟一条求生的路。

起得早得人，就早于他人呼吸到新鲜的空气。觉醒的敬喜林，后来成为葵花的销售猛将。

关彦斌要动刀，斩断与计划经济市场的"情丝"。

藕断丝连的经济孽缘，不能嫁接到活力旺盛的民营企业。

他一改工厂往日"坐堂客"的派头，除了生产人员之外，大部被他"赶"到市场的海洋里去学游泳。宁可淹死，也不能饿死。要知道，人的潜力是巨大的，在生与死的关头，求生的欲望，会使人产生巨大的爆发力。销售治本但需要慢功的中药，坐在家里恐怕不行，必须构建强大的销售阵容。于是，一场大打销售战争的集结号在葵花药业吹响：谁是真正的英雄，市场上见！当你凯旋，我为你们把酒庆功！"争当英雄！不做狗熊！""八百里分麾下炙，五十弦翻塞外声。沙场秋点兵。"群情激奋，鼙鼓催征！关彦斌亲自披甲上阵，亲自点将：任景尚去河北，王智会去江西，高凤久去辽宁……他带领着有史以来阵容最强大的销售队伍，杀向波谲云诡的战场。500人的工厂，有300多人奔赴销售一线。大有"风萧萧易水寒，壮士一去不复还"之威势。一个企业或是一个人，没有威势、没有精神头，如何在世上立足？他要向全国人民兜售葵花，他要让消沉已久的葵花重见天日。要让久违了护肝片的人们重新认识到，葵花蒙尘的日子已经一去不返，因为现在的葵花是关彦斌在执掌帅印！

1998年底，在关彦斌收购"五药"仅仅8个月之后，奇迹出现了，葵花牌护肝片的销售额由上一年的不足300万元，猛增到930万元，实现利润10万元，纳税57万元。10万元，今天看来似乎微不足道，似乎可以忽略不计，可是在经历了数年亏损的阴暗地平线之下的苦涩煎熬，这10万元令多少人扬眉吐气！57万元的税收，在今天简直不值一谈，可却是关彦斌兼并国企之后献给国家的第一份礼物，一片赤诚之心！

礼物虽轻，却是绿叶对根的情义。

让我们继续观赏这一组令人振奋的数字：1999年销售收入2 100万元，利税429万元；2000年销售收入7 500万元，利税1 945万元；2001年销售收入2.1亿元，利税6 664万元。

这组数字展现的连续四年300%的发展速度，就是业界为之惊诧、被称为"葵花现象"的发展神话，也是中国医药界前无古人的神话，或许也是后无来者的永恒神话。

因为，葵花的精彩，根本无法复制！

历史的庄重在于只能追溯不能重演，历史的悲欢在于真实而并非虚幻的记忆。当葵花销售战役初战告捷的时候，关彦斌为了犒赏出征的勇士，领着他们登上了黄山，一抒登临巅峰的浩气，尽情领略一览众山小的豪情。他希望他的勇士们，永远攀登在事业的巅峰。当2000年9月销售款实现月回款1 000万元的时候，他激情难抑，于9月26日晨赋诗一首《葵花盛开满人间》——为纪念回款突破千万元而作：

月回款突破千万，

在金秋的九月里实现。
鞭炮、贺电道不尽员工的欢欣，
无比的兴奋喜悦抒写在葵花人的笑脸。

这是运筹者的卧薪尝胆，
这是葵花人正确的经营理念，
这是前方将士拼搏的结果，
这是葵花人用智慧谱写的诗篇。

难忘改制两年前，
工人放假机声断，
市场份额尽丢失，
葵花蒙尘暗自叹。

改制化雨春风起，
催开葵花生机无限。
恢复、起步、再提速，
艰难的跋涉中击碎了诅咒者的预言。

是真金自不怕火炼，
葵花向阳是天性使然，
严冬过去是明媚的春天，
看！我远航的舰队奔向月回款两千万。

前方军旗摇动，正在呐喊激战；
后方增人增量，加班加点。
片剂车间已立项 GMP 达标、扩产，
中药现代化葵花人要率先实现！

1999年10月，在庆祝9月份单品回款超千万诗歌朗诵会上，关彦斌朗诵《葵花盛开满人间》

"振兴企业，富裕职工"，
企业宗旨牢记心间；
"产业报国，贡献社区"，
是葵花人永远的价值观。

商海鏖战骄兵败，
首战初胜路还远。
誓做"百草"强中秀，
葵花盛开满人间。

或许，你会感到这首诗略输文采，其实，这是葵花领路人的真实心灵写照，字里行间，充溢着无限的欣喜与豪情。而关彦斌更没有满足于自己的欣喜，他宣布，所有的员工涨一级工资！

葵花药业在成立以后，全厂首次响起了震天的欢呼声！这是真正的心灵的声音，这是荣辱与共的前提。在"产业报国，贡献社区""振兴企业，富裕职工"的企业价值观这一文化核心的统领下，对员工们震撼最大的还是共享改革红利，这就是最大最强的企业文化。

企业文化落地，就是首先让员工的利益落地。因为，他们是企业的脊梁。

2001年4月1日，这位企业巨头掩饰不住内心的欣喜，因为月回销售款已经突破了2 000万，这是以往的历史不曾有过的进展，于是又赋新诗《为月回款突破两千万元而作》：

（一）

龙江二月，
冰雪消融，
春寒料峭，
刮来报春的北国风。

葵花药业，
喜气升腾。
月回款突破两千万，
春分时节惊雷鸣。

"龙凤"起舞，
鱼笑波倾。
"拉林"竞秀，
鸟歌涛涌。

啊！两千万，
北国报春第一声，

百草园中，

更显峥嵘。

（二）

怎能忘记，

昨日"伤痛"，

也是春日，

心里却是天寒地冻。

改革春风，

吹绿花丛。

三年巨变，

百分之三百的速度在递增。

网络营销，

特色经营，

品牌战略，

团队雄风。

击败对手，

抢滩夺城。

葵花将士，

商海鏖战尽英雄。

（三）

销售攀升，

库存为零。

招人扩产，

葵花长袖舞东风。

骄兵会败,
警钟长鸣。
三百速度能多远?
运筹者此时更清醒!

销售征战狼烟起,
逼来"双虎""速立""慢肝宁"!
新药待开发,
GMP达标怎完成?

巨人肩上寻机会,
联合开发路已明。
决心扩建新厂房,
赋予葵花新生命。

(四)
神农尝百草,
《纲目》血写成。
重读《医宗金鉴》,
让华佗再写人生。

"产业报国,
贡献社区",
让中药五十强,
重写葵花的芳名。

"振兴企业,
富裕职工",
兄弟姐妹的汗水浇灌,
葵花盛开九州城。

企业文化开新路,
管理升级显神通。
GMP达标人欢喜,
誓为"国粹"建新功!

诗言志。
史诗不需要华丽,只要充满激情。
久经沙场的磨砺,关彦斌领略到了销售市场独特的风光,摸索到了独特的销售队伍带兵经验,探索到了让葵花落地生根的独特条件,总结出了一整套的销售攻略。在全国药品销售经验交流

关彦斌总经理高屋建瓴,提出了"广告拉、处方带、OTC推、游击队抢"的组合营销策略,而其中游击队战略的推出,更是远早于业界第三终端概念的提出

会上，这位满身征尘、身先士卒的老总感慨系之，向全国业内的高端人士将葵花在战阵上的策略和盘托出，毫不保留地分享，尽显一位颇具指挥才能的猛帅的谋略："葵花的销售之所以大幅上升，我们采取了'广告拉、处方带、OTC推、游击队抢'的组合营销策略。"

"游击队抢"是葵花在国内药品营销界的首创，是全国业界公认的最奏效的战术。

然而，有多少效仿者都感觉此法不甚"管用"？原因何在？关彦斌笑而不答。世界上没有两片相同的叶子；一个人一生不可能踏过同一条河流。

此一时，彼一时也。

葵花药业早在1998年就组建了面向县乡镇终端的销售队伍，这被形象地比喻为"游击队"，后被业内的学者总结为"医药市场的第三终端"。通过承包经营、单兵作战，去抢夺占中国人口70%以上的县城和乡镇市场，由最初的跑马占荒阶段到今天的精耕细作阶段，葵花药业的周边游击队不断加密、不断下沉、不断发展壮大、不断弥补空白市场，成就了葵花市场营销的网络制胜，这张网络的触角延伸到了乡镇一级的终端，这支队伍现在已经演变成了占有葵花药业销量半壁江山的宏大力量，而且每个业务员都配有机动车的周边线，这在业界是独树一帜的。

当企业的盘子还不大的时候，一个区域市场的激活就可以使得年销售量大增；但是，随着企业的发展，单一市场的发力显然不足以支撑。但是这一销售战略当时在全国业界引发强烈反响，而其中"游击队"战略的推出，使得业界"第三终端"概念出笼之后，葵花已经早早大举潜入这一巨大的利基市场，使之难以望其项背。这是关彦斌进入药业商品市场第一轮竞争的完胜，斜刺里杀出的这匹黑马，令所有的对手猝不及防。有专家曾经将关彦斌的策略解读为："需要指出的是，组合营销是高成本的，尤其是对于起步和初期发展阶段的企业，毕竟集中资源的成本低于分散资源的成本，且组合需要时间和积累、需要培养的过程；但同时，组合也是低风险的，而且可以形成优势互补，企业失败一般都是出在自己的劣势环节上，尤其对于已经发展起来的企业。"

而胸襟广阔的关彦斌，向业界将战略与战术袒露无遗，更显露自信与豪放。

葵花的神奇之处，仍然在于无法复制！

"当全国营销界争相强化品牌的力量时，葵花的品牌已经家喻户晓；当决胜终端炒得火热时，葵花的OTC终端已经全国江山一片红；当第三终端成为企业蜂拥的蓝海，并招兵买马纷纷亮剑之时，葵花的周边队伍早已能征善战。以护肝片销售为例，正是这种组合营销，使我们的葵花牌护肝片在广告停播四年多的时间里，销量出现了不降反增的现象，因素可能有很多，但一个重要的原因在于我们始终坚持组合营销。"当国家禁止处方药广告发布之后，这一王牌战术仍然使葵花立于不败之地，关彦斌自豪地坦陈独创的这一销售谋略的生命力如此强大。

在战场上是敌人，在会场上是朋友。你可以垄断市场销售上百亿元的份额，却无法媲美为业界奉献出一条毫不保留的销售策略。

在商业竞争中，伤人之心不可有，但防人之心不可无。正当关彦斌培植的"葵花"在全国市场上竞相开放之际，一片企图扼杀葵花的寒潮骤然袭来，令关彦斌猝不及防。黑龙江省一家实力雄厚的药业突然在中央电视台和各省电视台滚动轰炸他们制作的"护肝片"广告！据估算，六个月的时间至少用掉1亿元的"炸弹"！这家药业作为实力雄厚的国企素来以用广告轰炸的策略著称，作为一个新生的民营企业，作为一个刚刚有了起色的民营企业，会不会被扼杀在摇篮里？会不会"出师未捷身先死"？

葵花药业作为葵花牌护肝片的发明者，当这一中国第一品牌

中篇　英雄造时势　·207·

治疗肝病良药被写入国家药典之后，是对中国亿万苍生的一个巨大的贡献，然而，多少人对这块巨大的蛋糕垂涎欲滴，纷纷举起了手中的利刃，试图切得一块而大快朵颐，以满足饕餮之硕大胃口。一时间，黑云压城，山雨即来，全国各种品牌的"护肝片"多达 87 家，一些没有商标的伪劣假冒产品也甚嚣尘上。葵花的护肝片市场售价 13.8 元，是中国最贵的。但是，奇妙的是有的"护肝片"，最便宜的只卖到 1 元多，各类奇葩开遍了祖国的山川大地。想置其于死地的黑龙江的一家大型药业，给足了葵花面子，每盒的药价为 4.6 元，这只是葵花护肝片成本的对折。

　　谁都不想死亡，但是对手让你死亡。只是有些人忘了一句经典的话：民不畏死，何以死惧之。

　　"天下熙熙，皆为利来；天下攘攘，皆为利往。"没有永远的朋友，只有永远的利益。在一个商品社会里，追求利益的最大化本身似乎无可厚非，但是损人利己呢？这算不算太不仗义呢？

　　风起云涌的市场容不下懦夫。

　　关彦斌喜欢迎接挑战。真正的英雄寂寥，在于没有对手。打倒了所有懦夫的人不是英雄，棋逢对手即便血染黄沙也是死得其所。

　　狭路相逢勇者胜，这就是关彦斌一向推崇的"葵花"英雄史观。

　　关彦斌开始出手了。把他手下的 101 位销售悍将调集武汉，在长江一线也是护肝片的销售重地部署防线，决定与来犯之敌决一死战。

　　武汉，位于长江、汉江交汇处，乃湖北省会，古称江夏，由武昌、汉口、汉阳三镇组成，素有"九省通衢"之称，是我国中南部的水陆交通中心，是长江中游地区的最大城市和交通枢纽，自古乃兵家必争之地。三国时魏蜀吴数次混战于此，最著名的百骑渡江的故事即发生在此地。中国著名的十大战役之一的"武汉会战"曾经使来势汹汹的日本军国主义在此地一战大伤元气，从此走向衰败。

新的"武汉会战"拉开战幕，关彦斌陈兵江夏，与会者同仇敌忾，一派悲壮的气氛笼罩着会场。

关彦斌向各路战将详解战局：在护肝片构筑的巨大市场利益空间肥得流油，葵花占据了多年霸主地位的形势下，招引武林同道试图分一杯羹这很正常，没有必要大惊小怪，必须镇定如恒，猝然临之而不惊，泰然处之。葵花护肝片作为首发者，行侠江湖二十余载，已经深深植根于百姓心中，其优越的地位无法撼动。自1963年在澳大利亚发现第一例乙肝病毒携带者，到1979年我国第一版《乙型肝炎治疗方案》出台时，已有了抗原的检测方法，但甲型肝炎病毒抗原和抗体的检测方法还不能广泛应用，丙型肝炎病毒尚未发现。因此，《方案》的治疗部分只能按病毒性肝炎的临床分型提出：慢性迁延性肝炎主要是西药和中西医结合保肝治疗，慢性活动性肝炎和重症肝炎除保肝治疗外，还提到了使用肾上腺皮质激素治疗。方案还以较多的篇幅论述了病毒性肝炎的中医辨证治疗，由此可见当时缺乏治疗慢性肝炎有效的化学药物（西药）。而历史有着惊人的巧合之处，万物无法挣脱相生相克的客观规律：也正是在这一年，葵花护肝片问世。

这是人类的福分，这是中药的幸运。其以组方科学、选料精良、工艺独特、疗效确切而获有很高的美誉度。作为肝药中唯一获得国家银质奖章的产品，葵花护肝片稳坐单品种霸主交椅二十余载。作为葵花护肝片的发明者，除了将其发扬光大，保护其优良的品质不受侵犯，葵花药业责无旁贷。如何打好护肝片保卫战，是为了生存而战，是为了荣誉而战，是为了正义而战！最有效的战法则是，死守严防遍布全国的销售网络，令敌军撕不出缺口，绝对不给对手留有一寸的生存之地。

这是葵花赢得此次战役的原发优势。

而对手的最大优势就是国企，有着丰厚的银子买广告炸弹。

据说这家药业也是靠着广告起家。但是，强权低价推出的产品，本身就是一着险棋：企图强行取代人家的优秀品牌，容易激起民众的情绪化抗争。同质竞争，一般都是以赝品的死亡收场。因为，轮番轰炸除了推出自己的产品，同样也会对老牌产品产生提升效应。用广告狂轰滥炸而取得了"制空权"，但是没有"地面部队"的跟进，依然无法取得完胜。据可靠情报，对方生产能力不足，货源不足，准备不足，经验不足，认识不足。当他弹尽粮绝，巨大的轰炸成本将使其得不偿失，必然不战而退，从此偃旗息鼓，一蹶不振。

最好的防守就是进攻，葵花必须趁敌立足未稳，奋起反击！

关彦斌的战略分析精当透辟，挥手之间，保卫自己品牌的正义之师，在一片号角声中实施全线反击！

正义之战，民族品牌，得到了全民族的支援。

人间正道是沧桑。道可道，非常道；名可名，非常名。世间万物无时无刻不是在进行争斗，然而，只有符和历史规律的，才能够生存，才能够立于不败之地。

巴蜀胜地，人喊马嘶，万里长江第一城的宜宾，关彦斌在这里亲自擂响葵花护肝片保卫战的鼙鼓。

中原大区在郑州隆重举行以"阳光下我们共同奉献健康"为主题的元宵联谊会，厂店联手，构筑钢铁长城。

八百里秦川，隆冬时节渭水河畔热浪迭起，葵花人"诚实做人、诚实做药"的本质特征，空前深入人心。

燕赵大地，春雷隆隆，为葵花喝彩。

龙江雪野，旌旗猎猎，为葵花助威。

从东南到西北，从东北到西南，在万里疆场展开了决战。

得道多助，失道寡助，一场正义的守卫战在取得决定性胜利后鸣金。竞争对手以"赔了夫人又折兵"的尴尬局面为葵花送上了一个非常大礼包。

2002年冬天的最后一场雪，像纷纷扬扬的捷报，向社会昭告，葵花药业的春天已经来临！

这是辛酸的一年，这是奋争的一年，这是欣喜的一年，这是死地后生的一年。这一年，葵花销售总额实现4.5亿元，利税首次突破亿元大关，护肝片首破3亿元大关，牢牢占有市场80%的份额，霸主地位无法撼动！

关彦斌应该感谢对手，给了他一个练兵的机会；关彦斌应该感谢对手，给了他超越障碍的机会；关彦斌应该感谢对手，给了他一个成长壮大的机会。

不是在同质化中爆发，就是在同质化中死亡。

11月20日，当同质化竞争接近尾声的时候，关彦斌赴京参加全国工商联第九届委员会大会，当从中共中央政治局委员、统战部部长王兆国手里接过沉甸甸的"重质量守信誉先进企业"的奖牌时，沉重的历史责任感油然而生，这是全国人民给予的最高奖赏，也是此次战役赠予关彦斌的最珍贵的胜券。

只有重质量守信誉，才是企业的"免死牌"。

销售是一门艺术，怎样教育客户购买你的商品，换句话说，怎样让别人心甘情愿地掏出口袋里边的钱，这是一个十分困难的课题。就是俗话说的"有钱难买愿意"。关彦斌的销售阵容里，也不全是"土八路"，他早在企业刚刚有点起色的时候就不惜重金聘请"职业杀手"。毕业于西安医大、在中美史克当过销售大员的任总，是关彦斌高薪请来的职业经理人。但是，几次"投名状"都不能令关彦斌满意，任总出手豪放，一掷百万金不眨眼的性格倒是与关彦斌的性情相若，但是，关彦斌更注重的是效果而不是过程。而两人的意见"相左"，正是实际与虚浮的分野。其实，葵花还不到贪大求洋的时候。于是，在葵花的销售史上留下了著名的"分歧论"，十年之后，这或许也是葵花的财富。在与商家争利上，关彦斌同意多让，而任表示要多争，这是分歧之一

"争与让",葵花刚刚起步,必须给商家多让利,才能建立巩固的同盟;分歧之二是"收与放",关彦斌认为起步阶段不能过分挑剔市场;分歧之三是"砍与留",关彦斌认为砍掉5万元的小商家会影响市场发育,小商家可以变成大商家;分歧之四是"洋与土",关彦斌认为聘用高学历的销售人员是一种浪费,应该以专科和中专学历、极具吃苦耐劳者为宜;分歧之五是"下与上",全部年轻化并不客观,应该老中青结合重在看贡献。

"纸上得来终觉浅,绝知此事要躬行。"昔年赵括兵书读得不少,可惜只能纸上谈兵。葵花植根于黑龙江这块沃土,且以开发中药见长,所需的人才,应该是服得了水土的。关彦斌感慨良多:在彼地是人才,在此地或为庸才;在此地很平常,到彼地却何以能崭露头角?正可谓"橘生淮南则为橘,橘生淮北则为枳",所以然者何?水土异也!五大分歧感悟出一个道理:企业没有职业经理人不行;把企业命运交给职业经理人同样不行。

靠着理论吃饭的,就会耽误实践的大事;拿着竿的人,不一定都会独奏;企业的大忌,就是重用光会套路的人。

诸葛亮一辈子就犯过一次大错误,任用马谡失了街亭,以致痛失大业抱憾终生,皆因忘了先帝遗嘱,"马谡言过其实,不可大用,君其察之",以致遗恨千古。

知人善任,难矣!

护肝片大战,尽管取得了完胜,可谓有惊无险。但是,这场战役给关彦斌的教训,简直刻骨铭心。远眺南天北地,在收拾战后的残局时,惨烈的场面令他背后一次次地渗出冷汗。这是一次关乎生死存亡的战役,原因是护肝片是葵花的命脉,葵花的命门则是依靠护肝片"一柱擎天",一旦天柱崩塌,葵花就会危在旦夕;而企业若想长足发展,光有品牌没有品种的支持,生命力仍然是脆弱的。况且,护肝片这一金字品牌,充其量卖到3亿元左右。让护肝片包打天下,一鼓作气、再而衰、三而竭怎么办?单丝不成线啊！

若要不被对手歼灭，必须靠着自己的品牌实力，构筑庞大的民族中药王国大厦，"产业报国"的企业价值观不能成为一句空话。否则，"出师未捷身先死"，定当"长使英雄泪满襟"。中国的企业寿命不足三年，集团企业寿命只在七至八年，看来绝不是危言耸听。一着不慎，满盘皆输。两人对弈，只有在技艺相若的形势下，方能棋逢对手。而强大的实力，来源于艰苦的磨炼与厚重的积累。

没有远虑，必有近忧。高明的棋手，应该预设奇兵，眼观八步；一位成功的军事家，要纵观全局，洞悉敌情了如指掌，方能立于不败之地。

领导者的醒悟，就是巨大的生产力。

一柱擎天如何改变？三角形是最稳定的。

于是，葵花牌胃康灵、葵花牌小儿肺热咳喘口服液两个新品应运而生。继而，葵花护肝滴丸、葵花双参乙肝滴丸列入国家"863"计划。

1998年11月7日，葵花举行首届员工知识竞赛

2003年1月28日，葵花药业有限公司召开第四次股东大会，宣布黑龙江葵花药业股份有限公司成立！关彦斌出任董事长，从砖瓦厂到塑料厂，从五常制药厂到五常葵花，从小到大，从弱到强，回顾20年的奋斗历程，不由感慨系之：

"董事长这个称号意味着权力，但对于我意味着责任。20年大浪淘沙，股东由当年的500人剩下了现在的50人，都是我们生死与共的老班底，我相信，在我们同心同德、共同努力下，葵花的明天一定会更加美好！"

2003年4月25日11时22分，在黑龙江五常市葵花药业会议室，国家GMP认证专家组组长杜汉业郑重宣布："葵花药业具备国家GMP认证标准，正式通过国家GMP认证现场检查！"

这个庄严的宣告，标志着葵花药业真正步入了发展的快车道。

葵花的发展，在于宽阔的胸襟与辽远的视野，尽管貌似速度缓慢（在暴利时代终结之后），其实，是一步一个脚窝地扎实前行。每一分财富的积累，尽量划清和与生俱来的"原罪"的界限。

各级党政大员纷至沓来，他们是出于对"葵花现象"的好奇，更多是出于政治责任，当然，当地的GDP也关乎官员的前程。在那个以GDP论前程的年代、以财政收入论英雄的年代，种种视察莫不涂上各种各样的感情色彩。

无端的臆测或许会伤害一颗颗善良的心，能够处心积虑为企业发展提供无私援助的，并非全部。

葵花也是一片江湖，葵花的经济活动无法远离政治。但是，葵花的经济活动往往是依靠信心与智慧进行。卖身投靠、无所不用其极的经商伎俩，为关彦斌所不屑。最纯洁的政治，就是那些没有觊觎之心的无私支持，一些没有寻租色彩的无私支持，一些没有巧取豪夺的无私支持。

这是一位企业家应该具有的风骨与情怀。

全国政协副主席周铁农"开发北药，造福人民"的题词，关彦斌至今珍藏着，这是一位国家领导人的殷切希望与叮嘱，也正是关彦斌的不懈追求。

当葵花一步步节节攀升，开遍大江南北山川大地之后，有多少人向关彦斌伸出了橄榄枝，希望葵花到他们那里去"发展"，关彦斌何尝没有动摇过离开五常的信念，尽管当地有那么多龃龉的过往，但是，想想那块至今还不发达的土地，至今还在大水稻、小工业、穷财政的路上徘徊的家乡，他就不能离开那里，那里是生他养他的地方。每年他要给家乡缴纳数亿元的税收，参与家乡的经济社会建设。羊羔跪乳，乌鸦反哺。母亲再穷也是妈啊！为了践行"产业报国，奉献社会"的企业价值观，他常常告诫自己，永远不能背叛家乡。他说，有了钱忘了家乡，有了钱没了社会责任感的，是企业老板；有了钱不忘家乡，勇担社会责任的是企业家。

企业老板与企业家，隔着一道社会责任的分水岭。有的人是不想过，有的人是越不过。

不经风雨，怎能见彩虹？

沐浴着春风与阳光的"葵花"，在关彦斌的悉心栽培下，更加光彩照人。一时间，大江南北，传诵着"咱老百姓的好药"的福音，以葵花牌护肝片为龙头的几个主打品种，在全国百余万患者中建立了良好的声誉，其品牌的忠诚度和美誉度亦日益加深。2000年，蒙尘多年的葵花牌护肝片被再次列入《国家基本药物目录》，成为包括"海尔"在内的全国86个强势品牌之一。

事实昭示：商标的更改不仅是把一个产品换上了全新的符号，关键是把一个企业的人员换上了全新的观念。

"葵花现象"是以忠诚为基点的经济与社会的现象，民营企业参与国有企业的产权改革，其先进而灵活的机制，一经和庞大的国有资产存量相结合，就会激活共存量，从而达到双赢。民营企业的决策机制的科学性，可以避免国有企业"炒豆大伙吃，炸锅党负责"的盲动的不负责任的决策。

中篇 英雄造时势

而恪守了一个忠诚的信念，当年关彦斌创造的"葵花现象"却十载不衰：改制十年间，销售收入年均递增153%。2007年实现销售收入80 522万元，是改制前历史最好水平的26.5倍；上缴税金1.3亿元，是改制前历史最好水平的31.2倍，开创了全省民营企业纳税超亿元的先河，连续四年位居全省民营企业纳税之首，十年累计上缴税金6.2亿元；2007年实现利润1.6亿元，是改制前30年实现利润总和的30倍。公司斥资近2亿元分两期新建了符合国际GMP标准的新厂，实现了中药生产的现代化。2007年9月，"葵花"商标被评为"中国驰名商标"。翌年，葵花牌护肝片的销售已达40亿片，仍然稳坐全国药类销售单品种龙头霸主宝座。而新崛起的胃康灵、小儿肺热咳喘口服液，亦茁壮成长为上品，形成三足鼎立、"护、胃、口"并驾齐驱之健康发展态势。

十年磨一剑，葵花，承载的是太阳的光辉，埋下了一颗忠诚的种子，而社会却得到了沉甸甸的收获。

这是上帝对忠诚的回馈。

第十六章 义不容辞

2000 年 9 月，五常市传出了一个震动城乡的喜讯：背荫河镇的孟繁荣以 678 分的好成绩，成为五常市的文科状元、全省文科"探花"，历史上第一位清华大学学生即将诞生！但是，同时喜讯几乎变成了不幸的消息，孟繁荣决定放弃入学！

社会惊诧了！

到底什么原因？

其实这应该是一个众所周知的原因：交不起学费。

社会是从什么时候起，才这样不公平的呢？贫寒人家的子弟成绩优异，却往往因为家境贫寒而失却了进入重点大学的机会；而富有之家的孩子，衣食无忧却沦为纨绔子弟。两种境况都像压在人们心头的巨石，这就是真正的社会现象吗？既然存在的就是合理的，这种合理到底要延续到何时？

社会不公似乎成了普世现象，如果你面对这个现象心安理得或是熟视无睹，如果你能改变这种现象而无动于衷，哪怕是你短暂地动了恻隐之心，这就是野蛮与文明的分野。

这是五常的悲哀，姐姐与自己同年考入大学，一个贫寒之家怎能供起两个大学生？作为男子，孟繁荣决定放弃学业，在家务农，让姐姐读完大学。当五常市教委的同志听着这位手里拿着清华大学录取通知书、贫寒而优异的孩子的哭诉而"一筹莫展""爱莫能助"的时候，他的心彻底凉了，这个社会的良心彻底死了。

当这个悲哀的故事传到关彦斌的耳朵里的时候，他的心在颤抖，他的心在流血。20世纪70年代初期，那是中国教育文化的荒芜阶段，一个世界第一人口大国和具有五千年历史文化的古国，竟然取消了高考制度，"白卷先生"竟然成了"工农兵大学生"，一些优秀的孩子都"上山下乡"去了。关彦斌就赶上了这个不幸的时期，即便过了不惑之年，仍然做着大学梦，多少次梦中被录取激动得醒了，懊悔这梦竟是如此短暂，慨叹生不逢时。

他要救救这个孩子，而且以一种集体捐助的方式，给他的所有员工上一堂增强社会责任感的课，这是人生不能省略的课程，如果还想把企业做大的话，必须把社会责任这个人生的考题做好。

2000年9月，葵花药业为孟繁荣捐款

关彦斌的成功，在于他对社会的整体感。一个逃避社会责任的人，不适合做企业，或者做不大企业。

秋天的阳光才是温暖的，因为他温暖了一个孩子的心，也温暖了一个社会。

上午的阳光洒在葵花药业的广场上，全体员工穿着整齐划一的工服站成了一个方队，接受着一次灵魂的洗礼。

葵花药业救助孟繁荣的捐助仪式，即将开始。

这是葵花药业的第一次捐助，刚刚走出危困境遇的葵花，没有放弃改变家乡学子的命运，第一次践约"产业报国、贡献社会"的诺言。

庄重的场面，令人动容。

关彦斌说，葵花是社会的，葵花必须履行社会责任。葵花是有社会责任心的团体，是一个尊重人才的团体，是一个有爱心的团体。今天葵花救助一位清华学子，来日葵花欢迎所有的人才加盟！

当关彦斌把1 000元捐助款投入捐款箱中，所有的葵花人依次投入捐款，场面极其震撼。涓涓溪流汇成了爱的海洋，3.2万元的捐助完全可以让孟繁荣完成4年的学业。

泪流满面的孟繁荣，人生的第一堂课，是关彦斌给他上的。他要永生记住这位赋予他物质财富与精神财富的师长，做一个永远益于社会的人。他说："我今生永远都不会忘记关彦斌董事长和您所领导的葵花，是这种人间真诚的爱，让我有勇气站在这里，接受这种无私的捐助。你们捐助的不仅是一位特困学生，而且捐助了一个知识经济时代的需要。我没有任何选择，只有一条路好走，那就是努力学习，报效国家，用奋勉一生报效葵花人的一片真情。"

葵花捐助的是一种精神，社会正是缺乏这种爱心，才导致了金钱至上的蔓延，以致彰显了今天这个有史以来最能体现利欲熏心的时代特征。

这是社会的不幸,更是这代人的不幸。孟繁荣赶上了一个具有爱心的时代,赶上了具有爱心的葵花,在他的心灵深处打下的第一个烙印,正是一种人间的真情。20年后的今天,相信孟繁荣也一定效法关彦斌,给人间带来了深深的慰藉。

这是葵花的首次社会捐助,从此便把沉重的社会责任扛在肩头,一蓑风雨、一路豪歌,向着太阳走去。

2001年,关彦斌以客座教授的身份走进了黑龙江中医药大学。这是黑龙江省培育中医中药人才的最高学府,葵花药业若想实现光大国粹的爱国梦,必须尊重这座学府,尊重这里培育出的时代精英们。

2002年1月,葵花药业与黑龙江中医药大学签订举行互设进修、实习基地及葵花药业出资100万元在省中医药大学设置"葵花助学金""葵花奖学金"的签约仪式,互设基地,资源共享,

2001年1月,黑龙江中医药大学与葵花药业举行设立100万元奖学金、助学金签字仪式

为弘扬中医中药文化,奖掖那些家境贫寒但学业优秀的莘莘学子。

当150余名家境贫寒、品学兼优的学生们在葵花奖学金与葵花助学金的资助下走上社会与人生道路之际,他们一生都不会忘记,那份真诚的爱与无私。有的东西用钱能够买到,有的东西尤其是照亮人们生命里程的襄助,更能积淀成宝贵的精神财富而世代传承,这就是葵花奖学金的社会意义。

2003年,和《哈尔滨日报》共同发起的"春蕾行动",使哈尔滨市所属郊县的6 000多名农村贫困女孩复学。

2004年12月8日,葵花希望小学的孩子们高兴地读《葵花风采》

2004年,关彦斌为家乡红旗乡前大坡村投资20万元,建起了一座希望小学。这是前大坡村全体村民的希望,也是前大坡村小学校150名师生的愿望。六年级学生李盼盼在作文中写道:"从前,我们的旧学校非常破,墙是脏的、门窗是坏的、房顶是漏的,连块像样的黑板也没有。而现在,我们的教室特别漂亮,墙是白的,白得像冬天的雪;房盖是蓝的,蓝得像天空;教室里的灯光是亮的,亮得就像关爷爷的眼睛,时刻在关注着我们的学习。"

2008年4月17日，五常市政府广场鼓乐喧天，彩旗飘扬。来自小山子镇八一村的农民崔玉波，坐在领到的"沈牛"牌手扶

2004年建成的葵花希望小学

2004年12月，葵花药业向希望小学捐桌椅

拖拉机上喜不自禁。与崔玉波一样幸运的共有140户农民，他们中有40户分别获得6 000元打井捐助款，有100户分别得到一台手扶拖拉机。这是葵花药业捐资百万元"抗春旱、保春种"为农民送来的"及时雨"。素有"水稻王国"之誉的五常市，共有水田面积170万亩，年产优质大米7.5亿公斤，是全国水稻生产第一县。这年春天，五常地区持续干旱少雨，面临30年来最严重旱情。农民的焦渴与市领导的焦心，让关彦斌为之心动。于是，一场喜送甘霖活动在五常大地上如同春风化雨，滋润着久旱的大地。葵花药业捐资100万元"抗春旱、保春种"，购买100台手扶拖拉机作为农户抽水动力，为40眼机电井分别资助6 000元，可以基本保障2万亩水田抽水灌溉。董事长关彦斌表示，在葵花药业迎来改制10周年庆典的时刻，选择捐资方式与父老乡亲并肩抗旱，旨在让全体股东和员工永远铭记"产业报国、贡献社会"的企业价值观，用实际行动完成"工业反哺农业、城市支持农村"新的历史使命。

2008年4月17日举行"抗春旱、保春灌"葵花药业百万支农捐款大会

而 20 天之后，四川汶川大地震震惊世界。5 月 13 日，葵花药业集团总裁关彦斌向全体葵花人发出了捐款救灾、奉献爱心的号召，立即得到了前所未有的响应。葵花药业、伊春葵花、重庆葵花、阳光米业等 10 个子公司和驻全国数十个省级办事处的葵花员工纷纷捐款、奉献爱心。5 月 15 日下午 2 点，《爱的奉献》之歌久久回荡。长歌哀婉，黑土伤情，葵花药业集团正在五常葵花药业生产基地举行为四川地震灾区赈灾捐款仪式。来自集团公司中高层以及行政、车间主任、各子公司经理、副经理及 1 000 名员工神情肃穆地列为三个整齐有序的方队，期待着在这庄严特殊的时刻，向灾区人民表达自己对他们的一片爱心和由衷的祝福。310 万元的药物和现金在第一时间运抵灾区，彰显道德的力量与拳拳爱心。

2010 年 4 月 14 日青海玉树地震，葵花药业捐款 30 万元，为坐落在结古镇嘉那嘛呢石经城之侧的寄宿小学捐赠了一尊藏族语言文字学家与翻译家吞弥·桑布扎的雕像，激励劫后余生的孩子们努力学习、立志成才。

2011 年，葵花药业为玉树地震灾区捐款

2010年6月,比尔·盖茨与巴菲特邀请中国富豪参加慈善晚宴,结果据说受约的50位富豪只有2位赴约。凡是在2008年汶川大地震中没有捐献的富翁们,皆被贴上了"铁公鸡——一毛不拔"的标签。因为,在那场灾难中,仅有2%的富翁捐款,一时为天下善良的人们所诟病。从而,中国的富豪们高居"世界上最吝啬的富豪"榜首。而他们不屑一顾的"老子自己的钱,不捐又如何"的回应,令多少善良的富人与仇富的穷人纷纷侧目。

作为在中国首先富起来的人,没有帮助和带动贫困的人去富,就连起码的恻隐之心也无,"如果导致两极分化,改革就算失败了"。(邓小平《改革是中国发展生产力的必由之路》)

关于捐助,葵花的态度向来是雪中送炭,不搞锦上添花。中国人不喜欢慈善秀,披着慈善外衣、干着丑恶勾当的人们,总有一天会被真善剥得精光,露出冠冕堂皇下的狐狸尾巴。至于到美国去救助乞丐,总是有那么几分滑稽。

慈善的意义,在于捐助那些真正需要的人,而不是把金钱放在红十字会,放到发霉长毛,也不发给那些啼饥号寒的穷人。还有一种观点是,一些穷人是不值得可怜的,因为他们往往不是好吃懒做就是游手好闲。

谈到葵花对社会公益事业的认识时,关彦斌只说了四个字:义不容辞。

金色的梦想

第十七章 金色的梦想

　　每一个人都会有梦，因为有各种萦怀于心的追索与不甘。大人物做大梦，小人物做小梦，都有一种实现精神层面的欲念与憧憬。关彦斌做爱国梦，以光大中医中药为己任，是为了弘扬与拯救中华瑰宝。老百姓做衣食足、家道兴的殷实梦，是追求温饱，图个省心。

　　梦是有颜色的，因为所有的追求不同。五光十色的梦想，交织照耀着一个个斑斓绚烂而又现实的人生。

　　没有梦的人，抱负不会远大。

　　关彦斌的梦想是金色的。

　　他在黑土地上掀起过白色革命，将晶莹、鲜亮的薄膜盖在五常广袤的大地上，孕育成一片无边的绿浪，飘荡着金色稻香的季节，同时也孕育了他金色的梦想。当他把那颗不畏风雨与严寒的葵花植根于塞外的黑土，让那明媚的金色花朵迎着朝阳露出笑靥之后，便把目光投向故园那片坦荡无垠的原野，投诸一片痴情，只为圆上一个金色华年的梦想。

只要有梦想，就得成为现实。关彦斌的这股韧劲，经常超越那种虚幻的梦境。有满族英雄的猛悍，就不容倭寇横行；有五常的稻米在，就不能有日本稻米在中国土地上的立足之地。是不是英雄的前提，以爱国为分野。

1937年7月7日，日军在卢沟桥的刺耳枪炮声，摧毁了古国的酣梦，抗日战争全面爆发。十四年浴血，中华民族，用3 500万儿女的生命与身躯，换来心头一道永不愈合的伤痕。

1945年9月2日，日本在"密苏里"号战舰上签字，向世界宣布无条件投降。

星移斗转，时光一晃就是七十多年。

七十多年，日本人的目光根本没有离开被他们铁蹄践踏过的华夏土地。

2007年7月7日，两艘日本货轮静静地停靠在天津和上海的港湾。没有军人、没有子弹，24吨产自日本的名牌大米——新潟县的"越光"和宫城县的"一见钟情"，正通过七十年前日本军人走过的同一条海路登陆中国。24吨普普通通的大米，充其量只有10万美元市值，竟劳动日相安倍晋三、前农林水产大臣赤城德彦亲自在东京和北京送迎。即便索尼、松下的产品也从未获此殊荣，其中玄机，耐人寻味。于是，北京和上海的超级市场，一个月即被攻陷，日本米高调亮相，售价每公斤99元！

这个消息一经公布，安倍晋三的脸上露出了狞笑。军事侵略的目的达不到，经济侵略也能满足那种觊觎已久的野心。日本从明治维新以降，从未消除亡我之心。

大米，这一中国人餐桌上的绝对主食，一种普通得不能再普通的平价生活基础消费品，一夜之间成为街谈巷议的热点。

然而，自视过高的一些日本人并不晓得，早在十年前，中国五常汇鑫米业的"膳常龙"牌大米就已经打入日本本土。如果安倍晋三得知这一"屈辱"的历史，他还会煞费苦心或者说还有心情玩他的"卖米外交"吗？

"中国的麻婆豆腐，配上日本的大米，多少碗都能吃得下去！"这不是日本大米的广告词，而是日相安倍晋三对来访的时任中国总理温家宝说过的话。中日关系正常化之后，温家宝访日，安倍不是跟他聊家常，而是向他推荐中日合作新佳肴——麻婆豆腐盖饭。

中国的麻婆豆腐，为什么非要配上"日本的大米"？我们可以原谅安倍对本土产品的眷恋，但却不得不遗憾地说，日本人总是过高估计了自己的价值和能力。七十年前是这样，七十年后依然如此。中国人有句老话"一方水土养育一方人"，锦绣中华，山灵水秀，仅就大米而言，与日本北海道处于同一纬度线上的中国五常，每年就可以出产品质、口感、营养完全可与日本米媲美的优质大米80万吨。在质更优、价更廉的五常大米面前，日本大米将会完全丧失竞争力。要证明这一点，用十四年抗战的时间，是不是太长了呢？

2006年4月，中国"水稻之父"袁隆平风尘仆仆、千里跋涉来到五常，这位曾经为世界数亿人解决了饥苦的老人，此行只有一个目的：五常大米为什么这么香？

当五常"香米之父"农民技术员田永太介绍完他栽培五常"长粒香"的过程之后，袁隆平惬意的笑容里，满是赞赏与满足，一个多年的块垒终于融化：五常，一块种植大米的神奇之地，在中国无出其右者！说完，飘然而去。

2014年5月2日，中国中央电视台《舌尖上的中国2》，让全国十几亿人咂舌，"五常大米"？"五常大米"！以大米为主食的中国人，一下子记住了这个边远的、名不见经传的北方小城，凤凰山下的五常！节目播出的当天，在北上广的精品超市里，五常大米一下子就卖出去了80吨！

五常大米，是中华五千年米文化的一朵奇葩，是造化神功水土精华的一个奇迹！论历史，她远不及绵延五千年的江浙米悠久；论产量，她更不及亩产以吨计的杂交稻显赫，但自五常于清乾隆年间开始有栽培水稻的历史记载以来，不到200年的时间里，五常大米声名鹊起、誉满天下，一直是皇室独享的御贡米。近年来更是屡获殊荣，"绿色食品""有机食品""中国名牌""美国食品营养协会认证产品""中国原产地域保护产品"等桂冠独享华夏。在2007年11月18日的长沙"第六届中国优质稻米博览会"上，五常大米的品牌代表——"葵花阳光牌系列五常优质精米"又一次力压群雄，将金奖收归囊中！"五常米，帝王粮"的民谚在白山黑水间广为传诵。对饮食挑剔到至极的慈禧太后更是多次提起"非此米不能尽食"。赞叹之情，溢于言表。

"美酒胡不饮？饭香也醉人。"凡是真正细心品味过正宗五常大米的有缘人，无论是达官政要，还是贩夫旅人，无不为那唇齿留芳、经年不忘的饭香所陶醉。莫不发出"曾经沧海难为水，除却巫山不是云"的赞叹，直有"一餐五常米，浑忘酒肉香"之感。

遥远的塞外北国，神秘的白山黑水，究竟是什么成就了五常大米的传奇？什么样的阳光雨露，什么样的水土精微，什么样的天赐良种，什么样的精耕细作，才能成就这样的人间至味、天下极品？就让我们用赤脚踏着稻田间黑油油的田埂，用双耳聆听着朝鲜族稻农此呼彼应的欢快农歌，用心灵追随着天地间处处盈满的稻花香味，去拉林河源的凤凰山脚，去清帝龙兴的京旗故里，探寻五常米香的秘密。

稻生于水，米融于水。稻米是有生命的。水，就是这生命的灵魂和品格。要细品五常的米香，就不能不纵情于五常的山水。与寒地黑土气候阳光琴瑟和歌，赋予了五常大米非凡的灵性，山是水之源，水为米之魂。

五常，位于黑龙江省最南部，地处北纬44°04′至45°26′之间；与哈尔滨市相距115公里，与吉林省隔凤凰山相望，有"六山一水三分田"之说。这是一片古老而又神奇的土地，莽莽苍苍的群山，纵横交错的河流，绿波涌动的稻海，堆银砌玉的原野，如同一幅大气磅礴的蜀绣，织就了中国北方这片瑰丽多姿的锦绣山河。五常多山，凤凰山、磨盘山、龙凤山、七峰山重峦叠嶂，孕育了无数山珍特产、古洞幽泉；五常多水，拉林河、牤牛河、溪浪河、阿什河，河网纵横，哺育着世代优秀儿女与万顷稻香。

宝地隐灵山，在五常的众多奇峰中，总面积51万公顷，海拔1690米的凤凰山堪称群山之首。有"山之巅，水之源，石之海，雪之都，桦之乡，凤之巢"的美誉，登临绝顶，四顾群山环护，云蒸霞蔚；俯瞰一水奔跃，揽翠含烟。高山杜鹃疑蓬莱幻境，嶙峋石海似天外飞仙，挺拔岳桦舒千里翠袖，峡谷飞瀑汇稻香龙涎。凤凰栖息之地，龙脉发轫之源，真好似一块藏风生水的钟灵翠玉！

灵山生秀水，拉林清波，汇山泉，纳春雪，穿山绕林，蜿蜒北去，流经百里而无任何污染，富含原始森林中的有机物和矿物质等多种养分，据检测，拉林河水质达到国家一级饮用矿泉水标准。至中游磨盘山一线，水势被一条高峡长堤拦腰一挽，就凝成一块晶莹剔透、波光粼粼的碧玉般的湖泊。这，就是作为哈尔滨市饮用水取水源头的磨盘山水库。库中水深百尺，视之映碧生凉，清心悦目；品之清冽甘甜，遍体舒爽。自磨盘山水库闸门以下，拉林河似一条挣脱了羁绊的玉龙，奔涌腾跃，灌溉着下游沙河子、向阳、山河、杜家、兴盛、安家、民乐等乡镇的数十万亩稻田，与寒地黑土气候阳光琴瑟和歌，赋予五常大米非凡的灵性，众妙毕备，天地人和，终于滋养出五常大米的一世香名！

在拉林河下游中段，河水至此北构而西折，这里就是名闻天下的五常香米之府——民乐朝鲜族自治乡。这里的香米格外晶莹剔透、与众不同，堪称五常米中的精品。包括党的十六大国宴在内的许多政治、经济、外交活动的宴会用米都是从这里预订的。

寻访五常米香的缘由，必须去拜望葵花阳光米业下设的葵花阳光水稻研究所所长肖青玉教授。

说起五常大米的来龙去脉，没有人比他更了如指掌。

五常大米冠绝天下、与众不同，肖教授把原因总结为六个字"水、土、光、术、种、香"，真是高人妙论、深入浅出，原来看似一粒粒普普通通的五常大米，竟有这么多学问。

先说"水"。灌溉用水，井水为下，河水为上。五常大米品质优异，除了五常的水质好、达到矿泉水标准以外，还有一个重要的因素是水温。五常最优质大米的产区都在河流的中下游，就是因为经过一路的阳光照射，河水到了下游水温较高，非常有利于水稻根系对土壤中养分的吸收。这样大米中的营养成分含量就会优于同等条件下灌溉水温低的地区。像五常这样河流上游都在原始森林中流过，不仅没有任何污染，而且水土相互滋养的情况更是难得一见。

自然条件中与水同样重要的因素是"土"。从土壤资源看，可以说五常有环球独具的优势。世界三大黑土带中，中国东北有12万平方公里，其中，黑龙江独占8万平方公里，五常又是龙江最大的县域。龙江黑土层厚度平均为20~30厘米，五常的平均厚度竟达2米。土中含有机物高达10%以上。名副其实当得起"膏腴"二字。

"作物生长，夏荣冬枯。"得地利，更要得天时。所以中国的农民习惯于说自己是"靠天吃饭"。"光"指的就是日照。五常地处黑龙江最南端，属于中温带大陆性气候，平均无霜期在115天至139天之间。日照时间为2 629小时。年平均积温2 700摄氏度，这是优质水稻生长必备的条件。所以同样是黑龙江大米，唯有五常大米品质最好、名气最大，连吃惯了好米的哈尔滨人也要想方设法囤积一些正宗的五常大米，以备亲朋欢宴、年节之需。

种植优质米的五常稻农多半来自朝鲜族，他们从清代就开始在这片神奇的土地上培植稻米，贡奉朝廷，对这里的水温地脉、气候变迁有着外人无法索解的深刻体验，悠久的种稻历史，丰富的栽培经验，宗教般严格的栽培规程，更重要的是——认真得近乎虔诚的工作态度！用心和不用心，有技术和没有技术，最终的收成与品质将会给出公正的裁判。

"这就是我们葵花阳光米业投巨资兴建葵花阳光水稻研究所的原因。民营企业投资建水稻研究所，这在全国恐怕都是头一家。作为农业龙头企业，我们考虑更多的还是企业应该承担的社会责任。必须培训指导农民掌握新技术、熟悉新品种、打开新思路。"以肖青玉教授为所长的葵花阳光水稻研究所已经成为五常稻农心目中一所没有围墙的大学。"水稻有问题找肖老师，比求菩萨管用！"五常的数万稻农都深深懂得这个朴素的道理。

五常大米享誉天下，一个根本原因就是"种"。由于受五常独特水土气候、栽培技术的影响，即使普通品种的五常大米，口感和营养都优于东北其他市县的米。但真正让五常大米名满天下的，却是几个五常特有的超晚熟长粒香米品种——"五优稻系列""稻花香二号""93-8"等。这几个品种都是科研人员用十几年的时间精心选育的五常香米中的极品。普通东北大米的生长期一般在130天以内，江浙地区大米的生长期多在110天左右，土地肥，水质好，生长期又长，难怪五常优质香米的口感和营养都比普通大米高那么多了！

假货，是品牌的杀手。

在消费品领域，无论在中国，还是全世界，几乎没有哪个声名显赫的大品牌不受到假冒产品的威胁。即使世界500强的宝洁公司，虽然在防伪、打假上可说"武装到牙齿"，也有大片的市场份额被假货侵吞！不能有效保护自己的品牌，就如同一只没有爪牙的老虎，价值越高，就越会诱起造假偷猎者的贪婪。

五常大米，拥有"绿色食品""有机食品""中国名牌""原产地域保护产品"等众多食品行业的顶级荣誉认证,可谓一块价值连城的金字招牌,但令人担忧的是,长期以来,竟没有一个有力的法人主体对"五常大米"的品牌实行有效的保护,更不用说对假冒产品进行有力的追究和打击!五常地区有星罗棋布大大小小近500家"米厂",大部分都是村里的"米碾子"(小作坊)换块招牌改建的,既无制度,也无标准,却都可以随意使用"五常大米"的商标。更有甚者,印制有"五常大米"标识的大米包装可以在市场上随意批发交易!在市场上,许多东北米甚至苏北米的包装袋上都赫然挂着"五常大米"的标识。"五常大米"的字样在全国都随处可见,但无论买家还是卖家,谁也不敢保证"五常大米"袋子里装的就是正宗的五常大米。真到了"假作真时真亦假"的地步。

"五常大米乱天下,天下大米乱五常。"业内人都清楚,再这样"乱"下去,再好的品牌也活不过三年五载!五常大米将会成为"假货"的同义词。这块中国大米的金字招牌正面临一场生死存亡的危机。

而作为地方官,出于对"农民利益"的保护,出于对资源整合的束手无策,一任这种乱象继续下去。他们知道,农民利益不可侵犯,以致一直纵容,使得这块金字招牌时刻存在被砸碎的危险。

卧榻之侧,岂容他人鼾睡?作为一位有着社会责任感的企业家,作为五常土生土长的企业家,不能对这种伤害品牌的乱象熟视无睹。

对于五常大米的出路,黑龙江省一位高级官员洞彻其发展走向,同时对关彦斌寄予厚望:五常大米是一种自然资源,资源就是有限的和有价值的;企业家同样也是一种资源,而且是一种稀有资源。如果把自然资源与稀有资源结合起来,按市场规律运作,五常大米的前途便不可限量。

关彦斌的葵花阳光水稻研究所——国内首家企业级水稻研究所

五常，被关彦斌擦亮了葵花这块金字招牌，人们期盼再让他擦亮大米这块金字招牌。

在众多的猜测和深深的期待中，葵花药业集团斥巨资倾力打造的五常最大的米业公司——葵花阳光米业沉稳而坚定地扬起了远航的风帆。关彦斌做事业的性格一向是要么不做，要做就要做到同行业最好。2005年，葵花阳光米业建立，以其雄健的身姿投身护卫五常大米品牌的战役之中。在充分运用五常天时地利的大米生产优势基础上，通过自主创新、资源整合使自身具有了独特的竞争优势：

在基地建设方面，葵花阳光米业首期投资500万元，建成集办公楼、科研室、化验室、培训室、标本室、资料室、展厅于一体的葵花阳光水稻研究所，配备了农业机械、种子加工、化验测试、培训声像等仪器设备，在国内处于科研技术领先水平。

在科研力量上，葵花阳光聘请黑龙江省著名水稻专家、农业技术推广专家——肖青玉所长亲自挂帅。"五常优稻之父"肖青

关彦斌与葵花阳光米业水稻研究所所长肖青玉在一起

玉致力于提高水稻品质。肖青玉带领具有中、高级职称的6位水稻专家,进行水稻优良品种的筛选和繁育,全面主持葵花阳光米业的种植和科研工作,对生产进行全程跟踪指导。

中国权威的粮油媒体《粮油市场报》记者循着五常大米的香气来到葵花阳光米业,见到年轻的董事长关玉秀,为其沉稳干练的作风所折服,而最令记者们不解的是,一般的粮食企业的管理规律是由一些"老粮食"担纲,为何葵花阳光却选择了一位年轻的管理者?关玉秀淡淡地笑言:"其实,我并不是对这个行业特别感兴趣,因为,我是葵花药业集团董事长关彦斌的女儿。父亲为集团的发展付出了很多心血,我必须为父亲分忧解难,让集团发展壮大的梦想变为现实。"2011年的"三八"妇女节,对于32岁的关玉秀意义非凡,集团任命她为米业总经理,对于10年为药业打拼的她,先后担任过采购部和广告部的职员、财务总监助理、葵花药业集团重庆分公司总经理、集团塑料厂厂长、伊春葵花药业总经理、唐山葵花总经理,对于新的任命,作为集团董事长的女儿,她完全没有一点价钱好讲。

而当一副沉重的担子压在一副稚嫩的肩头，如果把米业老总看作是一个肥缺，抑或是一个家族企业的"排外之举"，一定是一种狭隘的曲解。其实，米业始终是关彦斌胸中的块垒，当年的100万元支农，就是他留下的一个伏笔，为将来整饬五常大米市场建设自己的基地建立人脉。

这是一个非常现实的时代，现用现交已经过时，即使淳朴的农民也不会买账。为了实现多年的夙愿，关彦斌曾经煞费苦心，聘请过老战友原来的县粮食局长，聘请过老朋友原来主管农业的副市长，来给他管理米业，做了八年之后，仍然不尽如人意。启用关玉秀虽不算临危受命，至少也是替父分忧。

玉不琢不成器。三年过去了，100多天的磨砺，玉秀美玉出岫，没有辜负乃父的期望，把葵花阳光米做得风生水起，不能不令人惊叹后生可畏。

让我们来欣赏一位年轻人的杰作：

2011年8月，五常葵花阳光米业有限公司新厂破土动工，工程总投资8 000万元，建立年生产能力18万吨现代化综合稻

2012年6月4日，在建的葵花阳光米业

谷生产线。2012 年 8 月，五常葵花阳光米业有限公司新厂竣工，正式投入生产使用。2012 年 8 月 16 日，关玉秀组织来自全国的葵花阳光第一届经销商——52 家企业 100 多名代表齐聚哈尔滨金谷大厦，举办公司第一届经销商联谊会。此前，关玉秀对葵花阳光就经过广泛的调研，迅速调整销售思路，广开专卖店。在此之前的 2012 年 8 月 12 日，葵花阳光体验馆哈尔滨赣水路分店已盛大开业，这是高规格的旗舰店，随后，葵花阳光哈尔滨体验馆、北京体验馆相继开业。2012 年 12 月，哈尔滨市名牌战略推进委员会授予五常葵花阳光米业有限公司葵花阳光品牌荣誉，稻花香系列大米为哈尔滨名牌。2013 年 3 月，黑龙江省质量监督检验协会授予五常葵花阳光米业有限公司"3·15"质优诚信品牌创新单位称号。2013 年 5 月，哈尔滨市工商局授予五常葵花阳光米业有限公司的注册商标为哈尔滨市著名商标。2013 年 12 月获得中国十佳粮油品牌及中国百佳粮油企业称号。2013 年 12 月，葵花阳光米业被评定为黑龙江省名牌称号。

相比几位"老臣"，关玉秀谈得上不辱使命。当然，关彦斌的弃"旧"图"新"，实乃无奈之举。

葵花在发展的路上，启用过一些同路人，淘汰过一些陌路人，有知恩图报，亦有无以为报，或有粉身难报。

在患得患失的路上，怎一个"报"字了得！

当年曾经为葵花做过哪怕一点贡献的人，葵花的大门始终向这些人敞开，只要是想来做事，关彦斌都是来者不拒。凡是来葵花之后觉得无法施展抱负的，关彦斌也是一笑置之，欢送另投高第。并且留下这样的话：只要想回葵花，欢迎！在一些职业经理人的眼里，关彦斌有些近于"慈善"，其实，葵花的成功，很大成分来自于老板的宽容。

此次米业人事变动之初，即集团总裁启用大女儿关玉秀担纲，曾经在集团内部引起或大或小的议论。葵花的发展历程，无时无刻不在"家族企业"的非议与诟病中成长壮大。"家族企业"到底好不好呢？纵观世上所有的企业，起步之初都无法摆脱"家族"的色彩，而随着肇兴的步伐加大，家族的成分会越来越稀释，甚或淡出。血永远浓于水。从信任与忠诚的角度，家族的血缘当然要优于旁系，但是，感情代替规则的弊端也是难以克服的，尤其是从计划经济过渡到市场经济，由贫穷的起步到仓廪的殷实，财富的积累越来越多之后，利益再分配的公平与否、核心利益的占有率，往往决定着企业的发展步伐。就像一个身上背着沉重黄金的富翁，很吃力地行走在继续发展的路上，其艰难程度是显而易见的。其实，我们大没必要戴着有色眼镜来品评一个企业的组成基因，关键是审视他曾经走过的路是不是一条昂扬向前的路，是不是一条健康发展的路，是不是一条与人们共同奔向远方的路。

从一个小小的集体砖瓦社起步，到如今的万人集团，关彦斌带领着家族以及加入这个"家族"的"族员"们走过的坎坷而辉煌的奋斗之路，15年形成的"葵花现象"，在黑龙江这个边远、

阳光米业总经理关玉秀向总裁关彦斌介绍建设情况

落后、闭塞的边疆小省，至今仍无法破译也无法复制。1989年关彦斌被评为首届黑龙江省十大优秀企业家，而当年十几位同台获奖的优秀企业家，大多随岁月的潮流雨打风吹去，有的甚至身陷囹圄，成为历史的罪人。这一切，不能不使人唏嘘惋叹。在感慨民营企业的寿命短促之际，是否也应该进行一番关于人格的反思呢？

五常大米在五常，既是一个最好的项目，也是关彦斌心中一个割舍不断的情结。不把五常大米做大，不让这块闪耀着黑土绿色光芒的金字招牌名扬全国，不让更多的人品尝这种原生态的清香佳品，他心有不甘。更主要的是一块金质品牌，时时刻刻都有被糟蹋的危险，使他牵肠挂肚。如果把企业家简单归结为就是为了赚钱，未免有些小人的狭隘之心。当然，企业家不是慈善家，也不是雷锋。在给社会与人民以奉献的过程中赚钱，这就是当今中国最有良心的企业家。

做大五常大米一直是关彦斌的一个宏图大略，几任总经理做了将近10年，一直徘徊于亏损的边缘。关彦斌并非要急功近利，而是这个速度会打破他的发展计划。

米质的优劣，品种为王。

在品种选择上，葵花阳光系列大米采用"五优稻"系列、"稻花香"系列、"松粳"系列等搭载航天飞船遨游太空的优质稻米品种，在美国、日本及国内多次展评会上，被评定为优质米，并多次获得奖励证书。

在水稻种植上，葵花阳光选择拉林河、牤牛河、溪浪河等河流两岸土质疏松肥沃、土壤理化性好的稻区，组织1万户农民建立30万亩优质水稻生产基地。年初与农户签订单，执行统一的AA级绿色水稻种植生产标准，统一供种，统一使用药、肥，专家现场进行技术指导，秋季水稻抽穗时逐地块实地验收，秋收时现场监收监打。在大米加工上，葵花阳光建立高标准的生产线，先后引进国际、国内的先进垄谷机、抛光机、色选机、低温干燥机、包装机、输送机等先进的生产加工设备，形成国内一流的优质大米加工线，实现了"优质水稻的良种化，栽培管理的无毒化，加工生产的防污化"。

共生产葵花阳光牌精典米、精贡米、精香米和精稻米四大系列产品。高、中、低不同档次，不同包装形式的优质大米产品，满足了不同市场、不同消费层次、不同消费对象的需要。直接打入家乐福、沃尔玛、华联等大型超市，畅销北京、上海、浙江、江苏、福建、青海、河北、四川、重庆、山东、辽宁、吉林、黑龙江等省市自治区，还出口远销至日本、韩国、俄罗斯等国家，受到国内外顾客的一致好评。

葵花阳光米业坚持为品牌负责、为信誉负责、为消费者负责的准则，像做药那样做大米产业，保护"五常大米"中国名牌的高贵品质。这也使葵花阳光系列精米先后获得国家原产地域产品商标、国家质量监督检验总局颁发的中国名牌农产品证书、黑龙江省工商行政管理局认定的黑龙江省著名商标、黑龙江省优质水稻品质标准证明、美国绿色营养食品协会颁发的美国绿色营养食品协会标准证书。被评为"连续三年黑龙江市场畅销知名品牌""哈尔滨市农业产业化市级重点龙头企业""黑龙江省百姓放心满意诚信单位"等。

"天下好米尊五常，葵花阳光米中王。"葵花阳光米业集成"阳光、黑土、碧水、品种、科技、品牌"六大优势，以"致力生态农业，做国内一流大米供应商"为奋斗目标，鸿鹄志远，伟业路长，葵花阳光必能成为中国米业新航母，挺起中国精品大米的脊梁。

"吃五常大米，找葵花阳光"已经逐渐成为追求生活品质、注重营养健康的消费者的共识。一方水土养一方人，生于斯，老于斯，情系于斯，繁衍于斯的中华子孙，我们中国人的脾胃，还是要靠洒在中华大地上的雨露阳光来滋养！

　　千滋百味的美食，永远也无法替代久违了的淡淡而悠远的饭香，那带着家的温馨舒适，带着母亲慈爱目光的纯粹的米饭原香。

　　香，是五常米的本色。葵花阳光五常米，不仅香，而且软；不仅软，而且弹。柔韧弹齿，满口余香。

　　喧嚣飞转的生活，千滋百味的美食，使我们已久违了淡淡而悠远的饭香，那带着家的温馨舒适，带着母亲慈爱目光的纯粹的米饭原香！如果有机缘，能像品一盏龙井香茶一样品一碗纯正的葵花阳光牌五常大米饭，你一定不要错过。那些关于金黄色秋天的怀想，那些关于冰封雪飘的回忆，那些关于真诚真情的感动，一定会随着饭香的升腾，给你带来全新的感悟。

　　在收割后的田野之上，在白山黑水天地之间，没有喧嚣的机器轰鸣，没有鼎沸的车阵人流。这里有的是亘古以来的自然和宁静，远处村落的犬吠和脚下草丛间的虫鸣，还有，你听，那随风飘来的不知名的歌声：

　　　　葵花香，稻花香，
　　　　百花香里品阳光。
　　　　忘俗忘忧勿忘我，
　　　　天地人和岁月长。

　　　　龙呈祥，凤呈祥，
　　　　龙凤泉水育炎黄。
　　　　万顷珍珠疑星落，
　　　　天上人间是五常。

　　万顷金波闪，风送稻香飘。龙凤山水库滋润着的千顷稻田，如同一幅大气磅礴的蜀绣，织就了中国北方这片瑰丽多姿的锦绣山河。

经过10年的努力，葵花阳光米这块闪着金光的招牌，已经走进了千家万户。整体投资1.2亿，2012年10月一期工程已全部竣工并投产，年可处理稻谷18万吨，储存水稻能力超过5万吨。为了保证产品质量，还配置了符合国家有机、绿色检验标准的化验室，并配有先进的检验设备，还以做药的态度坚持高标准的质量控制，保证了葵花阳光米的品牌竞争力。

葵花阳光米业王国大厦搭建完成，标志着葵花集团多元化经济结构已经走出诺曼底，向着更广阔的领域延展。

做米和做药有着天然的联系吗？其实，关彦斌做大米，只是向集团化集约化进军的一个前奏而已。

中国先哲老子说过一句令人深思的话："治大国如烹小鲜。"这句话也同样适用于管理企业，企业规模、核心技术与品牌溢价在企业管理过程中都是食材，烹则要讲究火候，中国企业家要想把企业这盘菜炒到色香味俱佳，火候就是一门对度的把握的艺术。

要想把葵花托上更大的台面，关彦斌必须做出抉择。没有烹小鲜的静气，做不好一家公司。

葵花谋求更大的发展，到火候了吗？

关彦斌静静地思索。

人们在静静地等待。

青山遮不住，毕竟东流去。

在收购五常制药厂九年之后，葵花真的应该清点一下战果，检阅一下自己的实力了。

从1998年300多人的五常塑料厂，发展到了3 000人的葵花药业集团，队伍壮大了10倍。

销售收入从1998年的930万元，发展到了5.66亿元，将近翻了6番。

利润从1998年的67万，增长到了1.69亿元，而这一年的纳税额竟然高达 9 700 万元！

有人曾经怀疑关彦斌"产业报国、贡献社会"的企业价值观是"作秀"，是一种"政治口号"。那么，我们可以问一问，把大多数收入交给国家与人民的民营企业，在黑龙江能有几家？在全国又有多少？

这个设问，同样适用于那些牛气冲天的国有企业。

2007年，葵花登上"中国驰名商标"金榜，这标志着葵花品牌的臻于成熟，也标志着葵花无形资产的迅猛跃升。

用诚信和奉献社会的情感，用悬壶济世与悲天悯人的情怀，用心血和汗水浇灌的品牌，必然悬挂在人们的眼前，必然镌刻在民众的心里。

药可以治身，而学可以治心。天下兴亡，匹夫有责。作为肩负沉重社会责任的关彦斌，身心兼治，该是怎样博大的胸襟！

这一切，都来源于一个以忠诚为根基的企业文化图腾。在"葵花"改制九周年纪念日之际，来自全国各地的行业专家与药业巨头纷纷云集冰城，他们为揭开"葵花现象"之谜而辗转北上。

没有一个企业没有自己特立独行的企业文化，但为何有的却成了无源之水、无本之木呢？而葵花企业文化展示给人们的则是：离开了忠诚这一道德根基，不可能不变成镜花水月。在一个拜金主义泛滥的时代，在一个信仰严重缺失的时代，企业的价值观想要深入人心又谈何容易？没有一个忠诚于社会与人民的优秀企业领导者，所谓的文化无非是抽象的、空洞的、风干的皮毛而已。

"庙廊忠梗谁堪比，能展丹心向日倾。"产业报国和贡献社会作为葵花药业存在的最高价值，形成了"葵花文化"的核心。它在葵花药业的文化体系中构架了一种超越民族和时代的价值范式。正是这种范式，构成了"葵花文化"在时间和空间上的可贵的延续性。也只有在这个意义上，一种文化才能实现个人私利的突围，变成一种惠及社会和公众的精神财富。

关彦斌，既是这一先进文化的缔造者，也是忠诚的实践者。经过 10 年阳光沐浴的葵花药业，在这位为社会做出巨大贡献的忠诚领导者的带领下，始终不懈地追求着，勇敢地奔向阳光的怀抱。

文化的成熟，是真正的成熟。

企业的夭折，是文化的青黄不接。

如果，历史赐予已经发展壮大的葵花以机遇，葵花还能等待吗？

机遇，不会青睐没有准备的人。

关彦斌究竟会怎样"烹制"这道"小鲜"呢？

关彦斌究竟会怎样抓住稍纵即逝的机遇呢？

春天的上空，为何出现了闪电？

那是一道犀利的目光，穿出五常，射向了广袤的经济原野。

英雄的诗篇，必须等着英雄来书写。

即将投用的葵花阳光米业

下篇

下篇 英雄唱大风

北上摘红叶

第十八章　北上摘红叶

2006年的季春，小兴安岭南麓的达子香已经像火似的燃烧起来，仿佛一张张挂在悬崖峭壁上猩红的英雄帖，飞柬传书，知会天下英雄汇聚一个叫"铁力"的地方，来观赏一片藏在大山深处的"红叶"。

关彦斌肯定要来，而且不仅仅是观赏，他要信手拈来细细把玩。他要实现一个愿望，一个埋在内心几十年的愿望，平复那个在日本大阪之夜的隐痛，将中华医药的国粹发扬光大，让千年的中华医药文化，镌刻在他走过的所有地方，构建一个中国最庞大的中药王国。从历史的角度审视，关彦斌出师铁力，自然有其一定的历史渊源。

铁力，原名铁山包，唐朝时属黑水靺鞨，辽代属东京道女真铁骊部，金代属上京会宁府，因属"铁骊部"，清光绪三十四年（1908年）七月奏准拟设"铁骊县，驻铁山包"；民国四年（1915年）设"铁骊社治局"；1933年改为"铁骊县"；1956年11月改为"铁力县"；1988年9月经国务院批准设立铁力市。这里，曾是女真先祖纵横驰骋创业的地方。遥想当年，先祖们金戈铁马，浴血厮杀，"南瞻长白，北绕龙江，允边城之雄区，壮金汤之帝里"。从宁古塔到五国城，从胡里改路到会宁府，再到拉林仓，无一不是满族英雄饮马高歌之地。作为优秀的满族英雄的后裔，想必这些地方皆有磁石般的引力，吸引着他前去探索。

辖于伊春市的铁力市，这个名不见经传的"铁山包"，却因为原始的清纯环境而使多少达官显贵心驰神往。每年来伊春度假的各界大佬们，呼吸着五营原始森林甜丝丝的负氧离子，悠闲地来"铁山包"品尝品尝没有丝毫污染的"农家乐"，使得伊春与铁力变得神秘与令人向往。

铁力市有个著名的"红叶"制药厂。这片娇艳的红叶，为何令无数英雄竞相折腰？在一个品牌为王的年代，一个优秀的品牌医药，曾经令多少人趋之若鹜，如过江之鲫。因为，那枚令多少女人解除病痛的小小药栓，曾经换来白花花的银子。原来的铁力制药厂，脱胎于20世纪60年代的一个森工企业，由原来的干馏

原伊春葵花

车间演化的中药制剂车间和一个西药车间慢慢发展成了的一个药厂。或许，因为小兴安岭的神奇灵秀，这里的 500 多种以人参、五味子、刺五加、黄芪为主的中草药，受了日精月华的浸润，经过炮制之后，莫不展示出奇特的神效。所以，这个宝山上的宝药，在业内人看来，是大自然的造化与神秀。小小的铁力，大大的红叶，一个边陲只有几千万销售收入的制药厂，为何引起了关彦斌的重视呢？原因只有一个，还是为了实现他的中药王国大厦构建的大计，这里的中药味道太重、太正，是一个不可多得的中药基地。这里生产的两大类七个型剂 52 个品种的中成药、西成药，产品的商标皆为"红叶牌"，该商标三次被评为黑龙江省著名商标。以国内独家首创生产的妇科良药"康妇消炎栓"被列入"国家中药保护品种"，名扬华夏。"康妇消炎栓""刺五加片"荣获部优产品称号，"刺五加片"还获得泰国曼谷国际医药博览会银奖，"消咳喘""北豆根片"获得省优质产品称号。仅"康妇消炎栓"年产值就达 2 000 万元以上，在市场上有非常强的竞争力。

　　红叶这块牌子，就和它的清纯出身一样，还没有受到太重的污染。

　　然而，红叶没有找到真正的主人。早在关彦斌入主之前，曾经进行过两次产权制度改革，已经两次改为民营企业的"红叶"，在塞外的料峭寒风中摇曳，焦急地等待着真正的主人，将自己珍重地呵护。

　　历史往往把机遇与名望留给那些为了实现美好的理想而勇于挑战的人、勇于亮剑的人、勇于先敌出手的人，哪怕剑光闪闪、咄咄逼人、生死系于一线也绝不后退半步的人。

　　2006 年的深秋，稻菽飘香，枫叶正红。

　　辛勤的耕耘，需要收获了。

　　这一年，在葵花的历史上具有划时代意义，或可称之为葵花的"裂变元年"。

当关彦斌把辽远的目光定格在小兴安岭南麓这块红叶飘零的地方，宣布他走出五常开疆拓土战役的炮声从此打响。

英雄的成事绝非偶然。

热血男儿的品性，往往在浴血的征战中铸就。

醉卧沙场君莫笑，古来征战几人回。没有义无反顾的牺牲精神，焉能任三军主帅？

当他宣布北上摘取红叶的时候，五常市的一些领导者如坐针毡：关彦斌是不是借此要移师出走离开五常？是不是想偷逃税款？是不是想转移资产？

如果关彦斌想要离开五常，市里坚决不予支持！

五常，是关彦斌出生的地方，当然也是他起家的地方。当年关彦斌曾深情地承诺："我深爱我的祖国，我深爱我的民族，我深爱我的家乡，我深爱我的事业，我深爱我的员工。"这五个深爱里面，就对家乡充满了孺慕之情，也奠定了他事业成功的坚实基石。

一位企业家的宽阔胸怀，是一般人不能理解的，唯其企业家，才最能理解创业的甘苦；而在一些人的眼中，企业家无非就是金钱的代名词罢了。

财富，对于每个人都是重要的，但对于整个人生，绝不是第一需要。

当金钱成了人的第一需要，精神需求就会大打折扣。富翁的最大悲剧就是，已经沦为财富的奴隶尚浑然不觉。

从金钱至上的角度看人，五常的领导们生出关彦斌试图离开五常的想法，一点都不稀奇。因为，他们深深地知道，葵花的发展，固然有他们关注的成分，但是关注的却往往不够。更多的时候，是关彦斌去求他们。在他们看来，这是天经地义的事。如果，地方官们把地方经济的发展，真的能当作他们的天职，真的能当作发展自己家的经济，就会千方百计地为纳税大户们创造发展条件，给予他们赞赏与荣耀，让他们羽翼愈丰，多为地方纳税，以解黎民倒悬之苦，以解囊中羞涩之忧。

这是一个非常浅显的道理。只是，有些人不舍得这么做；有的人想不到这么做；有的人想这么做，但是做不来。

一般的胸怀、一般的境界，也很难做到。

官员与企业之间，似乎形成了历史的默契，除了寻租之外，权力被一些人用得淋漓尽致。当年，就是宗庆后纳税30亿元的那年，市政府奖励他100万元，宗庆后当场把这笔钱赠给了一个并不缺钱的学校。同样，当葵花年纳税达到3亿元的时候，市政府奖给关彦斌一台价值数万元、哈尔滨生产的"赛豹"轿车，他当时也是送了人，送给谁现在都不记得了。

关彦斌其实不必信誓旦旦地表明忠心，表明他即便到外地发展，也一定要回到五常来缴税。一个有良心的企业家，其言其行，天日可表。尽管这个要求有些近于"无理"，但是，无理的事情多着嘞！尽管"铁打的衙门流水的官"，但是"县官不如现管"也是官场的"金科玉律"。再大的企业、再知名的企业家，也无法跳出三界外，不在五行中。

北上的信念，无法阻遏。因为，这一年的扩张战略，已经编入葵花的大事年表。除了北上，还有东进与南下。东进佳木斯鹿灵，南下重庆御一，皆在一个战役的沙盘之中。

葵花不能只在五常开放，普天之下，莫非王土；率土之滨，莫非王臣。走出家门，并非背叛；探索人间美景，又何惧荆棘丛生？

在红叶，员工们基本成了惊弓之鸟。经过两次的"换主"，两次的失望，他们更加相信天下的乌鸦都是黑的。

于是，当葵花刚刚议定进驻红叶的时候，一个最齐心的举动，就是所有的职工集体退股！第二任董事长购买红叶，是在北京的钱庄临时"倒手"，拆东墙补西墙，捉襟见肘，拿什么给职工退股？如果职工股退不出去，红叶就无法进行第三次改制。伊春市、铁力市领导几次密会关彦斌，力促北上铁力拯救红叶。因为他们深知葵花是一家实力雄厚的企业，深知关彦斌的家国情怀与悬壶济世的志向。从为历史负责与为地方经济社会发展负责的角度，几经磋商，心迹坦诚。诸侯派各大区销售大员商议集资募股把企业留下，自己来做。

一时间风声鹤唳，草木皆兵。

红叶，处处都是问题。对于运作资金的人来说，问题就是机会。治国，发现问题是为了解决问题；投资，发现问题是为了利用问题。所以。索罗斯说，察觉混乱，可以致富。

关彦斌的致富，可以说基本是伴着混乱度过的。

当然，正能量在红叶飘零之际，经霜色愈浓。孟凡力、岳喜文、张国祥、施伟等一批时刻关注企业命运的股肱，为促成第三次改制，立下了汗马功劳。

如果没有向上的力量，企业也不可能走远。

开弓没有回头箭，关彦斌想干的事，必须干成。

在第二任董事长无力退股的情势下，葵花为其给职工退股。但是，必须以第二任董事长的名义。几天下来，就像退潮一样，上千万元的职工股大部清退完毕。

这个举动，考验着葵花的诚意。同样，也考验葵花的实力与耐力。

葵花该上前台了。正剧，已经徐徐启幕。

人生是一场永不落幕的演出，我们每一个人都是演员，只不过，有的人顺从自己，有的人取悦观众。面对红叶，葵花必须取悦观众。因为，一鼓作气，再而衰，三而竭。葵花收购红叶，已经是"再三"，不允许失败，走的必须是一条成功的路。而葵花走出五常北上，意味着关彦斌带领着他的葵花集团在经济改革的前沿抢滩登陆，率先实现了转型，冲向了资本运作。这是为构建中药王国迈出了关键的一步。

因而，此役具有全局性战略意义，成败对于关彦斌与葵花集团至关重要。

当在寒冷而又热浪翻滚的2006年冬天，关彦斌第一次站在红叶全体职工面前说的第一句话是："我是来投资的，不是来投机的；我是来发展的，不是来发财的。"这两句话，正是一些人想象中的葵花的终极，因为，他们已经见证了急功近利的两次兼并。

这是一次庄严的历史承诺，这是一段发自内心的真诚告诫，这是一片袒露无遗的心路历程，诚挚的语言是为了留待历史检验。商品经济是契约经济，所以信誉很重要，做人做事都要实在。

好在。历史不看一个人是怎样说的，而是看他到底是不是走了一条食言而肥的路。

不错，市场经济是一场微笑的战争。不过，有实力有手段，你才能微笑；没有实力没有手段，你只能哭泣。

红叶向何处去？

这是葵花早已设计好了的考题，由谁领袖群伦来解答这道难题，需要慧眼识珠。会做人的不一定会做企业，但会做企业的一定会做人。在用人的问题上，关彦斌的观念是"用人要疑，疑人要用"。这似乎不合逻辑，但又是那样的接近现实。有很多老板沿用"用人不疑，疑人不用"的原则，但是，我们在实践中，往往会体察到这一定律的虚伪性。因为，它的哲学背景是，人要么是天使，要么是魔鬼；制度背景是人治。"用人要疑"，是建立法制的前提；"疑人要用"，是相信法制的结果。"用人不疑"，天使会变成魔鬼；"疑人不用"，天下无可用之人。

在一间密室，关彦斌问刘天威："你看谁最适合做红叶的总经理？"

刘天威不假思索："当然是您最合适，但是这不可能。因为，您需要统揽全局。"

下篇 英雄唱大风

"其次呢？"关彦斌的眼睛里闪着光芒。这是他每次得到满意的下属答复之后最明显的表情。那光芒里充满了信任与赞许。当然，他不满意的时候，往往不会抬头，似乎漫不经心，继续做着他该做的事，或是看着别的方向。

这并非傲慢，而是对不用心的无声批评。回答错误不是没有想的工夫，而是有工夫的时候没有想。

"其次，当然就是我了！"刘天威语调坚毅。充满自信的力量，来自深沉的友情。

关彦斌凝神望着刘天威，仿佛第一次见到这个热血青年，往日的一幕幕桀骜不驯的情景涌上心头。就是这个既儒雅又野蛮、关键时刻敢于挡枪子儿的弟兄！

"说说理由！"其实，关彦斌早已从刘天威那刚毅的目光中读出了不容置辩的理由。知己之间，一颦一笑皆默契，男人的直觉往往更加确切。

"不用说了，您是集团的主帅，需要统领全局！"不知不觉间，两双手早已紧紧攥在了一起。

这是一块乱麻地，这是一块是非之地，这是一块危险之地，刘天威不能让董事长亲身涉险，葵花的事业不允许关彦斌有丝毫的差池。纵然刀山火海，刘天威也必然义不容辞。他要知恩图报，他要报答关彦斌的知遇之恩、提携之恩、师友之恩。

企业也是一片江湖，永远离不开的就是"义气"二字。企业老板更应多有忠义之友，或曰"诤友"，或曰"死党"，关键时刻，敢于谏言，敢于担当，敢于挺身而出。其实，我们耳熟能详的桃园结义故事，就是集团化的忠义典范。在一个以经济利益为纽带的政治集团，离开诤友的辅佐，成功的几率会非常低。当老板听不到真话、听不得诤言，则企业危哉！昔年欧阳修《朋党论》曾有言："君子则不然，所守者道义，所行者忠信，所惜者名节。以之修身，则同道而相益；以之事国，则同心而共济，始终如一，此君子之朋也，故为人君者，但当退小人之伪朋，用君子之真朋，则天下治矣。"

刘天威敢于舍生取义，这是他的品性。之于关彦斌，永远是他的好兄长。即便绿水长流，但始终情义不渝。

有朋若此，夫复何求？

铁力2007年的春天似乎来得特别早，1月22日是一个值得载入历史的日子，是葵花药业集团旗下伊春红叶再生的日子，是刘天威人生拐点一个永不忘怀的日子。正是这一天，关彦斌庄严宣布：黑龙江葵花药业（伊春）有限公司正式成立！由刘天威首任总经理，贾金和任常务副总经理，赵洪太任主管财务副总经理，臧静任主管生产副总经理，吴长林任党委书记，赵铁红任总办主任，刘淑芳任财务经理，李军任工会主席。这是葵花药业走出五常之后组建的第一驾战车，严峻的挑战考验着驭手的胆略与血性。

没有人不知道，在这荣耀的背后，在权力与利益的旋涡里，潜伏着怎样的明争与暗斗、阴险与诡谲！

如果你敢于登上战车，自然不会畏惧强盗。

当然，强盗自有强盗的逻辑："若想从此过，留下买路财！"

"哐！"一声巨响，刘天威总经理办公室的门被踢开了！

刘天威慢慢抬起头，仔细观察着第一轮叫阵的人。他心里明白，这一天迟早回来，早来要比迟来更好一些。

作为斗士，静静地等待那团剑气荡起的黄沙与枯叶，喧嚣之后渐渐地散去与坠落。

用脚开门的来人像一座黑塔，一脸横肉挂着凶气，大咧咧地一屁股坐在刘天威的对面。

刘天威斜睨了来人一眼，低下头继续写着东西，好像眼前根本就没有他这号人。在这简捷的动作之后，他已经把办公桌的抽屉慢慢拉开了，露出一把寒光闪闪的匕首！

他随时都可以握住刀柄，刺中敌人的要害！想在红叶当老大，没有个三抓五挠，根本别想越过凶徒这道关口。前几任早已经领教过了。

铁塔对刘天威的镇定，似乎有些诧异，凭着直觉感到今天是遇到了茬子。他凭什么临危不惧？但是，面对着眼前这个儒雅书生，他还是底气十足，粗声大嗓地吼了起来："喂，我叫张方斌，你听没听说过？"

刘天威摇了摇头，淡淡地说："没听说过！"

"什么？没听说过？你知道不知道我是谁？你知道不知道有多少人想要你的命？"

张方斌被刘天威的傲慢彻底激怒了，有些近于歇斯底里。

站在门口的保安，竟然没有人敢进来。

而张方斌的横蛮无理，其实当踢开门坐在刘天威面前时，就早已激怒了他。看着他那唾液横飞、喉结滚动和那张扭曲的脸，他的指尖早已碰到了那把利刃的刀柄，他知道刺向对方哪里会使其致命。这位生在古五国头城的热血男儿，曾经饱读诗书，尚武重义，不期竟然在这山窝窝里，遇到平生初次奇耻大辱，不由热

2007年1月23日，关彦斌在控股红叶药业职工见面会上

2007年1月23日,关彦斌在控股红叶药业职工见面会上讲话

血一股一股地冲撞顶门。他的指节格格作响,然而,一个平和的声音响在耳畔:"天威,红叶虽小,但是对于葵花意义重大。它是我们走出五常的第一个桥头堡,是发展壮大的实验区,只能成功,不能失败。你在这我放心,要展示你的大智大勇,千万不能因为一时冲动而坏了大计。"

这是关彦斌的谆谆告诫。

这是信任之后的担心,因为他知道刘天威是一个硬汉、宁折不弯的手儿,极易意气用事,所以在分别之时面授机宜,重点在于小不忍则乱大谋。

"古人所谓豪杰之士者,必有过人之节。人情有所不能忍者,匹夫见辱,拔剑而起,挺身而斗,此不足为勇也。天下有大勇者,卒然临之而不惊,无故加之而不怒",这段苏轼《留侯论》关于大勇的名句在他耳边萦绕。

他的小臂肌肉慢慢松弛,涨红的脸色恢复了原色,霎时心境一片平和:对付一个地赖子,用得着动武吗?他不由想起了没毛大虫牛二,又想起了红叶有名的几位"黑道人物",而这眼前的张方斌，就是当年让董事长去给送赌资的那位爷。还有一位占用公款 40 多万元，谁敢要就拿刀子和谁拼命。

刘天威冷笑了一声，一字一板地说："既然我不知道你是谁，当然我就不欠你的命，你是不是找错了人了？"

张方斌："……"

刘天威一见对方语塞，马上再次进攻："冤有头债有主，谁欠你的你赶紧找谁去吧！如果你找错了人，就赶紧滚出去吧！"刘天威的声音里充满了愤怒，充满了威严。言外之意是，如果不是怕辜负了关彦斌董事长的耳提面命，如果不是为了葵花的大计，岂能容你在这里撒野！

"那，那你们总不能把我的饭碗弄丢了吧？"张方斌嗫嚅着，声音降了八度。

"这么说你是来谈工作的了？"刘天威的语调也平和了许多。

"是呀，我是来问问我的工作咋安排的？"张方斌早已站了起来，额头上的热汗滚滚而下。

"既然是来谈工作的，我就权且把你当作员工。凡是员工进我这屋，是需要敲门以后得到允许才能进来的。对不起，请你出去敲门之后再进来吧！"刘天威一扬手，示之对方出去之后重新进来。

张方斌期期艾艾非常不情愿地走了出去，有顷，才响起了轻轻的敲门声。

"进来。"刘天威的语调里充满了喜悦，是第一个回合胜利后的喜悦。

完成一次征服，是一件非常惬意的事情。尤其是对所谓恶人的征服。其实，很多时候，恶人无非比善人表现得色厉内荏罢了。

张方斌慢吞吞地进来了，满面羞愧与愤懑之色，像半截黑塔戳在那里。

刘天威摆手让他坐下之后说："如果还想好好干的话，3 月

1号以后到公司报名，进行聘任。"

张方斌点点头，若有所思地走了出去。

一周之后，张方斌又敲开刘天威的门，主动要求做一个销售市场，因为他原来是销售员。刘天威也答应了他，后来因为业绩不佳而辞职。

张方斌其实是自己跳出来的，那些还没跳出来的，刘天威会去主动找他们。因为，铁力不可能是黑道的天下。老账新账都得算。你退一尺，他进一丈。你主动出击，他只有束手就擒。

出来混，总是要还的。从乱到治的路，本来就不远。

搞经济和搞政治一样，不能任由丧失理智的狂人逆历史的潮流而动，破坏既定的规则，从而占有他人的社会资源。

红叶到底应该怎样往前走？红叶应该怎样与葵花融合？在刘天威看来，真正的水乳交融是企业文化的交融，是企业价值观与人生观的交融，是企业制度与流程的交融。

企业的真正融合，是心灵的交融。

人的情感千差万别，人的素质良莠不齐，人的境界判若云泥，真正的交融又谈何容易？

沧海横流，方显英雄本色。

刘天威时刻铭记关彦斌的重托，只能成功，不能失败，是他遵循的法则。为了葵花的发展大计，首先必须实行融合。

融合，是心的融合。

他总愿意到史书中寻找答案，翻开《朋党论》，关于人心之论使他茅塞顿开："《书》曰：'纣有臣亿万，惟亿万心；周有臣三千，惟一心。'纣之时，亿万人各异心，可谓不为朋矣。然纣以亡国。"

如果团队离心离德，终将一盘散沙，一旦稍有风吹草动，必将四面楚歌、土崩瓦解。一个经济集团，人心聚散决定成败，做企业，其实就是做人心。

下篇 英雄唱大风

刘天威组织两台大巴，把班组长以上的全部带到五常葵花，上演了为期一周的情景交融活剧。他要让大山里的红叶与阳光下的葵花高度融合，让葵花的清新之风吹进红叶人的心田，继而完成思想与观念的碰撞，让明媚的阳光澄澈心灵，激起逐日的奋斗豪情。

橘生淮南则为橘，橘生淮北则为枳。红叶与葵花，纵然水土相异，但是却有着先天的生命力极强的品性，完全可以"味同"，全赖栽植者的苦心孤诣。

五常葵花的生机，激活了红叶。如果红叶真是一群哀兵，在经历了三次易主之后，是否也应该激发起人人骨子里皆有的凛然正气与羞耻之心呢？

这就是哀兵必胜的原理。怕的只是沉睡不醒，甚或久入鲍鱼之肆而不闻其臭，从而永远沉沦。

正气，是红叶归附葵花的聚合之魂。

当刘天威找到了打开红叶人心灵的钥匙之后，他必须因势利导，引领着这一群"哀兵"奔上找回尊严的阳光之路，打造葵花集团的一支后发劲旅。

文化长廊，闪耀着葵花文化的光辉。

厂内媒体，传唱着好人正气的歌咏。

阅览室里，滋润着干渴已久的心田。

报告会上，荡漾着英雄主义的豪情。

职工食堂，结束了 30 年吃冷饭的历史。

生日宴会，氤氲着温馨的兄弟姐妹情怀。

凛凛的正气，勃勃的生气，荡涤着红叶多年沉积的歪风邪气，荡涤着淤积多年的颓废之气，伊春葵花人终于一夜之间扬眉吐气！

时任伊春市市长王爱文，来到伊春葵花所见所闻极端感慨，为有声有色的企业文化所感染。他嘱托随行的记者："你们的广播电视台要到人家这里来学学，要树立一片正气！"

伊春葵花从治乱突围，井然处理多年遗留问题，协调企业与政府的主权交割，重拳打击黑道势力。刘天威请铁力市公安局做后盾，请企业老干部、老员工座谈，出谋划策，争取最大的支持。然后就开始了"平叛行动"：拿了公家的，必须限期交回；玩失踪的，必须按期赶回；威胁恫吓的，该抓的抓、该关的关，让白色恐怖笼罩的日子一去不返。

在葵花集团的运动会上，伊春葵花代表队以惊人的毅力，居然力拔男子拔河项目头筹，令人十分惊诧而群情耸动。当人们非常不解为何一个边区小厂的阵容，一个平均年龄41岁的代表队，居然战胜了百里挑一的集团生力军时，突然天降大雨，一时间乱了阵脚，人们纷纷设法避雨，只有一个方队在雨中岿然不动——那就是伊春葵花！人们终于明白了伊春葵花取得拔河冠军的真谛：万众一心将无坚不摧！

对于刘天威，是为了完成关彦斌董事长的扩张大计而不辱使命；对于伊春葵花的所有员工，使尽浑身解数尽显英雄本色。均以一种前所未有的悲壮，捍卫着声望与尊严。他们向每一位葵花人宣示：红叶的解体是因为缺乏一种精神，一种团结向上的精神！

这种精神是葵花给予的，是刘天威注入的。

晚上，关彦斌总裁为伊春葵花专设庆功宴，欢迎英雄们凯旋，高度赞扬伊春葵花的革命英雄主义精神。当集团的150多人的观摩团到达伊春葵花之后，被浓浓的团结友爱氛围所感染。关彦斌总裁热情洋溢地致辞，欢迎伊春葵花员工回总部省亲，铁力市长关思伟欢迎葵花在铁力生根开花，而刘天威的"伊春迎宾不用酒，捧出绿色也醉人"的诗句，令所有来宾感同身受，流连忘返。

在新版GMP改造那段时间里，伊春葵花堪称完成了一次悲壮的战役。因为刘天威还兼着集团处方总经理的职务，要经常下市场。当伊春葵花走上正轨之后，他把来负责GMP认证的集团总工程作为全权总指挥之后，便下了市场，指挥开辟处方新的战场。而当他返回伊春之后，不承想一个意想不到的局面令他冷汗直冒：集团总工绝少指挥之才，边设计边施工，各个部门各行其是，结果是技术流程与土建安装无法对接；如果从头再来，时间绝对来不及！眼看认证期限将至，而认证一旦泡汤，所有的时间表皆得推迟，葵花战略将受到质疑，而带来的负面影响将无法弥补。更主要的是对不起董事长关彦斌的信任，自己的名望与得失事小，影响集团大计事关全局。面对他的问责，技术与生产负责人既不敢承担责任还相互推诿，刘天威不由得怒火中烧，信任你们居然弄到如此地步，他向集团总工一声断喝，竟然震坏了总工的耳膜，这正应了振聋发聩的那个典故。

  他驱车180公里向老家依兰驰去，这是他第一次遇到无法排解的两难境地。他需要冷静一下，于是，他想到了温馨的家，想到了慈祥的双亲，想到了孩提时那临河的村庄，想到了捕鱼捉虾的惬意与成就感，他要到那里去寻找难题的答案。

  因为用人的错误，因为过分相信技术权威的能量而使整个工程面临崩盘的重压，他几近崩溃的边缘，边走边问自己：难道平生第一次失败真的要发生吗？

  这是一位常胜将军，其具体的概念是从不知道失败的滋味，在他的人生履历上，还没有失败的记载，他受不了现实的奚落，他受不了失败的耻辱，他在工作上从未失手过，但是，唯一他感到对不起关彦斌的重托，这才是对他心灵无以复加的伤害。

  如是，连他自己都会谴责自己的时刻，是不是把自己看得过重呢？是不是把名誉地位看得过重呢？是不是对事业太过于痴情了呢？是不是对朋友太过于义气了呢？

  这些，他可以作答，但是他无法回答。

  或许是，或许不是，因为他是一位唯美主义者。

  老妈做的家乡菜，老爸语重心长的话语，兄弟们的慰藉，醇厚温热的老酒，使他慢慢地冷静下来，那座令他魂牵梦萦的工厂，那些错综复杂的工程枘柮，那一张张给他力量的面庞，使他感到这绝不是一次失败的来临。他慢慢地复盘，那股群情激奋的热浪，一定会把仅存的 60 天的工期焐热。他一边掰着指头盘算，一边安排着每一个人的工作流程，如果全部完成任务，工期一定会抢在国家验收组的到来之前！

他醉了，醉得一塌糊涂。

他醒了，通知明早开会。

开全体职工大会！

凌晨 3 时，他起来了，再从依兰赶往铁力的时候，心，已经长了翅膀，完全不是昨日回家的心境了。

8 时 30 分，全厂职工大会召开，就像出征前一员员战将领走了一面面令牌，就像出征前豪迈地立下的一张张军令状，就像出征前书写的一封封遗书，六个专家组把所有的技术难题全部分解，工程进度的推进以每天为计算单位，不完成任务绝不收兵，不赶在国家认证专家组到来之前完成全部工程，那不是伊春葵花人的性格！有血性的壮士岂能因一时之失而一生蒙羞！

他"命令"常务副总经理贾金和必须下火线，到哈尔滨治疗严重的糖尿病："已经拼了半年了，你不要命了？"贾金和含泪离开了，除了老婆孩子，还没有一人关心过他的病痛。"回来后把我耽误的时间补回来。"贾金和对刘天威说了这样一句令人动容的话。

刘天威亲自坐镇，他不能再离开了，他是企业的魂魄。他在，人们的激情就在。如果一个企业着了一把大火，而且火灾隐患久矣，那么，我们只能说这个企业失去了魂，人们丧失了激情与对企业的爱戴。

每天的工程进展，绝对按照时间表完成，没有一丝一毫的水分。这就是刘天威，平时我们是弟兄，战时我们是猛士，但是绝对军中无戏言。不完成战斗任务，谁有脸吃饭睡觉呢？两个月内，挑灯夜战，夙夜不眠，军号声声，杀声阵阵，一场为了赢得"生命通行证"的战役，一场为了赢得尊严的战役，一场为了荣誉而雪耻的战役，在伊春葵花浴血胶着，这在铁力的历史上还是第一遭，并不亚于当年井泾口的背水一战。刘天威擂响进军的战鼓，亲手写歌词，用《革命将士出征歌》的旋律，把所有主将身先士卒的拼命精神在厂里的广播电台滚动播出，一时间士气高涨、激情似火，终于赶在认证验收专家组到来之前全部竣工！

在庆功宴上，所有参战将士无不流下激动的泪水。

国家认证专家组的六位专家在厂里验收了三天，所到之处，被那些殷切的目光所感染，终于感动了上帝。在宣布验收结果的晚上9时之前，伊春葵花的所有员工一个都没回家，焦灼地等待着专家组宣布认证结果。晚上9时，专家组组长宣布："伊春葵花的硬件虽然不足，但是，全体员工的敬业精神令人钦佩！如果我们不通过这个认证，我们会永远对不起这些勤勉善良的人！有些地方的缺欠，可以限期整改，我们还会再来检查验收。我宣布，伊春葵花GMP认证成功！"一阵经久不息的掌声，伴随着欢呼声和呜咽声，在伊春葵花的会议室里久久回荡，在小兴安岭南麓久久回荡，在人们的心中久久回荡……

如果历史在这一刻定格，在关彦斌谋划的北进战略上，竟然留下了一段可歌可泣的难以忘怀的岁月，一段激情燃烧的岁月，一段厉兵秣马的岁月。

关彦斌的战略构想，在这里宣告成功；是刘天威，秉承葵花的阳光文化，让葵花在塞外达子香开放的地方生根、萌芽、开花、结果。

伊春葵花，一个跨县市兼并的范本，以团队精神作为坚实的成功内核，在经过艰苦卓绝的检验之后，更加印证了阳光、健康的葵花文化的无限生命力。

葵花可以绽放在冰雪覆盖的塞外小兴安岭，那么，她如果娉婷于滚滚长江穿过的天府之国，又该是怎样的一番景象呢？还能够娇艳若斯、风情无限吗？

其实，关彦斌早已把目光聚焦在巴蜀要津的涪陵，因为那里有一位闻名遐迩的"御医"。他其意似在缚住"双虎"，而项庄舞剑，意在沛公，实为扩充小儿药物基地耳！

刘邦当年的《大风歌》看似志得意满，其实，他的隐衷又有谁能理解呢？是对一统江山之后人才难聚的喟叹也罢，是对位极人臣的踌躇也罢，是对开疆拓土的觊觎也罢，是对王国大厦的建立诸多担忧也罢，毕竟创立了大汉民族。

这就是《大风歌》为时代景仰的真实历史原因吗？

成功了的红叶，霜重色愈浓，而关彦斌南下兼并涪陵御一的真实意图又何在呢？

历史，没有那么多偶然。

等待，是庸人的护身符。

伊春葵花以崭新的姿态出现在人们面前

南下
取"御一"

第十九章　南下取"御一"

涪陵，重庆陪都之重镇，历代兵家必争之地。濒城的乌江，古称涪水，千百年奔流不息，阅尽人间兴替，涪陵因名。涪陵的灵动，在于这里是乌江与长江的交汇之处，没有临水的城市，自然缺乏流动的活力。横跨长江南北、纵贯乌江东西的涪陵，自然气势恢宏。说到乌江，人们自然会想到那位"力拔山兮气盖世"的英雄，其实，这里的乌江与项羽自刎的乌江并非一处，这样一泓清水，岂能承载那样一个悲壮的故事？如果，在安徽垓下四面楚歌的霸王真的听劝，肯于过了江东，不给刘邦机会，说不定中国的历史就会是另外一个版本，我们无法想象还会不会有那首传之于世、脍炙人口的《大风歌》。

但是，白鹤梁的故事，在涪陵可谓尽人皆知。白鹤梁得名有着很多优美的传说，其中之一是：白鹤梁的形成等于是在长江边上树起了一道天然的阻澜隔浪的屏障，使距离涪陵城100米以内的江水，除洪水季节外，平时水波不兴、明澈如镜，故有"鉴湖"之称。

北魏郦道元《水经注》曾对白鹤梁得名有过记录："白鹤滩，尔朱真人修炼于此，乘鹤仙去。"民间传说：在合川有一个名叫尔朱的道人，炼丹出售，卖给普通百姓十文一个，可卖给当时合州的太守却要价一百文，得罪了太守。太守令人将尔朱囚入竹笼，抛入江中，竹笼顺流而下，至涪州（今涪陵）白鹤云集的石梁，被渔人救起，两人遂结为好友。一日在江边饮酒后，两人乘白鹤化仙而去，便是白鹤梁之由来。这是一个美好的传说，而另一个传说演绎了一个缠绵悱恻的爱情故事，是说一对情侣在拜了天地还没入洞房时，战事猝起，男子从军，后伤重为炼丹道士救治，以致破镜重圆。那女人与丈夫生离死别的幽怨诉说，曾被演绎成戏文传之于世：

  星光时醒时睡，轻挑旧曲为谁。

  原把今朝换给来世依偎。

  你何忍君后续长路孤坐涪水，

  桃花岸，梦停暂，恋前事，叹几多回。

  一字字，一句句，一幕幕，白鹤梁刻悲。

  只叹兵戈驱使战鼓催，才弃舍佳人腹北。

  多年止战家还目世隔轮回。

  天空月满无泪，一丝依恋何为，

  莫把相思化成雪。

  酒似难咽苦水，瑟挽琴弦作陪。

  等何生可会。

  星光时醒时睡，轻挑旧曲为谁。

  原把今朝换给来世依偎。

  你何忍君后续长路孤坐涪水……

两个传说皆和炼丹道士有关，至少说明丹药在涪陵与历史相联。那么，御一生产的"双虎肿痛宁"是否与古典传说相关呢？"御一"的谐音为"御医"，看来，这个中药品种，绝不可等闲视之。

关彦斌一听说哪里有传统的中药品种，眼睛就放光，这是缘于他以济世救人为己任的悲天悯人的大爱情怀呢，还是以光大中华国粹为终生奋斗方向的夙愿呢？抑或，两者兼具呢？"道，可道也，非恒道也；名，可名也，非恒名也。"人的一生无法放弃名利二字，但是，趋利避害，真正的取利之"道"，在于益人益己之道。这是葵花每兼并一处所遵循的天道，也是葵花不断取得成功的沧桑正道。

2007年2月，在铁力红叶归入葵花麾下仅仅一个月之后，载入葵花的历史性变革接踵而至，葵花药业集团依法控股重庆市涪陵御一药业有限公司80%股份，葵花药业集团（重庆）有限公司宣告成立。在长江边上布下这枚棋子，很多人都认为这是关彦斌为了填补风湿骨病系列将"双虎"缚住编入旗下之举，其实，这只是关彦斌推行儿药战略的第一步棋。

伏虎应该从儿药谈起。而儿药的勃兴，又应该从"双百"谈起。在关彦斌策划走出五常，扩大疆域而试图构建葵花中药王国的战略形成之初，发展目标即已形成，即"五年三十亿，十年一百亿"。简单说就是在葵花改制15年的2013年，实现销售额30亿元；改制20年的2018年，实现销售额100亿元。而当时制约葵花发展的瓶颈就是品种的单一，而这种瓶颈又不是短时间内可以打破的。中药，乃是国药，具有数千年的历史，广为世界瞩目、开发与利用。中药治本、西药治标的理论，人尽皆知。葵花生产的中药品种号称187种，但是超过亿元的大品种屈指可数。超过3亿元的只有护肝片、胃康灵和小儿咳喘口服液。在十数亿之间徘徊，没有新的大品种，30亿与100亿到底能不能实现？一个大牌的中药品种，从培育到市场认知，一个周期没有个十年八年无法完成，而葵花的"双百"方针，是领导者一时的头脑发热呢，还是不切实际的"大放卫星"呢？葵花到底能否找到发展的捷径？世上到底有没有捷径可走？

一个企业的衰败与灭亡，一定是战略的错误。当年诸葛武侯如果不是错用了言过其实的马谡，历史或可重新书写。只是，历史从来就不支持假设。

最大的战略失误，是用人的失误。如果没有街亭之失，或许就不会有后来的"蜀中无大将，廖化作先锋"的人才凋零；六出祁山、九伐中原也不会是那个凄惨的结局。后世有多少人感慨孔明的一步"错棋"，其实，如果当时真的有能人可用，谁会相信诸葛会启用马谡呢？人才的凋零不是来自一时一事，经天纬地之才无可用，只能说明这个时局已经没有方向可循。

关彦斌用人的原则既然是"用人要疑、疑人要用"，除了有容人之量的格局之外，是不是也具有一定的风险可涉呢？如果，一旦用了貌似能人实则庸人，其结局又会如何呢？从1998年收购五常中药厂之始，16年来所谓的各路人才，走马灯般地来来去去。还养了一些"过气"的豪杰为"食客"，大有孟尝君养士之风。有的甚至三进三出、N进N出，令人百思不解的是，为什么要容忍一些曾经"背叛"葵花的人来去自如？这里边到底有多少南郭先生？这会带来怎样的消极影响？这会不会迟滞葵花的发展进程？

对此，关彦斌只是淡淡一笑，人才必须置之于历史的阶段之中，此一时，彼一时。人才不存在"过气"，关键是在特定的历史阶段使用特定的历史人物。一个指挥家的胸怀，非常人所能理解，非常人所能参透。顺我者昌、逆我者亡的指挥者，最终只能踯躅于孤独的人生舞台上。

没有气度与气量的人，最好终生为人打工。

用李建伟任重庆葵花第一任总经理是出于因人善任。因为是第一次出省兼并，各个方面都需要协调；尤其是本厂职工的思想工作又千头万绪。后来，尽管李建伟离开了，但是毕竟饱尝开局之时的艰辛。而关彦斌派遣王辉任副总经理，也是出于尽快熟悉情况、尽快历练本领的考虑。当王辉接过重庆"御一"时，尽管已经历练将近两年，但是，深深感到肩上担子的沉重。一个烂摊子的标志，就是丧失了凝聚力的分崩离析，结党营私的一盘散沙，乌合之众又各自为政的小团体。这样的企业不黄摊才怪！御一药厂这个涪陵区当年的重点企业，尽管以独家品种双虎肿痛宁起家，但是，像多数国有企业一样，领导者的无能与管理机制的陈旧，不能适应已经放开的瞬息万变的商品经济市场，戴着计划经济的沉重枷锁，还能走多远？一个没有战略思想的指挥者，怎能打胜仗？

　　治理企业在某种程度上就像治理国家，安邦定国没有股肱之臣岂能成功？

　　到2006年中期，涪陵御一药厂这个国家财政投资5 000万元的涪陵重点企业，外债2 000多万元，欠银行连本带利5 000

2006年11月21日，黑龙江葵花集团有限公司与重庆市涪陵投资集团公司签订合作意向协议

多万，加上连年亏损，已经塌出了上亿元的窟窿。如果再继续沿着老路走下去，只有死路一条。聪明的涪陵区不堪其扰，决定以最大的限度挽回国有资产的损失（一般的国有企业都是在经营到山穷水尽的时候，才想起挽回损失），赶紧甩包袱，打包出售！

天降大任于葵花，就好像收拾烂摊子是葵花的天职。俗话说谁有好孩子往庙上舍？一年盈利几个亿的企业谁会出卖？多数人说"御一"是个"窟窿桥"，无论谁上，都得陷进去。关彦斌就是不听邪，他认为"御一"的今天，就是"五药"的昨天。他迈着大步，在长江与乌江交汇处的御一药厂里转了几圈之后，大手一挥："这里我要了！"就像当年收购五常制药厂时一样，满面都是自信的神色。其实，他不是在丈量这个院子的大小，而是在计算将来的出口。有苗不愁长，只要扎下了根，涨局是迟早的事。

如果等到风雨交加的时候再去拴窗子，岂不太迟了？

企业家的前瞻性，好比雄鹰盘旋于长空，地下数千米的地界一览无余。如果是一只老鼠呢？只能看到眼前几寸远，或许一冬天的口粮都准备不足。

关彦斌之所以把省外的第一枚棋子布在重庆的涪陵，是完全

2007年2月11日，正式签署股权转让协议

看好了这一片战略重地。尤其是四川的经济发展环境比黑龙江不知要优良多少倍。企业现在看是小一点、老一点，但是，数年后涪陵必然实行"退城入园"战略，这是一种发展的必然趋势，到那时，长江边上必然崛起一个新型的现代化企业。经济环境的差异，到底是人文的差异还是观念的差异？是风水的差异还是气候的差异？到底是因为天府之国的富庶祥和，还是蛮荒之地的贫穷落后呢？是长江的终年流淌与松花江的半年封冻有关吗？还是塞外的奇寒春风迟迟不愿光顾呢？

把这些问号，都留给历史吧！

关彦斌在院子里久久徜徉，并非是计算这个药厂的方圆四至，也不是在考量盈亏与否，而是在内心谋划一个更大更远的战略部署。一旦"葵花小儿战略"得以实施，这里东接吴越，西邻巴蜀，北扼黄河故道，实为生产运储物料之得天独厚之地，不可不取之。于是，便毅然承接了所有的债权债务，收购"御一"，在葵花的发展史上，填补了初次走出省门、果敢西取巴蜀的历史记载。

商业兼并，并非商人之间简单的售卖与收买，而是潜伏着重大的商机与战略元素。一些股东对关彦斌此举称之为"冒进"，冒进，可以解释为贸然前进，亦可解释为冒险前进，即便都存在风险，但是毕竟在前进。

然而，李建伟的"失联"，对关彦斌的触动极大。看来，在用人的问题上，关乎企业的生死存亡。

在关彦斌的脑海硬盘里，存储着一张人才资源图谱，而且分门别类，什么样的人才适合什么样的工作与环境，经常在他的时间与空间里排列组合。不到万不得已，绝不临时抱佛脚。而对人才的使用与培养，又绝不急功近利。对于真正人才的渴求，绝对有当年三顾草庐之情怀，而得之又从不轻易放弃。实不可得，亦遵循不求所有、但求所用的用人规则。这个习惯，是他成就体现的真正奥秘，因为积三十余年从商之经验，他得出了一个结论，人才是尊重出来的。

过河就拆桥的人，此后的生活中不会再有桥。

多少个企业的倒闭，表面上是资金链断了，其实是人才链断了。

一位杰出的企业家，必须有容人之能。所有的人，能力都是有限的，但是，何以或成功或失败？才能不高但是胸怀很宽的人，容易聚集能人，像刘备；才能很高但胸襟狭窄的人，无法成就大业，诸如周瑜。大业需要众人来做，做企业，不是做产品，而是在做人才。人用好了，才能共襄盛举。

重庆葵花启用王辉，是在关彦斌的"人才图谱"中的上乘之选。重庆葵花与伊春葵花的相同点均是打造兼并企业的样板，不同是一个是省内、一个是省外。但是，不管省内省外，关彦斌的底线就是：只能成功不能失败。不是葵花输不起改革成本，而是葵花与关彦斌输不起名誉。在关彦斌与葵花的发展历史上，允许有失误，但是一旦出现了失败，至少标志着关彦斌的用人不察。涪陵不是街亭，但是却演出了"街亭"的悲剧。李建伟的不辞而别（或许不能叫临阵脱逃吧），标志着街亭已经岌岌可危。如果涪陵失守，关彦斌的个人魅力就会大打折扣。一位企业家失去个人魅力，比一些人失去政治生命要严重得多。因为，衙门是铁打的，而企业，是用一种精神铸造的。一个企业从诞生到灭亡，一定经历了企业精神甚或企业文化的垮塌。如此，王辉则属于临危受命，肩负着拯救名誉与尊荣的重任。作为与关彦斌戎马倥偬生涯中一起闯荡江湖的王辉，他不可能不懂得关彦斌的一番苦心与殷切的期许。葵花中药王国大厦正值设立四梁八柱的阶段，每一个生产企业，就是一根基石上矗立的支柱。关彦斌的大本营五常葵花是最大的生产厂家，也是护肝片、胃康灵、小儿咳喘口服液的三大主品的根据地，葵花的起家发展均在此处，由关彦斌的胞弟关彦玲一夫当关，死看死守，一刻不敢轻忽。而重庆葵花，是进军省外的第一块模板，具有典范意义，一旦失守，就会给葵花的品牌蒙尘。

这是一桩关乎企业名节的差事，王辉，必须承担无法推卸之重任！

葵花的英雄，都是在浴血拼杀中成名的。在葵花的英雄谱上，没有"侥幸"二字。

带着几许悲壮的走马上任，奠定了王辉必须以一身正气横扫阴霾的领导风格，这是因为环境使然。都说新官上任三把火，如果环境好，谁愿意"烧火"呢？环境是什么？企业环境不好，原因何在？很简单，就是一种风气使然。你到一座城市，不用看市容，只要一闻味道，就知这座城市的执政能力。一方水土一方人就是这个道理。"楚王好细腰，宫中多饿死。"我们从来不怀疑企业文化就是老板文化，但是正能量和负能量可以说都是老板培育的。好大喜功的领导，势必产生阿谀奉迎的下属。"亲贤臣，远小人，此先汉所以兴隆也；亲小人，远贤臣，此后汉所以倾颓也"，这是诸葛《出师表》之精髓，一片忠心凛然可表。"与善人居，如入芝兰之室，久而不闻其香，即与之化矣；与不善人居，

2008年10月20日，关彦斌参观重庆葵园（老厂区）

如入鲍鱼之肆，久而不闻其臭，亦与之化矣。丹之所藏者赤，漆之所藏者黑，是以君子必慎其所处者焉。"（《孔子家语·六本》）企业不是江湖，但无法脱离江湖，更不能有江湖气。一个企业的老总，整天与一些人称兄道弟，整天甜哥蜜姐、勾肩搭背、吃吃喝喝，不是御人之道。尤其是一些领导者当面一套、背后一套，这不是贤臣之道，至少不是忠君之道。

王辉若想不辱使命，势必收拾旧山河。

然而，打破一个旧世界谈何容易！尤其是被各派浸淫瓜分的旧世界，一个染上各种江湖习气的乱世界。

"打铁还需自身硬"，这句流行了多少年的一句俗语白话，当中共十八大习近平总书记在与中外记者见面时说完之后，马上就变成了一句名言，一句箴言，发人深省。子曰："其身正，不令而行；其身不正，虽令不从。"倘若说得再具体一点，则可如明代政治家钱琦在《钱公良测语》中所云："治人者必先自治，责人者必先自责，成人者必须自成。"凡此皆一个意思，讲的是领导者自身素质的重要性。

光自身硬不行，整个班子必须铁板一块。王辉用童钢做副总的深意在于他是一个有正义感的本地人，一个善于以柔克刚的知识人，一个坦诚热情的忠厚人。正气需要引导，更需要培育。王辉是一个非常讲原则的人，但并不是表现于不苟言笑，而是外冷内热的性情。在处理问题的时候，他没有任人唯亲，也不排斥异己，而是精心梳理出同路人还是陌路人。只要是有志于葵花发展大业的就是同路人，就不能让一个人掉队；只要是对葵花没有感情浑水摸鱼者，就毫不含糊，绝不任用，或让他走人。对于一位颇有争议的原领导的"红人"，非但没有一棍子打入"冷宫"，而且还根据她的能力和为葵花做事的决心，不计前嫌大胆启用，让她做了一个主要岗位的中层领导。此举，让很多"摇摆者"吃下定心丸，安心工作，共创大业。用人不同，效果迥异。企业的兴衰，只在用人。有些人整天"以人为本"挂在嘴边甚或成了口头禅，可是一旦用人的时候，便扒拉来扒拉去，为的是挑选拥护自己的人、听自己话的人，也不管是不是能人，但必须是自己人。跳不出任人唯亲关的领导者，能跳出"疏不间亲"的圈子吗？还能听到反面的真话吗？不能听取反面声音、一味被讨好的领袖，就离失败不会太久远。

　　包容，体现一位领导者的宽阔胸襟。从事业出发，胸中就没有芥蒂。从个人的"尊严"出发，往往会意气用事，往往会假公济私，往往会任人唯亲。结果，是排斥走那些真正能为企业献身的人。

　　当年唐太宗即位后，因亲睹大隋的兴亡，所以常用隋炀帝作为反面教材，来警诫自己及下属。他像荀子一样，把人民和君主的关系比作水与舟，认识到"水能载舟，亦能覆舟"。因此留心吏治，选贤任能，从谏如流。他唯才是举，不计出身，不问恩怨。在文臣武将之中，魏徵当过道士，原系太子李建成旧臣，曾议请谋杀太宗；尉迟恭做过铁匠，又是降将，但都受到重用。太宗鼓励臣下直谏，魏徵前后谏事二百余件，直陈其过，太宗多克己接纳，或择善而从。魏徵死后，太宗伤心地说："夫以铜为镜，可以正衣冠；以古为镜，可以知兴替；以人为镜，可以明得失。魏徵逝，朕亡一镜矣。"

　　没有太宗的胸怀，焉能有河清海晏的贞观之治？

　　正能量来源于领导者身上那股正气，重庆葵花总经理王辉说，一个团队的主要领导者，威望是自己树立的，公平正义、正直无私是带好团队的关键。工作上敢于推功揽过，成绩是你的，责任是我的，让下属放开手脚干，你说，工作能干不好吗？领导者要控制私欲——无私自然无畏。无私自然遏制住负能量。遏制住负能量，正能量自然上升。

　　正能量在很大程度上取决于领导者的包容。胸中没有格局的领导者，怎能治理一群"哀兵"？

2009年，重庆大产量被衡水将小儿烷胺和小儿化痰分出去8个省的产量之后，严重的开工不足产生了空前的动荡，原来隐藏的矛盾全部显露出来。离职、扯皮、告状、派系问题严重。一些人以原来遗留的劳资关系做文章，采取极端手段停工索要原来"周日加班""劳动保险"等，正常的生产秩序受到严重影响。有几个人冲到王辉的办公室，手拉手地站到窗口，回过头来大声吼道："如果不给我们解决过去的问题，就从你的办公室跳下去！"

王辉也火了，谁是吓唬大的呢？

王辉叫来了保安："你们把摄像机准备好，他们自己想要跳楼，你们给拍下来。"然后指着那几个人说："哪位自己想跳下去吗？那就跳下去好了！"要挟与绑架，从来吓不倒正义。同样，强权与暴力也向来征服不了民意。

如果说谣言止于智者，那么，怨言则一定止于公正。所谓"不平则鸣"。作为领导者，一定要重视群众的合理诉求，是抽刀断水还是开闸疏浚？铁的手腕怎能治得了"怨兵"？

其实，王辉是在为前任平息罗乱。为了增加产量，无休无止地加班，却不给人家加班费、不给人家上保险，这合情合理合法吗？但是，如果按照原来记载的费用，得数百万元呢！

宽容疏导才是安定之计；解决棘手的问题方显领导艺术；利益取向考验上善情怀。关于年终奖与集团相差的200元问题说说清楚：不是公司食言，而是某些领导自行的许诺。经过历时五年的苦苦谈判，他心平气和地跟员工一个一个谈判，五年共谈了126人次，基本上人人都是心悦诚服地达成了互相理解。数百万元的问题，几十万元就解决了。征得了员工的理解，部分满足了员工的利益，部分维护了企业的利益。凡是侵害企业利益者、搬弄是非蓄意制造矛盾者，坚决毫不客气地令其出局，因为其不是同路人。五年来，共有150余人离职或被清除出职工队伍。

宽容不是一味的，但是员工的合理诉求必须设法满足，否则，必生怨言，正所谓"不平则鸣"。公司决不能在工资、奖金、保险上算计员工，伤了员工的心。公司有问题，必须设法解决，公司也不能不讲道理，给人家抓住"把柄"。经过努力之后，该上的保险金达到百分之百，也稳定了队伍，征得了员工的信任。

信任是双向的，责任需要共同担当。

怨言、怨气、怨恨，都在公平正义、关心他人的阳光下冰雪消融。涓涓细流能化解久积的块垒，铁的手腕无法制服一批"怨兵"。

企业利益与员工利益似乎是与生俱来的寇仇，是一对永远不可调和的矛盾，其实不然，需要科学摆布。没有必要谈到维护企业利益时信誓旦旦，谈到维护员工利益则轻描淡写。

重庆葵花的高明之处在于找到了双赢的"出口"。

过去是周六周日都上班，而不管产量如何，只要不休息。现在是五天完成甚至超额七天的产量，员工得到了休息，还为公司节省了节假日的三倍工资。员工欢呼，公司省钱，何乐不为？只是需要转变一个观念：不是工时长就一定功效大。不唯上，只唯实。集团实行"绩效考核"的"1261"制，重庆没有全部实行，原因很简单：如果后边的"6"和"1"拿不到全部工资，就说明70%的员工会受到"打击"，当然受到诟病的应该是企业的声誉。重庆一面给集团打报告陈说利弊，一面实行自己的考核机制：即最后的"1"必须找出来，不然对前面的"9"也不公平。于是，被找出来的30多名后边的"1"纷纷"上访"，党委副书记童钢负责接访："你一个月请了20多天事假还不是最后的'1'？""你不听班组长的工作安排还不是最后的'1'？……"一番摆事实，一番苦口婆心，30多名后边的"1"全部认账。细致的工作可以融化坚冰，润物无声胜似有声，有时候，人们不一定认的是钱，大多人认的是理。

过去仅装卸工就有 20 人，闲着半个身子只能挣两千来块钱儿。"减员增效"就来真格的，现在就剩 9 个人，同样是原来的那些工资摊到各人身上，就翻了番，其他去车间的、离职的，总之，给公司保险费也是省了，关键是人们收入多了，人心顺了。重庆葵花原有员工 600 余人，现在减到了 450 人左右，人员的工资得到了大幅度增长。公司坚决遵守"减员不减工资"的承诺，极大地调动了生产经营积极性。王辉总经理说："一定要在物料能源上降低成本，在员工工资上打主意是愚蠢的，产生的'反弹'会使我们损失更大，无论是名誉上的还是原料上的。"

王辉的打法不是很独特，而是很理性。他管理企业崇尚"用制度管人，用流程管事"。他的严谨来自几十年工业战线上摔打出来的好学。他没有读过大学，没上过 EMBA，但是，他的招法就是在你的领域里，在你管辖的这个领域里，一定要学习，成为行家里手。不然，你没有资格在这个位子上指手画脚。只要是他的领地，他就苦苦追寻，追寻这个领地最佳的指挥位置。他说，他原来是生产塑料的，曾任关彦斌领导的塑料厂生产技术副厂长。药品与塑料尽管不是一个门类，但不是让我们去研究塑料的成分，也不是去研究药品的原子结构，而是研究各种规范的流程。

飞得没有鹰那么高没有问题，关键是不要堕落得比鸡还要低。鸡的哲学是鹰飞得高是因为没有食物；在院落里就可以解决的事，为什么要浪费力气飞上高山之巅？

鸡的一生永远无法理解鹰，所以，只有各走各的路。

看看现在重庆葵花的变化吧：王辉接手之前是 628 名员工，现在是 438 人，人员减少近三分之一；过去每月生产 5 000 件，现在达到了 60 000 件，功效提高了 12 倍；过去每年亏损上千万元，去年已经实现利润 6 900 万元，上缴税金 4 300 万元。这是怎样的一个嬗变呢？

涪陵非常惊诧，惊诧于葵花的神奇。他们总是在唏嘘感慨之余，在疑窦丛生之余，在钦佩崇拜之余，百思不得其解：为什么一个破败的企业，到了葵花的手里，院儿还是那个院儿，人儿还是那伙人儿，竟然神奇地转化成一座现代企业，一伙精明强干的人儿。王辉很谦虚，只是简单告诉询问者：这是文化的力量。葵花的文化就是充满了阳光与神奇，充满了向上的力量。正像那位追逐太阳的夸父，即便化作邓林，也为人类庇荫。在一些人的眼中，文化就是老板文化，就是一种虚无到靠想象的一种精神图腾。其实，这是一种荒谬的理念，只有精神与文化，才是永恒的。物质的幻灭与速朽，无非弹指一挥间。只有文化，能够穿行于广袤的时间与空间，让人找到心灵的归宿。那些夭亡的国企与民企，都是企业文化出了毛病。缺少灵魂的人，是具躯壳；缺少文化的企业，不论多大，只是个买卖而已。

其实，无非是关彦斌用对了王辉；王辉则在理想的王国里纵横驰骋尽显管理才能而已。而王辉的成长，是关彦斌的用人理念或者说人才观的一个成功典范。王辉，从来没有涉猎医药企业，但是，关彦斌能够大胆启用，而王辉也在不断学习，时时不忘总裁的栽培，时时不忘感恩葵花。

葵花的成功是关彦斌的成功，其实是一个理念的成功。锲而不舍，金石可镂。没有咬定青山不放松的韧劲，葵花的发展或许推迟与延后，如果我们剔除了诸多不正确与不确切的因素之后，尤其是在用人的问题上，就会意外地发现，葵花的用人理念超乎寻常。只是，谁不愿意用五虎上将而用马谡与廖化呢？可叹，世上哪有那么多能人可用！

然而，企业家的用人，应该也学学政治家。其实秦国只用了一个人才——商鞅，就完成了霸业，人们至今相信四大公子的手下不止一个商鞅，却没有形成气候，这说明什么，说明使用人才与拥有人才完全是两回事儿。使用商鞅的秦孝公，那真是一位了不起的政治家。他能够在商鞅改革得罪全天下人的时候，坚持使用商鞅，且非常坚决毫不动摇，即便自己的王位继承人被商鞅刑法欺负得八年不敢出门。这不需要一点勇气，不需要一点铁血，不需要一些远见卓识和政治家超凡的韧力和忍耐力，是绝对做不到的。

关彦斌富有远见的前瞻，一次次印证了战略的高度与发展的远见的高度契合。

2009年4月，一场人间的灾难骤然来袭，甲型H1N1流感从北美墨西哥穿过墨西哥湾与加勒比海，一路狂飙蔓延至欧亚大陆。一时间，这个7%死亡率的病毒令人们闻之色变。尤其是那些聪明伶俐的儿童，令人十分担忧。福祸相依相生。不好的消息，对医药企业尤其是中药企业，至少是一个机遇吧！

一时间，各种涉及治疗咳喘与润肺的中药价格急速上扬，平时最不起眼的板蓝根身价倍增，十几元一公斤一下子炒到了几百元。还不用做成药丸子，只要回家冲水喝就行。上一年这味药"臭"，葵花储存了上百吨还没有入药，这下子该发一笔小洋财了！

可是，出人意料的是，关彦斌没有这样做：还按照原价卖！理由很简单，作为具有社会责任感的企业，岂能发国难财？于是，人们议论纷纷。

关彦斌是鹰，不是鸡，更不是老鼠，只看到一寸远。他绝对知道这批药材的分量。当时千八百万元对于葵花也不是小益，但是，对于葵花的名声却是大损。损益之间，怎样权衡？那就看你是老板还是企业家了。关彦斌的人生哲学简单明了，追求利润最大化是成功企业家的标志，但是，忘却了社会责任的追求、违背了社会道德的追求，充其量只是一个企业的小老板。或者，只是一个药房掌柜的。

葵花大厦，是用道德的砖瓦垒起来的。

葵花的钱，是用诚信的鲜花编织成的。

在物欲横流的时节，社会缺少的，就是最珍贵的。

人人视若魔鬼的甲型H1N1，原称人感染猪流感，为避免"猪流感"一词对人们的误导，2009年4月30日，世界卫生组织、联合国粮食及农业组织和世界动物卫生组织宣布，一致同意使用H1N1型流感指代当时疫情，并不再使用"猪流感"一词。H1N1指代病毒表面的糖蛋白。H代表红细胞凝集素，共有1~15个类型；N代表神经氨酸苷酶，共有1~9种类型，此病毒H和N均是1型，因此称为H1N1。中国卫生部门则相继将原称"人感染猪流感"改称为"甲型H1N1流感"。

在一片恐慌之中，在中药企业的一片掠夺之中，到了2009年9月，由黑龙江葵花药业生产的"小儿肺热咳喘口服液"被黑龙江省卫生厅认定为全国首个治疗和预防儿童甲型H1N1流感储备用药。据悉，在哈尔滨所发生的甲型H1N1流感病例中，90%以上为学生，且全市已有十几所学校的在校生部分感染。面对有蔓延之势的疫情，黑龙江省卫生厅紧急制定出台了《应对甲型H1N1流感大流行医疗救治防治方案》，并成立了专家小组应对甲流疫情。他们针对黑龙江省甲流病例的新特点，尤其是针对儿童和青少年群体，在国家甲流治疗方案的基础上，组织专家组对大量药物进行了论证，筛选出了专业用于儿童预防和治疗"甲流"的药物——小儿肺热咳喘口服液。经实际应用检验，该中药制剂产品防治儿童"甲流"作用明确。小儿肺热咳喘口服液填补了目前我国儿童"甲流"防治药物的空白，有助于提高儿童"甲流"防治的针对性和效率。

一时间，葵花成了救星。当时，没有人敢确定一种药物可以针对该病毒，而葵花的小儿肺热咳喘口服液作为国家级新药，作为国家中药保护品种，自然令全国的专家瞩目。而葵花的美誉度和信誉度，又是在业内有目共睹的。一时间，五常葵花成为全国关注的焦点，在黑龙江，最时髦的礼品莫过于葵花牌小儿肺热咳喘口服液。

若想探询小儿肺热咳喘口服液的机理,我们不妨把时间的长镜头推回到 2003 年。那一年,"非典"盛行。国家出动顶级专家星夜研制,由石家庄以岭药业生产的连花清瘟胶囊,以其广谱抗病毒、清热消炎而被推广为抗"非典"新药。而这个"新药",22 味中药中,与葵花的小儿咳喘口服液竟然"重合"了 19 味!这个"新药"的诞生,居然和葵花的"小儿"获得黑龙江省名牌产品是同一年,比"小儿"还小了将近 10 岁!

这到底是历史的巧合还是药物的属性使然?其中一条看不见的历史纽带上,渗透着千年的相生相克机理。即便华佗重生、孙思邈再世,恐怕也无法厘清其深奥的内涵吧?

中药,中华瑰宝。就是那些草根子、草叶子、树皮、野果、石膏、蝎子、蜈蚣……竟然辅佐着这个民族前行千年,使人们的身心逐步强健。博大精深的中华文化,引导着中华子孙自立于世界民族之林。关彦斌从烧砖、注塑到制药,是一种精神的升华,是一种文化的嬗变,是一种灵魂的涅槃。很多人无法理解葵花的宽阔心胸,我们只能到中华文化中去寻根,就像那些花鸟虫鱼皆可入药的无法理解一样。

关彦斌的儿药战略,正是形成于斯时。

当人们意识到儿药的含金量非常丰厚的时候,无数厂家纷纷如过江之鲫开始追求之际,正是关彦斌的儿药战略已经取得累累战果的时刻。就像当年人们无法理解关彦斌为何要兼并重庆涪陵、河北迁安、河北衡水的几个药厂一样,如今,儿药已经在这几个药厂大面积生产,提前铺向全国儿药市场。就拿重庆涪陵而言,现在已经生产 29 个品种,60% 以上为儿童药品。一个以小儿氨酚烷胺与小儿氨酚烷胺黄那敏止咳为主的小儿药生产基地在长江源头建成,小儿药像滚滚长江水一样,流向千家万户。

现阶段,小儿药大健康已经成为葵花航母的两艘护卫舰,劈波斩浪地行驶在中国医药界的蓝海。而舵手关彦斌早已诣达另一个更高的境界，在全国"两会"上首次提出儿童用药的安全问题，这不啻一声惊雷，提醒着广为诟病的医药界要关注中国的未来。时任卫生部长陈竺震惊之余，派司级领导干部带着专家专程到黑龙江的葵花药业进行调研，他们试图探索中国儿童用药安全的发起者、规范厂家葵花药业的典型经验，但是，这里除了经验，还有一个有良心、有社会责任感的企业家的高尚情怀。

葵花不是没有遗憾，葵花将留下终生之憾。2010年7月24日，"葵花药业护肝滴丸双参乙肝滴丸生产车间建设工程开工典礼"在五常葵花隆重举行。但是，这两个在喜庆的鞭炮和锣鼓声中竣工的车间至今一直没有迎来正当香主，是因为这两个药物被扼杀在了摇篮里。

当年这两个药物的研制已经列入了国家"863"计划，如果这两个药品如期研制成功，葵花的"百亿"计划可能早已成功告竣。葵花护肝滴丸是在护肝片的基础上提纯改剂型，这个比较好做。而双参乙肝滴丸，是治疗肝炎的新药，如果研制完成，将是人类的一大喜讯。后来几经努力，双参乙肝滴丸项目还是没有启动。

2011年，重庆涪陵果然不出关彦斌所料，大面积推广"退城入园"工程，诸如制药企业不许在城市里生产了，必须限期进入新开辟的工业园。御一制药的搬迁改造费用是2亿元，而且必须在2015年上半年入园。经过王辉和他的班子殚精竭虑的建设，一座占地170亩、建筑面积为4.1万平方米的现代化企业在2014年末已经通过GMP认证，其建筑质量和建筑风格以及绿化等，如鹤立鸡群般在涪陵堪称一流，无论是谁走到这里都会眼睛一亮。比邻的一家用几十亿元建起的企业，哀叹无法望葵花之项背。一座建筑，可以表现一个人或是一个企业的领导风格和工作态度，如果尽职尽责，中国不会有豆腐渣工程。由此，重庆葵花被重庆质监局聘为GMP认证检查员单位。

重庆葵花，前身为重庆御一药业，2007年2月整合重组到葵花药业集团，成立葵花药业集团（重庆）有限公司，并于 2017 年 6 月正式更名为葵花药业集团重庆小葵花儿童制药有限公司，是葵花药业集团唯一以儿童制药命名的子公司。

2010 年 9 月与涪陵区李渡新区签订投资协议，于 2012 年 10 月在涪陵区李渡新区征地 167 亩，总投资 1.9 亿元，建成了 43 435 平方米的现代化新厂区，并于 2015 年 5 月搬迁投产。新厂区现有总资产 64 892 万元，建设有前处理提取车间、液体制剂车间、中药制剂生产线、西药制剂生产线、动力车间、检验中心、药物研究所、党群活动中心等设施，绿化面积 22 331 平方米，是一座花园式制造生产厂区。

重组后的重庆葵花十年磨一剑，在王辉的带领下，管理模式日臻成熟、经营规模不断扩大、经济效益持续提高。

让我们看看这一组振奋人心的数字：

产量连年递增：2015 年，393 302 件；2016 年，411 918 件；2017 年 510 734 件。

产值持续增长：2015 年，7.45 亿元；2016 年，10 亿元；2017 年 1—11 月，10.7 亿元。

销售收入节节攀升：2015 年，2.4 亿元；2016 年，2.8 亿元；2017 年 1—11 月，2.7 亿元。

税金稳中有升：2015 年，3 571 万元；2016 年，4 370 万元；2017 年 1—11 月，4 382 万元。

王辉的严谨与无私会镌刻在这座建筑上，在葵花的发展史上，将留下浓墨重彩的一笔。而大胆收购"御一"，大胆启用王辉，都将在葵花的发展过程中印证着关彦斌的睿智与胸怀。

长江，经年累月地流淌，多少青山也无法遮挡。其实不是在倾诉对世事的不平，而是为成功者关彦斌、王辉等一大批为了葵花的发展忘我的人，吟唱一首赞美的歌谣……

第二十章 挺进中原

自古,中原乃兵家必争之地。得中原者得天下。中原,本意为"天下至中的原野",是华夏文明和中华文明的发祥地,是华夏民族的摇篮,被视为天下中心。中原地区随着华夏民族的大融合以及中原文明的扩展而逐渐向外蔓延,扩大了以中原文化为核心的汉族和各民族之间的交流。文化比较先进的华夏民族以别于其他而称中华。

河北,乃中原之腹地,多燕赵悲歌之士。当年太子丹送荆轲去刺秦,高渐离击筑,荆轲高歌:"风萧萧兮易水寒,壮士一去兮不复还。探虎穴兮入蛟宫,仰天呼气兮成白虹。"著名的《易水歌》成为千古悲歌,亦是千古壮歌。后来,唐代著名诗人骆宾王,就是七岁写出"白毛浮绿水"的《咏鹅》的那位,途经此地,感慨系之,作《于易水送人》"此地别燕丹,壮士发冲冠。昔时人已没,今日水犹寒"以悼之。

中原,作为战略要冲,留下了多少可歌可泣的故事。

在葵花儿药战略中,中原必须有一片回旋与辐射的基地,于是，关彦斌把目光投向了这里。

2009年末，中原大地降了一场大雪，漫山遍野，成了银色的世界。人们祈祷瑞雪兆丰年的当口，关彦斌来到了衡水。因为，这里有一座著名的药业——华威得菲尔药业。作为儿药的基地储备与布局，在进驻河北迁安之后，关彦斌又把目光投向了这里。这里的地理位置得天独厚，作为儿药的输出与辐射，可谓黄金地段。若想让葵花遍布中国，必须占据这个咽喉要冲。衡水市地处河北冲积平原，是京津重要的农副产品加工供应基地。属于环渤海经济圈和首都经济圈的"1+9+3"计划京南区，为环渤海区域合作市长联席会议成员市，被费孝通称为"黄金十字交叉处"。

衡水所辖冀州为九州之首。河北省称冀，亦缘于此，涌现出董仲舒、孔颖达、高适、孙犁等知名人物。截至2016年，衡水有国家级非物质文化遗产保护项目6项、省级非遗保护项目33项、市级非遗保护项目55项，境内有衡水湖、武强年画博物馆、冀州城等旅游景点。无论是地理、人文还是文化，都利于葵花的发展，因而，关彦斌志在必得。

华威得菲尔药业两度更名、两度易主，作为衡水市的重点发展企业，在河北省重点企业医药制造业中，2009年位列第七名。但是，因为市场久久难以形成，加之兼并者的实力与管理均不足抗衡，以致一直徘徊不前，仍然无法走出困境，不得不第三次寻求合作。

当关彦斌与华威得菲尔总经理刘海港同时出现在衡水湖边的时候，一泓湖水，横无涯际，两人心情无比开阔。没来之前，关彦斌曾经派出一个考察团，对华威得菲尔进行评估考察。经过一个多月的考察，律师王学军和法律事务中心总监王琦认为华威菲尔具有发展潜力，一些涉及法律方面的纠纷，完全可以化解。

在关彦斌与衡水华威得菲尔的全体人员的见面会上，关彦斌"我是来投资的，不是来投机的；我是来发展的，不是来发财的"

演讲，被潮水般的掌声推向高潮。

作为企业的主人，任何人都期望企业的发展。可是，两度改制、两度易主，让员工失去了信心。关彦斌话中有话：有的人就是来投机的，就是来发财的。

当企业的第二位收购者听说葵花要来收购华威得菲尔，便惶惶不可终日，这是一块肥肉，但是却煮不熟，迟迟吃不到嘴；这是一只煮熟的鸭子，难道就这样眼看着飞了吗？于是，此人找到了时任副总经理龙陵，抛出几十万元的股份、500万元和企业领导者的筹码，来收买她阻止葵花的进入。

龙陵淡淡一笑："企业改制就好比嫁人，一定要嫁一个正经的人家。"这话不软不硬，但是却柔中有刚、绵里藏针，人们自然不难读出其中的针砭之意。

龙陵巧拒收买的故事，体现了一种忠诚、一种正气、一种意志，为她后来入主葵花得菲尔奠定了道义的基础。试想，面对利禄不为所动者，其内心的定力与信念该是如何的强大？那是女性追求独立、热爱自由、感受生命的一种高贵。正因为如此，当总经理刘海港淡出而选择自主创业后，向关彦斌推荐龙陵做衡水葵花掌舵人时，关彦斌说了这样一句话："龙陵值得信赖！"

2010年4月30日是改写衡水葵花历史的日子，原华威得菲尔药业正式成为葵花一员，并更名为葵花药业集团（衡水）得菲尔有限公司。2011年3月1日是改写龙陵职业生涯角色的重要日子，这一天，她被任命为常务副总经理，行使总经理职权，这不仅仅是一次权力的交接，这是责任与使命的传递。为了向关总裁交上满意的答卷，为了实现对衡水葵花员工的庄严承诺，龙陵充满自信地出发了，任重而道远，龙陵不惧，龙陵不悔……

龙陵的智慧体现在她永远知道怎样完美地充当自己的角色，她如鱼得水，游刃有余。

龙陵毅然担起了关总裁的信任和衡水葵花人的期望，她殚精竭虑，不辱使命。上任之初，她做的第一件事情就是统一班子的思想、凝聚班子的力量，让班子成员戮力同心、各司其职。她还带动全员快速融入葵花文化，让葵花文化在衡水公司落地生根……

她充分发挥班子成员能力和组织合力，大家拧成一股绳、同唱一首歌。班子成员在她的带领下，"安其位、谋其政、尽其责、竭其智、展其长、成其事"，成为葵花的一支过硬的管理团队。

她的智慧还体现在科学管理上，淡季，全方位科学布局，使库存产品数量合理化、人员培训系统化、设备维护规范化，做到了淡季不淡，生产经营常态化。旺季，提前预测备战，提前采购，通过有效整合资源、统一指挥，月产量最多近 7 万件，断货情况基本为零，满足了销售需求。她把握方向、谋划全局、主抓关键、带好队伍，在短时间内带领企业跻身集团制药企业前三强的行列，为集团的快速发展做出了贡献。

她大处着手抓企业发展，小处着手抓制度建设。做产品，视质量为生命；做经营，以诚信为基础；做管理，追求精细化。她

巾帼不让须眉，柔弱透出刚强

高瞻远瞩、以人为本，衡水葵花各项人力资源工作开展得有声有色：三级培训形式多样，各级人才培养方案的有效开展，绩效管理的有力推行，"一岗十级"薪酬体系的顺利实施，这些都离不开龙陵的持续重视和有效指导。

这是一个充满谋略的时代，尤其是管理工作中的谋略艺术更是有排山倒海之势，谁有谋略，谁就不战而胜！

她在各种复杂的竞争环境之中彰显了过人的人际交往、调控关系、处理问题、解决矛盾、驾驭局势的核心智慧、技术和能力，为个人和团队实现良好生存与可持续发展，奠定了坚实的基础。在国企改制的谈判中，在与晓声集团的对决中，在面对困难的杀伐决断中，龙陵刚柔并济，完美诠释了一个女人的柔美，一个强人的刚毅，一个智者的谋略。她善用社会资源，具有超强的交际能力，与各界保持着良好的社会关系，取得了市政府和开发区政府的大力支持，很多企业历史遗留问题在各级领导的关怀下迎刃而解，使企业步入良性发展的轨道。

她不只是一位企业的领头羊，追求经济利益的最大化；还是一位社会责任的承担者。关总裁"坚守道德底线，对祖国对人民负责"的态度和"诚实做人，诚实做药"的经营理念始终指导着我们药企的工作方向，龙陵更是一位不折不扣的执行者。龙陵常说："关总裁和股东把企业交给我，我要对他们负责，但是我更要坚守道德底线，对所有消费者负责。"龙陵在多次药企危机面前，都能带领衡水葵花团队运用谋略从容面对。

1982年，龙陵以全市第二名的优异成绩考进原衡水市制药厂，一干就是30年。靓丽、沉稳、知性的龙陵从一个基层操作工到总经理，用青春和挚爱谱写了创业的史诗，改变了自己的人生，继而改变了衡水葵花的命运，令人心生敬仰……

风雨中，龙陵一路走来，见证了衡水这个老药厂的兴衰历史。做车间员工，她恪尽职守，技能操作全优；做办公室职员，她一人身兼数职，能文能武，干脏活累活总是走在部门同事最前面；做办公室主任，她睿智缜密，力求卓越，得心应手地服务于领导左右；做市场部经理，她大刀阔斧，创新思维，开营销之先河；做行政副总，她在多次大型活动中运筹帷幄，决胜千里；做生产副总，她临危受命，短时间内从一个门外汉变成精通业务的行家，拯救企业于关门停产的危难之中；做常务副总，她勇挑重任，毅然决然地挑起企业兴衰的大梁；做总经理，她统筹全局，巧妙地化解企业的多次危机，快速提升企业业绩，带领企业短时间内跻身集团强企行列。她，就是一位名副其实的能把各种岗位演绎到极致的巾帼豪杰，就像她自己坦言："我不想征服世界，我想征服我自己，我要实现自己的价值！"

天道酬勤，努力拼搏将她的职业生涯一次又一次地推向巅峰……

2012是险象环生、惊心动魄的一年。这一年，"毒胶囊"事件曝光，药企成为媒体首先关注的聚焦点，衡水葵花也不例外，短时间内国家、省、市各级药监局调查组齐聚公司，对衡水进行彻查。龙陵带领她的团队第一时间启动突发事件应急预案，连夜召开生产、质量、采储、财务等部门相关人员会议，对疑点进行耐心解答，用严谨的工作态度、科学的数据向政府和消费者交了一张合格的答卷。在应对突发事件中，龙陵管理团队预防风险的前瞻性、处理问题的主动性和带动全员配合的联动性保证了企业的持续经营，经受住了祖国和人民的考验，维护了葵花集团的声誉。

用她的话说："成功一定有方法，失败一定有原因。"就是这样一位不服输的女性佼佼者，洞明世事、练达人情，不断用谋略创造了一个又一个奇迹，完成了一个又一个重任。

近几年，龙陵殊荣不断，2010年获得了衡水葵花"优秀高层标兵"、2011年获得了衡水市"三八红旗手"、2012获得葵花药业集团"总裁提名奖"光荣称号，荣誉正是对这个智慧管理者的最大认可。

"容人得人，有容才之量，方能广纳贤才；容事成事，有容事之量，方有成事之机。"龙陵的成功离不开她那比海洋、比天空还广阔的伟大胸襟。

龙陵的魅力体现在"包容"二字。俗话说得好，有多大的度量，就能干成多大的事业。"博大的胸怀、容人之量"是龙陵在管理岗位上不断超越、开启成功之门的金钥匙。

公司有两位比较优秀的中层管理者，因有其他公司花重金聘任，动了离开公司的念头。龙陵没有放弃，对他们倾心挽留，两位要离职的骨干被深深地感动了：决定留下来，与企业荣辱与共、风雨同舟……

事实证明，龙陵的眼光是独到的、魅力是无穷的。在龙陵的鼓励下，这两位管理者后来都相继走上了高层管理者岗位。

龙陵的魅力在于"平易近人"和"体恤民情"，冬天下雪了，冒着严寒，她与大家一样手持铁锨铲雪开路，干得热火朝天；拔河赛场上她同大家一起呐喊、一起加油助威；平日里，她喜欢到各部门走走转转，嘘寒问暖，大家看在眼里，暖在心上……

骨干员工的"婚丧嫁娶"，她如果有时间一定会出席，送去祝福；中层员工和业务骨干生病她是一定的要探望的，无论多忙，都会不时地打上几个电话，嘘寒问暖。

遇到员工个人有难事或者家庭遭受巨大变故，她除了慷慨解囊，还动用个人的人际关系帮忙渡过危机，这些感人的故事，一桩桩、一件件真的是不胜枚举。公司研发部的一名普通员工，因为怀孕妊娠反应严重导致肺部衰竭，在北京的某医院急等后续资金救助，该员工以前就在一次外出培训中受过重伤，身体本就不好，又家境困难，龙陵听到这个消息，二话没说，立即捐款1 000元，员工们在她的带动下纷纷伸出援助之手，仅仅用半天时间就捐款

1万多元，解救员工于水深火热之中，深深地打动了员工的心。她又动用个人关系，再一次帮助这个员工解决了医保核销的问题。最让人感动的是，当公司员工的孩子升学的时候，她都会像对待自己孩子一样倍加关注、多方帮助，员工感动得泪水盈眶……

她对党无限忠诚，曾经将自己的奖金600多元全部交了党费；她有一颗不泯的爱心，南方水灾、汶川地震、玉树地震等每次灾情出现她总是带头捐款，500、2 000，甚至更多……用行动默默地践行着"大爱无疆"……

原药厂针剂车间被市农业局新建的办公楼遮挡，严重影响办公采光。而建筑队头头为市内某高官的亲戚，在多方协调未果的情况下，龙陵忍无可忍，带领保卫人员对新建楼房进行了破拆工作，被140多人持械封堵威胁，但是龙陵临危不惧，毫不示弱，据理力争，终于使建筑方对新建楼房进行了改建，并赔偿了药厂相关损失。再有，原药厂家属院涵洞上方被黑恶势力以市内某部门名义强行圈占，严重影响了药厂员工及家属的权益。在对方无理强占、政府部门扯皮推诿、恶势力出言威胁人身安全的情况下，龙陵始终不畏强权，坚决不向恶势力低头，安排人员每晚对所有当天建筑进行拆除，坚持了一周，对方在无法施工的情况下，退出家属院，职工和家属权益得到了保护。

在员工眼里她就是原则。保卫部部长张金栓最大的特点就是执行力强。别人曾问他："在工作中，你听谁的？"他说："听龙总的。"别人又问："那在龙总和原则面前呢？"他说："我还是选择龙总，因为龙总讲原则，她和原则不分家，她就是原则。"

加入葵花集团之前，公司经营不善，负债累累，千疮百孔，加上北区建设欠了一大笔工程款，承包商三天两头就来要账，他们正常途径拿不到钱，就想些歪门邪道，宴请、送贵重礼品等，这些对龙总丝毫没有作用。加入葵花集团后，公司状况好转了，已经在陆续清还旧账了，但是还有承包商为了快些拿到工程款，

每一块奖牌上都浸透了奋斗者的心血与汗水

搞些小动作。一次一个客户送来一张银行卡：10万元现金还有密码，龙陵立即退给了他。可是没几天他又来了，反反复复几回，最后龙陵被激怒了，说要把他那张卡交到财务抵工程款，客户这才悻悻地将卡拿走。龙陵的正义之举令人心生敬意，在采访工会主席兼行政部经理周源时，她说："龙总人品和能力没得说！"挑选龙陵做衡水葵花的领头羊，可见关总裁的眼光是多么睿智和英明……

龙陵是一个甘于奉献的管理者。她爱企如家，常常忽略小家，说起家的时候，她心有愧疚，说对家庭、对孩子亏欠太多，她不是一个好母亲。孩子两岁多的时候，她是办公室文员，常常写材料到深夜；孩子上小学的时候，她做市场部经理，常常出差在外；孩子考高中的时候，她刚刚临危受命做生产副总，整天不着家……好在孩子从小就独立，从小学到研究生，她仅仅在孩子人生的关键时刻把了一下关，就像她笑谈的："其他时间对孩子我都是放养，让孩子自己拿主意。"其实这分明是对自己无暇照顾孩子的一种自嘲，龙陵就是这样一个无私奉献又乐于奉献的人。

她的甘于奉献不仅体现在自己要为企业默默奉献，同时她的爱人、她的兄弟姐妹也经常为公司竭尽全力，无私奉献。

个人的病痛从来不放在心上，这边发着烧输着液，那边有紧急情况，接到电话立即拔掉针头投入工作，看着都让人心疼……

研发部赵清爽说："我认识龙总二十六年了，她就是一团火，每天神采飞扬，温暖着别人，让人情不自禁地向往和靠近。"

一到年节，龙陵是最忙的人。慰问离退休职工，走访员工家属，为员工解决困难。大家都说："龙总是我们的贴心人。"

龙陵就是这样一位集智慧、气节、包容、追求完美等多种优秀品质于一身的衡水葵花卓越领袖人物，衡水葵花人信任她、深爱她，"百亿葵花、百年葵花"，葵花集团大发展更离不开这样"低调做人，高调做事"的企业管理者。

龙陵对关总裁充满敬仰和爱戴，她诚恳地说："没有关总裁的独具慧眼，没有关总裁对衡水葵花的情有独钟，就不会有衡水葵花的今天，我不会辜负关总裁的重托，会尽我所能，让衡水葵花一天比一天更好！"

一位看似柔弱的女子，内心里却燃烧着敬业的激情，在她主政衡水的几年中，那一串闪光的数字，记载着她的艰辛与功绩：2013年至2017年的利润分别是4 180万元、6 653万元、7 293万元、8 737万元和9 624万元，5年实现利润3.95亿元。上缴税金分别为5 264万元、5 562万元、5 708万元、7 045万元和6 265万元。尽管，数字是枯燥的，但是，这上边浸透了一位巾帼英雄的心血与汗水。

衡水湖，不舍昼夜地流，她见证了拼搏与创造的岁月，她会永远铭记为了葵花与社会创造财富与业绩的人们。

龙陵，不辱使命，没有辜负葵花的信任，没有辜负总裁的重托。

第二十一章　葵花模式

葵花 20 年，为社会创造了无数的物质财富，也为自身留下了精神财富，葵花的销售模式，是葵花的法宝。它的形成过程是漫长的，同样也是艰辛的。

葵花的成功，并非幸致，每一步无不渗透着牺牲与探索。

可以说，葵花的销售队伍，就是一座英雄的群雕。

关彦斌与葵花销售精英们

2007年10月，正是葵花收购铁力红叶、佳木斯中药与重庆御一水到渠成之际，也是销售额突破5亿元面临瓶颈的时刻。规模扩大了，销售如何破题？

关彦斌中原问计。

河南郑州，向来是兵家必争之地。于是，关彦斌把销售会议选在此地，力争改革传统的销售模式。当时，业内普药做得最成功的，是修正药业。关彦斌采取"拿来主义"，试图把模式进行改革，看看在葵花的普药可不可以复制修正模式。"修正"能做，为什么"葵花"不能做？如果是人的问题，那么，不换思想就换人。为了取得真经，关彦斌请来了修正药业的销售骁将罗时璋。

一年下来，罗时璋在3个省搞试点，结果完成了3 000万的销量，远远没有达到关彦斌的预期。人、品种、市场，问题到底出在哪里？

关彦斌看了看身边的李荣福："李总，你看呢？"

面对突如其来的询问，李荣福嗫嗫嚅嚅地说："普药应该大兵团作战，可能是罗总布阵太小了吧？"

"好吧，那就由你来做吧！"关彦斌的话不容置辩，直接任命李荣福做了普药的老总。任命罗时璋去广东做了省总。

李荣福，作为五常制药厂的销售宿将，深深懂得普药的"普"字是靠上量赚钱的道理。他在所有的品种中筛选能够走近千家万户的"普"通品种，终于选中了小儿氨酚和小儿化痰这两个品种。其时，正是关彦斌的小儿战略的启动阶段，占天时、占地利，也占人和。李荣福把原来的3个省份扩展到10个，力推小儿氨酚与小儿化痰等8个品种，重新设计价格体系，采取控销力保药店的模式，一炮打响。2008年突破1亿元；2009年突破2亿元，收购佳木斯之后，普药二部成立；2010年收购衡水之后，普药三部成立，当年做到6.9亿元，这是葵花普药战略的历史性突破，关彦斌将那时喜悦的心情归纳成"大普药落地生根"！

李荣福的功绩，在于为葵花普药生根奠基。2016年，普药已经实现了17亿元的销售额，几乎占据半壁江山。而最大的利润生成，也来自于普药。

葵花销售模式的形成，是关彦斌管理思想的集中体现，也是观念更新与体制变革的一次次革命。

一个国有企业固有的"皇帝女儿"的做派，如果不改变"不愁嫁"的人生信念，你只能封闭在那个闭塞的五常。

开初，关彦斌刚刚收购"五药"的策略是以五药人治理"五药"，但是，在引进人才方面又不惜血本。他给人资经理焦永芳下了一道死令："给我全国选销售人才！"

于是，焦永芳就日日夜夜在"人才"的蓝海里焚膏继晷，把电话线都打热了之后，她抑制不住内心的兴奋，告诉关彦斌，请来了"二阳"。

这"二阳"，就是孙玉阳和杨阳。

葵花向阳，始终如一。葵花的销售模式，不能离开阳光的沐浴。当孙玉阳和杨阳来到葵花之后，为葵花带来了一缕和煦的阳光。当年，葵花第一年的利润只有10万元的时候，关彦斌用年薪30万的"天价"请来了孙玉阳的时候，全厂人无不瞠目结舌，尤其是一些高管认为关彦斌的神经出了问题：不就是卖药吗？得卖多少片护肝片能赚来这30万呢？

看看，就是这种算账方式的人，目光只能看三寸远。

当然也不乏高管。高管的眼界不高，仿佛是一种滑稽。当然，他们不是关彦斌，不必苛责。在一个班子里，现在称为团队，良莠不齐是在所难免的，只要不是丧失了执行力就好。

孙玉阳来自西安杨森，西安杨森是中国最大的合资企业、美国强生公司在华最大的子公司。32岁的孙玉阳是个实战派，来到葵花之后，一张桌、一张床，办公室、寝室合一在那栋破旧的办公楼业务科里。当然，头衔是副总经理，主抓销售。他把在西安杨森学到的本事搬到了葵花，先从商业入手，继而开发医院来拉动药店，很快把葵花的优良品种大面积铺开。可以说，孙玉阳是葵花推广临床处方药的开山人，是提出系统化管理的第一人。

关彦斌视孙玉阳为一把利器，两人联袂，游走于全国搭建办事处，一唱一和，取长补短，很快，显出了强强联合的优势。1999年，销售额突破3 000万元，增长300%；2000年突破1亿元，增长300%；2001年突破3亿元，增长300%，这就是被业内称为连续三年增长300%的"葵花现象"。

"葵花现象"，是关彦斌请来孙玉阳之后共同创造的。

这是葵花药业最值得骄傲的辉煌战例。

2003年，当葵花药业销售额突破5亿元之后，孙玉阳走了。

杨阳来了。

孙玉阳的离开，是因为"速度"。

在关彦斌看来，孙玉阳的风格是稳健，采取的是"守势"；而杨阳，思想活跃酷似蒙太奇，采取的是"攻势"。两相对比，从速度的角度，孙玉阳撤了。

但是，作为关彦斌，始终对当年两个人创造的"葵花现象"、对在创业中建立的患难情义无法忘怀。2005年，关彦斌二请孙玉阳，再次共襄盛举，重点协助关一开辟小儿肺热咳喘口服液的市场。孙玉阳拿出看家本事，还是从临床做起。一年之后，当把小儿肺热咳喘口服液做到突破亿元之后，孙玉阳又走了。用他的话说就是，既不想委屈别人，也不想委屈自己。

2009年，关彦斌启动葵花阳光米业，于是，三请孙玉阳加盟。在孙玉阳看来，做企业要一步一个脚窝，要把一个大企业分割成几个小企业，防止尾大不掉。而关彦斌则希望一个企业要轰轰烈烈、气势非凡。孙玉阳喜欢治大企如烹小鲜；关彦斌喜欢叱咤风云、雷霆万钧。在建立完发货回款价格体系，把哈尔滨、北京等北方重点城市的大超市打入葵花阳光大米之后，孙玉阳第三次离开葵花。

但是，当年创造的辉煌，却永远留在了葵花。

都说一山难容二虎，而葵花为何不能有"二阳"？

杨阳来葵花，是一种魅力的吸引，是关彦斌的人格魅力。

而杨阳的两次离开葵花，自有难言的隐衷。

第一次是因为任积页。是和他"尿"不到一个壶里。

在葵花，这个以销售为龙头的大型企业，20年来，销售系统的故事最多；销售人员像走马灯一般你方唱罢问我登场，不必少见多怪。而令人赞叹的是，无论是公司的问题，还是与领导意见相左，不管你走了还是再回来，关彦斌都会笑脸相迎——葵花的大门永远会向你敞开。当然，犯了禁忌的除外。从这个意义上说，关彦斌的胸怀可谓海纳百川。

有的是他亲自请回来的。杨阳，就是这样一位幸运者。只要是人才，只要能为葵花的发展献计出力，关彦斌有时也会"折节屈下"。而当他最终与公司分手，都是因为在发展战略上发生分歧。在涉及发展大计上，关彦斌又显得很"武断"，须知，将帅的眼界永远不会在一个水平线上。

回顾在葵花的岁月，杨阳还是很怀念的。两度在这里，他为葵花的贡献在于：在网络营销方面，通过跟关一一起在湖北的试点，改变了以前的游击队模式，建立了葵花的终端控销体系；抓住葵花胃康灵的上升期，力排众议，采纳了商务总监的建议，建立了葵花的商务控销体系。团队建设方面，不拘一格发现和提拔人才，在所负责的OTC、商务、市场系统、广告系统都涌现出一大批为行业所觊觎的人才，葵花成为业内OTC的黄埔军校。在特色经营方面，力排众议，把公司优势品种葵花胃康灵成功打造了出来。在品牌战略方面，开创了媒介价格评估的全新方法，使年轻的葵花在媒介购买上具备了强大的优势，创造了广告主招标的媒介购买新方式；通过把全年的媒介赠送时间集中到最后一周、两个月时间的大规模促销等方式,成功击败了某药厂在肝药广告禁止播放前两个月发起的可怕进攻。

在一个发展时期,关彦斌能够留在记忆里的,更多的是某人对葵花做出的贡献。

这个世界,没有分歧多好。

可惜。矛盾无处不在。

2013年,销售公司总经理那春生辞职,这对于葵花药业不啻为一场地震。作为葵花药业自己培养起来的"军中少帅",不能不令人扼腕。

1999年,这个19岁的寒门学子为了养家,带着向往辍学择业。他毅然选择了葵花。这是葵花的幸运,更是他的幸运。他从医药代表做起,历经坎坷,百战不殆,所向披靡……2000年,他获得了"优秀代表"称号。又利用业余时间学完了黑龙江省经济干部管理学院工商管理专业,并系统地读了《职业经理人培训》《人力资源管理》《现代市场营销》和《赢在执行》等书籍……新的管理思路渐渐成形……那春生对未来有很好的规划,他努力融入葵花文化,不断领会关总裁各个阶段的管理思想,让自己与时代同步,让发展与未来接轨。

2001年,那春生突出的销售业绩及出色的表现引起了公司的重视,他被列入人才梯队重点培养。从2001年至2003年底,他从一名基层人员成长为年轻的区域管理者。2004年,他仅仅23岁,告别了新婚妻子,任江苏地区经理。2006年,那春生的突出业绩受到了公司广泛的认可和关注,连续三年被评为优秀地区经理;他的团队多次获得公司的嘉奖!2007年,他重返浙江,赢得了全国销售第一的佳绩。他摸索出了"管理者亦是师者"的道理,工作之余"传道、授业、解惑",经常对员工进行销售礼仪、销售技巧和客户管理等多方面的培训,在生活上给予员工无私的关爱和帮助……他相信品牌的力量!努力打造一支品牌意识强、作战有素、充满激情的活力团队。不拘一格选拔出一批能策划、肯钻研、大胆创新、务实敬业、勇于挑战并充满活力和具备管理潜质的 OTC 精英。他培养了多名主任和经理，使销售业绩不断飙升。在 OTC 工作中他力争在突破中成长，并首先做好两攻一防。攻要攻得金戈铁马、快如闪电，实现新品、儿药的大幅增长；防要防得固若金汤、稳如泰山，保持胃康灵的重要地位。

几次花开花落，几度云卷云舒，时间来到 2009 年，他已经胸有成竹，有很好的积淀和准备。公司的一声召唤，他又离开了怀孕的妻子，回到总部，挑起了 OTC 线的大梁。面对沉重的压力，他首先想清楚了三个问题：回总部不是为了做官，是为了干事；不怕失败，只求成长；要守住孤单和寂寞。他摆脱了重重阻力，带着对妻子的内疚走上了新的征途……后来的日子里一年三百六十日，天天横戈马上行。夜深人静的时候，他只能给妻子打个电话报平安，又在手机上看看女儿的笑脸，孩子不认识他，他很心酸，没办法，顾不上啊……

奋力的拼搏赢得了收获，他被评为 2009 年度优秀高层管理者。这一切为他的管理生涯奠定了坚实、雄厚的基础；又为他跨向更高的平台铺就了阶梯。

机会永远属于有准备的人，2010 年 12 月 9 日，在公司组织的事业部总经理岗位竞聘会上，面对多方的压力和挑战，他竞聘成功！如愿以偿地走上了公司品牌事业部总经理的岗位。紧接着，他又被评为高层管理者标兵。

然而，2012 年 5 月，已经把销售额做大到 10 亿元，正在读浙江大学硕士的那春生突然向总裁关彦斌提出辞职，这让所有的葵花人都感到意外。关彦斌采取冷处理，根本就不批准。一年之后，那春生离开葵花。

客观地说，我们没有必要苛责历史，也没有必要归咎某些人。我们不必发出背叛或是遗憾的诘问，也没有必要发出"去留肝胆两昆仑"的感慨。

人各有志。成也萧何，败也萧何，历史总会有一个真相，而不同时期，真相不同罢了。

离开四年，那春生做了仁和药业的总经理，做过广誉远的副总裁，职位都比葵花的高。但是，当我们探索他的心路历程时，他非常坦率：离开葵花，为了成长。根本不存在职位和待遇的问题。凭我的年龄，在葵花做不到帅才，做个将才总还是称职的吧？为了迎接更大的挑战，他不惜否定自己。北方，还是相对封闭的，这是不争的事实。但是，他有他的操守，无论何时何地，不会破坏业内的规矩，不会带走葵花的一个人，不会挖走葵花的一个人。如果有人说出葵花的不好，他就会义愤填膺地怒斥："住嘴！"

14年，唯独留在葵花的，不是业绩，只是感恩，对于关彦斌的栽培，"我是一辈子也报答不完的"。

如果有可能，我只是想自己做点事。

仅此而已。

职业经理人的可贵，在于道德的可贵。

如果没有饮水思源的情结，能产生知恩图报的情怀吗？能有同舟共济、矢志不移的情感吗？当你扪心自问，是否无愧于心，哪怕你已经离开这里许久，还会记起那些在火热的拼搏岁月里与它结下的不解之缘吗？

葵花的销售精英，不能没有张艳旭。

茫茫人海，有多少擦肩而过的机缘留给了遗憾？如果，一个人的人生与发展与另一人的引领相关，这该是怎样厚重的缘分与业报呢？而又有多少机缘赋予了不相干的岁月与纷争呢？

张艳旭还读高中的时候，有一天舅舅来了。他忘记了那是什么时间与空间，但是只是记得那次他记住了一个人。

舅舅当时是松花江地区某局的局长，放学了，他刚刚踏进了家门，就看到一个年轻人与舅舅侃侃而谈，那浑厚声音的抑扬顿挫，那鞭辟入里的发展思路，那辉煌灿烂的未来，都被他描绘得是那样的令人神往，深深地吸引了这位高中生。当他后来得知，这位年轻人就是在五常县大名鼎鼎的第一位吃螃蟹的辞官下海、创造了五常工业史上辉煌业绩的时任塑料厂厂长关彦斌时，内心留下了深深的烙印。他找到舅舅是为了征得对企业的优惠政策，而对张艳旭来说，可谓一生的第一个贵人。或者说，是关彦斌把自己引上了商品经营之路。

张艳旭说，他自此之后，一生都会把关彦斌当成老师，是他到他家给自己上了平生第一堂企业经营课。

这次看似偶然的相遇，竟然终生机缘相伴。有些时候，机缘就是那样的看似偶然，又是一种必然。当张艳旭参军复员回到故乡后，被分配到国营五常制药厂当了一名工人，集保安员、安防员、核算员三职于一身。后来，即成为一位销售员，负责福建地区的护肝片的销售。吃苦耐劳与踏踏实实的工作作风，使这位与关彦斌有着相同经历的解放军大熔炉冶炼的精钢得以在商品经济的大潮中锤炼。如果说他有了今天的成就，完全得益于机缘的巧合与人生际遇的青睐。

成功，从来不会轻易赋予没有准备的人。

如果说，他与关彦斌的第一次相遇只是在他的心里树起了一个偶像的话，那么，后来两人因为喜爱藏獒的共同爱好，得以频繁接触。2004年至2006年，一次次的人生追求交流，一次次的耳提面命，一次次的事业情怀感染，一次次创业动机与思维方式的升华，给了张艳旭以人生的坐标。如果说收获，有什么能比确定了人生大目标更宝贵的精神财富呢？自此，关彦斌成了张艳旭真正的创业之师。

关彦斌收购五常制药厂成立葵花药业，为张艳旭插上了实现理想的翅膀。这也是一次人生难得的际遇。这之前，张艳旭已经在这里工作了10年，这里是他安身立命的所在。尤其是父亲在这个工厂工作了 30 多年，爱厂敬业也便成了他的家训。当这个工厂面临改制被一个他"不看好"的人收购时，他毫不犹豫地加入了抵制大军的行列，曾经举起"就是不许卖药厂"的大条幅。而当得知关彦斌要收购五常药厂时，他举双手赞成，因为，他预感药厂的春天即将来临。关彦斌与股东们收购五常制药厂之后，张艳旭带着美好的憧憬奔赴安徽任商务主任，探索二级分销模式。后来又到河南省任商务主任，首推二级分销模式，仅仅八个月就由几万做到了月回款登上 80 万元的平台。而他由四川回到黑龙江整顿市场四个月之后，又到广西去当省总。在首创了缩减一级商、提倡底薪加提成的改革之后，仅仅四个月就"下课"了，原因是这种大胆的冒险尝试不被主管领导认同。改革，向来与保守势不两立。我们的销售速度往往差强人意，是不是今天仍然存在着开拓与保守的交锋呢？

当他后来成了东大区商务经理之后，发现当时公司只有几个亿的年销售额，而市场应收货款沉淀有 8 000 余万元，部分账期已经超 180 天，他提出了商业公司实行"现款现货"的销售理念，被斥为"白日做梦"。而他与潍坊医药公司的合作成为现实之后，竟然开辟了"先款后货"的销售模式，并将这种模式在他负责的山东省、河南省进行推广复制。谈到此，他的眼睛里充满了自信与自豪："公司今天的先款后货，我应该是'始作俑者'。"

成功的经验来自痛苦的磨砺与挫折之后的思索，问题是你能够越过一道道难关与失败的挑战吗？而且，能够接受屡败屡战的打击吗？

在葵花销售战场上的"五虎上将"里，张艳旭可以说是当之无愧。因为，他把山东市场做得风生水起，近于呼风唤雨。2007 年他出任山东普药省总，那是他人生的履历上最为辉煌也是最为艰难的一笔。当他只身提着拉杆箱登上齐鲁大地的时候，要队伍没队伍，要品种没品种，要市场没市场的昔日英雄，不由仰天长叹。但是，白手起家正是他的拿手好戏。

我们可以忽略过程，尽管过程是那样的不堪回首。

市场上的将军，是要用事实即销售业绩说话的。2007年至2010年，张艳旭从普药近乎零的平台创造了这样的数字：560万元、970万元、1 700万元、2 300万元。有的时候，我们听起来很轻松的数字，其实都是用心血和汗水凝成的。

2011年，张艳旭在山东成立葵源药业公司，意思再明确不过——葵花是发展的源泉，感恩葵花、饮水思源。这是因为若想长足发展，必须做大做强自己。而依靠一些商业公司的低效率服务，已经严重地制约着事业的发展。公司成立伊始，他自筹资金500余万元，加上九年挣的钱，加上三次卖了自己家山上的树的200余万元，投入可是一笔可观的数字。有人说他傻，有必要这么做吗？有人说他有"野心"，是不是要脱离葵花？更有甚者提出这个公司到底"姓"什么？作为"有争议"的人物，他只能报以苦笑："敢于下大注投入，是因为总裁的认可与信任；公司姓什么的标准非常简单，那就看为谁创造利润。我的发展源于葵花、依托葵花，为什么要脱离葵花？请问，脱离葵花有什么好？是能带走队伍还是能带走品牌？还是能带走市场的终端？还是能带走对葵花品牌认可的消费者？说这种话，才是说傻话呢！我张艳旭活是葵花人，死是葵花鬼！葵花就是我的归宿，我的公司销售葵花药品去年突破1.7亿元，今年力争突破2.6亿元，如果山东市场放权由我整合，不出两年就会突破5亿元大关。请问，为葵花做这么大的贡献，难道还不能得到一句公正的话语待遇吗？"

说到动情处，他的眼里含着泪水。

我知道，一个英雄，最难的时候，不是他遇到了多少艰难险阻，而是受到了曲解与委屈的时候。我们崇尚英雄，不能让英雄流血又流泪。我们崇尚英雄文化，只有给予英雄至高无上的赞赏，才能使阳光文化得以弘扬。我们崇尚团队文化，对英雄的团队，必须给予激励与褒扬，让正气上升，负能量才没有藏身之地。张艳旭的1 200人的团队，团结一心，就是因为风清气正。在不少省总贪贿盘剥的当下，张艳旭提出的口号是"解放地总"，为地总创造最宽松的销售环境。只有造势才能完成销量，如果让地总去促销，他们又有多大能量呢？今年将超过300万元的促销费用，都由公司承担；即便是事业部的副总经理，工资都在50万元以上。他说，其实，团队本来是好带的，记住，公平正义，自然能带好团队。君子爱财，取之有道。有能力的去市场上赚钱，没能力的到公司骗钱；有能力的赚良心钱，没能力的盘剥昧心钱，他现在每天做的，都是出于知恩图报的心境，如果一个人为了赚钱而不择手段，赚钱只想装进自己的腰包，这个团队怎么还能有战斗力？

"人总是要老的，但是，情怀不能老。这些年，我是因为和葵花的情缘，是对总裁事业情怀的耳濡目染，才激励我坚定地走下去。我的追求不高，只求到老了的时候，问心无愧，对得起所有支持过我的事业成功的人，尤其是我人生的老师——关总裁。"一位饮水思源的人，必是一位知恩图报的人，也是一位大写的人。

"葵花模式"里张艳旭是唯一的"奇葩模式"，但是，每年对葵花的贡献却是巨大的。如果这个"多位一体"的模式可以推广，关键是无法推广，因为，葵花只有一个张艳旭。

如果葵花的销售模式是一种文化的话，那么这种文化缺少什么呢？利润率的徘徊，费用率的上升，贪腐的不正之风屡禁不止的状况，都是不尽如人意的。

普药公司小葵花事业部总经理王忠宝曾经感慨，现在的葵花销售队伍过重地渲染了"赚钱论"，忽视了贡献论与一身正气的文化操守。

在葵花，有一位儒雅的一身正气的销售将军，他就是曾经的总裁秘书朱明泰。

在朱明泰那儒雅的举止之中，蕴藏着的是无比的坚韧与刚强。

因为，他深知，文化永远是立身之本。

2010年12月25日，圣诞夜。

在朱明泰的记忆中，是最近于悲壮的一个日子。因为，第二天，他将告别在这里，告别奋斗了整整两年的皖江大地，奔赴齐鲁山川，去开辟新的领地。

下属们依依不舍地为他送行，他不愿意离开这个朝夕相处的兄弟姐妹般的团队。一位领导者是否成功，他的下属与他的感情，是最好的见证。

他在自己的作品《泪别安徽》中记载了这一难以忘怀的时刻：

"都说'男儿有泪不轻弹'，但在昨晚告别安徽团队兄弟姐妹欢送晚宴讲话的时候，我泪流满面，哽咽窒语。

"2008年12月26日，我接管安徽。整整730个日日夜夜，我在皖江大地上奋斗过了，天空没有翅膀的痕迹，我又奔赴前程。曾记得，圣诞欢歌；曾记得，大会誓师；曾记得，挥斥方遒；曾记得，夜行千里；曾记得，业界论剑；曾记得，凤阳祭祖；曾记得，油菜金黄；曾记得，南征北战……

"有付出就有收获，在安徽获得了尊重，获得了成长，获得了友情，获得了生命的延续。

"归去来兮，家园在盼，胡不归！

"再见了，大别山；再见了，我的安徽；再见了，我的兄弟；再见了，我的祖籍！"

两个多小时的送行会，地区经理李林一直哭了两个多小时。因为，在他看来，他的人生第一步是朱明泰为他启蒙。一位情深义重的恩师，一位无微不至的兄长，一位正直善良的领导，要分开实在难以割舍。在场的所有人都是这种感觉，恋恋不舍地潸然泪下，依依不舍的别情，包含着多少创业的苦涩与甘甜的兄弟姐妹情分啊！

日夜流淌的皖江，不会忘记这些艰苦创业的儿男。

用文化打造一个团队，看似别出心裁，其实却用心良苦。从根本上做出的产品，一定是精到的。

用他的话说就是：让人好好做人。做人做好了，业绩没有不好的。一个团队的首领，首先是尊重人、理解人、关心人，帮助下属设计人生。

朱明泰的座右铭，是悬挂着的墨迹淋漓的四个大字"进德修业"，这是他平生最喜爱的词句，显然也是他昭示人生的铭文，也是他毕生追求的境界。所以，他招募来的属下，第一次培训学的不是"怎么卖药"，而是"如何做人"。告诉他怎样卖药，只是一个急功近利的技法；教给他如何做人，是确立人生标向的不朽财富。因为，只有知识与道德，才能伴你走在正确的人生道路上。最可怕的不是赚不到钱，而是缺少文化带来的人生轨道的偏离。

多年的文化浸润，使朱明泰对文化情有独钟。厚重的文化底蕴，塑造了他儒雅的风格。他常说："我能把在大学学到的文化应用于企业，也是我的造化。如果说我所带领的或塑造的是一个有团队文化特征的销售团队的话，那么有两个必须要提及的因素在先。首先，应该溯源的是我们出生在一个有着五千多年生生不息的文化的国度，如仓颉造字，如伏羲之演八卦，如文王之演《周易》，如老子之《道德经》，如孔子之《论语》，正是这些中国文化先哲的智慧和思想的流传才使得我们有民族的历史感和责任感去传承和发扬光大。其次，应该说我是有幸加入了一个有着自身鲜明企业文化的葵花团队，继承和弘扬着老板的文化。关总早在几年前就提出了企业文化建设，关总开创的葵花文化使我深受其益，从而使得我们不断自觉地学习、认同和弘扬着葵花的大文化，建设着地区团队内部的亚文化。"

是葵花文化，锤炼了这位忠心耿耿的优秀领导者。

从安徽到山东，他把自己的文化思维传承发扬。总纲是"自强不息"与"厚德载物"。前者让所有的人拼搏向上，后者告诫人们要包容与承载。

在朱明泰看来，领导就要能包容。你能包容谁，就能做谁的领导。相互不能包容的人不会存在领导与被领导的关系。等到你不再能包容你的属下时，你也就不再是他的领导：不是他的敌人，就是他的路人。

一天他接到一个电话，是已经离开葵花的一位下属请他到一个星级酒店吃饭。理由是："我虽然离开了葵花，但你永远是我的领导，因为，在你身上我学到了做人的道理和本领，你曾经对我倾注了最大的包容。"每每提及此事，朱明泰不由感慨系之，一位领导者，对下属的影响何其深远，短则数年，长则一生。

2011年3月24日，朱明泰的儿子朱利远出生。36岁的朱明泰喜不自胜。在他看来，"生一个孩子，再造一个生命的奇迹，复制另一个自我，可以让自己的生命和家族延续，可以在爱的倾注中默默流淌出自己的希望，可以实现自己未能实现的夙愿，可以看到前人未能看见的奇迹，可以在喜悦、兴奋、骄傲、惆怅、怒气抑或失望中老去……"

当天遂填词《沁园春·族望》，词曰：

"中华文明，百年沧桑，千年辉煌。叹古今中外，不乏豪杰；黄河南北，圣贤迭唱。唐宋诗词，魏晋风流，携手诸子绘华章。至元曲，临小桥流水，分外悠长。华夏如此风光，引无数望族竞鹿场。然嬴刘李赵，远略未谋；蒋宋孔陈，叹息回荡。布衣太祖，文治武功，巍巍矗立迈汉唐。六百载，数藩支犹旺，宏业待昌。"

词中寄托对幼子未来的祝福与厚望，但是，他常自感慨因为事业而荒疏于对妻子的温存与呵护。孩子生下几天，他就回到工作岗位。他工作在济南，家却在青岛。中秋节，是一年中亲人团聚的节日，可是，他却在济南和他的团队一起度过。因为，团队的兄弟姐妹都不能回家，也离不开他。他是团队的灵魂。望着中秋那满满的圆月，他只能给妻子常虹发一个短信，表达和团队在一起而对不起妻儿的歉疚之情。儿女情长，在一位丈夫与父亲身上，完全为事业所割舍。

人的一生有所失亦有所得，但是，这种亲情的亏欠将无法弥补。

朱明泰回忆，自从他当经理十几年来，节假日从未给自己放过假。近于苛刻的操守，坚定着一位职业经理人的守护。那是对企业怎样的一种忠诚？

朱明泰的文化传输方式独特，所有的团队活动非常有品位，莫不与文化相关。在安徽的时候，他和他的团队认植了32株香樟树，大家畅想未来，说过十多年以后待到香樟树绿荫遮地的时候，他们将团聚在香樟树下，不醉不归。到山东，他和他的团队到著名文化景点，领略潜移默化的文化魅力。看情景剧《古城战火》，秦叔宝劫法场救程咬金，领略朋友之义。

凡是和朱明泰共过事的人都知道他有一个不可逾越的"底线"，那就是，工作上的失误可以容忍，但是，坚决不可弄虚作假。一经发现，坚决解聘。一个丧失了做人准则的人，必须剔除出团队，不能"一个鱼腥了一锅汤"。他可以保证，九年来，他的销售数字没有一丝水分，哪怕挣不到该得的薪水。"谁弄虚作假，就是和我过不去。""廉者不受嗟来之食，志士不饮盗泉之水。"做商人，不能有辱斯文。这些年，被他解聘的，大多都是因为弄虚作假而下课。

一个宽厚的儒商，在有着深厚文化积淀的齐鲁大地上，诚信的力量曾经打动过众多甲级医院的院长。一位院长在即将到市卫生局任副局长前给朱明泰打电话，告诉他在临上任前已经不负所托，把葵花药品进入了医院。人格比金钱要贵重，精诚所至，金石为开。什么事都企图用金钱敲开大门，毕竟漂浮着浓重的铜锈。金钱，永远也买不到至诚。

我对他之于利益的人生观叹为观止，他常常倡导要"以利他的观念面对人生"。他认为,首先这不是人格的高尚,而是人走向成熟的标志;其次才可能是成功人士的社会性思索和高尚作为。"联系到我们医药代表,它是我们与客户快乐合作的一种成熟性的思想体现。不先利人,如何利己?"正是这种"利人理念",敲开了多少扇紧闭的医院大门。用文化引领,是山东处方在艰难困苦的2011年实现突破千万元大关的奥秘——一个水到渠成的奥秘。

艰巨的使命总会落在那些有强烈的责任感和使命感的忠诚者的脊梁上,2015年12月5日,红叶公司自营事业部中原大区成立,历史又一次将他推到了变革创新的前沿。在领导力邀之下,他出任大区总监。2016年,他呕心沥血,以中原问鼎的雄心壮志,带着东方欲晓的光荣梦想,带领团队实现历史性的飞跃——创造了康妇消炎栓单品种年度增长1000万元的传说,书写了贡献值、增长额、增长比、达成率四项核心指标"六大区之冠"的美誉。在2016年度葵花集团销售表彰大会上,他被集团授予"聚焦品种升级二等奖"的荣誉,接受全体葵花人的赞誉和艳羡。

今时的他年过不惑,加入葵花已逾十五载,十五载,他兢兢业业,心无旁骛;十五载,他铁血忠诚,始终如一。经过岁月的打磨,朱明泰少了年少轻狂,多了成熟稳重。旁人看来,他算得上是小有成就了。然而,不管岁月如何变迁,作为一名葵花人,他追随葵花的心永不变,为"千百葵花"奋斗的信念永不变。

孟凡力,作为葵花的销售名将,可圈可点。在山东的医药销售市场上,孟凡力之所以是公认的老大,并非是一种幸运。有的人总强调机会,提到某某成功人士,就会说"或许是他的机会好吧"?其实,机会从来不会降临给没有准备之人。孟凡力因在山东医药市场上打拼了近20年,凭着良好的信誉与坦诚的为人,留下了很好的人脉资源。一位市场销售人员,没有一片好的人脉资源,就好像一条鱼在马路上游弋。

当年在"红叶",作为1984年入厂的"建厂元勋",作为山东、山西、河南、安徽的大区销售经理,孟凡力就是"红叶"的台柱子,曾经为"红叶"的发展立下了汗马功劳。然而,老天不遂人愿,"红叶"于2005年被收购,新来的老板上任后烧的第一把火就是改变经营方式:搞起了"增资扩股",将原来的"分"变成了"统",这一统,统掉了所有人的积极性,销量急剧下滑,一年竟然下滑了7 000多万元,工人开不出工资,到处上访,并向老板发出了"讨伐令"。

中国的企业走过了太多的波折,原因是懂得管理的领导者太少。

正在"红叶"的员工们人心惶惶的时候,葵花集团董事长关彦斌在收购红叶制药厂的职工大会上的两句话,稳定了人心,注入了希冀:"我是来投资的,不是来投机的;我是来发展的,不是来发财的。"当这两句话传到孟凡力耳朵里的时候,他看到了希望;当关彦斌总裁给他亲自打了一个电话,约他到哈尔滨面谈的时候,他感到了一股暖流涌遍全身。当关总裁又将"康妇消炎栓"在山东市场铺开的重任交给他时,他觉得这是一种莫大的信任。谈到此,他感慨地说:"到了葵花,有一种强烈的改变人生的感受,也有了一定要把事情做好的冲动。人,应该懂得感恩。"

信任,就是最大的鼓舞。士为知己者死,中国的一些老板,能做到"士为知己者用",足矣!

做销售市场的人有个"诀窍",人家的产品到哪里,他就跟到哪里,像个"跟屁虫"——打压竞品,只是下策;做强自己的品种,就会立于不败之地。至少,孟凡力这样认为。从"红叶"到"葵花",尽管一"红"一"金",但是营销方略却迥然不同。孟凡力认为,做销售宁可失利,也不能失信。

也许是山东有泰山的缘故,诗圣杜老夫子的千古绝句总在他的耳边萦绕:"会当凌绝顶,一览众山小。"当你登上一定的高度，俯视下方，你会看清形形色色的人们的行为，他说。

　　高度，来于实践，也来自于凝练的思索。当然，高度不是起始就有的。刚开始他是做处方，按照原来的思路，整合资源，略有起色，总裁又让他做品牌。可是2007年销量就下滑了400多万元，他觉得特别对不起关总。2008年初，在青岛，老板的一句"关键是组建队伍"，让孟凡力茅塞顿开。只要抓住了主要矛盾，其他矛盾就会迎刃而解。

　　于是，孟凡力苦心经营队伍，短短半年时间，OTC和商务线组建完毕，自此，山东品牌节节高，每年都有大幅度的递增。而从他的手下培养出的商务代表们，各个精明强干，都成了公司的中坚。

　　领导的高明之处，不在于自己会做，关键是教授手下人怎样做。一位领导者一辈子没培养出来几个好下属，自己的职场生涯注定打折。当我们问起为什么这个团队的人都愿意追随与效力时，他淡淡地一笑："其实很简单，能用钱解决的事儿是最好办的，就是让大家都能挣到钱。"

　　钱，不能买来人心，却可以聚拢人心。

　　企业要发展，销售是龙头，这是尽人皆知的浅显道理。但是，如何审时度势、根据市场的变化而变化方显一位指挥者的才能。葵花的销售模式曾经受到过业内的赞赏：广告拉、处方带、OTC推、游击队抢。当年，一鼓作气，曾经抢下大半个中国。但是多年以后"再而衰，三而竭"怎么办？谁能告诉我，市场的增长点在哪里？

　　作为销售市场的老总，最可怕的是"江郎才尽"，而一筹莫展的原委则是眼界受限，不善于把目光投向那些处女地。

　　2010年初，在上一年把弓拉满了之后，孟凡力发现，如果终端难以转化为购买行为，则意味着市场会产生"滞涨"。不解决这个问题，"中梗阻"的问题将无法消除。或许说，市场的发展无非是一张表格、一个数字。但是，那张表格和数字中有多少是水分呢？如果我们的药品都被我们自己人"买"到了仓库里，这算得上是"发展"吗？

时值新农合刚刚兴起，孟凡力眼前一亮：机会来了！他决定把县城的 OTC 代表转化成一支新农合代表，将销售的触须向最广袤也是最基层的土地延伸。当时一没成功的经验可借鉴，二还没有活动经费。但是，事情没有做成之前，他不愿意和老板讲价钱，这是他多年形成的性格。他大手一挥，新农合代表纷纷向乡镇卫生院进军。下半年，700 多家乡镇卫生院竟被"拿下"了 400 多家。去年全年的销量为 4 500 万元，仅小儿氨酚烷氨颗粒就增长了 400 多万元。今年下半年开始开发康妇消炎栓，仅三个月时间就纯增 300 余万元。

阿拉伯谚语说："只要煞费苦心，沙漠也能掘井。"

2011 年 4 月至 7 月，是让孟凡力坐卧不宁又兴奋不已的几个月。因为，康妇消炎栓能否进入山东省的基本药物目录，与这个品种能否做大生死攸关。一个药物进入省级目录，要经过专家库的专家 30 余人、基层卫生系统的 60 余位官员和专家评审方能通过。孟凡力就像攻占制高点一样，昼夜奔忙，完成了报批、评审、批准、谈判等一系列高难动作。这里，用上了孟凡力在这里多年维护的"人脉"，当然，人与人之间的交往，感情的沟通是十分重要的。

当康妇消炎栓这个由著名妇科专家韩百灵、王维昌等研制的妇科独家灵药在山东省以每盒 29 元的价格中标时，孟凡力喜极而泣。他是看着这个药品成长的，而在葵花，这个品种迅速长大。今年，这个品种将突破 1 000 万元，创造单品单地的最高销售纪录。

用心血浇灌的禾苗，一定是最壮硕的。

孟凡力不但使尽浑身解数使得葵花的药物挤进国家、省、县的基本药物目录，眼睛还一直盯着国家的医改政策。他谈道，据卫生部官员透露，最迟明年就会扩容。他的担忧是，我们凡是进入各级目录的基本药物国家均实行电子检测码监测，一旦实行，我们还没做好，就会措手不及。一个疏忽，可能就会让一些好的药物长期在门外徘徊。这种为公司担忧的精神令人肃然起敬，他的每句话似乎都能给你启示。诸如："做药物市场，做的是秩序；不能只考虑回款，应该思考顺畅；只有抓好终端，才能消除滞涨；口碑要比广告好。"

有人常说思路决定出路，而我们现在面临的则是高度决定出路。孟凡力给我们的启示是，没有宽阔的视野，没有会当凌绝顶的豪气，我们又能欣赏到几许风光？我们又怎能踏上实现宏图大略的征途？

孟凡力是葵花营销队伍里有名的"腕儿"，不论是做品牌还是做基药，只要他一出马必定做得有声有色、风生水起。多年来，孟凡力一直致力于国家基础医疗市场的研究，在分析和判断国家医疗政策方面，他一向都把脉准确。此等功夫，可不是一朝一夕就能练成，而是经过日积月累的钻研和拥有对医药领域的敏锐触感，才能得出入木三分地判断。

如今在药品营销领域里，基药营销模式还没有成熟的定位，所以孟凡力带领他的队伍正在摸索中前进。用他的话说，一切都得从零开始。

基药是国家的基础医疗保障，主要对应乡镇卫生院和社区服务中心，覆盖人群将近我国人口比例的70%，且所售药品享受国家对患者的报销政策，所以基药的市场容量和销量都很大。但是，基药市场与其他市场相比，还有一个不同之处，它有个准入规则，就是所售药品要进入国家医保目录，只有进入这个平台的产品才能实现市场准入。市场准入就是跟各省级医疗部门对接，然后再进入省、市级，甚至是县级的采购目录。因此，摆在孟凡力面前的问题，是在没有任何基础的情况下，要一步步实现市场准入，不论是资质维护、分析招标系统文件，还是找出产品的竞标优势，一切都得从零开始。

正所谓万事开头难，由于国家医改过程是在逐渐性的推进，有的省份从招标到中标，再到发布实施，几乎需要两年时间。孟凡力说，尽管企业是在亦步亦趋地跟着走，但必须得进行准入维护，因为这就像落户口，有了户口就是有了进门证。

进入国家医保目录，首先要做的事就是进行产品的资质维护，然后再参与全国的竞价采购，中标以后"落户口"的第一步基本完成，也就是说这个产品在国家平台上实现了准入资格。孟凡力说，这个过程是分步骤、分时间的，某个时间段做某件事，它需要一步一步推进，有可能一年才完成一个循环。因此基药的前期工作不产出销量。

但是只要办完落户手续，拿到了准入资格，下面进入市场、产出销量就是水到渠成的事情了。孟凡力说，接下来拿着"户口"去跟终端对接，告诉对方我们的产品是合乎国家规定的，这样对终端来讲，他们不仅敢用，也必须用。因为国家有强制性规定，乡镇卫生院和基层卫生室100%配备基药产品。

地方政府为了平衡医保资金有再次议价的特权，对企业来说如果没有再降价的空间，那么只有僵持在最后一道门外，还不能回头退出市场，一旦退出就进入了违约黑名单，将来企业的所有产品如果想在这个市场准入，就会受到限制。

小心进，还不能退。孟凡力说，这就让很多人对进入基药市场持有疑虑。那么这道门槛到底有什么作用呢？

首先，进入门槛具有垄断地位。孟凡力以山东市场为例，他说山东从整个国家医改来看走得比较超前，不仅经济体量够，而且对整个基层的投入也大。在2010年山东第一次招标时，孟凡力带领团队一鼓作气，连续把葵花的康妇消炎栓、小儿氨酚烷胺颗粒、复方烷胺颗粒三个品种推进基药门槛里。从2010年至今，它们一直占据市场产出销量，如果政策没有变化，由于别人进不去这个市场，那么三个品种将会继续占据垄断地位。

其次，进入门槛后是有销量的。孟凡力说，基药市场与其他市场不同，就是前期的大量工作是不产出销量的，可是一旦产品拿下市场准入资格与终端对接后，产出的销量将会非常可观。比如山东的小儿氨酚烷胺颗粒当年就产出近 1 600 万元的销量，基药市场单品产出相当于其他市场上百品种的销量。

再次，进入门槛对品牌的影响很大。因为基药市场是直接面对最底端消费者。孟凡力举了这样一组数据，假如一个省的乡镇卫生院是 2 400 家，一家卫生院下设 10 家卫生室，一个卫生室要设有一名村医，一名村医要服务于上百甚至上千人。算下来基药市场的覆盖人群基本上是我国人口的 70%。这么大范围的覆盖率，对品牌的影响程度是可想而知的。

基药事业部在企业来讲肯定是个战略部门。孟凡力说，在国家的大环境下，去做药品销售一定是要顺势而为，要与国家发展趋势相匹配。而基药市场恰恰有这样的天然条件，有准入规则，有规范渠道，有可寻流向，所以在基药市场上借助的工具都是国家赋予的权利。不论是"两票制"，还是"营改增"，对基药市场来讲，只会把整个工作环境变得更清晰。因此，孟凡力对基药市场的前景非常看好。

常言道，做成一件事需要恒心和毅力。而这两种品质在孟凡力身上体现得尤为明显。开拓基药市场让孟凡力这个行业"大腕"重新入学，跟着市场准入程序，一步一步地向前推进，不论多少重复性的工作，不论付出多长的时间，都磨不平他对事业执着的追寻。他说，老板把基药这部分交给他，既然答应了，就得干出点东西。其实，孟凡力就是一个既怀有感恩心态又"认死理"的人，只要他认准了的事情，就一定要做出样子。

孟凡力，伴随着葵花一路走来，他的每一步脚印都坚实有力，每一滴汗水都浸满智慧。别人眼中，他是葵花的"名人"，可他自己从不以"腕儿"自居。他身体力行、敢于当先，时刻都在践行着一份葵花人的责任。在未来的路上，孟凡力将不畏艰难、勇于拼搏，做一名永不停歇的领跑者。

葵花销售群雄榜上，永远会铭刻着那些为了葵花不舍昼夜的人们……

第二十二章 深圳的钟声

岁月，伴着暮鼓晨钟，从黄昏走向黎明。

2014年12月底，在关彦斌与他的葵花药业的岁月旅程里，即将矗起一座新的里程碑。

这里是鹏城吗？一艘艘挖沙船像一田田荷叶，在舒缓地随风流动，执着地淘漉海底的泥沙，正像时光与纷争的岁月，把庸者与懦夫抛在了身后一样。从舷窗向下看，能收进眼帘的景物，都显得整齐划一、循规蹈矩。碧绿的椰子树、嫣红的簕杜鹃、妩媚的紫荆花，还是那样悠闲地摇曳与恣意怒放，浑然没有了二十二年前的凄楚景象。深圳，可真是一座婉约的城市，一座宽容的城市，一座潇洒的城市。

一阵阵花香袭来，陶醉了走出舱门的人们。

深圳，还识得瞬别廿二载的老友吗？

深圳，还记得二十二年前坐在马路牙石上仰天落泪的那位北方汉子吗？

深圳，还记得夜幕下那双兄弟相搀的身影吗？

在他最艰难的时候，是四弟彦明挽着大哥的臂膀走出了浓重的笼罩心头的阴霾。

往事不堪回首。但是，今天，他又必须回首！

岁月可以陈旧记忆，但是，刻在心头的手足之情，永远无法剥蚀！

他永远不会忘记，当他在深圳创业最缺少人手的时候，是四弟舍去机关安稳的铁饭碗，和大哥一道捧起了这个说不定哪天就碎了的泥饭碗……

他永远不会忘记，在他创业的最艰难时期，新婚的四弟舍去了温馨的家庭，来到这座城市闷热潮湿的地下室里，晚上难以入睡，共同倾听床下的汩汩流水……

他永远不会忘记，为了开辟深圳市场，蒸笼般的气候里，四弟骑着摩托车奔波的身影……

四弟，此刻，你在哪里？

此刻，关彦明也在飞机上，望着脚下的深圳，不由五味杂陈。在他的人生与事业的履历中，这座城市与他结下了难以割舍的情缘。

斩不断，理还乱。

他永远不会忘记，那些为了择业的平凡而又不平凡的岁月。

1992年，当新中国的第一个经济特区在这个昔日小渔村上崛起的时候，不安分的大哥循着中国改革开放的足迹南下深圳创业的时候，关彦明也开始不安分起来。16岁的时候，彦明考上了技工学校，来到了龙凤山水库管理处。夏天，清新醉人的山风、清水洗涤的蓝天、风光旖旎的湖面、味道鲜美的大鲤鱼使他感到了无比的惬意。然而，冬季大雪封山，几个月出不来，使他感到了莫名的孤寂。

于是，他立志走出大山。

他永远不会忘记，商品经济意识的萌芽岁月。

关彦明当选全国劳动模范

彦明后来调入县皮革厂做了电工和采购员,工厂生产的手套不好销售,他就又兼职做起了推销员。那时候,卖出一副手套能赚到5分钱,他跑绥化、安达,几个月就卖出了2万副!一年就能挣6 000多元,这在每个月几十元钱薪水的时代,可以说是天文数字了。他从中拿出500元,给同事每人买了一床毛毯。

当他后来离开皮革厂的时候,已经有了2万元的存款了。在那个万众羡慕"万元户"的时代,关彦明靠着跑市场圆了自己多年、多少人梦寐以求的梦幻。正是那个时期,商品经济的甜头,改变了他的人生方向。

天生不安分的他,看着人家都当了"国家干部",他的心思又活了:别人行,我为什么不行?经过几个月的努力,他考入省委党校举办的中专班。两年的学习,使他对民法、公司法、市场经济学产生了浓厚的兴趣,毕业之后,又报考松花江地区招考的国家干部,在整个五常县的考生中,考了第一名,于是,到县农业局当上了一名"国家干部"。然而,这个国家干部没有固定的工作任务,每天给领导打水扫地送煤气罐,让他异常烦恼。原来机关单位是养着一群尸位素餐者，这不是浪费青春与生命吗？一共上了七天班，和领导因为没有什么工作可做吵了一架后，干脆不上班了，又干起了老本行，又卖起了手套和胶合板。后来经济警察大队把这种做法当作"投机倒把"来打击，于是，他干脆跑到哈尔滨自己跑单帮做起了生意。

他永远也不会忘记，是大哥把他带到了艰苦磨炼的岁月。

一天，大哥彦斌找到了四弟彦明："老四，大哥的深圳塑料厂缺少人手，你来帮帮大哥吧！"

"大哥，我们工作四平八稳。"

"四弟，四平八稳没有大出息。"

"大哥，年吃年用足矣。"

"四弟，年吃年用没有未来。"

"好吧，我听大哥的！"

一个人走上一条路，需要引领。

当他满怀期冀来到中国第一个经济特区时，他简直不相信这里会是这么恶劣：一个潮湿的半地下室是宿舍，一伸手就能够着屋檐。晚上睡觉听着床下的流水声，无法入睡。第二天把水流子堵上，但是却长毛发霉。当地人说流水是不能堵上的，这正应了"流水不腐、户枢不蠹"的原理，但是这哪里是人住的地方啊？！苦其心志、劳其筋骨都行，可是总得睡个好觉吧？

产品出来了，卖给谁呢？没有客户，没有订单，没有钱宣传，这"三无"的局面怎么打破呢？

天刚蒙蒙亮，关彦明骑着摩托车拉着样品出发了。去哪里呢？去相同的企业的大门口守望。看看人家的货物都卖到了哪里？凡是有拉货的车，他就在后边尾随跟踪，把所有的客户地址全部用本子记下来。之后，就穿戴整齐，一家一家地拜访，介绍自己的产品有什么特点，更主要是"优惠"。当他比较其他厂家的价格之后，随时定出的价格要比其他厂家的都低一些。有的客户要去

10次甚至20次，不厌其烦地兜售自己的产品。精诚所至，金石为开，就是这一片诚心，终于敲开了市场的大门，逐渐地就有了几十家客户。

他永远不会忘记，愧对妻儿的那些岁月。

妻子宫艳凤打来电话："彦明，孩子会坐着了……"

彦明说："艳凤，辛苦你了……我回不去。"

艳凤又打来电话："彦明，孩子会爬了……"

彦明说："艳凤，照顾好孩子……我回不去。"

艳凤再打来电话："彦明，孩子会跑了……"

彦明说："艳凤，市场刚刚打开……我回不去。"

一个告别儿女情长的男人，一个新婚后独守空房的女人。

一对可怜的人。

一对忘我的人。

一对高尚的人。

有人说，一个成功的男人背后，一定站着一位伟大的女人。所谓的"成功"一定是在整个社会中，这种成功就相当于"治国、平天下"。回过头来，"伟大的女人"其伟大之处正是在于"治国、平天下"之前的"齐家"了，在于给了男人去拼搏的安定后方。男人在外面应酬，女人就任劳任怨孝顺父母、教育孩子，免去了男人的后顾之忧；男人累了回家，还有一桌香喷喷的饭菜和暖暖的水。虽然这样说有一些跟现在的"男女平等"抵触，但这种情境不正是很温馨的吗？女人为男人袖了双手，相夫教子；男人只能为她赢得天下，举案齐眉。

难道，这还不够伟大吗？

"伟大"并非帝王将相独享的专用词汇。平凡中的伟大更有意义。

后来，艳凤抱着女儿玉白万里寻夫，到了深圳来探望彦明，没有宿舍，只能在仓库里间壁个寝室，终于和久别的丈夫住到了一起。

一个企业的成功，得有多少人付出；一个人的成功，得有多少人奋斗……

他永远不会忘记，在深圳最艰难的岁月。

第一次合作伙伴釜底抽薪，数千万资金被划走；第二次再度合作，抽走资金后企业被查封。多次与九龙海关协调不予开禁，弟兄俩一筹莫展，两人坐在深圳的小酒馆里，每人喝了一斤多白酒，酒入愁肠，不由酩酊大醉。关彦斌坐在马路边石上，望着迷蒙的夜空，仰天长哭！为什么？为什么？商海之水，何以如此浑浊？江湖之险恶何以如此诡谲？

看着满面泪水的大哥，四弟的内心一阵阵痛楚，可叹大哥半世英风侠骨，竟然被合作伙伴害得如此地步。

"大哥，起来吧，明天我们去国家海关，总会有讲理的地方！"夜幕下，兄弟俩的身影跟跟跄跄，一如沧海怒涛上的两片树叶。然而，当他们到了国家海关之后，关彦斌的词锋咄咄，陈说创业的艰辛与九龙海关的不予解禁，终于解禁，使得企业三起三落再度运行。

只有骨肉同胞，能在兄弟蒙难之际不离不弃，不会叛变天生的骨肉联系与绵绵的血脉。这也是一些家族企业跳不出利用自己家人的窠臼的原因。两度企业资金被香港合资人抽走，都是内部财务人员被买通、叛变企业所致。

大国外交常常说的一句话很能说明问题：没有永远的朋友，只有永远的利益。在利益面前，让我怎么考量你？一些人连蝇头小利都不肯放过，没有人相信在大利益面前会忠诚于企业乃至坚守自己的节操。

关彦明永远不会忘记，当葵花药业总部移师哈尔滨之后，是他受大哥的委托与信任，买下衡山路的两层楼房作为根据地，从此葵花一路高歌猛进；征得一笔笔巨额贷款，使得葵花顺利完成

GMP 认证；成功申报葵花为中国驰名商标；任品牌事业部总经理和主管销售副总裁之后，成功登上 20 亿元台阶；自 2003 年到 2013 年，共争取政府政策扶持资金 1.5 亿余元。为了大哥和葵花的事业，他尽心尽力，鞠躬尽瘁。

作为全国劳动模范，彦明无愧于这个称号！

四弟，对得起大哥。葵花 20 年的发展，彦明立下了汗马功劳。大哥的事业，就是他的事业；大哥的喜怒哀乐，有他分享与分担。在他身上，最可贵的品质，莫过于忍辱负重、一片真心……

深圳到了。

深圳，感谢你！我回来了！走下舷梯的关彦斌感慨万端，当年，他与她洒泪而别，铩羽而归；今天，他重返鹏城，志得意满，为了当年宝安机场的那个承诺而来践约。

当然，这些年关彦斌并非没有重来深圳，只是任何一次也没有这次更有意义，一次在葵花药业集团的发展史上具有里程碑意义的重大历史事件，将在这里载入史册。

时间定格在 2014 年 12 月末，距离敲响 2015 年的新年钟声只有一天的时间。

人的一生，能听过多少次钟声？

哪次钟声会令你心旌摇撼？

哪次钟声会使你荡气回肠？

哪次钟声会让你终生铭记？

2014 年 12 月 30 日 9 时 58 分，在深圳市证券交易所，一阵雄浑、激越、悠扬的钟声，激荡心田，撼人肺腑。黑龙江省人大常委会副主任陈述涛，哈尔滨市委副书记、市长宋希斌，葵花药业集团董事局主席、总裁关彦斌，三位敲钟人，用震撼心灵的钟声，把一个重大的历史事件在此刻载入了史册，向全世界庄严宣告：葵花药业集团所持 002737 号股票成功上市！

大鹏展翅冲天起，扶摇直上九万里！这个鲲鹏之城，对于关

2014年12月30日，黑龙江省人大常委会副主任陈述涛，哈尔滨市委副书记、市长宋希斌与葵花药业集团董事局主席、总裁关彦斌一起，共同敲响了葵花药业集团上市的金钟

彦斌，更多的则是人生的传奇际遇。

此刻，他站在身后挂着上市巨钟的人生舞台上，脸上挂着胜利者的坚毅微笑，更多的则是唏嘘感慨，17年的拼争岁月恍如隔世。缥缈的思绪，幻化出一幕幕难以忘怀的场景……

人的一生成败荣辱，皆说谋事在人，成事在天。我们可以不相信命运，但是，我们不能不相信缘分。他和深圳，曾经结下了不解之缘。1992年，中国改革开放的总设计师邓小平在这里画了一个圈，他追随改革开放的步伐，在这里建起了一家深港合资的企业。在这里，他倾注了创业激情；在这里，他得到了人生历练；在这里，他感悟了商海沉浮。5年之后，他的事业出现了拐点，当他洒泪与深圳告别，要回到故乡寻找新的机遇的时刻，怎么也不会想到，17年之后，他重返深圳的时候，竟是率领着数百战将，登临与见证葵花药业上市巅峰的庄重与幸福的时刻！

谢谢您，深圳！我回来了！

雄浑的钟声见证幸福的时刻

深圳，赐予了我与生俱来的缘分，我将永生珍惜！

关彦斌心旌摇撼，身居鹏城，北望鹰城，这两座城的飞翔特征，一时成就了多少英雄！

一个人的成功，浓缩了时代的机遇。一个人站在舞台上，有谁看到了喝彩声背后洒下了多少血泪？

葵花药业获得的成功，来源于中华医药的千年文化积淀，来源于悬壶济世的普世善念，来源于诚实做人、诚实做药的企业经营理念，来源于产业报国、贡献社会的企业价值观。17年披肝沥胆，17年苦心孤诣，17年风雨兼程，当年这颗撒在冻土上的葵花种子，如今已经化作葵花的海洋，开遍塞北江南、中原大地。葵花药业从兼并一个亏损的国有企业起步，到如今已经是一个拥有20家子公司、具有品类的药业及多元化经济托拉斯。2014年的销售收入已经超过了30亿元，固定资产已经达到了50亿元，累计为国家纳税36亿元，已经成为黑龙江省的中药企业龙头、全国医药百强企业。作为北药的领军企业，葵花的巨大发展潜力蕴藏于中药资源丰厚的白山黑水之中，蕴藏于永远追逐阳光的企业文化之中，蕴藏于忠诚道义与信义的企业本质之中。

葵花上市的钟声，其实是迟来的钟声，这是审慎的钟声，这是觉醒的钟声，也是庄严的钟声。因为，在葵花是否入市的问题上，在历史发展的进程中，曾经迟疑过，曾经迷茫过。

有一位业内老板对关彦斌说："只有傻瓜才这样做，除非你缺钱。"

"能否说得再细点？"

"为什么自己的企业要钻进被'规范'的圈子？"

"难道企业不需要规范吗？"

"……"

这位东北三省药业巨头的话让关彦斌想了好几个晚上，不得要领。一些股东极尽鼓吹之能事，为啥葵花的品牌该升值不升值？

葵花的巨大潜力蕴藏于中药资源丰厚的白山黑水之中

是呀，葵花的品牌应该是一块金字招牌，因为已经深入百姓的骨髓。其实，葵花品牌的精神实质就是"忠诚"二字，多少人至今仍然没有读懂它的真髓，金字招牌的作用就仅仅是升值吗？

难道，一个正规的企业不应该进入规范的领域吗？世界上所有的知名企业，为什么都上市？难道，这些企业缺钱吗？

不被人们信赖的企业，怎么能够长久？

"猪养得太肥了，连哼哼声都没了。科技企业是靠人才推动的，公司过早上市，就会有一批人变成百万富翁、千万富翁，他们的工作激情就会衰退，这对华为不是好事……员工年纪轻轻太有钱了，会变得懒惰，对他们个人的成长也不会有利。"这是华为创始人兼掌门人任正非的一句名言。

对于华为为何不上市，在《下一个倒下的会不会是华为》一书中给出了答案：不是技术，亦不是资本，唯有客户才是华为走向持续成功的根本。华为要培育亲客户的文化，而非亲资本的文化。

华为创始人任正非之女、该公司首席财务官孟晚舟曾表示："个人认为，如果华为上市对华为的开放透明肯定是好的，但是华为上市存在天然障碍，中国相关法规规定上市公司最多只能有200个股东，但是华为超过6万员工持股。关于上不上市，近期还没有进入到我们的议程中。"接着，她补充道，"凭借330亿美元的信贷额度（其中77%来自外资银行），华为不需要筹集更多资金。"

其实，这是任正非的忧虑，或者说远见。

有媒体记者问娃哈哈集团公司董事长兼总经理宗庆后："作为中国最优秀的企业之一，目前有没有海外并购的计划，是否准备上市？"

宗庆后回答道："娃哈哈不缺钱，目前还没有上市的计划。"宗庆后认为："上市融资要对股民有个交代，要给股东比较好的回报才行。而上市会稀释股份，员工回报将变少。"

宗庆后同时也坦诚，娃哈哈目前为止还没有海外并购的打算。在谈到海外并购时，宗庆后表示，他不赞成"抄底"的说法，他认为应该是积极稳妥地走出去并购。而海外并购首先要挖掘人才和技术。但目前我国企业要走出去还是有障碍，需要因地制宜，需要驻外使馆等部门的帮助。

而"老干妈"陶华碧就说得更为直接："坚决不上市，那是骗人家的钱！一上市，就可能倾家荡产。上市那是欺骗人家的钱，有钱你就拿，把钱圈了，喊他来入股，到时候把钱吸走了，我来还债，我才不干呢！所以一有政府人员跟我谈上市，我跟他说：'谈都不要谈！免谈！你问我要钱，我没得，要命一条。'"

立白集团董事长陈凯旋认为："上市的目的一般来说有两个：一是提高知名度，二是融资。"立白集团副总裁、首席新闻发言人许晓东曾坦言："而这两点我们暂时都不需要。我们现在天天打广告，也算是家喻户晓的品牌了；至于资金，我们是业内第一家款到发货、打破行业三角债的企业,所以资金很顺畅。"

但是,葵花同样不缺少知名度和资金,为何要选择上市?

关彦斌的想法异常朴素:一个来自于民间的企业,根就在民间。如果用户要求我们上市,为何还要迟疑?

葵花,可以凭着自己的忠诚与实力,一步一个脚窝地走自己的发展之路。

但是,路哪是自己想走到哪就能到哪?

离开了根,企业就是无本之木,就是无源之水,就是水中月、镜中花。如果不看到这一点,一个企业做得再大,对社会有意义吗?充其量,仅仅是提供一些人们生活的必需品而已。

把企业与消费者捆在一起,就能同舟共济,生死与共。

这就是葵花上市的初衷,没必要想得太不堪,说得太尖刻。因为,所有的企业都是社会的。

关彦斌说,中华医药有着数千年的历史,我们既然能做一个百亿葵花,为啥不做一个千亿葵花呢?没有做不到,只有想不到。有谁会想到,三十多年前,深圳只是一个名不见经传的小渔村呢?为了使祖国的中药事业迅猛发展,为了惠及天下苍生,葵花诚邀天下有识之士共襄盛举,共同分享资本投入的红利,让钱生钱的神话在葵花的发展中变为现实。除此之外,葵花还能做什么呢?

"上市之后的葵花药业集团,肩上将担着时代道义与历史责任,担着所有股东的信任与期待,担着品牌与声望的守护,历史只给我们留下了一条路,那就是发展之路。在此,我感谢所有为葵花的发展做出了卓越贡献的人,同时也吁请有志于葵花发展的人,尤其是葵花人,戮力同心,风雨同舟,为光大祖国的中医中药事业,为天下苍生的福祉,为所有股东的红利而殚精竭虑,奋勇前行!"

关彦斌为自己在深圳立下了誓言,就像他当年说的一样:"深圳,我会回来的!"他今天同样向世界许下了诺言,也是为葵花

下篇 英雄唱大风 ·335·

许下了一份沉重的心愿。

可以相信，轻诺寡言的企业家，从来都不会成功。

于是，才有了 2014 年 12 月 30 日那一阵震撼人心的钟声。

那阵响彻云霄的钟声，那个激动人心的场面，虽然已经成为历史，但仍久久萦系于怀，时时抚触眼帘。

这钟声，是座里程碑。雄浑的钟声里，书写着一位优秀企业家的成功经历，记载着一个没落国有企业的浴火涅槃，镌刻着一个产业报国核心价值观的伟大胜利，锻造出了"葵花"这块熠熠闪光的民族品牌。17 年的栉风沐雨，17 年的艰苦跋涉，17 年的济世情怀，终于成就了这片震烁古今的黄钟鸣响。

这钟声，是阵催征鼓。激越的晨钟，驱赶的是暮气，抒发的是豪气，激发的是锐气。葵花的故事，是一篇英雄的史诗，当年扬眉吐气创造的"葵花现象"，是葵花英雄儿女的荣耀史，那些浴血拼搏为了生存而战、为了发展而战、为了荣誉而战、为了尊严而战的流金岁月，锻造了一支无往不胜的铁军，锻造了一种一往无前的意志，锻造了一种义无反顾的品性。在这片广袤无垠的新的疆场上，呼唤着江山代有才人出，呼唤诸多葵花英雄为了人生价值而战！

这钟声，愿为警世鸣。悠扬的晨钟，警示着高唱凯歌的人们，昨天的辉煌战绩，应该成为今天的挑战书；昨天的故事只能留作今天回味，不应功高自慢而恃功不前。既然每一天的太阳都是新的，我们每一天的业绩也应该是新的，新的追求是葵花的天性。生于忧患，死于安乐，股票上市只是一个新的起点，只是把历史的重任担在了肩头，把社会的信任担在了肩头，把信义与拼搏担在了肩头。

那难忘的钟声，令人产生血脉贲张的激情。有志于百亿葵花的勇士们，有志于千亿葵花的精英们，让我们用昂扬的斗志，去迎接新一轮挑战的来临！葵花，永远是英雄在开辟战场！

让我们伴着激越的钟声前行，奋斗者的身后，必然留下一行豪迈的足迹。

听，那悠扬的钟声，还在耳畔久久回荡……

2015年2月14日，葵花集团上市之后的第一个销售年会，选在西方的情人节召开，或许是一种历史的巧合。但是，意义非同寻常。因为，一个已经将身家性命与消费者和市场捆绑在了一起的企业，不可以违背自己的初衷与誓愿，既要尊重股东的选择，还要兼顾消费者的利益，更要履行社会责任。关彦斌演讲的第一句话则是："所有的股东与销售将士和消费者，都是我的情人！"

台下，响起了雷鸣般的掌声。

回顾葵花的发展历程，他颇为动情："我们当年从3 000万

为光大祖国的中医中药事业，为所有股东的红利，葵花要奋然前行

元做到1亿，用了3年时间；从1亿做到10亿，用了8年时间；而从10亿做到30亿，我们仅仅用了5年时间，这些是怎么来的？是因为我们把忠诚之根扎在了人们的心中。有些人说葵花的发展速度很慢，但是，我们是一步一个脚窝走过来的。我们可以相信，植根于民族生命沃土的葵花，永远不会凋谢！

第二十三章 隆中对

深圳的钟声，002737的股票代码，令世界上数以亿计的人知道了葵花；而那雄浑的钟声却唤醒了一个人。

他，就是黄正军。

襄阳城距离古隆中，只有20里路，至今已有1 800多年历史。西山环拱之中（襄城区、南漳县、谷城县）三区县交界处隆中风景名胜区内，"山不高而秀雅；水不深而澄清；地不广而平坦；林不大而茂盛，猿鹤相亲，松篁交翠。"这是《三国演义》中对隆中的描述。当年，刘备曾经三顾茅庐来到这里拜谒诸葛孔明，共商天下大势，才有了名传千古的《隆中对》。此乃千古传扬的战略决策，预测了其后魏、蜀、吴三分天下的格局，从而奠定了大蜀的三分天下。作为智者的故居，是多少人在这里经过思索之后，从而成为深谋远虑者而走上成功之路。

当年诸葛亮从这里出山，当今黄正军也要从这里出山。

智者一虑，必有千得。

2014年的最后一场雪，纷纷扬扬，将北国冰城银装素裹，装点得异常妖娆。慕名已久的太阳岛，异域风情的索菲亚教堂，都无法勾起作为初次来到哈尔滨的黄正军的兴致。

他，急切地想见到一个人。

他，急切地想增强生命力。

他，急切地想见到的人，就是葵花药业总裁关彦斌。

他，急切地想找到的路，就是企业长足发展的捷径。

凡事预则立，不预则废。败像不是一时呈现的，当楚歌四起的时候，自刎而死并非是情愿的，只能让后人唏嘘不已、徒叹奈何罢？

人无远虑，必有近忧。一位没有前瞻目光的将军，永远无法成为常胜将军。黄正军不远千里到北疆来找关彦斌总裁，不是因为他的企业已经日暮途穷，而是正当如日中天。两年前，由他统帅的湖北襄阳制药有限公司，销售首次突破3亿元大关，纳税额1 800万元，位列襄阳第十位。当全体员工都陶醉在一片胜利的喜悦之中时，黄正军却突然提出寻求与国内大企业的合作，令人瞠目结舌，百思不解。

有人说黄正军"烧包"了，被胜利冲昏了头脑。

有人说黄正军"倒包"了，想要用企业改制，从中攫取暴利。

其实，黄正军光复壮大企业的一片苦心，却又向何人倾诉？

1985年，毕业于湖北省制药工业学校的黄正军，选择了湖北省襄樊市隆中中药厂。因为，他热爱中药研发，立志光大国药，所以才选择了当时名不见经传的一个小小的中药厂，且立志十年磨一剑，当上副厂长，为研发插上翅膀。机遇不负苦心人，八年后，黄正军如愿以偿，从技术员、车间主任到升任副厂长。然而，国有企业的壁垒拒绝改革的春风，每个月450元的工资，使他感到人生价值在贬值。于是，毅然决然离开企业，去闯荡世界锻造自己，到武汉和丹江口的药业去承包市场销售。那时的年薪10万元已经不啻天文数字，曾经令多少人艳羡不已。但是，黄正军非但没有感到满足，反而觉得有一种漂泊无根的孤独，时时啃噬着他的心。他内心最清楚不过，是隆中中药厂那份难以割舍的情怀，在呼唤远方的游子，及早归来收拾旧山河。2001年春风荡漾的日子，黄正军接到了无数隆中老员工的电话，让他回来参与改制竞争，经过两轮的激烈竞争，人心所向，黄正军以200万元的注册资金，入主湖北襄阳隆中药业集团有限公司任总经理、董事长。这是他人生求索之路上的又一块里程碑，是他宏图大展的又一次新飞跃。经过十几年的打拼，黄正军将企业打造成以生产中成药为主的现代化制药企业，现有颗粒剂、片剂、丸剂、糖浆剂、胶囊剂、露剂、搽剂等11个剂型81个药品批准文号，主导产品有国家新药小儿柴桂退热颗粒、克感利咽颗粒，国家专利产品复方石韦颗粒，国家中药保护品种川贝雪梨膏，全国独家产品川贝雪梨胶囊、川贝雪梨颗粒、妇乐糖浆，特色产品独活止痛搽剂等。公司位列"中医药工业五百强""湖北省医药行业成长型企业十强""襄阳工业企业一百强"，"苗泰"商标被认定为"中国驰名商标"。而富有"野心"的黄正军，为了尽快壮大自己，毅然整体收购原湖北武当生物制药及湖北房县武当生物制药，成立湖北武当金鼎制药有限公司。企业并购为隆中药业集团增加了99个药品批准文号，增加了化药、注射剂等新产品，完善了产品线，而武当金鼎制药的新产品利用隆中药业集团成熟的营销网络和营销团队，快速推向市场，形成了销量的成倍增长。生产经营中，企业一直非常重视产品质量。"对一个企业来说，财富是有价的，而它在生产经营管理中形成的良好形象是无价的。"企业一直倡导"诚信文化"：对国家，企业"诚信纳税"；对客户，企业"信守合同"；对社会，企业"诚信经营"；对消费者，企业"诚信做药，确保质量"。在这种诚信文化推动下，黄正军个人被评为"优秀社会主义建设者""优秀企业家"。公司连续多年被评为省、市级"重合同、守信用"企业、"诚信先进企业"。到2009年企业由原来的 1 200 万元突破了亿元，而当作到 3 亿元的时候，黄正军却为何要"卖身投靠"呢？

唯有前瞻的将军，才能看到疆场上的刀光剑影。

唯有前瞻的将军，才能在重要的关头抉择存亡。

黄正军深深懂得"边际效益"对企业发展的制约是致命的，到了 3 亿元的两年徘徊不前，使他顿增忧患意识，不能再坐等机遇。知彼知己，百战不殆。他深深懂得，销售市场的四大要素"产品、品牌、网络、模式"，自己的企业唯独有最好的产品，但是后三项却是短板，如果不尽快与强手联合，就会在残酷的市场面前萎缩以致被淘汰出局。

如果说，当年黄正军的手里那几个"国家新药、专利产品和独家产品"是一张宝图的话，他像极了当年的张松，想把宝图献给的第一个人并非是葵花的关彦斌。

当他决定选择强强合作的合作伙伴之后，便在医药强手之林中开始选择。重庆富安答应给他 7.5 亿股权，他谢绝了；天津天士力只要"小儿柴桂"，他谢绝了；仁和药业只要部分合作，他也谢绝了。于是，他逶迤北上，一路风尘来到了葵花药业。他深知，葵花的品牌战略与控销战略以及强大的网络力量在业内遥遥领先；更主要的是风闻葵花的老总为人仁厚。那还是在一次 OEM 大会上，他遇到了葵花的高管杨金有。杨金有是葵花不可多得的人才，无论是在广告的创意还是品牌的打造上，都出了不少金点子。尤其是超前的思维、单独的见解、缜密的策划和敢于诤言的品性，体现了一位企业高级管理者应有的素质与操守。人才与人才，不免惺惺相惜。黄正军这次发现杨金有，可以说为后来与葵花结合，埋下了伏笔。杨金有邀约他到葵花合作 OTC 项目，并把黄正军与"襄阳"介绍给了关彦斌。只是黄正军不了解企业的领导者是不是像传说中的那样，能不能慧眼识珠，能不能有合作的诚意，而黑龙江的珍宝岛药业对隆中表达了空前的热望，黄正军决意北上哈尔滨,选择富有诚意、带动企业前行的合作者。

如果当年不是徐元直的举荐,如果刘玄德不是唯才是用,降贵纡尊,会不会有蜀汉的三分天下与诸葛孔明鞠躬尽瘁、死而后已的千古绝唱呢?

关彦斌急切地见到了黄正军,是听到他到来之后的第一时间。当两双大手紧紧地握到一起的时候,标志着强强联合体的新崛起。坦诚的交心,热诚的交谈,赤诚的交流,使真诚的合作幼芽开始萌生。透辟的市场分析,品牌联姻的合力,葵花的美好未来,使黄正军看到了企业发展的美好前景。正可谓惺惺相惜,这场面令人动容,这个结局令人感慨。而关彦斌谋划已久与实施之中的"小葵花战略",黄正军怀中揣着的,正是那张万金难觅的西川"地势藏宝图"!

黄正军不虚此行,关彦斌决定开完全国"两会"后到访隆中制药集团。

2015年全国"两会"刚一结束,关彦斌便风尘仆仆赶到襄阳,当两双大手再次相握之后,一次历史性的合作实质起航。双方的

2015年8月15日,襄阳市委书记到访葵花药业

宽宏、宽厚、宽容，促成了真诚的合作。他们在当年《隆中对》的诞生地，完成一次历史的交割，该是怎样的一种豪迈？这，仅仅是历史的一种巧合吗？

胸襟坦荡的黄正军，面对股东与员工的刁难与曲解，为了企业的长足发展，为了英雄的千金一诺，忍痛割舍自身利益，终于完成了一次历史的交割。2015年8月28日，产品与股权分割完毕，襄阳隆中制药集团正式成为葵花麾下的一员。一支生力军入驻葵花，一批优良品种入主葵花，在葵花的发展史上，又写下了浓墨重彩的一笔。

登上了葵花这条航母，企业就能顺风顺水自然发展吗？

答案是：不尽其然。

是的，没有恋爱的婚姻，如何得到真正的幸福呢？

磨合，到底需要多久？作为"襄阳"的当家品种"苗泰"牌小儿柴桂退热颗粒，到了"葵花"却患了"感冒"，呈现了不升反降的局面。这令黄正军忧心如焚，这到底是什么原因？长此以往，他会不会真的成为"襄阳"的罪人？

葵花的龙头是销售，多年来已经形成一整套销售模式，销售事业部是葵花的领军巨擘。作为后来加盟者，作为独家品种和国家保护品种，放在"美小护"极不显眼的位置上，一时间还没有

2015年8月15日，与襄阳市人民政府签订合作协议

引起销售部门的重视。那些卖热了的品种，那些好销售的品种，最得销售事业部的青睐。甚至，一些目光短浅者，一些没有长远计划者，为了一己私利，可以不顾公司全局与战略大计。

有前瞻的将军，会把不利局面消弭于萌芽。

黄正军一次次跑到哈尔滨，向关彦斌总裁面陈忧急，陈述成破利害，陈述"襄阳"在葵花未来发展所处的战略地位，陈述"襄阳"品种在未来百亿葵花中的份额，陈述目前遭到"白眼"的起因与后果，得到了总裁的极度认可与重视。那么如何改变"失宠"的被动局面呢？黄正军建议成立襄阳隆中事业部，形成"专卖"格局，使柴桂、雪梨、秋梨系列异军突起，在葵花品牌众多品种中脱颖而出！关彦斌为黄正军的敬业精神与战略眼光所感动，组织召开多部门的专门会议，派出素有葵花"五虎上将"之称的李勇担纲隆中事业部总经理，并与各个事业部的老总推介葵花隆中品牌的产品性能与市场开发前景，试图征得最大的支持。李勇果然勇猛过人，果然不负众望，仅仅几个月的时间，就使隆中品牌轰动全国，仅小儿柴桂一个品种，去年就实现了1.8亿元的销售。

在黄正军看来，生产厂的老总不能只管生产，要主动参与市场、关注市场、干预市场。这是他积多年实践的经验之言，也是真知灼见的透辟之言。自己的厂长就是要推销自己的产品，天经地义当仁不让。在黄正军的积极"推销"下，葵花隆中的产品在葵花内部获得了高度认可。精诚所至，金石为开，事业情怀必然成就一番伟业，真心实意定能感天动地。凡是能够销售葵花隆中产品的，全部鼎力相助，源于黄正军对待事业发展的敬畏与真诚。一时间，葵花隆中的产品马上被市场所认同，2016年上半年，葵花隆中的三大主品销售均超过5 000万元，利税达到4 400多万元；三年徘徊在5 000万的葵花武当，已经超过了6 000万元，正向亿元冲刺。预计今年葵花隆中、葵花武当有望实现5亿元，登上历史的巅峰，实现与葵花合作之后的一个巨大突破。三年之

2016年工作会议，与黄正军、陈发强签订责任书

后，葵花隆中将登上 10 亿台阶，成为葵花的后起之秀。

有前瞻的将军，从不坐等战机，必是主动出击。搞药品研发出身的黄正军，更加深刻理解关彦斌"品种为王"的战略思想，自行决定 2 800 万元立项的"小儿蒿芩抗感系列"已在审批之中；双歧因子金银花露、蜜炼川贝枇杷膏已经通过 QS 认证；健康食品钙铁锌制剂也在审批之中。

前进的时代，需要前瞻的思维与探索、机遇，不会主动去叩响懒惰之门，更不会赋予没有准备的平庸之辈。因而，葵花需要黄正军，时代，需要更多的黄正军们成为社会建设的中坚与脊梁。

黄正军的加盟，带来了一种奋斗精神，带来的十几个儿童药的金字品牌，不啻为关彦斌的小葵花战略如虎添翼。

第二十四章 临危受命

2015年9月金秋，还不到葵花的收获季节。

这一年，发生了两件大事，一件是"四龙治水"，一件是"文化变味"。涉及战略变革的"四龙治水"锻造了刘光涛，涉及组织变革的"文化变味"成就了吴国祥。而惊人的殊途同归，则是二人的师门均出自黑龙江大学。

2016年3月18日，媒体突然爆出一则令人震惊的消息：山东济南某母女涉嫌非法经营二类疫苗被查出，涉案金额达5.7亿元，流入了全国18个省市！

2016年3月19日，媒体继续跟进，发现从此购进的疫苗涉及的24省市分别是：安徽、北京、福建、甘肃、广东、广西、贵州、河北、河南、黑龙江、湖北、吉林、江苏、江西、重庆、浙江、四川、陕西、山西、山东、湖南、辽宁、内蒙古、新疆。

2016年3月20日，媒体愈加细化：山东食品药品监管部门经对警方提供的关于庞某非法经营疫苗案查封疫苗品种的清单进行核实，发现实有疫苗12种、免疫球蛋白2种、治疗性生物制品 1 种。

顿时，整个中国为之震荡。众所周知，问题疫苗是未通过冷藏储存就直接流入市场，而一般疫苗是必须贮存在 2℃ ~ 8℃ 的恒温环境里面。不论是高温还是冷冻，甚至长时间的光照，都有可能影响疫苗的效力，甚至导致疫苗失活、无效。所以从这点确定问题疫苗是无效的。

曾几何时，在这个古老而又现代的国度里，出现了著名的"苏丹红事件""三聚氰胺事件""双汇火腿事件"，后来的甲醛毒食品层出不穷，记得一年到西欧，一般大的商场的门前都会立着一块"本店没有中国货"的牌子，真的为我的国度与制造这些危机的同胞赧颜与痛心。难道，我们只能归咎于计划经济吗？难道，我们只能去慨叹世风日下、人心不古吗？难道我们不应该拷问为何会存在滋生这种恶行的土壤吗？

市场是一面时代的镜子，折射的莫不是一个时代的人心的嬗变。

山东毒疫苗，这个城门失火而殃及了池鱼。国家药品食品监督局立即做出反映，连续下发三道"金牌"，以迅雷不及掩耳之势规范药品市场，实行"亡羊补牢"。

2016 年 7 月 30 日，葵花药业集团上半年会议在沉闷的气氛下落幕，这是葵花有史以来的半年销售会议沉重得近于消沉的一次。因为山东的毒疫苗事件的影响，上半年的药品销售尤其是普药的销售，完成不到三成。普药公司总经理刘光涛，这位临危受命被委以重任的"龙头老大"，简直被当下的压力压得要崩溃了。其实，这位拖不垮、压不弯的汉子不是源于一己的荣辱，而是觉得有负总裁的重托，有负老板"四龙治水"方略的殷望。当他在总结上半年工作时几度哽咽，不是英雄气短，而是与葵花情长。当年这位在青甘宁那片荒漠上浴血拼杀的血性男儿，从未皱过一次眉头，那是因为胸中装着一个必胜信念，大学毕业后的他第一个选择了葵花之后，立志终生与葵花相守。

令他终生无法忘记的，就是2010年6月12日。

黄土高坡，这是一片贫瘠的土地。

甘肃、青海、宁夏等地组成的黄土高坡为世界最大的黄土堆积区。黄土厚达50~180米，气候干旱，降水集中，植被稀疏，水土流失严重，属于不适宜农作物生长的地区。

无独有偶。药品营销环境似乎与农作物生长环境极为相像。这里地广人稀、山大沟深，经济发展落后，人口密集度极低，导致药品购买能力差。葵花历年营销数据表明：这里不适宜葵花生长。然而，贫瘠的土地，能否变成神奇的土地？

飞机在寸草不生的黄土高原上空飞翔，他的脑海里涌动着"新龙门客栈"的场景，一种苍凉的感觉涌上心头。然而，刘光涛是去履行一份神圣的使命，出任品牌事业青甘宁地区总经理。

黄沙百战穿金甲，不破楼兰终不还。莽莽苍苍的大漠，一位英雄于中原告别妻小，对着孤烟弹剑悲歌，该是一幅怎样的悲壮场景？该是怎样的一种英雄气概？

从2010年下半年起，黄土高坡上发育的葵花却异常茁壮！下半年的销售额竟然比上半年的618万元翻了一番，完成了1 200万。2011年葵花长势更加喜人。青甘宁地区创造出3 050万元的销售业绩，在葵花品牌事业部30个省级团队中，达成率为146%，名列第一；超额完成任务967万元，还是名列第一；增长比为69%，仍旧第一。

是谁在不适于葵花生长的黄土高坡上创造出三个第一？他，就是年仅29岁的青甘宁地区总经理刘光涛。

单身闯高原的他，面对着黄土漫卷、黄沙弥漫的天空，开始圆金色葵花梦。

刘光涛接手的青甘宁市场面临着四难：一是地广人稀、山大沟深，活动开展难；二是缺少编制、管理人员多，队伍健全难；

三是人均功效低、员工收入少，控制流失难；四是商业对第三终端覆盖较差，渠道畅销难。

面对四难，刘光涛俯下身子，沉入基层、深入市场。半年时光，刘光涛驱车日夜兼程，车轮几乎滚过了青甘宁三省的所有县级以上市场，行程近 4 万公里。这 4 万公里没有让刘光涛白跑，他逐个市场把脉分析，终于拿出了一地一策的市场运作方案。这方案饱含着刘光涛哺育葵花的赤子之心和对葵花营销事业的无限忠诚。在那片贫瘠的土地上种出了一片葵花林。就是这位战绩显赫的葵林新秀被总裁器重，多次在重要会议上力挺："刘光涛能做到，为什么别人做不到？！"在葵花，在职务擢升上不怕辈分低，就怕没能力。在关彦斌的眼中，只要你是龙，永远都不会盘着。嗣后，他荣任广东大区总经理，转战羊城。从西北到岭南，地域虽转换，但是战绩依然。就是这样一位常胜将军，为何深陷滑铁卢？

2015 年，葵花这部战车在腥风血雨的疆场上，明显滞重起来

2015 年 7 月 16 日，刘光涛在半年会上发言

放缓了速度。这在葵花的发展史上是绝无仅有的。在销售的战场上，葵花的普药、品牌、处方、大健康听命于销售总公司，从龙头到龙身，一共数万人的队伍，显得尾大不掉。而各路诸侯的行为与地域迥异无法用一种思维模式来统帅，尤其是那些桀骜不驯的"将在外"，以致总经理齐昆岩挂印。

龙多靠，龙少涝。若一龙治水，那必是大涝之年，想必要洪水泛滥。若是九龙治水那必是大旱之年。若四龙五龙治水，则是风调雨顺之年，五谷丰稔，大有之年。基于此，总裁关彦斌陷入了沉思。到底放不放？放了，会不会乱？不放，会不会停滞？葵花没有韩信，即便是有，在权力高度集中，且有诸侯腐败苗头滋生的情势下，化小核算单位，放人财物大权给各路将领，让他们在没有禁锢的蓝海里劈波斩浪，必将是一次战略性的变革，而且势在必行！

于是，"四龙治水"战略出台。然而，肩负着 20 亿销售重担的普药龙头刘光涛，却在翌年上半年遭遇"毒疫苗"风暴，终使英雄泪满襟。

销售速度趋缓，遇到天灾，将士们的悲观情绪，完全可以理解。所以，在近乎一片悲壮的晚会上，当关彦斌走上台慰藉将士们时，那种强大的、胜似闲庭信步的气势，给所有将士以莫大的鼓舞。现在响彻耳边的依然气势如虹："处变不惊，风雨同行。大浪淘沙，呼唤英雄！"

2015 年的问题，不在于此。

用总裁关彦斌的话说，一个企业无论如何强大，一旦出了问题，绝对是文化出了问题。那么，葵花的文化出了什么问题呢？

说穿了，"文化"就是"人"。不然，为何大家总会说"人文"呢？人文主义是一种理论体系，该主义倾向于对人的个性的关怀，注重强调维护人类的人性尊严，提倡宽容的世俗文化，反对暴力与歧视，主张自由平等和自我价值，并发展成为一种哲学思潮与世界观。关彦斌的世界观有些偏重"人文主义",用一种通俗的解释,就是过于仁慈与宽容。这或许就是他几经淬炼之后升华出的"君子文化"的宿因吧?

一个企业出了问题,固然是企业文化出了问题,其实,也就是人出了问题。纵观葵花的发展历程,在企业呈螺旋式上升的过程中,上行与下行,皆是因人而浮沉。而葵花的20年的奋斗史,似乎就是人才的去留史,也是"坐地炮"与"空降兵"的取舍史或争斗史。

在此,我们有必要说一下"职业经理人"。因为,葵花的发展速度,与此有关,至少有着千丝万缕的联系。

在葵花,职业经理人堪比阳春白雪,土生土长的好比下里巴人。因为"层次"的巨大差异,说他们是一对矛盾,似乎并不为过。当葵花的发展进程受到阻碍、跟不上时代的脚步时,关彦斌便会把目光投向那片诱人的人才蓝海,试图去寻找"洋枪"加盟,来完成公司化、职业化、年轻化的宏图大略。在这个问题上,他丝毫不吝血本,遥想当年,1998年改制之初,当年仅仅盈利10万元的时候,竟能用"天文数字"的30万元,请进职业高手孙玉阳。而现在,年薪300万聘请业内顶尖人物,试图把公司武装到牙齿,用"洋气"冲淡"土气"的"任性",已经司空见惯了。然而,众多的"职业者"皆如走马灯般你方唱罢我登场,各方神圣如落花流水般雨打风吹去。少有精品,更无极品,众多次品,归于赝品。为什么会出现这般局面?那就是少了一个"结",那就是情结。世间万物皆有情,情缘于何处?有位哲人说得好:"世界上绝没有无缘无故的爱,也没有无缘无故的恨。"职业经理人与企业之间除了感情之外的交易,只有用金钱作筹码。想当年诸葛亮辅佐先主提挈后主,盖棺论定八个字"鞠躬尽瘁、死而后已",什么时候提过工资待遇呢?既然是交易,就是合适我就做,不合适我就撤。请问,不能与企业同舟共济、相依为命,企业的兴衰与其无关,只与金钱利益有关,我们还有必要纠结吗?

让我们搜搜百度:职业经理人,是指在一个所有权、法人财产权和经营权分离的企业中承担法人财产的保值增值责任,全面负责企业经营管理,对法人财产拥有绝对经营权和管理权的职业,由企业在职业经理人市场中聘任,而其自身以受薪、股票期权等为获得报酬主要方式的职业化企业经营管理专家。

一般认为,将经营管理工作作为长期职业,具备一定职业素质和职业能力,并掌握企业经营权的群体就是职业经理人。宽泛来讲,职业经理人横向看是分类的,财会、生产管理、技术;纵向看也是分层次的,企业需要各种层次的职业经理人。比如第一个层次是能工巧匠型的;第二个层次是元帅型的,在一个领域中可以带领一帮人来完成一个特定项目;最后一个层面则是老师型的,必须有系统的思考,所以说是很宽泛的。

《菜根谭》有一句话说:君子之心事,天青日白,不可使人不知;君子之才华,玉韫珠藏,不可使人易知。细细咀嚼,非常有道理,无奈的是,职业经理人为了生存,为了获得老板的信任,为了给公司和团队安全感,常常要做一些才华外露的事情,这是成大器之大忌。所以,职业经理人重视给人一种内在外在都很干练很刚强的感觉,即我所谓外实且内实。恰恰是这种定位,让职业经理人少了回旋的余地,尤其少了自我回旋的余地,很多时候很多事情都是被自己的坚持把自己说服了,他们只相信自己所坚持的,只相信自己所认可的,并且他们有一种特殊的能力:将自己的坚持和自己的认识系统化合理化,久而久之,自己也觉得自己对了。所以,大多数职业经理人都有固执己见的毛病,都有部门之见,如果不巧度量再小一些,那相互拆台、相互挖角就司空见惯了。越到公司的高层,相互间越难以达成共识(或者说共识成本越高)。而职业经理人离职的最主要原因,不是薪资,不是任务达成,恰恰是因为相互间共识成本太高,难以沟通。

作为社会群体中特殊的一个群体，职业经理人在社会经济转型中的角色是尴尬的。一方面，他们是董事会或者是企业大股东聘请的企业管理者，也就是，在董事会或者大股东眼里，职业经理人的角色定位就是"保姆"，需要像保姆照顾小孩一样，努力呵护企业的成长和发展。但在实际的操作过程中，总是有职业经理人会自觉或者不自觉地陷入到了充当"婆婆"的角色当中，以为自己坐上了总裁或者 CEO 这个位置，就是老板了，这个企业自己就是老大了，出现一些与董事会或者大股东不相和谐的关系，最终导致自己的离职或者遗憾出局。有很多职业经理人都有过这方面的经验教训。

历史的教训，让我们一次次失望。当然也一次次燃起希望，希望下一位加盟。当"洋枪"职业经理人与老板意见相左，并且固执己见，其出局就是一种历史的必然。而在尚未离职之前的缓冲期，难免会无所事事、隔岸观火，即不作为。而自负的"土炮"当觉得自己总比别人高出一筹，且私欲膨胀时，便会越俎代庖、颐指气使，即乱作为。

2015 年，葵花药业集团就属于这样的缓冲期。用总裁关彦斌的高度凝练的结论是："沟通难、效率低、文化变味。"沟通难，是因为隔岸观火；效率低，是因为越俎代庖；文化变味，是因为不作为和乱作为。当集团的首脑机构"总裁办"失去其职能时，我们完全可以想见，此时的葵花药业集团，还会稳定健康地向前运转吗？我们无意把历史的责任归咎于某某人与某些人的失职，只是想证明一个命题：真正的职业经理人不该是这个样子的！

关键时刻，葵花药业集团在当年 7 月结束的半年工作会议之后，于 9 月份，破天荒地召开了一次专门研究关于企业文化"变味儿"的会议，意味着总裁在企业的危急关头力挽狂澜。而临危受命的、极其令人关注的，就是擢升一位葵花最年轻的副总裁——吴国祥。关彦斌此举，是对忠诚的一种诠释，也是对职业经理人过分依赖的一种观念颠覆,也是对"土炮"的一种嘉许。有人事专家曾经认为,这是葵花在起用人才方面的一种重视土著的"颜色革命"。

2015年9月,葵花药业又破天荒地举行了一次"升迁报告会",为最年轻的副总裁吴国祥打了个场子,足见总裁关彦斌对他的器重与青睐,同时也是给"不作为"与"乱作为"以颜色。不作为与乱作为必须下课!文化变味必须剔除!混乱的局面必须整饬!吴国祥的就职演说很简短,但是,既让人感觉到了踌躇满志的感恩之情,又感受到了整饬惰怠混乱的绵里藏针之意。

这次集团工作需要,由我出任副总裁,主管总裁办、行政管理中心和企业文化中心的工作,倍感责任重大,使命艰巨。我入司11年,从走出校门就到葵花,做过4年总裁秘书,干过1年销售,6年在生产企业领导岗位,是葵花的发展把我推到了这个岗位,更是总裁的信任把我培养到了这个岗位。我非常感恩,也倍加珍惜这个承载我事业梦想的舞台。

我们事业的一路发展,是我们的领路人——关总裁在不同时期带领一班人取得了各个阶段的成就。

这个过程的特征是总裁带领的人在不同阶段变过,但是总裁的事业梦想和执着没有变过,每一个时期都以变应变,走出了一条特色的成功之路。

变,是当今时代的主题,也是我们集团工作的常态,处变不惊,积变为常,与变共舞,驭变图强,是总裁年初集团报告的主题。

变,需要落地为赢。

变,最难的是改变自己。

我们的格局变大了,我们的胸怀变宽广了,我们的事业情怀更高远了,我们的人格更成熟了,很多问题便不再是问题，当我们追求长远发展大利，我们便不会计较眼前的小利。

关于今后的工作，我会带领总裁办牢牢记住总裁要求的跟踪、问效、问责的职责和使命。让行政管理中心更好地服务公司与服务员工，让企业文化中心更好地践行阳光灿烂的葵花文化。

做好工作需要思路和方法，更需要支持和配合，需要同事们支持和配合我的工作。

做好工作的标准是公司高效运转，效率和效益最大化，服务中管理，管理中服务，服务也是管理。我会努力让大家满意，但是管理涉及到问效、问责，也会让很多人不舒服、不习惯、不满意。但我相信，公司的利益、老板和员工的利益是一致的，只要我们把握这个准则，我们就可以做好工作。

再次感谢公司和同事们的信任。

言必信，行必果。一场整饬惰怠与混乱的战役，从吴国祥一上任便打响了。

中国的民营企业的平均寿命据说不足三年，其实，企业的倒闭无非就是人才的凋零与用人机制的崩塌。葵花的奋斗史也概莫能外，无非就是一部人才的奋斗史，一部人才的争夺史，一部人才的哺育史。遥想当年，人才济济的大汉王朝，叱咤风云，如日中天。可叹只是因为韩信的一句话，而埋下了王朝倒闭的祸根。"上尝从容与信言诸将能不，各有差。上问曰：'如我，能将几何？'信曰：'陛下不过能将十万。'上曰：'于公何如？'曰：'如臣，多多而益善耳。'上笑曰：'多多益善，何为为我禽！'信曰：'陛下不能将兵，而善将将，此乃信之所以为陛下禽也。且陛下所谓天授，非人力也。'"（选自《史记·淮阴侯列传》）据说，后来有人用淮阴侯的一句"多多益善"做文章，献谗韩信不敬高祖，才使得股肱断裂、王室崩塌。历史，虽然翻过了两千多年，但是，值得领导者接受的不是教训，而是自我的权威是否受到了忤逆。顺我者昌、逆我者亡的企业领导者，死亡的一定是他领导的集团，由是我想到了"境界"二字，其实，领导者英明与否，无非就是"境界"二字，企业或是一个利益集团运行的寿命，无法逃脱这二字的制约。

其实，忠诚于企业且又能力非凡的人，不必论资排辈，不必心存疑虑，不必没完没了地考验。悲夫！那些当了一辈子"备胎"之人！

吴国祥成为葵花的中坚，看似偶然，但绝非偶然。

当他 1992 年 12 岁时离开那个至今仍然为贫困县的明水而迁徙煤城七台河时，还是一个懵懂少年。少年不识愁滋味。既是农民又是木匠的父亲，把他带离了那片贫瘠的土地，使他没能承受耕耘之苦，但却过早地感受到了市场经济可以改变家境的优越。父亲随着建筑工程队出去干工程，使他衣食无忧，重于游戏、轻于学业。然而，当他在初二时，45 岁的父亲患重病罹世，倒下了顶梁柱的家塌了。孤儿寡母的家境，令很多平日亲近的亲友退避三舍。炎凉的世态，不啻当头棒喝：只有依靠自身的努力才能改变多舛的命运。然而，给他打击最大的，还是两度名落孙山之后投过来的那些鄙夷的目光。那目光，令他至今难以忘怀。知耻近乎勇。有些时候，羞辱会激发无穷的斗志。2000 年，当新的世纪开始纪年，他被黑龙江大学哲学院录取，主攻行政管理。

哲学，是思想的乳浆。在黑大的四年时光，是吴国祥思想臻于成熟的一段不平凡的经历。同时，也如饥似渴地吸吮知识的营养。他是优秀奖学金的斩获者；1 万多名学子中，有 22 人去了党校，大一只有吴国祥加入了中国共产党。大一吴国祥还是学生会部员，到了大二，就成了哲学院学生会主席！看来，哲学系是政治家的摇篮！

恰同学少年，风华正茂；书生意气，挥斥方遒！四年大学生涯，在激情燃烧的青春岁月中逝去，面对社会这片汪洋大海，该勇敢或怯懦地抉择去留了。在择业的问题上，最使人感到痛苦的不是你想去哪里，而是你能够去哪里？国祥有青春的理想，有奋斗的热忱，有人生的目标。作为黑龙江大学院哲学院的学生会主席，作为品学兼优的莘莘学子，作为优秀的共产党员，作为胸怀辽远的幸运儿，他的选择要优于他人，他可以选择留校任教，可以选择考研深造，当然也可以选择报考公务员……

正当吴国祥举棋不定犹疑之际，一个偶然的机遇改变了他的生命轨迹。在黑大旁边的一个小酒馆里，他遇到了黑龙江大学新闻传播学院教授、哈尔滨电视台《娱乐开讲》节目主持张大嘴。张大嘴叫张军，嘴大的人话也大："目前喜欢那些成功的商人，因为商业风险大，而他们敢于搏击，还抓得准机会。可是能常交往的人还是情投意合的那几个。""铁饭碗的真正含义不是在一个地方吃一辈子饭，而是一辈子到哪儿都有饭吃！"大嘴的一顿神侃，国祥有些蒙了："我是想让教授为我的择业方向指点迷津！"大嘴干了一杯啤酒："留校当老师，一生圈在一个院子里，没劲；考研考博啥时候不能考？当公务员在中国是高危职业，说不定哪

2015年1月26日，吴国祥在年会上发言

天进去了……"

沉默有顷,大嘴说:"那你去民营企业吧?葵花药业不错——他们的老总我见过,感觉可以一生追随……"

吴国祥来葵花,是先遇到了张大嘴。一个人的一生都会充满传奇,遇到谁或许是命中注定吧?

2004年的夏天,在最热的时节,吴国祥怀着极其复杂的心情,迈进了葵花的大门。黑龙江大学的高才生,最有希望在母校发展且被领导和老师们最看好的佼佼者,却走进了一个民营企业的门槛。这在师长与同学看来,是不可理喻的。但是,人各有志,他人又徒叹奈何?若干年后,提及择业时的心境,吴国祥说:"我就业最看重的是要追随的人。我要追随的人,一定是我一生都值得追随和信赖的人。""我选择了葵花,是因为葵花是黑龙江民营企业中纳税第一大户,是一个发展潜力巨大的企业;更主要的是,我看中老板秘书这一岗位。是关总裁的人格魅力和雄才大略让我敬仰,让我为之心动。可以成为我读研、读博的导师之人会有很多很多,然而,全国知名的企业家关彦斌只有一个,选择了他作为我的老师,是我一生的荣耀。我发展进步的事实也证明:我的选择是对的,关总对我的教诲和影响使我一生享用不尽。"

当吴国祥见到葵花总裁关彦斌的那一刻,就把自己的前途与命运植入了曾经生长葵花的这块热土。人的一生,有谁不梦想遇到幸运的事,遇到幸运的人,遇到幸运的发展前景?可叹,不如意事常八九,可与人言无二三。然而,吴国祥是幸运的,因为,他平生的第一位导师是关彦斌。看着这个文质彬彬的小伙子,又是哲学系的高才生,还是黑龙江大学哲学院的学生会主席,关彦斌的内心涌上了一种不可名状的羡慕,他今生的最大遗憾,就是没有读够书。每当看到"念大书"的,便会油然升起艳羡与感叹的复杂神情。由是,才有了葵花的"唯才是举"的人才观与人事制度。都说"听君一席言,胜读十年书",四年的秘书生涯,吴国祥之于关彦斌，听了多少言，观了多少行啊！"与善人居，如入芝兰之室，久而不闻其香，则与之化矣；与恶人居，如入鲍鱼之肆，久而不闻其臭，亦与之化矣。"四年之后，关彦斌对吴国祥说"该出飞儿了"这句话时，眼中充满了不舍与期待，正像学业期满临行时导师那种既不舍又期冀的眼神。是雄鹰迟早要展翅，是蛟龙迟早要下海。葵花的苍穹与大海就是波澜壮阔的销售战场。2008 年 9 月，为开展处方县级市场营销试点工作，成立了处方事业二部。关总在吴国祥再三请求下，终于同意放飞了，派他到处方二部黑龙江去试点。

吴国祥说，我当时的心情像一只出笼的小鸟，迎来第一次试飞。他在王昆总监的领导下，经过三个月的市场调研，历尽艰辛，走乡穿镇，亲自走遍了黑龙江百分之九十以上的县（市），摸清了葵花县级处方市场的实际情况，并将意见和建议上报公司和总裁，为领导决策提供了有力依据。

2009 年正月，吴国祥告别新婚宴尔的妻子，出任处方事业部广西地区副经理，实现了到市场一线去打拼、在实战中一展身手的愿望。

吴国祥来到广西，立刻深入一线搞市场调研；接着，组织召开广西处方工作会议，推出了落实责任制、实施部分大包干的营销管理办法，为广西处方部的发展指出了方向。谁也没想到，吴国祥在广西仅工作了 52 天，广西处方部的兄弟姐妹含泪与他告别的情景至今仍历历在目。他感叹地说："在广西我仅工作了 52 天，却留下了让我一生都难以忘怀的记忆。"

2009 年 4 月，离开广西的吴国祥奔赴五常葵花，任党委副书记、总经理助理。吴国祥回忆这段时光时说："在五常葵花，我最想感谢的是生产副总经理任景尚，他热心教我生产管理，使我在短时间内走出'门外汉'的困惑，为后来担任伊春葵花总经理奠定了基础。"

2009年8月，吴国祥又踏上了新的征程。佳木斯葵花总经理任景尚点将由吴国祥来辅佐，任景尚、吴国祥再度合作，共同担负起接收佳木斯葵花的光荣使命。

在广西的52天里，关彦斌打了几十个电话，与国祥切磋琢磨。吴国祥心里再清楚不过，关彦斌这位导师，是在敦促他这位得意门生要用切身的实践、扎实的基本功，写好葵花人生的第一篇毕业论文。恩师的着力栽培，令国祥感恩戴德、铭记五内。既要不辱使命，更不能蒙羞师门。一步步、一任任，皆是总裁的有意栽培。

"在我的生命中，有两个对我恩重如山的男人——父亲和老板。父亲给了我生命，给了我做人做事最初的原则和道理；老板给了我力量，给了我干事业的舞台和机会。老板对我步入社会做人做事的影响很大、很深。我至今保留着这份感恩。"

2010年8月9日晚上9时许，铁力市上空浓烟漫卷、火光冲天，伊春葵花的制药车间被一场大火无情吞噬。接到消息的关彦斌五内俱焚，简直不敢相信这是真的。作为葵花第一只尝试兼并的"螃蟹"，经过刘天威总经理的重整河山，运行状态一直良好，而现在坐镇的老总赵洪太，当年五常工业战线战绩显赫的人物——古泉酒业的总经理，一向以审慎著称，镇守边关本应万无一失，为何竟然大意失了荆州，将驻扎在外的第一个大本营付之一炬，以致有负重托、晚节不保？

这让人不禁想起当年的失街亭。

《三国演义》说马谡刚愎自用，不听王平的劝阻，才失掉街亭。其实，真实的马谡，是一个难得的高级参谋和战略型人才。

据史载：马谡自幼熟知兵法，才气过人，诸葛亮十分敬重他。行军打仗，二人常常促膝长谈，彻夜谋划，针对南人难以驯服的特点，马谡提出了"攻心为上，攻城为下；心战为上，兵战为下"的攻心策略。这一策略被诸葛亮实施为"七擒孟获"，保证了南方边境的长治久安。针对蜀国"兵马疲敝"、民怨沸腾，马谡适时提出"只宜存恤,不宜远征"的休养策略。北伐前夕,靠马谡的计谋,诸葛亮成功地离间魏国曹睿、司马懿君臣,为北伐奠定了胜利基础,才使得诸葛亮败夏侯、收姜维、破羌兵、灭王朗,紧接着连克南安、安定、天水三郡,曹魏举国震惊。

善于小征小战的能手不一定是个运筹帷幄的将军,一个运筹帷幄的将军也不可能是个能征善战的将士。汉高祖说:"夫运筹帷幄之中,决胜千里之外,吾不如子房;镇国家,抚百姓,给馈饷,不绝粮道,吾不如萧何;连百万之军,战必胜,攻必取,吾不如韩信。"人各有其才,在"运筹帷幄,决胜千里"方面,马谡是一个具有战略眼光的高参。诸葛亮智谋的很大一部分包含了马谡的聪明和智慧。"三个臭裨将,顶个诸葛亮"的典故,就说明了这一点。在群体皆曰马谡该杀的时候,参军蒋琬说:"昔楚杀得臣而文公喜。今天下未定,而戮智谋之臣,岂不可惜乎?"刘禅更为冷静,他说:"胜败乃兵家常事。"

事情的发展,恰恰证实了蒋琬"冷静"的正确。马谡死后,诸葛亮用兵打仗远不如以前,原因就在于身边缺少了善于谋划的智囊型人才。因为少了心腹马谡参与,晚年的诸葛亮食少事繁,事事躬亲,最后凄惨地劳累而死。以至于临死之时,诸葛亮发出了"吾遍察诸将,皆无人可授"的悲叹,可见诸葛亮对马谡情有独钟。

事业的成败往往并不取决于人才的得失,而在于人才的有效使用。世上只有错位的人,但没有无用的才,问题的关键在于如何量材使用人才。

刘邦在评价张良、萧何、韩信等人才时说过:"此三者,皆人杰也,吾能用之,此吾所以得天下也。项羽有一范增而不能用,此所以为我擒也。"

马谡该死,罪在错位。假如因为马谡错位,而把他的功绩一笔勾销,显然不是公正地看待历史人物。为何在我们眼里只有失街亭的马谡，而没有智慧过人的马谡呢？我们不禁要问：社会颠倒了，还有历史来评说，那么历史颠倒了，又有谁来评说？

后人关于失街亭的责任划分为：诸葛亮百分之六十，马谡二十，王平二十。

火烧"红叶"的责任如何划分？关彦斌彻夜难眠，到底该如何看待这场火？

一个人的格局有多大，成功率就有多大。关彦斌的隐痛不是铁力那点资产，也不是对于葵花即将上市的负面影响，错误的决断不可能没有，尤其是"蜀中无大将"的时候，一个将军的作用、一个历史的关键节点，就会影响全局。假如没有街亭的失守，"三国"会不会被重新改写？会不会有东西晋还两说着呢？一将无能，累死三军。福兮祸所伏，祸兮福所倚。铁力的一把火，不能把赵洪太的所有功绩全部抹杀甚或灰飞烟灭。

赵洪太是从计划经济中走过来的，当年作为古泉酒厂的厂长，曾经成为五常工业的风云人物，尽管落下一个"赵小抠"的雅号，但是，足以说明其人的精打细算的性格特征。在那个时代，可说是一种美誉。而是不是适合现代企业的管理呢？现代企业需要不需要精打细算、锱铢必较？想一想赵洪太的兢兢业业、克勤克俭，想一想他为了企业的发展而抛家舍业，关彦斌的内心平静了许多。

好了，睡吧，他很快进入了梦乡。因为，他想明白了铁力的过去与"红叶"的未来。

所以，这也是第二天关彦斌在铁力的废墟前，见到满面愧色的赵洪太时，脸上露着安慰的笑容的原因。而当赵洪太当场提出引咎辞职时，关彦斌的脸上始终是一片祥和的表情。

作为葵花的功臣与老臣，关彦斌决意让赵洪太"戴罪立功"，但是，8月23日，离"8·9"大火不到半个月，吴国祥从佳木斯空降伊春，任常务副总经理。这就是给了赵洪太戴罪立功的最大机遇，就是以老带新让雏鹰早日展翅。

2010年12月6日，伊春葵花又着了一把火。赵洪太无颜面对关彦斌，坚决引咎辞职。12月11日，葵花集团53号文件正式任命吴国祥为葵花药业集团（伊春）有限公司总经理。

雏鹰终于展翅了！

几年过去，迁安葵花新厂建设，关彦斌再请赵洪太出山。那时，赵洪太已经年近古稀。但是，为了葵花，为了当年一起奋斗的那份情谊，为了弥补当年的过失，几经思想斗争，赵洪太这员老将还是再次披挂上阵，为了葵花的事业，放弃安度晚年，把余热彻底洒在了燕赵大地，洒在了期冀葵花发展的那块热土上。

经历多年管理实践的历练，吴国祥已经走向成熟。他的治企方略追求简单实用。他认为，优秀的领导者思想上很复杂，但做起事来很简单；不称职的领导者思想上很简单，但做起事来却很复杂。这就是吴国祥关于企业管理"简单论"的哲学思维。其实，这种近乎真理的哲学，又何止于企业管理？完全可以用其管理人生。

吴国祥按照简单实用的管理原则，推出一系列管理办法。他努力转变观念，建立人人有竞争意识和危机意识的新体制；他强化制度管理，用制度说话，打造公平、公正、合理的新机制；他狠抓软件、硬件基础建设，努力打造现代化的药品生产企业；他推行绩效考核和目标管理，努力发展生产，振兴伊春葵花，造福员工。他倡导"以奋斗者为本"，打破平均主义大锅饭，不让吃苦耐劳的员工吃亏。

吴国祥认为：管理的核心是管人，管人的核心是管思想；管思想的意义在于，让团队形成高度统一的价值取向和行为方向，围绕着发展目标，去实现企业发展效益的最大化和人生价值的最大化的有机结合。

吴国祥的治厂韬略在伊春葵花大放异彩。2011年上半年伊春葵花在持续健康发展的轨道奔驰，一边建设，一边生产，实现了保生产、保安全、保效益的既定目标，成本、消耗、利润、税收等主要指标，在7个生产厂中名列前茅。从2012年吴国祥主持的二期改造工程顺利通过GMP认证之后，靠着把国家中药保护品种康妇消炎栓的无限放大，每年都把利润做到超过3 000万元，将伊春葵花提升到了历史的高度。

都说"天降大任于斯人也"，亦多有盼之。关键在于，降于你"大任"，能否消受得了？

在葵花药业集团总部一盘散沙之际，昨天的老板秘书、今天的集团副总裁，吴国祥从林海苍茫深处回来了。

受命于治理惰怠懒政之际，头三斧子究竟砍向哪里？

实施组织化。组建首脑机关，冷落空白了许久的总裁办重新建起来了。没有指挥部的仗，怎么打？

实施制度化。整章建制，划出红线，用制度管人，用流程管事，不搞嘴上会气儿。

实施年轻化。让年轻有为者尽快上位，驱散沉沉暮气。

实施法制化。凡是违背公司规章者，严惩不贷，以儆效尤。

2015年12月11日，由吴国祥主持的集团总裁办公会在三亚山海天万豪酒店举行。在庄严热烈的会场，吴国祥郑重宣布：因为参加会议的集团副总裁贺喜山、朱同明没有佩戴领带，违背会议要求，决定通报批评，罚款500元！这是集团整顿会议纪律执罚的最高级干部，会场里顿时一片沸腾！有人拍手叫好，人人平等；有人瞠目结舌，意料之外！但是，这又在情理之中，因为来了吴国祥！

吴国祥信奉"赏不逾时，欲民速得为善之利也；罚不迁列，欲民速得睹为不善之害也"的古训。就是说奖赏不要过时，为的是使民众迅速得到做好事的利益；惩罚要就地执行，为的是使民众迅速看到做坏事的恶果。赏罚制度是否严明，是关系到事业成败的关键。赏罚不但要分明、适度，而且要适时，只有真正做到赏罚分明、适度和适时，才能起到杀一儆百、及时教育的作用，从而达到整肃军纪、提高战斗力的目的。三国蜀相诸葛亮挥泪斩马谡就是"罚不迁列"的最好运用。因为违背禁烟条例，有数十人次被罚，其中不乏高级干部。多年无法执行的"禁烟运动"，终于得到解决。因为没有完成既定目标，多人被处罚。多年为人诟病的"年初都签责任状，年末成了废纸张"的笑话终于结束了。这是葵花历史上推行法治文化最严肃的时期，公司规章，岂能等同儿戏！

因为被问责，很多人不舒服，并且颇有微词。但是，在法纪这条威严的红线前面，根本就没有弹性可以伸缩。国有国法，家有家规。舒适与慵懒的风气，被堂堂正气驱赶，清新的空气就会笼罩这片充满阳光的土地。

两年时光转瞬即逝，四条巨龙腾空飞起，一派正气充溢着葵花药业集团。优良的工作与发展环境中，有一个坚强的群体在夙兴夜寐地奋斗着。

有付出，必有回报。得到老板的赏识与信任，吴国祥是幸运的；当然，有不少人也曾获得过赏识与信任。但是，浅尝辄止的付出，或者不愿意、不舍得付出，必将与信任分道扬镳。都说"岁月不饶人"，但是，我们也且不可饶过岁月。在有生之年，把自己的聪明才智献给曾经培育过自己的社会、群体，感恩信任了自己一场的人，才能够不负人之钟情于事业与人生。

吴国祥深深懂得这一点，也深知葵花对于他的人生价值升华的意义与恩典。

当然，他更加深知：葵花的未来，任重道远。

第二十五章 | 于无声处

2016年9月6日,在中国最权威的媒体——中央电视台最权威的综合频道,出现了一则公益广告:一个满脸稚气而又可爱的小女孩的无声诉说,震撼了亿万人的心灵。她叫付浠诺,5岁,来自河北迁安。她并非天生的聋哑儿,而是在她用童稚而甜美的声音呼唤过爸爸妈妈之后,正是她的母亲,因为用药不当,亲手把这位可爱的蓓蕾推进了黑暗的无声世界!世上还有什么比这更残忍的事情吗?世上还有什么悔恨能超越吗?正是这个一生无法平复的痛,让天下亿万爸爸妈妈潸然泪下!

更令人震撼的是,作为寸秒寸金的中央电视台的广告,居然播出了长达3分钟!而广告的落款除了中央电视台广告部,还出现了葵花药业集团"小葵花"儿童药的标志!

无疑,这是葵花药业又一个精彩的大手笔!

公益广告播出之后,立刻在大中国引起了空前的震荡:一周之内网络播放量突破1亿次,自传播横扫全网;获得超过39亿人次的总曝光量,折合广告价值超过7 700万元!

而这个精彩的策划，在中国的医药界激起了冲天巨浪，从来没有一则广告在如此短时间内，掀起了一场前所未有的现象级的舆论风暴，获得如巨澜般的社会关注。可怜天下父母心，看来，血浓于水永远是人类亲情的真实写照，人心的向善依然主宰着社会的主流。

当关彦斌的小葵花战略达到制胜点的关键时刻，要让天下的年轻妈妈参与并协同作战，来共同完成这场划时代的战役。

而这精彩的如椽大手笔，正是出自葵花药业集团品牌事业部总经理关一之手！

人的一生到底能有多少精彩之笔呢？

其实，这则广告不是一次常规意义上的整合项目，也不是仅仅为了戳痛多少父母的心，而是小葵花一次突破性的尝试。

时过境迁，我们可以为这次策划解密了。

这是一次非同凡响的策划：于品牌——"儿童要用儿童药"成为品牌资产，实现从领先品牌向伟大品牌进阶；于行业——重塑政府、医药全局、全社会对儿童药的认识，强化品类教育，反向驱动行业成长与成熟；于社会——使儿童安全用药问题成为各大媒体争先报道及全民热议焦点，唤醒大众的安全用药意识；于消费者——强化消费者对小葵花儿童药品牌印记，"儿童要用儿童药"成为亿万妈妈的用药需求。策划的宗旨在于对中国"儿童药"的发展与变革起到划时代的里程碑意义。

凡事预则立，不预则废。苦心孤诣之下，必有感恩回报。

她是葵花药业集团总裁关彦斌的小女儿，担纲小葵花儿童药发展战略的擎旗人。当她和中央电视台的有关人士谈判播出这则公益广告时，对方惊讶地看着这位刚柔相济、不卑不亢的小女子。而关一只是诚恳地说："请您看看片子吧。看完，再定播与不播。"当小浠诺无声的泣诉出现在屏幕上时，那个悲惨的故事变成了样片机房的一片抽泣声！

但着急说不出来

无声的泣诉震撼亿万父母的心灵

"播！"央视主管广告的领导擦了擦脸上的泪水，低沉而坚毅地迸出一个字！

关一的脸上露出了会心的微笑。她从来不相信会有做不来的事。她的信条是功夫不负苦心人，机遇是为有心人和勤奋的人准备的。寒梅的绽放因之在冰雪中，因之便愈显娇艳。

播出"无声泣诉"的公益广告，中国首届儿童安全用药大会的大幕，在小葵花的期待中无声地徐徐拉开。

这是"小葵花战略"的一次誓师，也是对小葵花战术的一次检验，也是对关一决战能力的一次检阅。

2005年，英国留学归来的关一内心充满了无限的憧憬，为自己描绘了一个美好的职场蓝图，或去外企做一位白领，或去上市公司做一位高管，蓝天碧海任我行。然而，当她回到生她养她的那片土地，当她看到父亲那疲惫的身影、殷切期待的眼神，一种孺慕之情不觉油然而生。她懂了，她的命运必然和葵花连在一起，除了血浓于水的亲情，那种马背民族桀骜的性情使她改变了初衷，葵花的未来必然是她命运的归宿。如果葵花是一部战车，她一定是一位浴血奋战冲锋在前的驭手，于是，她义无反顾地投身于葵花，奏响了她的命运交响曲。

或许，她的选择是为了父亲；抑或，也是为了自己；其实，她是为了葵花。因为，她为葵花而生。

她没有总裁千金的任性与骄横，也没有富家小姐的奢侈与尊荣，更多的是平易与谦恭。从广告部的一个小小的专员做起，在副总杨阳的手下虚心学习本事，有时言听计从，但也会因为自己的正确见解不被采纳而据理力争。珍珠的晶莹剔透，是因为砂砾的痛苦磨砺。三年的磨砺与淬炼，使她的思想愈加成熟，眼界愈加开阔，业务愈加精通。

这期间，她五个方面的素质，即战略思维、媒介素养、统筹能力、沟通能力、细节掌控能力明显提升。为更好发挥媒体整合作用，做到有效管理，2006年8月，她主导并成功完成了辅媒系统团队的组建、评估标准及战略布局的制定，规范了业务操作模式及管理流程，统筹并扎实稳步推进工作。辅媒系统的成功建立及运作，标志着公司媒体投放工作真正的实现地空整合并规范化运作的开始，使公司的品牌整合营销理念进一步得以细化和提升，并迈进了与新媒体全面接轨的时代。为推进总裁一石多鸟的小葵花儿药品牌战略，她带领广告部率先垂范，认真研究媒体和市场，制定小葵花单品带动儿药系列产品销售的广告传播策略，创新求实，历经三年努力，成功打造了"小儿肺热咳喘口服液"品牌，使之迈上年销售额近3亿元的平台。同时加强品牌策划和推广，相继成功制定健儿消食口服液、小儿氨酚烷胺等儿药支柱品种传播策略，有力配合了葵花药业集团整体发展战略，使小葵花系列品牌一举成为国内儿药第一品牌。通过长期的工作实践，积累并构建了媒介价值的判断标准和评估模式，以此指导日常媒介购买工作。把媒介成本和传播效果高度统一研究分析，为公司提供科学客观的媒介投放的有效依据，得到行业内高度关注和认同。在面对媒体形式复杂多变的格局下，严把媒体价格关，使公司媒体投入性价比大幅提升，极大地提高了传播效率。

　　一个人的成长，不仅仅是年龄的年复一年的叠加，而是思想与道德的日臻成熟，对社会与人生的高度认知与非同凡响。鸿渐之翼，鸿鹄凭借羽翼而高飞远行，卿风流俊望，真后来之秀也。她崇尚脸书的创始人扎克伯格，不是羡慕他的财富，而是欣赏他对于社会与人生的态度，尤其是企业的社会使命。当中国的总理李克强接见这位世界上最年轻的首富时，这位富翁的一句话成了关一的座右铭："如果一个企业没有社会责任，还有存在的必要吗？"

　　"弘等皆以大材初为俗所薄，若燕爵不知鸿志也。"在任职葵花药业集团广告部专员、部门主管、部门副经理、市场总监五年间，关一带的团队尤以凝聚力、战斗力强而著称，没有攻不破的堡垒，没有拿不下的山头。然而，风起于青萍之末。唯一的一次"溃不成军"，让她终生铭记"没有永远的朋友，只有永远的利益"这句名言。

　　2008年12月，纷纷扬扬的大雪落下之后，哈尔滨寒气逼人。然而，更加令人心寒的事发生了：应集团广告战略发展的要求，医药公司广告部将由哈尔滨迁址北京。当她摩拳擦掌准备移师京都大干一场的时候，意想不到的事情发生了：主管领导杨阳离职！原广告部成员大面积辞职！冠冕堂皇的理由是不能离开家乡，其实是被原广告部经理怂恿拉出去单干了！人无头不走，鸟无头不飞。在一场战役即将打响之际，主帅出走，将军告辞，士兵哗变，这仗还怎么打？

　　人心变了，初心不变！子规夜半犹啼血，不信东风唤不回！没有这种韧劲，她就不是关一！她就不是葵花的"一姐"！她必须笑着接受这个残酷的现实，也必须在寒凝大地的时节傲然挺立！她笑着对总裁说："老爸，请相信你的女儿，你就等着听我的胜利消息吧！不干出样儿来，不回来见你！"

女儿，都说是老爸的"小棉袄"，在寒意袭来的时候，能够给老爸送来温暖；最大的慰藉是能为老爸分忧。说完这些，她眼含热泪，头也不回，直奔京城！那情景，让人激越，让人动容，也让人伤情。那时，她才26岁，要抛家舍业去打拼，为了老爸的事业，为了葵花的事业，为了自己的事业，也为了光大国药的事业！

为了天下的妈妈，她的孩子最长一个半月没有见到自己的妈妈！

2008的冬天，是寒冷的，而更让关一铭心刻骨的则是人情的冷暖与世态的炎凉。人，可以义气行事，却不可意气用事。至今，仍有那么多人因为放弃在葵花的发展机会而懊悔不已。

北京的冬天，风真的是很大，呼啦啦的，猛烈无比，有着一份难以琢磨的豪放气概。陶然亭的芦花，香山的红叶，郊野的虫鸣，在尚未被游人品得够的时候，都被冬风吹跑了，吹得无影无踪，不留下一些痕迹。在这个寂寥的季节，那些"北漂"该是怎样的一种情境呢？

在北京六环之外的三元桥"时间国际"100平方米的小房间里，住下了11个人，还得有一个会议室。在这逼仄的空间里，关一带着她重新组建的10人小分队，怀着美好的憧憬，开始了艰苦的跋涉。

新的环境，新的人员，新的挑战，无时无刻不在考验着这位初出茅庐的"小毛孩子"。仅就这个历史阶段，对于关一来说，当是一种最佳的历练。虽然每个阶段的历史特点有所不同，但是杰出的人及事始终在人们相同的认知下而存在，人们对杰出的定义始终是一种经得起时光沉淀与历史考验的价值观。如果从这个宏大的角度看，中国上下五千年的历史，又有多少杰出的人与事得以传承，不是经过苦难的磨炼呢？所以当我们以历史的目光去审视杰出的人才，自会明白它的内涵：没有磨难的成功，是不存在的。

最大的困扰是缺人,或者说是缺乏人才。本来,我们这个国度最不缺的就是人,但无论哪个单位或是部门,德才兼备者却寥若晨星。所谓"人才济济",无非一种意愿而已;即便专业部门,混进几个南郭先生大概也是司空见惯。但她并没有因为"人荒"而乱了方寸,因为她时刻没忘对老爸的临行承诺。而此时,正值2009年媒介规划及广告购买的部署阶段。这是关乎集团发展的关键时刻,胜败皆在一念之间。"苦恼着,歇斯底里着,痛苦着,不断挣扎的数月时间,这一切会在未来的某一瞬间得到回报。我们或许就是被那个瞬间迷住的、一种无可救药的生物吧!"坚强的关一,多么像濑户绂子对《四月的谎言》评价的那样,一个人的所谓成长,不能不让人想起最贴切的一个词:挣扎。

从哈尔滨跟着关一来北京的,只有一位,她叫于尽秋。疾风知劲草,患难见真情。往往在庆功酒宴上出现的身影,并不一定都是当年草创事业的奋斗者。当你荣华富贵的时候,聚在你身边的并非全是假士;当你困苦的时候,留在你身边的,一定是真人。当你功成名就,身前身后都是鲜花与掌声,或许,有的人已经飘然离去。还有刚刚在两个月前加盟葵花的广告部经理董英俊,以及刚刚从监测部调职来的高德玲主管,承担起了近2亿元的广告购买任务。几十个电视媒体、近百个辅媒合同,关一顶住多重压力,以她的专业与敬业精神,历时两个月,拳打脚踢,事必躬亲,成功完成了2009年的媒介部署与落实。不仅如此,她将2009年的媒体布局进一步创新和优化,媒体的购买点成本也比2008年下降了十几个到几十个百分点。在节约成本的同时,有力助推了2009年公司销售业绩登上了又一历史性的平台。

史有"拼命三郎",今有"拼命一姐"。

风雨必有同路人。这期间,关一提拔了市场总监杨金有、媒介总监董英俊,引进了品牌市场部副经理杨东琦、企划部经理朱志东以及广告部主管王沛等优秀专业人才，为企业注入新的生机与活力，满足了企业快速发展对人才的迫切需求。在2009、2010年，先后主导参与了地区开展辽宁电视台"炫舞大赛"、黑龙江电视台少儿频道"小葵花超级星工场"、浙江电视台"小葵花妈妈课堂"等电视营销；启动"甲流"公关营销，创造了小儿肺热咳喘口服液月历史销量最高的佳绩。2010年与共青团中央、少年宫协会在全国范围内策划开展了"健康小葵花，少年好榜样"大型活动。此外，在推广护肝片品牌药方面，开展护肝大讲堂、策划实施"3·18"护肝日活动、"5·19"世界肝炎日活动等，有力地推动了葵花营销工作。2009年在由中国广告主协会、中小企业全国理事会、中国人民大学新闻学院等主办的"2009中国品牌与传播大会"上，荣获影响中国十大品牌贡献人物之"品牌贡献奖"。由中国传媒大学、《广告主》杂志社主办的"2009中国广告主峰会暨第二届金远奖颁奖盛典"上，葵花药业荣获年度十大最具广告创新力广告主。

关彦斌在全国的"两会"上多次呼吁关注儿童安全用药，一直把传播儿童安全用药理念、呵护儿童健康成长作为责任和使命。2007年葵花药业创立了"小葵花"儿童药的专业品牌，启动了"小葵花"儿童药发展战略。2015年葵花药业集团儿童药的零售额超过50亿元，"小葵花"品牌连续四年被"健康中国"药品品牌榜评为上榜品牌。源于这份责任、意识和行动，使"小葵花"儿童药的品牌家喻户晓，成为国内医药企业中推行儿童安全用药的一面旗帜。关一，作为小葵花战略的担纲者与领军者，用焚膏继晷、殚精竭虑来形容她的事业情怀绝不为过。因为有一天她懂得了葵花的事业绝不是老爸一个人的事业，而是为了完成一个光大国粹的宏愿时，方知责无旁贷的真正意义。当身为母亲的关一在河北迁安看到小浠诺用手语讲述自己因药致聋的故事时，顿时泪如雨下，才有了那次撼动亿万心灵的无声泣诉。

北京的秋天，是一年中最美好的季节。天空是那么深邃而湛蓝，槐花是那么妩媚而馨香，香山的红叶正在酝酿着一生最娇艳的神色。但是，最值得记忆的，当属北京会议中心那激动人心的一刻。

2016年9月13日，这个普通的日子或许不会永久留在秋天的记忆中，但是对于葵花药业、对于关一，该是一生无法忘记的日子。因为，在这一天，是一个划时代的日子。由国家卫计委主办、葵花药业集团承办的"首届儿童安全用药传播与发展大会"在北京会议中心隆重举行。由政府主导把全国的儿童用药提到安全的高度，这在这个历史悠久的国度尚属首次。如果不是关彦斌的光大国药的深谋远虑，不是小葵花战略的应运而生，不是关一的精心策划，就不会有这次震荡全国、震撼亿万父母心灵的盛会。

这是一次史无前例的会议，让我们看看这次盛会的阵容：会议得到了国家卫生计生委医政医管局、国家卫生计生委妇幼健康服务司、国家卫生计生委药物政策与基本药物制度司、国家卫生计生委宣传司、中国健康教育中心、国家卫生计生委医管中心、南方医药经济研究所等国家相关部委的支持和参与；得到了人民

2016年9月13日在首届儿童安全用药大会上发起公益联盟

日报新闻客户端、中央电视台新闻频道、新华社《瞭望》周刊社、CCTV少儿频道《新闻袋袋裤》栏目、人民日报、360健康、医药经济报等76家新闻媒体的支持和关注。国家卫生计生委的中国人口宣教中心主任姚宏文和药政司副司长张峰，国家中医药管理局原副局长、中药协会房书亭会长，中国工程院院士、著名呼吸病学专家钟南山，中国工程院院士张伯礼，中国中医研究院首席研究员、中国工程院院士李连达，国医大师、国药泰斗金世元，国医大师晁恩祥，中国科学院院士王志新，法国国家药学科学院林瑞超院士，北京中医药大学王伟副校长，国家药监局原副局长任德权，中国医药企业管理协会郭云沛会长出席大会。来自全国各地的60家儿童医院、45家全国百强连锁药店、19家医药流通企业的400多名代表参加大会，医、学、研、产等各方代表共同研究探讨儿童安全用药问题的破局之道。

大会主题为：保障中国儿童安全用药，呵护中国儿童健康成长。

2016年9月13日，关一在首届儿童安全用药大会上接受央视记者采访

中央电视台新闻联播主播郭志坚主持会议。姚宏文主任致开幕词。张峰、张步泳、王志新、李连达、关彦斌、王晓玲、李文杰分别从不同角度解读儿童安全问题。

中国工程院院士钟南山呼吁："全社会动员起来,为了下一代的健康,为了未来一代,为了实现中国梦,大家共同都来关心孩子的安全用药,预防孩子因为用药产生的严重的副作用。"钟南山、张伯礼、王志新、李连达等院士,金世元、晁恩祥等国医大师、医药权威纷纷建言"儿童要用儿童药"。

张步泳在大会上发布了《2016年儿童用药安全调查报告白皮书》。指出,截至2015年,中国儿童的总数已达2.3亿人,已占全国总人口的16.5%；中国儿童药物不良反应率是成人的2倍,新生儿更是达到4倍。近年来,儿童药物中毒现象呈上升趋势,药物中毒占所有中毒就诊儿童的比例从2012年的53%上升到2014年的73%。而我国儿童专属药品却不足2%,儿科医生缺口20万。我国每年约有7 000例儿童死于用药错误,每年约有3万名儿童因用药不当而陷入无声的世界。

几位院士的呼吁令人们感到振聋发聩。

李连达院士说,有一个误解,认为儿童就是"小大人",儿科疾病就是内科病的缩小,用药就是内科药一片掰成一半、掰成1/4给儿童用就可以了,这种概念是错误的。

钟南山院士举例说："比如说孩子的皮肤比较薄、比较嫩,甚至以酒精涂抹退烧,用得太多的话,也会造成灼伤。孩子的肾脏功能不太好,用一些常规的药,有时候会造成血浆的药物浓度过高,特别是孩子的血脑屏障,并不太健全,有时候用镇静的药,会引起孩子的昏迷等。"

张伯礼院士接受采访时说,儿童安全用药传播与发展大会"提醒社会各个方面,包括政府,也包括药企,更包括药物的研究单位、使用单位,还有广大的医务人员,都要重视儿科用药的研究。""儿童用药的临床评价与研究做得太少了"。

相关机构统计显示，全面二胎政策实施后，中国每年新生儿的数量将达 2 000 万左右，2016 年将比 2015 年增加约 340 万人。儿童用药问题无疑将更为严峻。随着越来越多的医生与家长认可"儿童要用儿童药"理念，一方面可以规避由于家长对儿童擅自用药造成的风险；另一方面将倒逼行业的成熟、政策的优化落地。

钟南山院士就儿童安全用药提出四点建议：首先要加强儿科医生的培养。从去年 14 万名儿科医生的普查看，平均年儿童医生的缺失率达到 9%。第二是研究问题。生产药物的相关部门要重视对儿科药物的研究。我们国家药监及有关部门，对儿科的药物应该给予优先，同时也应该制定合理的价格，使儿童药物生产厂家有积极性。第三是公众教育。儿童的安全用药绝不单纯是药物本身、开药的，或者是吃药的，很重要的是儿童的家庭。第四是前沿科技的运用。

张伯礼院士深有感慨地说："中药在儿科用药上，有丰富的经验。从《黄帝内经》开始，对儿科，对儿童的一些疾病的特点，就有描述。特别是到了北宋，钱乙的《小儿药证直诀》直接就指明了儿科疾病的特点，并且为儿科研制了很多有效的中成药，现在，反倒受到了忽视。"

李连达院士认为："中药与西药相比，相对而言中药更安全，不良反应发生率更低，毒性更弱。儿童用药的安全性问题需要我们中医、西医团结合作共同解决。""之所以儿童药少，也与经济利益有关。儿童用药的研究投入大、周期长、风险大、利润不高。国家要增加投入，审批部门要提高审批效率，适当、合理地降低审批门槛，企业也要有社会责任感。"

钟南山院士和王志新院士呼吁，要加大前沿技术的运用，比如央视公益片中付浠诺的不幸遭遇，王志新院士解释道："如果能够在新生儿出生时，对耳聋基因进行筛查，也许就不会造成悲剧。"

此外，多位专家提醒各界关注中国儿童药的研发和生产。据了解，儿童用药开发周期较长，生产批量小、批次多，工艺复杂，成本相对较高。全国6 000多家药厂中，仅十余家专门生产儿童用药，有儿童药品生产部门的企业仅30多家。且在目前3 500多个药品制剂中，供儿童专用的剂型仅60种。

本次会议吹响了合力助推儿童安全用药的集结号。会上，成立了"儿童安全用药公益联盟"，该联盟是一个推动儿童安全用药发展的公益性联盟组织，它集结社会各界力量，充分调动社会的专业资源，协助政府形成药品安全发展合力。

会上，还举行了公益活动倡议书签字仪式。当企业代表、葵

儿童安全用药公益联盟成立仪式

花药业品牌公司总经理关一走上主席台时，主持人郭志坚说："关一、关一，就是关心儿童的用药安全一言为定。"关一感慨地说："我们从2007年开始打造儿童药品，迄今已10年时间，我们看到儿童安全用药问题是一个社会性的痛点。我们承载着保障中国儿童用药安全、呵护中国儿童健康成长的使命一路走来。今天，我们能够跟政府、专家、协会坐在这里，共同来倡议'儿童要用儿童药''儿童不是缩小版的你'，这对企业来说是一份沉甸甸的收获，更是使命、责任和担当！"

中国人口宣教中心黄长群主任、北京中医药大学高学敏教授、儿科专家王素梅教授、浠诺妈妈和葵花关一分别在公益活动倡议书上签字。共同发起一份特殊意义的倡议书，倡导"儿童要用儿童药"的安全理念。

葵花药业集团总裁关彦斌就企业如何推进儿童安全用药做出庄严承诺："我们深知药品是特殊商品，儿童药更是特殊中的特殊。作为儿药生产销售企业，输出的不仅仅是商品，小葵花承载的更是一份特殊责任。"

"为解决中国儿童'缺医少药'和安全用药问题，葵花药业要做好以下四个方面：一是要启动'儿童安全用药基层医师药师培训'项目；二是要推进'24小时儿医专家在线'项目；三是要实施'儿童药物研究分院'项目；四是要开展'儿童要用儿童药'公益行动项目。我们将进一步加大与医院学术论坛、医生学术年会等方面的合作力度，为保障中国儿童安全用药，贡献葵花人的绵薄之力！"

当小浠诺母亲抱着小浠诺走上台时，全场无不为之动容。《五岁聋儿的无声诉说》的主人公小浠诺，不到1岁就学会叫爸爸妈妈，一听到音乐就手舞足蹈，原本活泼可爱的浠诺却因为一次发烧后用药不当，渐渐失去听力。

关彦斌总裁把小浠诺抱在怀里，他为小浠诺痛心。"孩子是祖国的未来，小浠诺的助听器需要每隔4至5年更换一次，每次需要5万元，我们葵花愿意担负小浠诺一生的费用，小浠诺将成为小葵花儿童药的形象代言人。"

小浠诺热泪滚落，在关彦斌的怀抱里发出沙哑的声音："谢谢爷爷！"小浠诺母亲再也控制不住内心的感动，泪水满面，泣不成声："感恩葵花，我不想让小浠诺的悲剧再重演，孩子不是你的缩小版，儿童要用儿童药。"

"孩子不是你的缩小版，儿童要用儿童药。"这是发自于孩

2016年9月13日,关彦斌在首届儿童安全用药大会上与小浠诺及其母亲在一起

子母亲心灵深处的深切呼唤。

关彦斌总裁表示,我们将认真兑现"为匹配此次大会开展后续系列公益活动"的庄严承诺,接力传递此次大会所发出的声音!我们愿同在座诸位一道,为中国儿童安全用药事业不懈努力!

本次大会为国人再一次敲响了儿童安全用药的警钟,为破局儿童安全用药提供了新理念、新思想、新途径,对保障中国儿童安全用药、呵护中国儿童健康成长具有划时代的深远意义。

人间有大爱,悬壶济苍生。葵花药业坚定地承担起儿童安全用药的行业责任,践行着呵护儿童健康的神圣使命。人们不会忘记这次具有里程碑意义的盛会,中国儿童将永远感恩葵花带来的不尽福祉。

当首届中国儿童安全用药大会落下帷幕之后,震撼的余波久久在中华大地回荡。就是小浠诺泣泪的无声诉说与小葵花矢志不移的社会责任情结,触动了良知与大爱。人民网、人民日报、央视新闻、紫光阁、《瞭望》、《半月谈》、中国日报、中国新闻网、央广网、央视财经等20余家国家级媒体鼎力推荐与微信扩散，30省市300家权威媒体主动扩散，卫计委、共青团中央、中国残联、食药监局、中国妇联等200余家国家机构力荐，300家公检法机构主动支持，2 500位微博知名博主主动传播，150家知名企业组团扩散，超2万个大号合力刷屏。中央电视台新闻频道继而用7分钟专访葵花药业总裁关彦斌，谈及儿童安全用药话题与未来战略，《人民日报》以《儿童用药何时不再"靠手掰"》呼吁儿童要用儿童药。因为小葵花，儿药成为全社会的关注热点与焦点，加快了推进行业改革步伐。

小葵花，功不可没！关一，功不可没！一次成功的策划，把整个中国引入了儿童安全用药时代。

2016年11月28日上午，葵花药业集团捐赠付浠诺医疗救助费仪式在葵花集团总部隆重举行。葵花药业集团副总裁吴国祥和哈尔滨红十字会秘书长赵瑞华向小浠诺的监护人周艳侠女士递交捐赠。本次百万捐款首批捐赠5万元将用作小浠诺更换助听设备。哈尔滨市红十字会秘书长赵瑞华向葵花集团回授奖牌、证书。

2016年11月28日，为小浠诺捐赠百万元

赵瑞华女士代表哈尔滨市红十字会,向葵花药业为小浠诺捐赠100万元这样的善举表示感谢。小浠诺的监护人、妈妈周艳侠,对葵花药业捐赠小浠诺100万元医疗救助费表示诚挚的谢意。周艳侠在发言时几度哽咽,她代表小浠诺、代表全家人感谢葵花药业、感谢关总。她说:"这份捐赠对浠诺、对我们家庭来说无疑是雪中送炭。"同时周艳侠女士对"儿童要用儿童药"深有感触,她提醒有孩子的家庭要记住,孩子不是成人的缩小版。周艳侠还希望葵花药业生产的药品,能传播到有阳光的每个角落,让有孩子的家庭都能感受到这种阳光的温暖。

葵花药业集团副总裁吴国祥代表葵花集团组织了本次捐赠仪式。他说:"小浠诺的故事拍成公益短片在央视一套播出后,在

小葵花战略的成功,有无数人为之奋斗

社会上引起了极大的反响。在'首届儿童安全用药传播与发展大

会'上，集团董事局主席、总裁关彦斌先生，深情地抱起了小浠诺，并向浠诺的家人庄严承诺：'小葵花'将一直与小浠诺在一起，并负责小浠诺一生、总价值近百万的助听器设备费用！今天的捐赠仪式，就是葵花人兑现承诺的时刻。我们将通过市红十字会把我们的爱心，来源源不断地传递给我们的小浠诺！"他希望小浠诺在今后的生活中能健康、快乐、茁壮地成长，希望更多的企业能和各级红十字基金组织紧密联起手来，帮助更多需要帮助的孩子和家庭，为了明天更美好，献出宝贵的光和热！

真正迅速的人，并非事情仅仅做得快，而是做得成功而有效的人。当然，有很多人是用青春的幸福作为成功的代价的。作为一位母亲，当关一又一次拖着满身的疲惫，一个半月才回到家里时，被女儿抱住央求着："妈妈，你还走不走了？我不要你走，我想你！"关一，这位坚强的职业者，这位以天下儿童健康为己任的柔弱的母亲，真的没法欺骗自己的孩子，不能说声"不走"，因为，还有那么多孩子的安全问题萦绕她的心头。于是，只能把沉默与泪水流在女儿那可爱的小脸儿上……

心事浩茫连广宇，于无声处听惊雷。当葵花的大纛在百亿的前哨猎猎作响，将和今天的寂静无声形成鲜明的反照。此时的无声，正是预示着风生水起的未来画卷会在她的手上一挥而就。

第二十六章 旗舰出海

2017年7月，或许就是一个普通的月份。然而，对于葵花药业集团，堪称一段流金的岁月，一块块奖牌接踵而至：葵花药业入主2016中国医药工业百强；葵花牌商标获"2016中国医药行业最具影响力十大商标"；葵花药业集团董事局主席、总裁关彦斌获得2016全国医药行业"十大新领军人物"殊荣；葵花药业获得2016年度集团金牌采购商和优质稻地十佳规范种植基地称号；葵花牌护肝片被评为"黑龙江老字号"……最有分量的一块奖牌则是：葵花护肝片加入国家首批中药标准化行动计划。这些发展中的重大事件，必将载入葵花药业的发展史，标志着葵花药业已经进入了一个全新的历史发展阶段。

这，在葵花的发展史上，矗立起了一座新的里程碑。

2017年7月6日，葵花药业旗舰黑龙江葵花药业股份有限公司总经理关彦玲，飞赴乌克兰首都基辅，他是专程去为乌克兰人"上课"的。他带去的讲师是美国留学博士Vladimyr教授。不过，授课的内容有些特别。当Vladimyr教授向来"听课"的500多名乌克兰"学生"讲解完葵花牌护肝片的临床疗效及中药的辉煌历史后，全场响起了惊呼声和经久不息的掌声。这个所有的男人都饮酒的国家，这个酒精肝高发的国家，终于在互联网上发现了中国有一种叫作"葵花牌护肝片"的产品，能够为这个英雄的民族解除病痛，解救生命，于是向葵花药业发出了邀请，请求用名扬四海的中国传统中药解除病痛、救死扶伤。在这次现场推介会之后，乌克兰的医学教授、代理商弗拉基米尔·伊万诺维奇首批购进了10万盒葵花牌护肝片。有网友在微信朋友圈上写道："乌克兰支援中国航空母舰，中国支援乌克兰葵花护肝片。"以此祝贺并记载葵花药业护肝片首次走进乌克兰市场，从而完成中药国际化所迈出的坚实的又一步。国企改制后的葵花药业经过19年的发展，完成了品牌战略发展阶段、多元化战略发展阶段、集团化战略发展阶段。现在，正在实施国际化战略发展阶段。2016年3月1日，葵花药业集团开始走出国门，在美国注册成立葵花林有限公司。今天，又秉承开放包容、真诚合作、互利共赢的理念，力求与乌克兰的朋友们开发合作潜力，从而完成敲开欧美大

2017年7月5日，关彦玲在乌克兰介绍葵花护肝片

门的宏愿，让葵花的产品造福更多的患者，实现葵花人"有太阳的地方就有葵花"的美好愿景。

葵花护肝片长盛不衰的秘诀在哪里？葵花旗舰霸气出海的领航人——关彦玲，功不可没。

1976年，中华大地灾难深重，开国领袖相继逝世，唐山大地震，数十万苍生罹难，乙肝病毒携带者达到1.4亿人。就是在这种历史背景下，由五常国营制药厂原研首创的葵花牌护肝片问世了。或许，出生的时代，也决定了它饱经忧患的时代命运。

中国中药，之所以被定为五千年国粹与民族文化遗产，它的神奇之处在于，对于病痛，如果西药是扬汤止沸，而中药则是釜底抽薪。《黄帝内经》《难经》《伤寒杂病论》《神农本草经》《金匮要略》《本草纲目》《千金方》……黄帝、扁鹊、张仲景、李时珍、孙思邈、葛洪、皇甫谧、华佗、钱乙、朱震亨、叶天士……这些中医中药的泰山北斗，历经数千年，依然闪烁着民族文化的光芒，令人肃然起敬。

中药的疗效在于组方，中药组方是在辨证的基础上，根据病情的需要，利用药物的七情，规定必要的药量，配伍组织成方。其原则分为"君、臣、佐、使"四个部分。其成败决定明确掌握药性的相生相克原理。葵花护肝片的处方中主用柴胡、茵陈，以疏肝解郁滞、清肝之郁热、利湿健脾为本方君药；以五味子、板蓝根、猪胆粉，三药合用，用于清泄肝经之热毒，降低转氨酶，修复肝损伤，为方中臣药；同时以绿豆清热解毒、除湿利尿功效缓解以上诸药苦寒伤胃，调和药性作为佐使药。通过上述诸药的有机配伍，达到治疗肝胆疾病的作用。而葵花护肝片的发明者、国务院特殊津贴享受者、制药高级工程师于树春，经过多年的潜心研究，针对肝病发生的病因与生化反应，采取"以攻为主、攻补兼施、治护合一"的整体疗肝理论，从祖国传统的医学名著《伤寒论》（由东汉医圣张仲景所著）中的小柴胡汤和茵陈蒿汤的配伍原理获得灵感，并在此基础上把经过现代医学实验研究证明了对肝炎病毒有抑制作用的板蓝根、具有降低谷丙转氨酶作用的五味子乙素和具清热解毒功能的绿豆粉，以及具有促进消化作用的猪胆汁粉等中药一同配伍，再经过独家创造的特殊提取技术精制出了一种中药片剂，取名"护肝片"，注册商标为"葵花牌"，取葵花向阳健康向上之意。葵花牌护肝片的问世，对祖国医药传承与光大做出了贡献，其价值远远超过解除病痛、治病救人的本来意义。

有麝自来香，不用大风扬。葵花牌护肝片的声望，在于扑灭华东甲肝大流行，在上海滩一战成名。上世纪 80 年代，我国是世界肝病高发地区，肝病病毒携带者达到了 1.6 亿人，每年死于肝病的患者多达 500 多万人。预防和治疗肝病历来为党和政府所重视，各级科研与医药工作者潜心探索，护肝片正是在这种历史背景下问世，因而，其生命力与商业价值均不可估量。1988 年春季，上海、江苏、浙江一带爆发甲型肝炎，引起极大的社会恐慌与动荡，各地医药公司、医疗机构的求购订单如雪片般飞来，五常制药厂昼夜不息加班生产两个月，7 000 箱护肝片终于扑灭了肆虐的病毒，在华东创下了响当当的名号。关于葵花牌护肝片

的疗效，专家们经过临床验证，奠定其全国治疗肝病的药物中的霸主地位。

保肝、护肝，一个涉及数千万家庭幸福的话题。人们生活离不开酒，怎样可以减轻酒对肝脏的伤害？

据辽宁中医药大学附属医院、长春中医药大学附属医院、黑龙江中医药大学附属医院、北京胸科医院、河北胸科医院、沈阳胸科医院六家单位的研究结果显示：葵花护肝片在酒精性脂肪肝、酒精性肝炎的治疗上有很好的效果。

正是这种对肝病确切的疗效，葵花牌护肝片在1985年被国家轻工业部评为国家银质奖（金奖空缺），共获得国内外15个奖项，并被确定为国家治疗肝病基本药物，被列入《国家基本药物目录》，成为包括"海尔"在内的全国86个强势品牌之一，载入《中华人民共和国药典》。正因为葵花牌护肝片的配方公开于国家药典，正因为葵花牌护肝片的声名鹊起，骤间引发了一场旷日持久的护肝片大战。在当时国家的知识产权保护措施不力的背景下，一些厂家纷纷模仿制造，市场上一夜之间涌出了无数"护肝片"。各厂家为了从市场中分得"一杯羹"，无不挖空心思，绞尽脑汁，奇招怪招甚至昏招迭出。加之国家药品市场的"双信封"制度，使得鱼龙混杂、真伪难辨。然而，现实中"东施效颦""邯郸学步"，无法得到良药的真髓。其他品牌的护肝片虽在组方上与葵花牌护肝片相同，但在地道药材的选用、原生药材的处理及生产工艺上均与葵花药业存在许多不同。20世纪90年代初期，葵花牌护肝片零售8元一盒，而某省一家药厂的"护肝片"零售价仅仅卖到2元钱，而竟然能在"双信封"的保护下进入医药市场。这个价格，不足成本的三分之一，其质量标准不能不令人心生疑窦。黑龙江的一个药业，一年居然用1亿元在主流媒体狂砸广告！然而，消费者才是一个产品的真正评判官。在良莠难分的众多诱惑中，消费者对葵花牌护肝片情有独钟，平均每天的服用者达到 60 万人之众。不经一番寒霜苦，哪得梅花放清香？葵花牌护肝片正是在许多厂家的恶性竞争的围剿中，坚持自己所特有的质量标准，突显其"老百姓的好药"的价值所在，而且愈久弥坚，终于锻造成为国内药业的知名品牌。

莫愁前路无知己，天下谁人不识君！风雨沧桑四十年，恩泽满人间。当中国的屠呦呦在世界华人中获得了第一个诺贝尔医学奖，把一种含有青蒿素的"青蒿"献给世界时，党和政府把中医中药的发展提升到保护与光大中华文化的高度，中医中药迎来了真正的春天！当《中华人民共和国中医药法》在 2017 年 7 月 1 日实施之后，由国家发改委与国家中医药管理局共同启动的国家首批中药标准化行动计划，在全国 105 家企业实施，160 种中药当选，涉及中药大品种 59 种，而涉及治疗肝病的药品，唯独是葵花牌护肝片。"护肝片中药标准化建设项目"是由国家与企业共同投资 2 000 万元，由黑龙江葵花药业股份有限公司负责并与中国食品药品检定研究院、北京中医药大学、沈阳药科大学、葵花药业北京药物研究院、各药材基地共同参与，形成项目承担单位强强联合的产、学、研结合模式，充分发挥已有的中药开发公共技术平台的技术创新优势，从中药产业和企业的具体需求出发，借科研院所雄厚的科研实力和丰富的科研组织实施和管理经验，推动建立技术开发合作机制，促进护肝片标准的提升，建立先进的护肝片标准体系，完成了药效学、药理学的临床项目。这一行动的最显著的特点是：中医药产品的可信赖性来源于可追溯性！这是一面金字招牌，这是一张国际市场的准入证，这是一块检验企业做"放心药、良心药、管用药"的试金石。对于中国中医中药的发展，此举具有划时代意义。

历经四十余年风雨洗礼的老牌名药葵花牌护肝片，到目前共销售了 400 多亿片，全世界平均每人 5 片！这一惊人的数字上，莫不浸润着中国国粹的千年魅力，莫不标志着中医中药的不朽与神奇，莫不印证着这一老牌名药为人类带来的福祉。

葵花牌护肝片发展的春天终于到来了！

那么，葵花牌护肝片40多年的发展历程，业内纷纷探询这400多亿片是由谁监制的？这个庞大的生产平台是怎样打造的？总共18 000多吨的药品是怎样运到千家万户从而扎根中国老百姓心中的？

让我们近距离走近葵花的旗舰与那位不凡的舵手。

旗舰，海上舰队中的指挥舰。由于指挥舰的位置显赫，因此，它通常是舰队中吨位最大、人数最多、火力最强、防御能力最强的舰艇。

偌大的葵花药业集团犹如一列舰队，每个企业犹如一艘舰艇。在众多舰艇中只有一艘旗舰，那就是黑龙江葵花药业股份有限公司——五常葵花。

五常葵花——葵花药业的旗舰，葵花药业集团发展战略的核心承载企业。说它是旗舰，不仅是它的企业规模、生产能力、利润贡献在葵花药业集团占据半壁江山，更是因为它是葵花药业的摇篮，是葵花药业走向全国的发祥地，它对11大生产企业及子

葵花药业的旗舰——黑龙江葵花药业股份有限公司

公司具有引航示范作用。

五常葵花——黑龙江省民营医药企业的佼佼者，当之无愧的全国现代大型中成药制造企业。该企业为哈尔滨市规模以上企业纳税50强，连续十几年保持黑龙江省民营企业纳税第一名的荣耀，被中国中药协会和中国医药报社联合评为"2010年中药企业品牌百强"和"中药成长企业品牌十强"。

提到五常葵花，不能不和一个人联系到一起，五常葵花是他魂牵梦绕的心灵归宿，是他灵魂和生命完全融入的地方。他就是黑龙江葵花药业股份有限公司总经理、葵花药业旗舰领航人——关彦玲。

或许，关彦玲的命运是约定了要在五常这片土地上打拼；或许，骨子里流淌着坚韧不屈的血浆；或许，把所有的喜怒哀乐都寄托在大哥彦斌的事业与葵花的发展上。不然，他的生日为何要选在满族的肇始日——农历十月十三（1960年）呢？

五常县双桥子乡北土城子村，留下了关彦玲童年的记忆。1977年高中毕业时，他是班上的团支部书记。那时候，大哥彦斌刚刚复员回来，他却毅然从戎，走上了哥哥曾经走过的路。临行，彦斌语重心长地对三弟说："老三，到部队好好干，增长才干。但愿有一天，我们共同干一番事业！"

"大哥放心吧，我一定会好好干。但愿如大哥所言，将来我们共同干大事业。"

兄弟齐心，其利断金。当年的一番临行嘱托，却成了未来的事业预言。命运不是天生注定，但冥冥中自有天意。如其不然，为何要应了"天降大任与斯人"的古语呢？

从此，黑龙江边防部队驻扎在黑河的巡逻艇大队多了一位优秀的国土守护者。戍边十载，两度考入大连陆军学院，从战士到班长、排长、连指导员，关彦玲经受了思想、毅力与人生的淬火，将意志磨炼得愈加坚强。

但愿如大哥所言，我们将来干一番大事业

1988年关彦玲转业之后，等待组织分配工作。正值关彦斌在塑料厂创业阶段，大哥说："老三，还找什么工作？我们一起干事业，干脆上塑料厂来干吧！"哥哥召唤，弟弟难以拒绝。于是，关彦玲来到塑料厂总办工作，帮助料理行政、后勤，在这里的九个月期间，耳濡目染，和大哥学到了很多经商之道。而更主要的，是学到了大哥的坚韧与顽强。

1992年，那是一个春天。在老干部局工作了三年多之后，组织部找关彦玲谈话，拟派他到乡镇担任要职。满心欢喜的彦玲回家向哥哥报喜，不想哥哥彦斌却说："老三，这都什么年代了，正是创业的好时机，还下乡去当什么'官儿'？干脆，和我去深圳创业吧！"面对着国家公务员和大好的前程不做，却要去当个个体户白手起家，彦玲真的犹豫了。

"彦玲，从国家释放的种种信号看，民营经济将是未来的发展走向，相信大哥对时局的判断吧！"

"大哥，我不得不为我的前途着想……"彦玲喏嚅着，不敢面对大哥的眼神。

"老三，总有一天，你会认可大哥今天的话，在机关里混怎么能有前途？"

"大哥，我……"三弟还是不答应。

"别说了，赶紧去深圳帮我把厂子建起来再说！"大哥语气斩钉截铁、不容置疑。

弟弟慢慢抬起头来，看到的不是哥哥以往严厉的目光，而是充满了期待与渴望。

"大哥，我去！"弟弟声音呜咽。

只有兄弟，才有这种取舍；只有手足，才有这份担当！哥哥的事业，就是弟弟事业的舍弃；哥哥要下海，弟弟去斩浪！

1992年5月26日，关彦玲告别家乡五常与妻女，来到不久前那位老人"画个圈"的地方，留下他拼搏人生的足迹。他必须唯大哥马首是瞻，做弟弟的，赴汤蹈火也得圆上大哥的商海徜徉梦想。

这里就是曾经发生过《春天的故事》的地方吗？这里是曾经冲向中国特色社会主义的桥头堡吗？这里是中国大陆的第一个特区吗？这里是大哥要闯荡商海筹建的常荣塑胶有限公司吗？要知道，这是25年前的深圳啊！

理想很丰满，但现实很骨感。当关彦玲来到深圳市宝安县龙岗镇同乐村时，看到大哥150万元买的一个破旧的空空如也的厂房，才懂得大哥为何让三弟来到这个没有意志则无法生存的地方。如果不是在解放军的大熔炉里冶炼过，别说创业，就是生存都是一件十分奢侈的事情。无水、无电、无通信、无交通、无食堂、无寝室；有闷热、有潮湿、有蚊虫、有老鼠、有陌生的面孔、有听不懂的语言、有敌视的目光与难以言喻的思乡之情。

当时的那里，让彦玲感受到了一种莫名其妙的"排外"情结，哪怕你是来建设他的家乡。那时候哪怕是买日用品，也要比当地人多付出一倍的银两。

然而，这些怎能吓倒在军营中屡立战功的关彦玲？当他那马背民族热血沸腾起来时，在他的眼中从来没有险阻。撼山易，撼意志难。当你在鲜花丛中走向庆功的红地毯时，你还会记得那段几乎非人折磨的时光吗？如果羊台山有情，一定会记住这段难以忘却的兄弟情分；如果龙岗河有意，一定不会冲刷掉这一群北方汉子的创业情怀！

关彦玲的职务虽然是行政部经理，然而，大哥不在这里，什么职责不得承担呢？集后勤、保安、筹建新厂等工作于一身的他，每天都是一个陀螺。如果没有钢铁一般的意志，就无法在这块不是热土的"冻土"上扎根、发芽、开花、结果。他在空荡荡的厂房里打个地铺，与蚊虫和老鼠同睡；在附近租了几个房间，留给后续人员吃住用。和村长协调，把有线电话串联过来作为与外界联系的通道。那天夜里，一阵扰攘声惊醒了他，他循声赶去，看到一群警察围着新来的几个员工，挥舞着铮亮的手铐。一问，才知道是因为没办"暂住证"要带到派出所询问。他深一脚浅一脚跑到村长家，从被窝里拽出了村长赶到现场，证实是来投资建厂的，在承诺翌日补办"暂住证"后，警察们才悻悻离去。

深圳的一些警察，给关彦玲留下了深刻的印象。后来依然多次打交道，每次凶神恶煞的做派，令人不寒而栗，从内心里憎恶这些所谓的"保驾护航人"。

300多个日日夜夜，人们在闷热与蚊虫叮咬中艰难度日、顽强施工。三伏天里，几位男士常常在厂房里一丝不挂。往事不堪回首，然而，回首往事的时候，关彦玲欣慰的是没有辜负大哥的期待，当年就试车生产。1993年5月，寄托着关彦斌商海弄潮梦想的常荣塑胶有限公司正式营业了！

工厂建完了，大哥和三弟说："老三，你去跑销售吧，生产出来的东西，总得卖出去呀！"

是呀，产品卖出去才能叫"商品"。于是，关彦玲每天早晨披着星辰，背着四十多斤重的各种样品的料袋子，口袋里揣着好烟，上路了。他原本不吸烟，但是，见到大门口就进，进去就给人家赔笑脸，递上香烟，问人家要不要？要多少？你们领导的电话是多少？敲开一百家门或许有一家要的，或许没有一家要的。有多少辛酸与白眼，有多少疲惫与嘲讽，只有关彦玲至今还记得。当你走上成功之路时，当你春风得意踌躇满志时，还能记得那些艰苦备尝、忍辱负重的日子吗？两年之后，每年的销售200吨达到了1 000吨，从未搞过销售的关彦玲，成了深圳公司的销售冠军。

只是，这两年，孩子老婆从来没有白天看见过他那个熟悉而又久违的身影。用他的话说，孩子怎么长大的他都不知道。

深圳，他清楚地记得，那三年零七个月，是他人生历练最难忘的时光。从初创到辉煌，他打出了一片天下！

帮完了大哥，他该回去了，因为还有公职在。

1998年5月，回到老干部局上了两年班的关彦玲，又让大哥找去了："老三，新产品聚乙烯丙纶防水卷材销售吃紧，你在深圳销售有经验，你去沈阳吧！"

老大又召唤了，老三还得上！

在关彦玲的心中，大哥的威严至高无上，大哥的见解至高无上，大哥的吩咐至高无上，大哥的事业情怀至高无上。于是，五常塑料有限公司的销售三驾马车出发了，刘天威主打江苏，老三关彦玲开辟沈阳，老四关彦明坐镇黑龙江。新品聚乙烯丙纶防水卷材的市场开发，让关彦玲再次尝到了苦头。在出租房里，三九天得喝几口白酒，穿着衣服戴着棉帽子睡觉，此时，他倒是怀念起深圳的闷热与潮湿来。当时四弟彦明来看他，竟然心疼得落泪了。同样是苦楚，境遇大不同。当他以惊人的毅力与韧劲，在沈阳电视台做了一个2万平方米的样板工程扩大了影响之后，辽北、辽阳、铁岭、苏家屯、海城等地一片沸腾，热买的浪潮把五常塑料厂的库底子都清仓了！他摸准市场行情，又合伙建起了一个卷材厂，以卷材养塑料，一时间，做得风生水起，在这里淘到了第一桶金，每年可以赚到百万元，前途一片光明！

正当他踌躇满志试图大显身手之际，大哥又召唤了！

深圳告急！

当香港的C以情感纠葛与关彦斌产生龃龉而撤出合资后，常荣公司宣布破产，常兴泰公司随即新生。到了2004年春天，因为资金链断裂，以致应收款收不回来、应付款付不出去。关彦斌急遣大将赵相哲深圳救火，但是，杯水车薪，仍然无力回天。到了7月，员工无法发工资，吃饭成了问题，一时间人心浮动，怨声四起。

关键时刻，大哥又想到了三弟。

在沈阳财源滚滚的三弟，与合伙人交代了一下，舍却赚大钱的良好机遇，毅然背起了行囊，再度南下，去为大哥收拾残局。

手足情，兄弟义，患难之际袒露无余。

在中国的商品经济时代，在一个刚刚脱胎于计划经济樊笼的时代，在一个市场发育处于无序竞争状态与诚信滑坡的当口，天经地义变成了颠倒黑白。欠钱的变成了大爷，债主变成了三孙子。关彦玲的职责，就是讨债，给员工发工资，安抚人心。最大的欠款额200多万，最小的一笔20万，总共欠款约700万元。在今天，也许700万不够葵花的一条广告费，然而，对于最初注册资金只有几百万的常兴泰公司，不啻天文数字。奇怪的是，所有的欠债户产品早已变现，而企业还在红红火火地生产与营业，就是不给钱。

淳朴的关彦玲，不相信自古"杀人偿命、欠债还钱"的公理被颠覆，起诉了几家企业，法院迟迟不开庭，等超过了起诉时限，法院双手一摊，做莫可奈何状。关彦玲仰天长叹：公道何在？公理何存！一位律师拍着他的肩膀说："兄弟，在深圳这地方，白道不好走啊！"一句话点醒了梦中人，"白道"不好走难道逼着走"黑道"不成？深圳公司的辛建利说，交给我吧，找几个东北的朋友试试，但是讨债得四六分成。于是，身上刺着纹身的几个彪形大汉就出现在欠债的单位，一声不响，就是在办公室静静地坐着。几天下来，这些公司纷纷妥协，表示要分期还债。都说人间正道是沧桑，可是那个时节的深圳，中国改革开放的窗口，就存在这种状态。有时，违法犯罪的根源，真的无法追溯。即便时至今日，社会上的"老赖"还少吗？

一笔笔资金逐渐回笼，有的是给原料，还有的是给车抵债，不管给什么，总是把欠的债都要回来了。大伤的元气逐渐恢复，公司又开始红火起来。关彦玲感到非常欣慰，只要是大哥呼唤，三弟都能尽心竭力地做到极致。因为，这是大哥的信任，是大哥的事业。

正当他把深圳的公司做得风生水起的时候，大哥又召唤了！这次召唤，非比寻常：大哥的事业做大了，兼并了伊春红叶、佳木斯中药、鹿灵公司和重庆御一之后，成立了集团公司，进军省城哈尔滨，让他回来担任五常葵花总经理。

一次次的呼唤，一次次的奔波，作为三弟义不容辞。饱尝了餐风宿露，饱尝了苦辣辛酸，舍却了多少功名利禄，舍却了多少儿女情长。作为弟弟，无怨无悔。

相期一品归来健，兄弟华颠自献酬。为了大哥，为了葵花，他值得！这么多年，尽管风里来雨里去，但是，是大哥奉送给了他的人生价值，还有比这还珍贵的吗？

只有亲兄弟，才会有如此的感怀。

洒泪告别深圳，关彦玲把红红火火的深圳公司交割给辛建利，一路逶迤回到家乡五常，开启了他的人生新航程。

2009年8月，关彦玲从葵花总裁关彦斌手中接过五常葵花总经理的重担，一时间，人们趁着"换帅"的节骨眼儿，开始表演了。

都说新官上任三把火，可是，关彦玲的三把火还没等烧呢，"灭火"的就找上门来了。动力车间的七名电焊工要求涨工资，限期答复，否则就罢工。一时间，黑云压城。"葵花贴吧"上辱骂关彦玲和企业的帖子满天飞，七名罢工员工被称为"七勇士"或"七壮士"。而也有人告诉关彦玲，锅炉工也在观望，等着罢工呢！

来者不善。关彦玲让工会和生产的负责人代表他和他们谈，不行；让主管行政的副总经理谷洪艳和他们谈，不行；必须和总经理关彦玲对话。

罢工开始了。

这是葵花药业有史以来的首次。

关彦玲深深懂得，这是要给他"戴眼罩"，如何处理，关乎企业气运与企业风气。会哭的孩子有奶吃？那是错翻了眼皮！正当的诉求可以接受，威胁与恫吓岂能接受？关彦玲让他们派出代表，他心平气和地说："第一，工资肯定要涨，但不是今天，是大家创造价值之后，企业红火的明天。第二，请你们理解企业，也要理解总经理。第三，这种方式无法接受，如果不能理解，请你们辞职！现在企业有困难，请你们理解，等企业效益好了，一定会给大家涨工资。结果，七名工人提出辞职，关彦玲毫不犹豫，大笔一挥，同意！一时间，葵花地震了，有人甚至借机攻击总裁关彦斌。有的人还来讲情，有的辞职工人后悔了，还要回来，可是，关彦玲不为所动，不热爱葵花的人，出去了，还回来干什么？

2009年10月，关彦玲刚上任两个月，一场甲型H1N1流感迅速在一些省、市蔓延。葵花牌小儿肺热咳喘口服液被政府有关部门认定为抗"甲流"药品。流感猖獗蔓延，"小儿"需求陡增，企业生产能力严重不足，满足不了社会的需求。

甲型流感犹如一股来势汹汹、迎面扑来的巨浪，令五常葵花措手不及。

关彦玲意识到：这是一场保护人民群众生命健康安全的保卫战，是一项维护安定团结、社会稳定和政治安定的急迫任务。当然，也关乎葵花的声誉与社会责任。一向以承担社会责任著称的葵花药业，定然不辱使命。

疫情紧迫，使命严峻，责任重大，时不我待。

疫情就是催征号角，一场战役开始了。关彦玲当机立断，成立"抗甲流小儿口服液生产会战指挥部"，他亲任总指挥。指挥部下设生产组、设备保障组、材料供应组等九个专业组。各专业组各司其职，多措并举，多管齐下，互相协调，密切配合，以最快的速度购进设备和原料，又以最快的速度安装上两套全新的生产线。从召开例会到新生产线运转仅仅用了20天。

在设备调试的同时，招聘新工人工作紧锣密鼓推进，短短几天时间，新招聘来的200多名工人通过了岗位培训并上岗，一场抗击甲流的攻坚仗打响了，生产车间呈现出前所未有的繁忙景象，原来的一班生产改为两班轮流转，24小时不停机，日产量不断改写，新纪录被一次次刷新，他们和时间赛跑，向不可能挑战，连续创造新的奇迹，由过去每天生产800件直至增加到2 400件。

英雄的五常葵花人为"甲流"地区源源不断地送去健康福音，送去抗击"甲流"的药品，为确保人民群众生命和健康安全做出了应有的贡献。

而此时，意想不到的事情发生了：一位女工在储备间非正常死亡！家属来闹事，外界议论纷纷。工厂乱成了一锅粥，有的人幸灾乐祸，谣言四起。关彦玲一边安抚家属，表示一定要妥善处理；一边协调公安、安监、劳动、卫生、保险等部门。首先向刑侦报警，排除他杀之后，经过缜密调查，调取录像，医生尸检，最终确定为突发心脏病猝死。由于处理得当，得到了家属的认可与支持。

在应对"甲流"风浪中，关彦玲表现得异常镇定，具有指挥家临危不乱的淡定和战略家运筹帷幄的气魄，彰显出大药业领导者的统领风范和大将风度，令下属和员工赞叹不已，人们开始对新上任的总经理刮目相看。

"作为葵花药业的旗舰，必须担负起引领葵花各战舰探索前行的职责。这一职责的本质要求就是旗舰必须过硬，它的产出能力、质量水平、装备水准、盈利能力都应该是最好的，它不仅要有高负重、高承载的能力，还要有抵抗风浪、排除险阻的能力。"

"如今，中药企业面临着原材料的大幅涨价和国家对药品价格管控力度的加大，使产品利润空间越来越小。生产企业的唯一办法，就是强化管理，降低成本，向管理要效益。"

思想是行为的先导，战略是战术的保证。2010年初，关彦玲适时推出"抓管理、保安全、控成本、增效益"的12字方针，并以"12字方针"为统领一切工作的纲，坚持"安全是根本，质量是生命，成本是切入点，效益是目标"的宗旨不动摇，凝心合力推动五常葵花旗舰顺畅地航行在健康发展的航道上。

安全是企业之本。为了确保安全，关彦玲狠抓制度落实、组织落实、责任落实的"三个落实"；明确安全标准、奖罚条例和责任人的"三个明确"；坚持一切以安全为前提，坚持预防为主的质量方针，坚持不合格产品不流入下道工序的"三个坚持"。通过实施安全工程，全员的质量意识得到大幅提升。2012年，经全国93家药检所对企业14个品种104批次产品检验，合格率均为100%。

关彦玲认为：我们看重的不是成绩，而是通过检查发现问题，通过把脉和诊断来提升质量。提升质量是我们的期望。

质量是企业的生命。为确保原材料采购质量，企业对不同产地的主要药材开展含量检测，坚持用数据说话，以此来确定采购标准和采购地。为了确保中药材入厂关，他们修订验收流程，将原来的质量和仓储两个部门负责检验，改为由质量牵头，质量、仓储、车间、采购四个部门联合验收；将原来的供应商提供检验验本，改为四方一起到现场抽样，明晰责任，减少纠纷，确保质量。在工艺加工中，他们通过采用对药材进行切制或破碎等处理方法，来提升药材的收率和转移率，用先进科学技术来确保服务质量。

成本是企业的真功夫。他们以降低成本为抓手，将全方位、全过程、全员参与降低成本活动开展得轰轰烈烈、扎扎实实。

一是工艺创新降成本。为强化企业技术核心竞争力，近年来，在关彦玲的指挥下，五常公司以市场为导向、以项目为载体，在工艺改进、新品开发、技术创新、质量提升、制药流程优化等方面开展重点攻关项目50余个。通过有效的技改，不仅解决了部分产品多年存在的产品缺陷，提升了产品质量、疗效与稳定性，同时利用优化的工艺流程极大地减少了质量、收率、用工等给产品来带的间接成本,从而大大降低了生产成本。

2013年实施的小儿肺热咳喘口服液冷藏技改项目,成功地将原产品冷藏方式由空间冷藏变更为机械自动化冷藏,改善了产品的澄明度与稳定性,更将药液的生产周期由10天压缩为5天,极大地提升了生产效率,该项工艺技改通过了国家药典委员会审核,成功纳入2015版《中华人民共和国药典》,并荣获科技进步三等奖。

2014年为实现护肝片包糖衣的自动化,在药机市场自动包糖衣设备不成熟的情况下,通过工艺技改,成功实现用薄膜包衣机包糖衣,实现了糖衣片包糖衣的机械化生产,将900件护肝片(糖衣片)的包衣时间由24小时压缩至18小时,同时可实现将10人手工包衣压缩至4人机械包衣;成功实施中药材湿热灭菌、优化作业洁净区环境消杀项目,极大地提升了产品微检的一次合格率,微检处理费用自2013年以来逐年下降,截至2017年10月,费用整体同比下降约60%。

2014—2015年实施护肝片透油攻关项目,由于护肝片产品中的五味子膏含有大量油性成分,由于季节因素,在每年6—9月,护肝片(薄膜衣)经常出现渗油现象,导致产品质量极不稳定,有时一度面临停产风险。为此,关彦玲总经理成立专项项目组,对产品合理调整与控制、反复试验与摸索,通过近6个月的努力,终于攻克了护肝片透油问题,实现了2016年、2017年夏季生产护肝片(薄膜衣)"零"透油的突破。

近年来,关彦玲始终依托集团"品种为王"的战略思路,坚持对公司老品种的挖潜、休眠品种的开发、潜力品种的引进,近年来开发休眠品种20余个,通过不断摸索与研究,已有包括艾附暖宫丸、妇科调经片、补益活络丸、滋肾丸等10个品种成功上市,另有二十七味定坤丸、明目地黄丸、通脉口服液、海马三肾丸、安宫牛黄丸等十余个品种正紧锣密鼓地按项目推进，在扩大公司产品群的同时，也为五常葵花 30 亿的中期目标助力。

二是技术改造降低成本。多年来，五常葵花一直在节能降耗、绿色环保的道路上前行。动力车间锅炉引风机电机的变频技改、500 立方水池液位自动控制、蒸汽冷凝水回水换热采暖改造、冷库冬季利用自然风制冷等项目的改造实施，每年为企业节约生产成本近 50 万元，为企业的可持续发展奠定了坚实的基础。

三是优化人力资源降成本。在生产任务每年都有所提升的情况下，职工人数却由最多的 1 200 多人下降到 750 人。为了充分利用人力资源，他们实行人员动态流向管理，一线员工的劳动报酬提高了，企业的人工成本下降了，每年节约人力资源成本 2 000 多万元。

装备是企业发展的基础。自 2010 年以来，五常葵花在减员增效、提高装备自动化水平上大胆投入。2014 年，护肝片自动包装生产线从数粒、灌装、塞纸、旋盖、贴标、装盒、扫码、装箱各环节首先实现自动化。2013 年，小儿肺热咳喘口服液自动配液系统完成改造，将生产周期从 96 小时以上，降到了 48 小时以下，有效地缩短了生产周期，从质量风险角度大大提高了产品质量。2015 年，智能灯检机的上马大大降低了生产操作人员的劳动量和疲劳强度，提高了生产效率、产品质量，降低了生产成本。"小儿"生产线随着后续自动制托、装盒、扫码、装箱、码垛生产设备的投入使用，进一步提高了五常葵花的装备自动化水平。现有胃康灵胶囊也由原来的单机运行模式升级为联线生产，有效减少了物料的周转次数，达到了减员增效、提质降耗的目的。近几年，五常葵花在装备提升方面共投资 7 000 多万元。

产品研发是企业发展的动力。关彦玲总经理非常重视新产品开发工作，将科研所作为直属部门加强管理，直接抓产品开发工作，把集团"买、改、联、研"的研发政策扎扎实实落到实处。

在他的关注、策划与推动下，品种二次开发取得可喜业绩。先后获得了健胃消食片（新口味）、舒筋活血丸小蜜丸（独家规格）的药品生产文号，丰富了企业产品群；完成了护肝片与小儿肺热咳喘口服液增加适应症的药效试验，研究结果表明护肝片在预防、治疗酒精性肝炎、酒精性脂肪肝、非酒精性脂肪肝、药物性肝损伤等适应症上有显著疗效，小儿肺热咳喘口服液在治疗支原体肺炎上亦有明显作用，从而为五常葵花两个拳头产品的二次开发奠定了坚实基础，也为产品注入了新的生命力；护肝片标准化课题被列入国家首批中药标准化行动计划，为企业更好打造名副其实的"葵花"品牌提供了良好契机。同时，企业申报了五项发明专利，已获授权两项，刊发学术论文十余篇，深度挖掘产品的学术价值，为产品销售助力。

经过管理升级的葵花药业的旗舰——五常葵花，已经做好了向集团2018年"百亿"目标起航的战略准备。

在2013年葵花改制15年之际，按照关彦斌总裁"文化落地"的要求，关彦玲总经理审时度势，适时提出"四个环境"建设，意在通过环境建设、文化建设来促进企业健康发展。

关彦玲介绍"四个环境"建设的内容是：营造风清气正的企业发展环境，促进企业和谐发展；营造以奋斗者为本的激励环境，促进企业健康发展；营造关心员工福祉待遇的公平环境，促进企业幸福发展；营造比、赶、帮、超的学习环境，促进企业可持续发展。"四个环境"是葵花企业文化的创新与发展。

关彦玲认为，环境建设是经济社会全面发展的基础保障和重要内容。优化"四个环境"是坚持"以人为本"、关注人性、尊重人格的需要；是体恤民情、关心员工、转变干部工作作风的需要；是重视人才的选拔和培养、坚持任人唯贤、反对任人唯亲的需要；是制度和考核面前人人平等的需要；是关系到企业发展的快与慢、成与败的需要；是关系到员工最直接、最现实的利益和幸福的需要。

一场特点鲜明、亮点突出的"四个环境"建设，如火如荼地开展起来。

为了风清气正，关彦玲通过党委、工会搭建企业与员工沟通的桥梁。他们通过走访和座谈会对话的形式，广泛征询听取员工的意见和要求，将这些意见和要求梳理汇总为23条。关彦玲予以高度重视，先后召开两次班子会，着手研究如何落实解决。

关彦玲认为："员工是企业发展的直接力量，我要感谢我的员工，我更要感谢提意见的员工，他们对企业有一颗忠诚的心。企业发展到今天，正是因为有了这些与企业同呼吸、共命运的员工，我们才从小到大、从弱到强。我们领导者应该努力满足员工的正常需求。"

为了营造比、赶、帮、超的学习环境，促进企业可持续发展，关彦玲审时度势、未雨绸缪，建立健全了公司三级培训教育体系，高度重视员工培训工作，舍得在这方面投资花钱。他要求公司有关部门重新修订完善各工种的岗位工作标准和考核标准，建立了学习与创新成果的奖励机制，通过内训外训相结合、岗位技能比武等多种形式，全面提高了职工队伍的业务素质和综合素质；他注重加强车间班组建设，上任伊始就把班（组）长纳入到公司组织建设的基础管理之中，通过竞聘上岗、末位淘汰、挂职锻炼等一系列举措，深化了班（组）长及骨干队伍人员选拔任用制度的改革；他致力于构建优势互补、老中轻三结合的管理队伍结构，使一大批有思想、有干劲、有能力的年轻人走上基层管理岗位，为企业可持续发展提供了坚实的组织保障。

为了营造关心员工福祉待遇的公平环境，也为了践行企业的价值观。自关彦玲上任伊始，在企业逐年盈利的背景下，"大河有水小河满"，逐年提高企业各级员工的薪资福利待遇，连续7年对生产一线和后勤一线工人上调工资，平均每年增幅为

11.4%，增长额为平均190元。到2017年止，工人的岗位工资相较2009年已累计翻了一番还多，同时，在关彦玲的主导下，生产系统推进了工时公开制，并且依照制度严肃处理了瞒报、谎报生产工时的行为，赢得了广大一线员工的尊重与信任。

在引进与发展管理人才与专业技术人才方面，关彦玲不余遗力，亲自坐镇指挥，不但以每年增幅17%的频率调高了行政类、专业类人员的薪资待遇水平，还制定了薪酬倾斜制度，即薪酬向车间管理者和技术人员倾斜、向贡献大的倾斜。关彦玲认为，薪酬分配要看技术含量、要看贡献大小。

近几年，五常葵花的福利待遇越来越好，2017年员工的平均福利费高达12 000元。五常葵花成为五常市工资福利待遇最好的企业，五常葵花员工成为五常人民最羡慕的员工。

为了打造风清气正的发展环境。五常葵花大力培养"人间有疾苦，葵花多牵挂"的博爱情怀。五常葵花设立了"葵花员工重大疾病和特殊困难救助基金会"，捐款倡议书一发出就得到广大职员的热情响应，仅一个月时间就募集捐款9万余元。这笔捐款已经无偿资助了两位患重大疾病的员工。五常葵花累计为身患重病的员工送出医疗援助金10万多元，为五名暂时发现困难的职工发放救济款95 200元。

在捐款仪式上，关彦玲看着那捐款人排成的长队，看到那些收入还不高的员工拿着一笔笔捐款投入捐款箱的身影，他眼睛湿润了。

"我感谢我的员工，他们与企业唇齿相依、患难与同，表现出强烈的主人翁意识和敬业精神，他们是企业发展的中坚力量，是双百葵花的承载者和实践者，我对他们有一颗感恩的心。"

关彦玲以一颗感恩的心、以党委书记的名义向五常葵花党支部和全体党员发出倡议：党员要带头当好"三个表率"，即当好中药制造企业"产业报国"的表率，当好非公经济组织"贡献社会"的表率，当好集团各子公司生产旗舰的表率；实现"五个满意"，即让政府满意，让消费者满意，让集团满意，让员工满意，让股东满意。

怀着一颗感恩的心，关彦玲的身影出现在职工最期盼的时刻。出现在普通员工结婚典礼的证婚人座席上，出现在患病职工住院的病床旁，出现在困难职工孩子考入大学的慰问中……

生产副总董洪魁说，关彦玲身上有三大特点，一是他身上流淌着满族的血液，具有马背民族的血性和勇于开拓进取的精神；二是他心怀宽阔，为人厚道，关心职工，具有人格魅力；三是具有统领企业的大智慧、大手笔、大战略，又不乏以身作则、身先士卒的献身精神。

2012 年至 2016 年，关彦玲先后被评为第 34 届哈尔滨市劳动模范、哈尔滨市优秀社会主义事业建设者、黑龙江省劳动模范等，获得黑龙江省五一劳动奖章。这些荣誉是社会给予他的回报。关彦玲认为，荣誉属于过去，使命就在眼前。作为旗舰的领航人，必须牢记职责、不辱使命。旗舰就应该成为一面旗帜，就应该以更完美的姿态、更可靠的质量、更出色的经营，树立起葵花旗舰的品牌形象，义无反顾地承载葵花旗舰的圣神职责。总裁为葵花人制定了"双百葵花"的伟大目标，作为葵花药业旗舰应该承载更多的责任，担负起时代赋予葵花旗舰的伟大使命。到 2016 年，关彦玲领航的葵花药业旗舰五常葵花，销售额达到 10.6 亿元，上缴税金 1.8 亿元，利润 2.7 亿元，作为葵花药业的龙头老大当之无愧。

而关彦玲最想从心底发出的声音是：他这半生拼搏，最欣慰的是，理解大哥的事业情怀与手足情怀，协助大哥勇担社会责任；而最对不起的就是老婆孩子。爱人张霞与他半生漂泊，独自带着孩子，孩子的学业也耽误了，但是，他无愧大哥、无愧葵花。这一辈子，值了！

第二十七章 文化的生命张力

葵花 20 年，打造了一个永恒的传奇。

葵花的成功内核到底在哪里？

或许，没有人真正获得葵花 20 年的达·芬奇生命密码，没有人真正解洞悉葵花不老的基因，或许，我们不必到格拉茨城去寻找打开这个谜团的金钥匙。

这一切，都不是偶然与必然那么简单。

你爱你这个国家吗？你可曾想过这个不是问题的问题吗？或许，你觉得这个设问幼稚得近于可笑。或许你会说"没有理由不爱"，但是，理由呢？

世上绝没有无缘无故的爱，也没有无缘无故的恨。

葵花的生命密码，只是两个字："文化"。

当年关彦斌去日本考察，在大阪看到了日本对中药的萃取率几乎达到吃干榨净的程度，内心涌上了一种莫名的酸楚，一种莫名的屈辱感。中国的数千年文化，为什么中国人不能好好继承与光大？彻夜未眠的他，在痛楚的思考过程中，形成了一种爱国的情结，于是，才有了企业价值观的"产业报国"。产业报国的归宿呢？自然是"贡献社会"。有的人曾经对葵花的文化不止一次质疑：这种文化是不是太空了？是不是太大了？是不是在作秀？

关彦斌带着葵花 20 年，抢救了国家的独家和保护品种数百个，为国家纳税 36 亿元，请问，这也是作秀吗？如果那些号称企业家的爱国人士都能像关彦斌这样"作秀"，我们的经济社会一定是另外的一片洞天。

长寿，是要有基因的。

当年，和关彦斌共同走上领奖台共享黑龙江十大优秀企业家的殊荣的人员，如今都在哪里？有的身陷囹圄，有的亡命天涯，有的沦为常人。亡命无意揶揄历史，也无意贬损他人，只是在漫长的社会发展阶段，在滚滚的商品经济大潮荡涤下，没有先进的文化作基础，没有优秀的文化铸基石，没有爱国的情怀为基因，企业怎能长寿？

据中国社会科学院的调查，中国私营企业的平均寿命只有 2.9 年，中国每年约有 100 万家私营企业破产倒闭，60% 的企业将在 5 年内破产，85% 的企业将在 10 年内消亡，能够生存 3 年以上的企业只有 10%，大型企业集团的平均寿命也只有 7.8 年。其中有 40% 的企业在创业阶段就宣告破产。在中国每天有 2 740 家企业倒闭，平均每小时就有 114 家企业破产，每分钟就有 2 家企业破产。日本企业的平均寿命为 30 年，是我们的 10 倍；美国企业平均寿命为 40 年，为中国的 13 倍。有的企业是在规模扩大之后不久失败的。半年的时间内夭折，那是先天不足；而在规模扩大之后失败，则是后天的因素，其中很多企业还曾经相当成功，甚至在没有预兆的情况下就突然失手。

如果以中国内地的中小企业为分析对象，其"做大就死"的缘由大致如下：从自有资本到借贷资金。中国的创业者，往往在使用自有资本时非常有把握，控制风险的能力也特别强。尽管创业起始阶段也非常艰苦，但由于第一批的投资基金基本上属于个人积蓄和来自家族内部，因此，在管理上主要集中在对货物和人员的管理上。然而企业一旦做大，个人和家族的自有资本底子早就被占用，扩大经营规模就必须使用社会资金。社会资金主要有企业职工内部集资、银行借贷和其他社会借贷。这中间，除了要支付相应的借贷利息之外，还需承担发展目标导向发生分歧后的撤资风险。

这是理论上的一种诠释，但是，到任何时候，人们都不要忘了，企业的领导者，就是企业文化的精神支柱。他的人格、他的风范、他的情怀，会聚拢无数人才为了既定的目标而矢志不移地去奋斗。

企业领导者的执政风格，奠定了企业的"门风"，风清气正，来自于永恒的坚守。每一个人都有自己的梦想，关彦斌的葵花梦，就是光大祖国的中医药事业，拯救有数千年历史的中华国粹。20年的历史见证了葵花把上百个中药独家品种和保护品种集于一炉。

精神的伟大，不是可以信手拈来，而是有一种不死的精神为证。

关彦斌与葵花的传奇，缔造的葵花文化，作为企业长寿的基因、基础与基石，支撑着企业的奋斗精神向着更高的台阶攀援。

曾几何时，在象牙塔里的专家们煞费苦心研究出了企业成长的三段论，可谓无懈可击，放之四海而皆准。

企业在成长过程中会经历三种不同的阶段。

初级阶段：只做项目，也就是说以盈利为目的，完成最初的资本积累。在做的过程中，以企业盈利为主要目标从而扩大企业的市场。这个阶段，可称为"三流"。

中级阶段：本阶段时，企业的知名度已经具有了，完成了初步的品牌塑造。在做强的过程中，以企业的社会价值为主要目标进而扩张企业的市场份额及满足市场盈利。这个阶段，可称为"二流"。

高级阶段：本阶段企业已经成长为一个成熟的企业，拥有了市场美誉、实现了社会价值。企业为了持续发展开始创造性地推出自己的理论、模式，即我们常说的"软实力"，或是叫"企业文化"。这个阶段，已经臻于"一流"。

企业文化不是"做"出来的，是企业发展的必然产物。把企业做大做强了再开始做企业文化，这就是一个悖论。试想，没有一个好的企业文化为根基，你的企业怎么能够做大与做强？

葵花的实践与发展史足以说明：只有拥有好的企业文化，一棵幼苗才能长出葵花的森林。没有20年的坚守，根本不可能有今天的发展势头。要做"千百葵花"，没有坚实的企业文化，没有强大的精神力量，几无可能。

葵花文化，阳光、忠诚、辽远，是关彦斌引领葵花从胜利走向胜利积淀深厚的精神财富。20年的奋斗史证明，这种文化愈加放射出夺目的光彩，愈加印证了践行的重要性与必要性。

随着拜金主义的盛行，随着信仰与信念的灭失，社会的道德底线正在一次次接受着挑战。作为一个拥有上万人的团队，结构的复杂更需要先进文化的统领。

企业文化，是永远不锈的金钥匙；依法治企，是永远不钝的纯钢剑。企业文化，是荡涤心灵的春雨，会使心田发芽；依法治企，是震慑灵魂的利剑，会使宇宙澄澈。

两者皆不可偏废。

如果你想让你的企业与销售团队做得更好，请拿起这把不锈的金钥匙；如果你想让你的队伍更纯洁，最好远离那把高悬的利刃。兵不血刃，不战而屈人之兵，向来是战争的最高境界。所谓磨刀不误砍柴工，我们往往本末倒置而不自知，制度流程本来已经定好，为什么执行力出了毛病？其实是思想文化出了毛病。

那些倒下的企业，或许，没有真正锻造成一把不折的利刃，那就是企业文化的生命张力。

葵花的企业价值观的演进，记载着这个企业的兴盛历程：从"产业报国、贡献社会"到"产业报国、贡献社会、受益员工"，再到今天的"产业报国、贡献社会、受益员工、回报股东"，尽管岁月更迭、沧海桑田，但是，一种先进的文化，终究会引领着民族企业走上一条复兴的金光大道。

关彦斌的"葵花梦"，在于国粹的复兴。

复兴，在于信仰与忠诚。

人是要有一点精神的。有了好的文化，还要有永不熄灭的激情，创业的激情。2013年4月28日，时值葵花药业成功改制15周年，关彦斌总裁登台朗诵自己写就的诗歌《葵花梦》，直抒胸臆：

　　十五年前一个北国的春晨，
　　南风还未吹暖拉林河的水温。
　　我悄悄地播种了一个梦想，
　　根植于五常油黑的冻土，
　　脉动着追逐太阳的基因。

　　十五年后一个明媚的春晨，
　　我的梦想长成了葵花的森林。
　　十五度严寒酷暑风狂雨骤，
　　磨炼出坚强不屈的意志，
　　铸就了永远向阳的精魂。

　　十五年十五个大写的脚印，
　　葵花人的葵花之歌爱满乾坤。
　　荣誉和丰碑一次次被超越，

下篇　英雄唱大风　·413·

用业绩赢得行业的尊重，
靠疗效换回百姓的真心。

十五年只顾迎着太阳飞奔，
弹指一挥间浑不觉年届六旬。
怀揣梦想的人永不会衰老。
看！看我们的少年葵花！
正洋溢着蓬蓬勃勃的青春！

用百亿去绽放你葵花的魅力吧，
再用百年去冶炼你葵花的坚贞！
用梦想指引你前行的方向，
再用拼搏让每一个梦想成真！

百亿葵花，不是梦，树一座丰碑见证你我！
百年葵花，不是梦，炼一炉浩气传给后人！

诗，来于心声。这铿锵的声音，作为葵花的文化宣言，作为葵花的精神财富，永远在葵花人的心中回荡……

2017年，丁酉年冬，使人感觉异常寒冷，尤其是对于中国的医药制造业。新中国成立以来最严厉的规范，已经使不少企业喘不过气来，一些中小企业已经关门歇业。然而，对于葵花药业，却是热浪奔涌。在还有两天就要进入2018年之际，总裁关彦斌站在历史的高度，高屋建瓴观大势谋大事，就医药界的现状，精心为未来的10年绘就了一张宏图，为高管们指出了一条发展之路：

国家对医药企业放任的时代已经一去不复返，尽管颁布《中华人民共和国中医药法》之后给中药带来了春天的气息，但是，诚如人们忧虑的那样，这些年，中医中药被人为破坏的现象仍然堪忧，中医诊疗思想、理论、技术的传承断代，中药产品本身质量疗效上的鱼龙混杂，以及药材品质的参差不齐等一系列现实问题，导致了"中医可能亡于中药，中药可能亡于中药材，中药材可能亡于转基因"的警钟长鸣。抛去中药材上众所周知的化肥、农药、金属残留和"野生被毁，家种改良"等问题不谈，就单说中药材转基因问题，也已经是触目惊心。目前已经实现转基因，或正在进行转基因研究的中药材，已达到50余种。此外，从目前中药生产制造的从业企业来看，"小、散、低、乱"的现象仍很严重。作为以中药制造为主，以继承、弘扬和光大中医药为神圣使命的葵花药业，在挑战与机遇并存的时刻，不能不进行认真的反思和缜密的规划。

在每一个发展的拐点都能紧紧扣住时代脉搏的关彦斌，为未来的10年乃至更长的时间，审时度势部署了"四大革命"，清晰地为企业划出了一条生命线：只有做出"精品药"，才能让企业的生命既有长度又有厚度，才能不负老祖宗留下的文化遗产，才能不负百姓的重托，才能真正实现产业报国的初衷与光大中医药的梦想。

思想革命，就是一种认知，就是要"革"观念的"命"。前20年，是规模品种品类的聚集，仅仅完成了初级阶段的聚合，只是进行了一种常规战争，要有清晰的发展定位：在产业布局的结构设计上，以中药为主导，以"化学药、生物药"和"健康养生品"为两翼，立志做现代中药的领航者，为"一老一小"提供特色化、差异化的健康解决方案，在"儿科、妇科、消化系统、呼吸感冒、风湿骨伤病和心脑血管慢病"六大领域全面布局，勇担祖国中医药传承光大的历史责任和神圣使命！要有清晰的发展目标："价值升级战千百，开启葵花新十年。"具体而言，就是要在销售收入规模上"破百亿奔千亿"，在未来10年心无旁骛地打造价值成长型企业，为逐梦葵花百年基业长青而奋斗！

技术革命，就是要"革"传统的"命"。古法的"悬壶"不可能用了，但是，传统的经验与临床，却必须与现代手段进行嫁接。东晋的葛洪，1 600多年前，就对"青蒿素"有过论述，而屠呦呦将其继承与发扬，既不泥古，又不偏废，终于找到了冷浸分离法，从而获得了诺奖，为世界做出了贡献。那种"作坊式"的土法必须告别，要研制生产出优质、高效、安全、稳定、质量可控、服用方便，并且具有现代剂型的中药，长远的目标是符合并达到国际主流市场标准，可在国际上广泛流通。千言万语汇聚成核心一句话——"做药就是做品种"，品种中凝结着一切的科学技术含量，品种上承载着一切的使命和价值！为消费者源源不断提供质量上乘、疗效确切、治病救人的精品良药，我们就是在做有价值的事，就是我们做价值成长型企业的核心要义所在。

营销革命，就是要"革"常规战争的"命"。一个"市值对标"未免振聋发聩，一个营业收入仅有20亿元仅是葵花一半的企业，而市值却在800亿元以上，却是葵花的8倍多，这就是价值成长型企业的高贵之处。所有的价值成长型企业，早已不做"廉价的搬运工"，而"价值营销""学术营销""广告营销""控制营销"的金字塔，就是检验企业价值与成长的试金石。那种把资金大部放在销售的费用上的"橄榄核"式的销售模式，是历史的产物，必须清醒地与之握手告别，必须像"哑铃式"转移。要把资金与精力放在与消费者握手和对话，那就要靠质量、靠疗效、靠学术，靠为消费者提供增值服务，靠处方带动下的 OTC 联动，靠消费者对品牌形象下的文化和价值的深度认同，靠为消费者提供的精准的、差异化的健康解决方案，靠在消费者那里赢取"葵花做咱老百姓好药"的心智占领。这就要求我们的营销，要从控制营销、广告营销，一步步向更高层次的学术营销、价值营销转型，从而脱离低层次的价格竞争，踏上价值型企业的成长之路。

管理革命，就是为前三个"革命""着床"。而归根结底，就是要由人才来实现。让我们一同携手、志存高远、埋头苦干，高擎做现代中药的领航者的光荣旗帜，勇担历史使命，勇敢自我革命，逐梦千百葵花宏大愿景，在打造价值成长型企业之路上奋力前行，为传承光大祖国中医药事业做出属于葵花人的历史性贡献与力量！

尤其是他亲自绘制的《精品药制作十步法》，让人们对祖国医药发展文明与葵花的未来，充满了无限憧憬。

这"四个革命"，既是对前20年的透辟回望，也是对后10年规划的提纲挈领。关键是对自身的认知与对人生旅途的评价，才是衡量人生价值的最珍贵之处。

假如，历史真的能够重演；假如，时光真的能够倒流，一切的策划与前瞻倒是显得没有意义了。在发展或生死攸关的转折点，才能感受到哪怕是穿透暗夜那一丝曙色带来的燎原希望之火。

关彦斌，用20年的思索与践行，再次点燃奋斗的激情与追求文明的憧憬，为未来的发展规划出了愿景，背起行囊，带着葵花劲旅，坚定地向履行对祖国文明守护与光大的神圣使命之路义无反顾。

关于英雄的尾声

第二十八章　关于英雄的尾声

当年"竹林七贤"之一、喝得醉醺醺的阮籍坐在一辆破旧的木车上，轮声辚辚地往前走。只要走到路的尽头，他就会放声大哭，慨叹人生的路为何会如此坎坷？慨叹为何世事如此不公？慨叹英雄为何如此难觅？

当他走到荥阳的广武山下，凝视当年楚汉旧战场，感慨许久喟然叹道："时无英雄，遂使竖子成名！"在他看来，刘邦在楚汉相争中胜利了，原因是他的对手项羽并非真英雄。在一个没有真英雄的时代，只能让区区小子成名。但也有文人分析他这一声流传千古的叹息里，也可能是同时指刘邦、项羽。因为他叹息的是"成名"而不是"得胜"，刘、项无论胜负都成名了，在他看来，他们都不值得成名，都不是英雄。

我们无法得知阮籍当年看待刘邦时的心境，但一个不争的事实却是，自陈吴揭竿，便天下汹汹，沧海横流，正是英雄四起、豪杰群立的年代。阮籍老先生可以对高祖不感冒，但是，刘邦能以弱胜强，开有汉四百年之基，非英雄不能为也。这也是不争的历史事实。

两千多年过去了，历史的烟尘早已淹没了当年的雄姿英发，但是，那首脍炙人口的《大风歌》，还在人们的心头荡漾。这，或许也是阮籍所意想不到的。

其实关于英雄，历来就是一个相对的概念，只有同时代的人物，才能够在同台演出的过程中一决高下。"关公战秦琼"的故事早已经向我们阐明了一个道理，精英需要对等。所以，阮籍老先生的感慨，毕竟有失偏颇。

社会的大动荡、大变革、大改组，会造就大批英雄，这是英雄的土壤。这些人的行为特征几乎都是自主型的，所谓英雄气概，舍我其谁。

在一个社会的转型期，必然会生出一些英雄豪杰来完成一部部历史的杰作。在漫漫五千年的历史上，或可慨叹英雄的寥若晨星，也可称之为群英的浩瀚星海。

只是人们的英雄史观不同而已。

但是，口袋里毕竟装不住锥子。

只有那些为了推进历史、推进社会前行的人，方才配得"英雄"二字。

葵花如是。

彦斌如是。

当然，英雄也有气短时。

自古英雄多寂寥。

聪明秀出，谓之英；胆力过人，谓之雄。英雄的概念并非抽象，只是两点不可或缺：一点是他们能够带领人们做出了非常巨大而有意义的事情；一点是他们自己做出了重大的事情。在关彦斌的身上，这两点尽皆具备，因之不负英雄之称谓。然而，正像阮籍老先生一样，英雄之难耐正是英雄的寂寥。关彦斌的寂寥是英雄的寂寥。英雄的成长过程往往不是一帆风顺的，在物质上、精神上都曾饱受冲击。纵有英风侠骨，不可或缺似水柔情。男人成为英雄以后，物质条件满足了，就缺少精神上的慰藉，需要女人来抚平身上的伤痛。而英雄的伤痛与寂寥，正是为了满足自己的事业情怀之后，却恰恰失去了情感的慰藉与呵护。前20年，年轻的他为了成为英雄，完成男人的价值与事业，经年闯荡江湖，与原配马丽华的情感虽在，但是对人生的意义产生歧见，因而分道扬镳。后20年，当志同道合的张晓兰辞去国家公务员的处级待遇，与之一起并肩打拼构建葵花大厦成功之后，又因为企业发展方向而产生歧见，再次走出他的情感世界。

英雄付出的巨大代价，是痛苦的，是沉重的，是无法弥合的。故事的开头总是这样，适逢其会，猝不及防。故事的结局总是这样，花开两朵，天各一方。世界以痛吻我，我要报之以歌。这个世界上有太多我们无能为力的事情。回不去的过去，无法预计的未来，以及那些再也不可能见到的人。

2018年2月13日，农历腊月二十八，十岁的儿子童骏在香港过生日，他没有回去，他不能回去，因为这是春节前的最后一个工作日，那么多高管还没有回家过年。在招待晚宴上，关彦斌眼望香江，牵挂童骏，即席赋诗一首《我多想……》，令在座的高管不禁潸然泪下：

　　我多想……
　　此刻正陪在你的身旁，
　　和你在一起，
　　共同点亮这十支，

小小的烛光。

我多想……
每天都陪在你的身旁，
和你在一起，
从蹒跚学步，
到书声琅琅。

我多想……
永远都陪在你的身旁，
和你在一起，
历世间冷暖，
踏山高水长。

我多想，我多想把你捧在手心上，
如同浩瀚大海捧出皎洁的圆月。
我多想，我多想把你扛在肩上，
就像巍巍群山托起喷薄的朝阳。

三千六百五十次日出，
每一次都是你的新生；
一百二十轮月圆，
每一轮都是我的希望。
热血在胸中磅礴，
基因在梦里疯长。
虽然我们聚少离多，
灵魂却每一天都在一起碰撞。

又是一个十年起航，

为求学你要过海漂洋，

更会离多聚少啊！

两对守望的目光要变得更加坚强……

无情未必真豪杰，怜子如何不丈夫？都说男儿有泪不轻弹，可是父子的情感又怎能不令人弹泪唏嘘？

英雄的寂寥，能以事业的成功来抚慰吗？

难道，一位成功者，必须要以失去完整的家庭为代价吗？

如是，这个代价是不是太惨痛了？

英雄的失去，英雄的付出，英雄的获得，英雄的情结，当他把所有的情义，都倾注于忠诚于阳光的花朵时，他才发现，只有她才是念兹在兹的心中的花啊！

故而，葵花，必将成为一朵永开不败的花。

因为，只有像关彦斌那样，毫不萦怀于儿女情长，独有悬壶济世的情怀，演绎的无疆大爱，才会在这古老的土地上唱响一曲时代的大风歌。

以《悬壶大风歌》为本文的标题，是因为崇尚葵花的"英雄伟大、劳动光荣"的企业风尚。

自2010年4月29日我来葵花，至今已近8年，曾为彦斌与葵花作《葵花赋》一首，以表心迹：

夫葵者，望日之莲花。原居北美，捭阖欧亚，百卉争春不寂寥，芳踪满天涯。怀夸父之坚忍，承后羿之英发。沐九天之玉露，绽四海之芳华。藐早春之倒寒，笑旱魔之扬沙。傲秋霜之袭体，藏成实于农家。千颗籽粒化作满轮信念，万般磨难皆为一言九鼎。铮铮铁骨不因名利折节，凛凛浩气只为忠诚屈下。引司马成诗，迷梵高入画。忠贞显图腾，恒信诚无涯。狂放逢盛世，谦恭本无华。任凭贫瘠膏腴，宠辱而不惊；一生追逐旭日，何患庭前篱下。噫吁哉！昂首花君子，坦荡无铅华，朝随晨曦走，暮归伴落霞。悲苍天以捐躯，悯世人而泣血。醉蕊金盏侧，赤心火轮斜。光明之信使，磊落之奇葩。

戊寅孟春，冰消雪化，宇内澄澈，鹰城飞花。马背英风驰黑水，雄才出世瓜尔佳。挥泪辞军旅，忍痛挂乌纱。弄潮应下海，将军必搏杀。开改制之先河，演绎春天故事；扶大厦之将倾，五药枯枝抽芽。集百草于悬壶，产业报国；创葵花之现象，业内佳话。苦心煎熬三百味，野山求教话芷麻。黄连不解庶民苦，人间病痛君牵挂。大漠孤烟添新侣，荒原遍植稀世花。八千健儿赴疆场，一夜风靡惊天下。驰名品牌杏林首，散入王侯百姓家。耄耋奔求护肝胆，小儿笑呼葵花妈。北上林都，中原逐鹿，西取巴蜀，金陵分羹同仁堂；水润稻香，情牵獒园，广筑安居，辽沈掘金拓地下。君临基辅，飞越美洲，风云际遇，为有青葵联四海；南下临江，襟怀襄阳，挥师云贵，哑童挥泪再说话。皇城观礼，紫禁议政，幸会群雄，慷慨陈词风云起；鼙鼓催征，厉兵秣马，把酒论剑，高吟击节吴钩匣。大吕奏鸣金葵曲，壮士何惧卧荒沙。鹏城晨钟震寰宇，翼展九天任叱咤。英名彪炳垂青史，万众丹心绘诗画。磐石百年宏业开，誓将碧血化丹霞。待得扬鞭敲金镫，高擎玉盏酹黄花。

壮哉彦斌，壮哉葵花！
曾在葵花，曾在天涯……

何以写葵花

——《悬壶大风歌》跋

王作龙

何以写葵花?

这是认识我的人,都要问我的话。

既然世界这么小,既然世界又这么大,我不能不回答。

我写葵花,为了还愿。

40多年前,我背着那个上高中时的帆布书包,即将走出那个生我养我的孤寂小村,站在雨雾蒸腾的田埂上,抚摸着挺拔伟岸又婀娜多姿的葵花,许下诺言:等我到城里寻找到金色的梦想,就回来为你作赋。

我写葵花,为了清高。

有多少人曾经问我,为葵花作传,给你多少钱?我苦笑了一下,只能揶揄一句:我穷得就剩钱了。我并不缺钱,就像我不缺少与生俱来的快意恩仇一样。一生不喜华服,浑身名牌怎能裹住外露的俗气?腹有诗书气自华。一生喜豪饮,就吃四个菜:大豆腐、干豆腐、土豆片、花生米。酒呢?爱喝小烧儿,当然也不排斥茅台。有人问我长得年轻，是不是和吃这几个菜有关？我笑着说："或许吧，但我最愿意吃的还是海鲜……"住 80 平方米的房子照样有书房，没地方放书就放在心里。开 50 万的车我总骂自己："你这个穷小子为啥变得如此不堪？你爹一辈子可都没出过咱屯子！"买车的那个秋天，我回到村里，拉着老爸老妈在田间土道上，围着村子兜了两圈儿……

有不少人羡慕我"退休了还有人聘用，还不少挣钱"时，我只谦虚着连声说："是，朋友照顾我。"但我没告诉他们真话，或许说做人应该懂得的一个道理，"钱少的人被钱多的人奴役，钱多的人被钱奴役"这句话，在我身上不适用。因为，我家有六斗米、八斗才。为了钱而奔走的人，永远是个被人瞧不起的乞丐。

我写葵花，为了封笔。当了大半辈子记者，写了无数的人物，但都是在工作状态中。有的愿意写，有的不愿意写，有的差强人意，有的虚情假意。因为，这一切都是一个新闻工作者的"职业道德"所义不容辞。退休后，成了自然人，成了闲云野鹤，脱却名缰利锁，没有那么多的清规戒律，自可在理想的王国游刃有余。趁着还没痴呆，趁着宝刀未老，再写一个人——葵花的总裁关彦斌。从此折笔，不做第二人想。把句号画在葵花，余生一定充满阳光。

我写葵花，为了赎罪。

"世上富人，皆有原罪。"这是逐日蔓延的社会思潮，很可怕。彦斌应该不算富翁，算个有钱人吧！他的钱是用一丸丸、一片片、一颗颗、一粒粒单摆着能绕地球多少圈儿的中药换的辛苦钱儿。有人只算他有多少钱，没算他救了多少人，这实在不公平。有人说他"抠"，这一"抠"不要紧，从来没有官员因为与葵花"合作"犯过事。没有官商勾结赚的钱，是干净的。

我写葵花，为了友情。

我和彦斌是同龄人，都是甲午年的马，只是我比彦斌问世早了 40 天。我和彦斌结识于他办塑料厂的时候，算来也快 30 年了。

我在哈报集团退"二线"后，又在葵花给他"打工"了8年，我为他完成了长篇报告文学《悬壶大风歌》，算作对这个交往了几十年的"大弟"的一个交代。

这是一次艰难的写作、一次艰苦跋涉的文化苦旅。因为，在历经了许久的中国经济大潮拍击脆弱精神堤岸的保卫战中，人们没有意识到它的惨烈程度会与中国道德堤防的失守有关。还因为，人们在探索一个企业以及一位企业家的成败时，聚焦点过多地集中在财富的创造上。

这是一个误区。国家的强大不在于你积累了多少财富，企业与企业家的强大不在于积累了多少资本，而在于你的国民爱国情怀有多深，你的企业家社会责任感有多强，对社会精神道德的影响有多重，对国家的奉献有多大。

企业只是为了追求利益最大化，就是企业家忘乎所以的无知与贪婪，根本不值得载入历史。

这不是唱高调，尽管这是一个存在大话、套话、官话与假话的时代。不过，信不信由你。

制药不仅仅是为了医疗身体的病痛，最灵验的药物是基于治疗心灵的创伤。一个企业和一位企业家只向着金钱用劲，忽略了沉重的社会责任，忽略了社会变革赐予的特殊使命，忽略了拜金主义的蔓延与壮大，财富越多使社会受害越重，这就是人们被金钱蒙蔽起来的"富饶的贫困"。

探索一个企业与一位企业家的成败，必须从奉献社会的角度与保卫精神家园的角度探索，否则，再多的文字亦会没有些许的社会意义。这绝不是作家的矫情，因为我看了太多的作家和媒体人津津乐道企业家如何赚钱，将社会与人们引向了关注攫取金钱的手段上。

这是社会的悲哀，这是文化的悲哀，这是创作的悲哀，这同样也是中国经济的悲哀。改革开放的冲击力体现在众多的企业高速生长与高速积累财富上，但是，如果他们忘了参与社会精神道德为根基的社会生态链条的构建，如果他们忘了积累财富是为了解救社会精神滑坡，将无法实现对中国企业家与生俱来的原罪救赎。如果这样的企业家多如牛毛，等于向社会打开了可怕的潘多拉魔盒。

这就是我写葵花与关彦斌的唯一原因。

因为，我发现了一位注重精神的锻造者，一位从未推卸社会责任的担当者，一位挽救国粹的真正爱国者；一位为了民族的精神强大而奔走呼号的人，一位为了民族文化而殚精竭虑的人，一位为了减轻社会负担而不畏艰险的人。如果没有这种精神，他就不配做中药这一产业。面对国宝中药被日本人榨取到极致的现实，曾经痛心疾首而立志抢救的，正是这位两届全国人大代表关彦斌，他把做企业植入了热忱的爱国情怀之中。这种赤子之情，常常感动得我夜不成寐。我不是大作家，但我有大志向，同样也有大是非和大情怀。

如果是我发现了这位热忱的播火者，如果我真的还算作一名高级记者，如果我的社会良知还真的没有泯灭，那么，我也就随之高傲起来。因为，我通过葵花、通过关彦斌，曾经给这个社会留下了真正的精神财富。

2018 年 2 月 14 日于哈尔滨

百亿葵花,不是梦,
树一座丰碑见证你我!
百年葵花,不是梦,
炼一炉浩气传给后人!

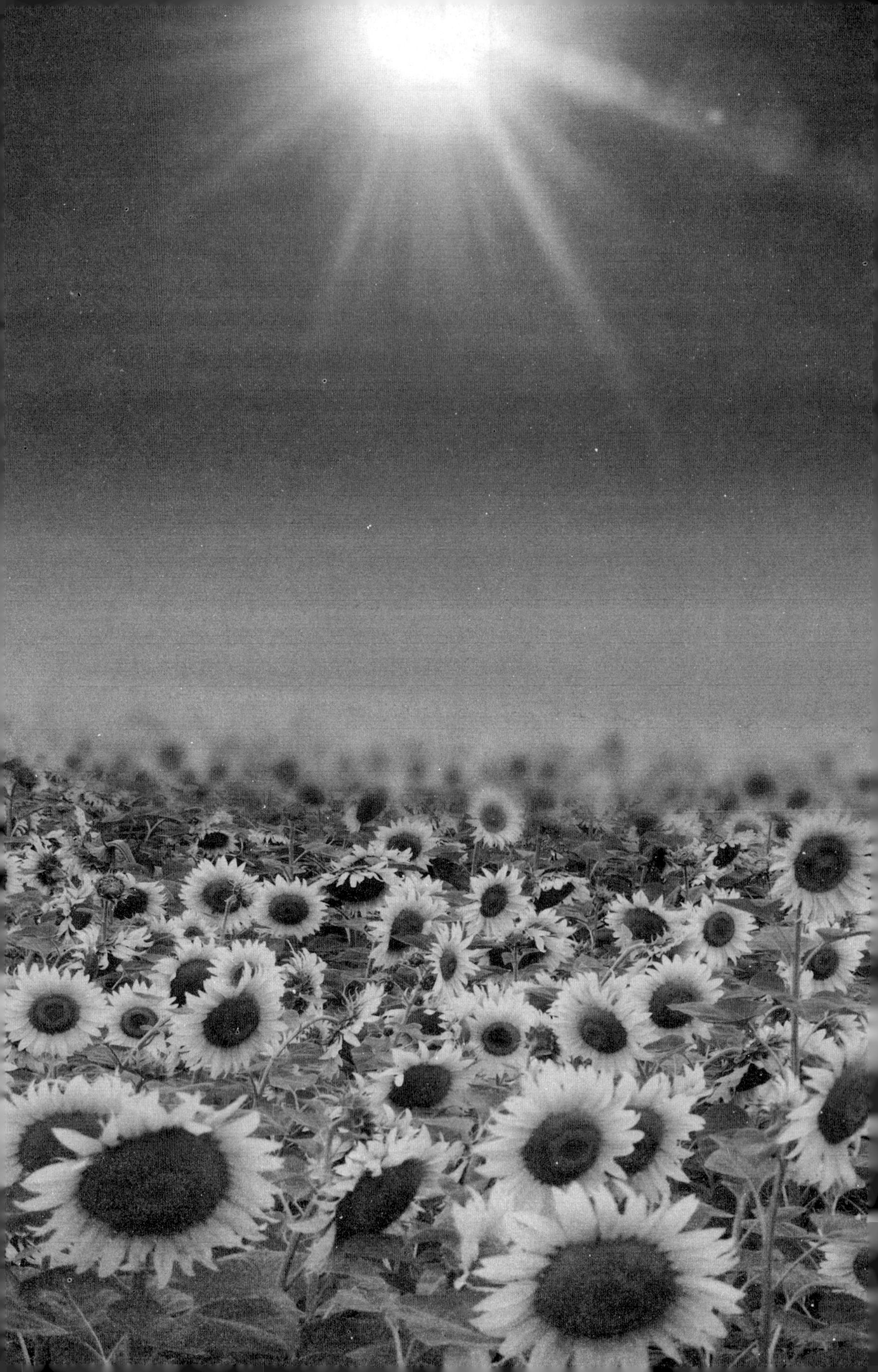

有葵花的地方就有太阳……